btb

Buch

Eine junge Frau wird in ihrem Apartment in Stockholm brutal ermordet aufgefunden. Als die Polizei eintrifft, erwartet sie ein ungewöhnliches Szenario: Ein aufmerksamer, unerschrockener Nachbar hält einen Verdächtigen im Hinterzimmer seines kleinen Lebensmittelladens gefangen. Bei der Überführung ins Präsidium unternimmt dieser einen Fluchtversuch, der misslingt und den Verdacht gegen ihn erhärtet. Nur die ermittelnden Polizisten Lewin, Johansson und Jarnebring haben ihre Zweifel. Der Verdächtige hat weder ein Motiv für den Mord, noch finden sie Hinweise, die ihn überführen könnten…

Autor

Leif GW Persson ist einer der führenden Krimiautoren Schwedens, darüber hinaus ist er der schwedischen Öffentlichkeit als Kriminologe und Berater der obersten Polizeibehörde seit Jahren bekannt. Persson wurde mehrmals mit dem Schwedischen Krimipreis ausgezeichnet und feierte nach Jahren der schriftstellerischen Abstinenz mit »Zwischen der Sehnsucht des Sommers und der Kälte des Winters« ein triumphales Comeback und stand damit monatelang auf Platz eins der schwedischen Bestsellerliste.

Leif GW Persson bei btb

Zwischen der Sehnsucht des Sommers und der Kälte des Winters. Roman (btb-HC 75140)
In guter Gesellschaft. Roman (73338)

Leif GW Persson

Die Profiteure

Roman

Aus dem Schwedischen
von Gabriele Haefs

btb

Die schwedische Originalausgabe erschien 1979 unter dem Titel »Profitörerna« bei Pirat Förlaget.

FSC
Mixed Sources
Product group from well-managed forests and other controlled sources

Cert no. GFA-COC-1223
www.fsc.org
© 1996 Forest Stewardship Council

Verlagsgruppe Random House FSC-DEU-0100
Das FSC-zertifizierte Papier *Munken Print* für Taschenbücher aus dem btb Verlag liefert Arctic Paper Munkedals AB, Schweden.

1. Auflage
Deutsche Erstveröffentlichung Januar 2006

Umschlaggestaltung: Design Team München
Umschlagfoto: Photonica
Satz: Uhl + Massopust, Aalen
Druck und Einband: Clausen & Bosse, Leck
EM · Herstellung: AW
Made in Germany
ISBN-10: 3-442-73376-6
ISBN-13: 978-3-442-73376-7

www.btb-verlag.de

btb

Aus Freude am Lesen

Die Handlung der »Profiteure« spielt im Herbst 1978 und im Winter 1979.

Anders als mein letzter Roman »Grisefesten« (»Das Schweinefest«) – von Anfang bis Ende die pure Räuberpistole – baut »Die Profiteure« auf dokumentarischem Material auf. Die Teile der Erzählung, die ich nicht aus Akten oder aus Gesprächen mit den Betroffenen entnehmen konnte, habe ich zu rekonstruieren versucht. Wenn mir Informationen aus Unterlagen oder Gesprächen offenkundig unhaltbar erschienen, habe ich mir die Freiheit genommen, das Bild der Wirklichkeit zu zeigen, das ich selbst für das richtige halte.

In »Grisefesten« habe ich beschrieben, wie Abhängigkeit entsteht. In den »Profiteuren« geht es um ein anderes Problem, um die Verantwortung nämlich, die der Mensch für seine Taten trägt, und um die Verteilung von Schuld und Verantwortung in den Rechtsinstitutionen der Gesellschaft.

Was ich mir bei dem Titel gedacht habe, ist nicht sonderlich originell: Unsere Verantwortung ist nicht immer identisch mit unserer Schuld. Unter anderem sacken Menschen ungerechte Gewinne ein, indem sie andere für ihre Taten bezahlen lassen. Dieses prinzipielle Problem habe ich aus der Perspektive der Polizei darzustellen versucht: *DIE PROFITEURE – ein Polizeiroman.*

Ich bin dabei von zwei Verbrechen ausgegangen, die im Winter 1979 vor Gericht geendet sind. Zwischen beiden – das kann ich hier bereits verraten – gibt es allerlei Berührungspunkte, teilweise sind sie prinzipieller Natur, teilweise handelt es sich bloß um Verknüpfungen von Ereignissen und Personen.

Die Tatsachen, die der Roman aufgreift, sind mir aus drei Arten von Quellen bekannt:

Erstens aus den Unterlagen von Polizei und Justizbehörden zu den Voruntersuchungen im Mordfall Kataryna Rosenbaum, außerdem aus den Akten zur Voruntersuchung gegen jene Person, die in den Massenmedien unter dem Namen »Bordellkönig« bekannt wurde.

Zweitens habe ich etliche Personen interviewt, die entweder die Ermittlungen geleitet haben oder in deren Visier gerieten. An dieser Stelle möchte ich mich übrigens besonders bedanken bei den Kriminalkommissaren Gustav Dahlgren und Gösta Melander sowie den Kriminalinspektoren Lennart Jansson, Bo Jarnebring und Jan Lewin von der Stockholmer Kriminalpolizei.

Drittens schließlich hatte ich Zugang zu den Aufzeichnungen, die mein Kollege, der Kriminologe Lars M. Nilsson, 1977 als Sachverständiger der Prostitutionsermittlung angelegt hat.

Vor allem die Interviews, die Nilsson im Frühjahr 1977, also ungefähr anderthalb Jahre vor ihrem Tod, mit Kataryna Rosenbaum geführt hat, waren für mich von großem Wert.

Stockholm, im August 1979,
Leif GW Persson

LANGE, EHE DER STEIN
AUSGEHÖHLT IST,
HAT DER TROPFEN SCHON
AUFGEHÖRT ZU FALLEN.

Voruntersuchung
über den Mord an Kataryna
Rosenbaum, Donnerstag,
14. September, bis Montag,
2. Oktober 1978

I

Die Wohnung lag im Untergeschoss. Sie bestand aus einem Zimmer mit Küche, und sowohl Küche als auch Zimmer schauten auf die Straße. Hinter der Wohnungstür gab es einen Gang, der fünf Meter lang und knapp zwei Meter breit war und als Diele und Abstellraum diente.

Die Küche und das einzige Zimmer waren, wenn man hereinkam, links. Die Küchentür lag am nächsten an der Wohnungstür dran, die Tür zum einzigen Zimmer war dreieinhalb Meter vom Anfang des Ganges entfernt.

Ansonsten gab es in der Wohnung noch ein kleines Badezimmer mit Toilette, Waschbecken und Dusche (Eingang vom Querende des Ganges), sowie eine größere Garderobe beziehungsweise Ankleidekammer. Dieser Raum lag hinter dem Bad, die Tür jedoch befand sich im einzigen Zimmer.

Der Leichnam lag auf dem Boden, etwa einen Meter von der Wohnungstür entfernt, und es war dort so eng, dass Kriminaltechniker und Ermittler jedesmal darüber hinwegsteigen mussten, wenn sie die Wohnung betreten oder verlassen wollten.

Die Tote – eine Frau von etwa dreißig – lag auf der rechten Seite und mit den Füßen zur Wohnungstür, sie hatte die Knie an den Bauch gezogen und Oberkörper und Kopf auf die Knie gesenkt. Ihr rechter Arm ruhte auf dem Boden und lag parallel zum Oberkörper, sie hatte die Faust geballt. Der linke Arm umfasste die linke Seite des Kopfes, der Handrücken lag auf dem Boden, Unterseite und Handfläche waren nach oben gedreht.

Die Frau trug einen blauen Frotteebademantel mit halblangen Ärmeln und Gürtel. Der Mantel war bis zu ihrer Taille hochgerutscht, ihr linker Oberschenkel und die linke Gesäßhälfte waren entblößt.

Einen halben Meter rechts von der Toten, ungefähr auf der Höhe ihrer Taille und nur einige Dezimeter von der rechten Flurwand entfernt, stand eine weiße Papiertüte. Die war ungefähr dreißig Zentimeter hoch, und an der Form war zu erkennen, dass sie einen Karton enthielt; viereckig, fünfundzwanzig Zentimeter breit, zehn Zentimeter hoch. Die Tüte war verschlossen, und es sollte noch etwa eine Stunde dauern, bis sie geöffnet werden würde.

Erst dann stellte sich heraus, was sie enthielt: zwei Schnittchen. Beide aus Weißbrot, eines mit Krabben, Eischeiben, Dill und Majonäse. Eines mit Roastbeef und geriebenem Meerrettich.

Der Gang war spärlich möbliert. Trotzdem war sofort zu sehen, dass »beträchtliche Unordnung herrschte«. Der Spiegel – über einem Telefontischchen zwischen den Türen zu Küche beziehungsweise Zimmer angebracht – hing schief. Einer der beiden braun lasierten Holzstühle, die eigentlich Spiegel und Telefontischchen flankierten, war mitten im Gang vor der Tür zum Wohnzimmer umgekippt. Der zweite war zerbrochen, die Teile lagen wild herum. Der Sitz blockierte die Schwelle zur Küchentür. Der obere Teil der Rückenlehne sowie zwei der fünf Rückenleisten lagen unter dem Telefontischchen. Der Sitzrahmen, die restlichen drei Rückenleisten und drei der vier Stuhlbeine lagen dicht hinter dem Leichnam, sie hingen noch aneinander, aber nur ganz knapp.

Das vierte Stuhlbein, zweiundvierzig Zentimeter lang

und vom Sitzrahmen losgebrochen, war in den Unterleib der Toten gerammt worden.

Aber das wurde erst später entdeckt. Die Frau hatte die Oberschenkel nämlich um die zehn Zentimeter des Stuhlbeins geklemmt, die aus ihrem Schritt hervorragten. Außerdem hatte sie heftig aus dem Unterleib geblutet, das geronnene Blut klebte an den Innenseiten ihrer Oberschenkel und an ihrem Gesäß.

Wenn man genau hinsah, konnte man auf dem grauen Teppichboden einen ovalen Fleck mit einem Radius von etwa fünfzehn Zentimetern sehen. Im Augenblick des Todes hatte der Schließmuskel sich geöffnet und Urin freigesetzt, mit sehr viel Blut vermischten Urin.

Die Kriminaltechniker – und auch die Ermittler der Gewaltsektion – sahen genau hin. Sie erreichten den Tatort (Roslagsgata 40, Erdgeschoss, in Vasastaden) am 14. September 1979 um kurz vor sechs Uhr nachmittags. Es sollte fast eine Woche dauern, bis die Untersuchungen am Tatort abgeschlossen und die gelben Absperrschilder entfernt werden konnten.

Während der folgenden Monate betrachteten die Ermittler etliche Male die insgesamt fünfundzwanzig Fotos, die ihre Kollegen von der Technik am Donnerstag, dem 14. September, in der Roslagsgata 40 in Stockholm aufgenommen hatten.

Die Frau, die tot auf dem Boden in einer Erdgeschosswohnung in der Roslagsgata liegt, ist dreißig Jahre alt und Prostituierte. Sie ist schwedische Staatsbürgerin, wurde jedoch in Polen geboren. Schon nach etwa einer Stunde hat die Polizei – dem Zufall sei Dank – ihre Identität festgestellt. Sie heißt Kataryna Rosenbaum, geboren am 20. 6. 48 unter dem Namen Zielinska.

Der Ermittler, der sie als Erster identifiziert und schließlich den Mann finden wird, den man des Mordes an ihr verdächtigt, heißt Jan Lewin, Kriminalinspektor Jan Lewin, geboren am 6. 1. 46.

Als Kataryna Rosenbaum tot aufgefunden wird, spielt Jan Lewin im Pausenraum der Kriminalabteilung, vierter Stock, Haus A im Viertel Kronoberg auf Kungsholmen, gerade Schach.

Die Ermittlung im Mordfall Kataryna Rosenbaum hat einen dramatischen Auftakt: Martinshorn und Blaulicht. Und alles beruht auf einem Missverständnis.

Vierzehn Minuten nach fünf, das heißt fast genau eine Dreiviertelstunde, ehe Kriminalinspektor Jan Lewin in der Roslagsgata die Haustür durchschreitet, geht unter der Nummer 90 000 ein Anruf ein und wird an die Zentrale der Stockholmer Polizeileitung durchgestellt.

Der Anrufer besitzt in der Roslagsgata 33 – die Nummer 40 liegt schräg gegenüber auf der anderen Straßenseite – einen Obstladen, er ruft aus diesem Laden an. Seine Mitteilung lässt sich ungefähr so zusammenfassen (er ist außer sich, und der Polizeiinspektor, der den Anruf entgegennimmt, muss mehrere Male nachfragen):

Ein Mann hat soeben im Haus gegenüber eine Frau erschlagen.

Die Hände des Mannes triefen vor Blut.

Der Ladenbesitzer hat ihn in seinem Laden in die Toilette gesperrt.

Über Polizeifunk landet der Alarm bei 231, einem Streifenwagen aus dem zweiten Wachbezirk, der soeben auf dem Weg nach Roslagstull die Odengata überquert. Schon um siebzehn Uhr zwanzig hält dieser Wagen vor der Roslagsgata 33. Das Blaulicht brennt noch, das Martinshorn wurde an der Straßenecke ausgeschaltet.

Knapp zehn Minuten später läuft in der Zentrale ein

weiterer Anruf in derselben Sache ein. Diesmal von 231, der sich an der angegebenen Adresse aufhält. Verstärkung wird angefordert, vor Ort befindet sich eine weibliche Leiche, außerdem haben sie eine verdächtige »Mannsperson« festgenommen.

Der Wachhabende in der Zentrale schaut auf die Uhr – die Gewaltsektion hat vermutlich bereits vor über einer Stunde Feierabend gemacht – und wählt die Nummer der Kriminalabteilung. Um halb sechs am Donnerstagnachmittag wird der Fall damit statt der Ordnungspolizei der Kriminalpolizei übertragen.

Blaulicht und Sirenen hätten sie sich sparen können. Es wird sich bald herausstellen, dass die Frau seit über sechs Stunden tot und der Festgenommene vermutlich unschuldig ist. Aber dann wird es fast zwei Monate dauern, ehe Lewin und seine Kollegen einer Person habhaft werden, die sie des Mordes an Kataryna Rosenbaum verdächtigen können.

So ungefähr fängt also alles an. Während eine rotgesichtige, verschwitzte Streife aus dem zweiten Wachdistrikt einem zweiundsechzigjährigen Oberkellner Handschellen anlegt – das spielt sich im Lagerraum eines Obstladens in der Roslagsgata ab –, beugt Kriminalinspektor Jan Lewin sich im Pausenraum über ein Schachbrett.

Die Funkstreife glaubt, einen Mörder festzunehmen. Der Oberkellner ringt mit zwei Polizisten und hat nur einen einzigen, übrigens restlos wahnwitzigen Gedanken: sein Leben zu retten. Jan Lewin dagegen versucht, all seinen Mut zusammenzunehmen. Soll er es wagen, den weißen Bauern auf E 4 mit seinem Läufer zu schlagen?

II

Als Kataryna Rosenbaum ermordet wurde, war Jan Lewin zweiunddreißig Jahre alt. Er war Kriminalinspektor und seit fast zwölf Jahren bei der Polizei. Seit einem guten Jahr arbeitete er bei einer der beiden Kommissionen der Gewaltsektion für schwere Gewaltverbrechen (Mord, Totschlag, Körperverletzung), Abteilung unbekannte Täter. Lewins Position bei der Polizei sowie die Rolle, die er bei den Ermittlungen spielen wird, sind vermutlich leichter zu begreifen, wenn man etwas über die Gewaltsektion und ihren Aufbau weiß.

Sektion 1, die Gewaltsektion, wie die offizielle Bezeichnung lautet, ist eine von insgesamt zehn Ermittlungssektionen der Stockholmer Kriminalpolizei. Neben der Betrugssektion ist die Gewaltsektion die größte. Sie ist auch die Ermittlungsabteilung, die innerhalb der Polizei den zweifellos höchsten Status innehat.

Es ist noch nicht besonders lange her, dass einer der legendären Sektionschefs die Kollegen von den anderen Sektionen ganz offen als »Bodenpolizei« bezeichnet hat. Bei der Gewaltsektion kennt man den eigenen Wert. Und man schämt sich nicht zu zeigen, dass man ihn kennt.

Bei der *ersten Sektion,* wie die älteren Kollegen die Gewaltsektion nennen, werden die »großen« Verbrechen aufgeklärt, Morde, Botschafts- und Norrmalmstorgsdramen. Hier kann man die fettesten Schlagzeilen und das meiste Personal für eine Ermittlung bekommen und mit etwas Glück in der klassischen Detektivarbeit brillieren.

Hier arbeitete Lewin.

In der ersten Sektion gibt es an die vierzig Ermittler. Dazu kommen acht Sekretärinnen und vielleicht ein Dutzend zusätzliche Polizisten, die so genannten Aspis, die bei der Sektion ihr Praktikum machen. Insgesamt haben wir es also mit etwa sechzig Personen zu tun.

Die Ermittler sind zwei Abteilungen zugeordnet, eine für bekannte und eine für unbekannte Täter, sie arbeiten in insgesamt zwölf Arbeitsgruppen, den Kommissionen.

Die Kommissionen variieren in der Größe zwischen fünf und einer Person, und jede Gruppe hat ihre besonderen Aufgaben. Es gibt Kommissionen für schwere Gewaltverbrechen (»Mordkommissionen«, wie sie in der Alltagssprache heißen), für Bombendrohungen, Kindesmisshandlung, Raubüberfall und gefährliche Alkoholiker. Außerdem gibt es die Einmannkommission, die sich um verschwundene Personen kümmert.

Der Chef vons Ganze – schon seit vielen Jahren und während der gesamten Zeit der Ermittlungen im Mordfall Kataryna Rosenbaum – war Kriminalkommissar Dahlgren. Die letzte in einer ganzen Reihe von Legenden.

In Lewins Kommission arbeiteten normalerweise, ihn selbst eingerechnet, vier Ermittler. Bei den Katyrina-Ermittlungen waren sie jedoch nur zu dritt. Ein Mann war im Rahmen eines Auftrags für die UN-Truppen auf Zypern vom Dienst freigestellt worden, eine Vertretung gab es nicht. Die Kommission arbeitete also mit reduzierten Kräften, und das heißt mit den Kriminalinspektoren Andersson, gleichzeitig »Chef« der Kommission, Jansson und Lewin.

Das war an sich keine Besonderheit. Eigentlich fehlten immer zwanzig bis dreißig Prozent des Sektionspersonals, sie hatten dienstfrei, waren krankgeschrieben, machten Urlaub, besuchten Kurse oder wurden zu externen Sondereinsätzen abkommandiert.

Dass man immer weniger Leute zur Verfügung hatte als nötig, sorgte dafür, dass man es mit der Verteilung der Arbeit nicht allzu genau nahm. Man passte sich den Umständen an. Die Ermittler wanderten zwischen den verschiedenen Kommissionen und Aufgaben hin und her, man lieh aus und wurde ausgeliehen. Wenn es nicht anders ging, musste eben irgendwelchen Aspis Vertrauen geschenkt werden.

Während Lewins Zeit als Mordermittler war er bereits mit vier Mordfällen und an die dreißig anderen schweren Gewaltverbrechen beschäftigt gewesen. Keiner der vier Morde war aufgeklärt worden. In zwei Fällen kannte man immerhin den Täter, und die Ermittlungen waren eingestellt worden.

Trotz der mageren Resultate hatte Lewin sich bei den anderen Ermittlern einen guten Namen gemacht. Das hatte mehrere Gründe.

Er war nicht der Typ, der Neid provoziert. Unter anderem lag das daran, dass er nicht, wie eine der älteren Sekretärinnen es ausgedrückt hatte, allzu »knuffelig« aussah, er war jedoch klug und fleißig und kümmerte sich um seine eigenen Angelegenheiten.

Lewins Fleiß ist ausschlaggebend dafür, dass er im Mordfall Kataryna als erster Ermittler eingesetzt wird. Und wenn wir bedenken, was dann drei Tage später passiert, ist das für die einleitende Ermittlungsarbeit durchaus von Vorteil.

Am Donnerstag, dem 14. September, hätte Lewin eigentlich um halb fünf nachmittags Feierabend machen können. Am Vortag jedoch hatte er von der Kriminalpolizei einen Auftrag übernommen. Der Ermittler, der diesen Auftrag ursprünglich betreut hatte, begann mit der Arbeit, als Lewins Schicht endete. Da Lewin mit dem Kollegen über den Fall sprechen wollte, ging er nach Dienstschluss zu ihm auf die Wache. Statt nach Hause zu fahren.

Als sie ihren gemeinsamen Fall ausreichend debattiert hatten, schlug der Kollege eine Tasse Kaffee und eine Runde Schach vor. Er war nämlich ein hervorragender Schachspieler, wenngleich ein ziemlich lethargischer Ermittler. Lewin, der nach Feierabend nur selten etwas vorhatte, freute sich über den Vorschlag. Er spielte ebenfalls Schach und das sogar recht gut, wenn auch immer etwas vorsichtig; er zog nach Möglichkeit das Spiel mit vier Springern vor und neigte zur Rochade.

»Lewin!« Der Chef der Wache stand in der Tür zum Pausenzimmer. »Ich hab einen Fall und keinen, den ich hinschicken kann.« Er starrte Lewins Schachpartner ziemlich sauer an.

»Jaa.« Lewin erhob sich schon. *Das mit dem Läufer war vielleicht keine so gute Idee*, dachte er und schaute verstohlen auf das Schachbrett. »Worum geht's?«

»Mord«, sagte der andere. »Ich hab hier die Zentrale an der Strippe. Die Ordnung ist schon da und scheint irgend so einen Heini festgenommen zu haben. Also fährst du lieber gleich hin. Ich rufe Dahlgren an.«

Mord, dachte Lewin, aber das mit der Festnahme klang gar nicht gut. Andererseits konnte man ja nie wissen. Besser also, er fuhr hin. Außerdem hatte er sich für die sizilianische Verteidigung nie besonders begeistern können. *Warum hatte er sich überhaupt darauf eingelassen?*

»Roslagsgata 33«, erklärte der Kommissar. »Die Ordnung ist da, und offenbar liegt im Haus gegenüber eine Tote. Und ein Mann ist festgenommen worden. Ich habe die Technik angerufen. Bergholm hat Bereitschaft, er wohnt in der Surbrunnsgata, deshalb ist er sicher schon dort.«

Lewin nickte. *Roslagsgata 33*, Haus gegenüber, eine Tote, ein Festgenommener, Bergholm …

»Ich rufe Dahlgren oder den Wachhabenden an«, sagte der Chef noch einmal. »Und ich besorge dir einen Fahrer.«

Wieder nickte Lewin. *Das klang vielversprechend.*

Einige Minuten vor sechs traf er am Tatort ein. Sein Fahrer, ein pickliger Aspi von der Bereitschaft, schaute mit langem Gesicht hinter ihm her, als Lewin zum Schutz vor dem Regen seinen Mantelkragen hochklappte und das Auto verließ.

Auf der Straße war ziemlich viel los, obwohl es so heftig regnete, dass sich an der gelben Kalkputzfassade von Nummer 40 schon dunkle feuchte Flecken ausbreiteten –, insgesamt drei Polizeiwagen waren zur Stelle. Vor dem Haus standen hintereinander zwei Streifenwagen und ein Bus. Zwei uniformierte Männer warteten im Hauseingang. So weit im Eingang wie möglich, um sich vor dem Regen zu schützen.

»Lewin, Gewalt.« Er zeigte dem Buschef seinen Dienstausweis. »Wie sieht's aus?«

»Auf dich wartet drinnen eine Tote.« Der Kollege nickte in Richtung Tür. »Erdgeschoss rechts. Und ein Kollege von der Technik. Er ist eben gekommen. Wir haben eine Festnahme im Bus. Der Obstler«, er nickte zum Laden auf der anderen Straßenseite hinüber, »hat ihn im Klo eingeschlossen und die Leitung angerufen. Der Arsch hat das totale Theater gemacht…« Er schob den Zeigefinger unter seinen Kragen, wo jetzt der Regen durchsickerte. »Aber inzwischen hält er die Klappe.«

Lewin nickte stumm. Der Buschef überlegte, *hab ich wohl irgendwas vergessen?*

»Die Jungs halten sie für eine Nutte«, sagte er dann zögernd und schielte zu zwei Journalisten und einem Fotografen hinüber, die ihre Hälse reckten und versuchten, einen Blick ins Treppenhaus zu werfen. Sollte er mehr sagen?

»Sehr gut«, sagte Lewin. »Ich schau mich nur schnell um

und spreche kurz mit dem Kollegen von der Technik. Dann will ich mit den Jungs reden, die zuerst hier waren. Du hältst die Stellung?«

»Don't worry.« Der Kollege richtete sich kerzengerade auf und zog den Bauch ein. »Schau du dich um, ich halte die Stellung.«

»Lustig sieht sie nicht gerade aus.« Der Kollege von der Technik stieß mit dem Fuß die Tür auf, sodass Lewin in die Wohnung blicken konnte.

Er sah nur zwei Füße, nackte Beine und den unteren Teil eines blauen Frotteebademantels.

»Wissen wir, wer es ist?«

»Hab ich noch nicht rausfinden können.« Der Techniker schüttelte den Kopf. »Aber auf der Tür steht Dahl ... J. Dahl. Kleidung und Wohnung ... ich glaube, es ist eine Nutte.« Er richtete sich auf und fuhr sich mit der Hand durch die Haare. »Ich wette zwei Essensmarken darauf, dass die seit heute Morgen hier liegt ... ich hab eben gefühlt, und sie ist ziemlich steif ... und sie kriegt schon Flecken.« Er trat beiseite, damit Lewin besser sehen konnte.

»Nutten haben ja nie Namen an der Ladentür ... aber sie hat sicher eine Handtasche ... wir werden das schon rauskriegen.«

»Du kannst es auch gleich erfahren«, erwiderte Lewin. Er war in die Hocke gegangen, um sich das Gesicht der Frau auf dem Boden anzusehen. Ihm war gerade eingefallen, wo er die Adresse schon einmal gehört hatte – Roslagsgata 40. Sie war übel zugerichtet und presste die rechte Gesichtshälfte auf den Teppichboden. Lewin sah aber trotzdem, dass sie es war. Vor allem spürte er es im Bauch.

Herrgott, dachte er. Es war erst drei Tage her, aber da war alles ganz anders gewesen. Da hatte die Frau, die jetzt vor ihm auf dem Boden lag, in der Gewaltsektion in seinem Besuchersessel gesessen. Sie hatte auch ganz anders ausgesehen, Gesicht, Körper, Kleidung. Alles war ganz anders gewesen. Sie hatte sich bewegt. Vor allem die Hände hatte sie auf eine Weise bewegt, an die er sich gut erinnerte. Vermutlich weil sie ihm so wenig schwedisch vorgekommen war. Sie hatte mit ihm gesprochen. Einmal hatte sie ihn sogar angelächelt.

Jetzt aber lag sie ganz still auf dem Boden. Außerdem – das stimmte schon – war sie übel zugerichtet. Im Gesicht und am Körper.

Kaum mehr als drei Tage. Es war elf Uhr vormittags gewesen. Am Montag, dem 11. September. Und alles war ganz anders gewesen. Einfach aufgrund der Tatsache, dass einmal Geschehenes nicht wieder ungeschehen gemacht werden kann. Dass sich die Zeit nicht zurückdrehen lässt. Nicht einmal um drei Tage und einige Stunden.

Die Frau, die ihm gegenüber im Sessel gesessen hatte, war nach eigener Aussage 1948 in Lodz in Polen geboren. Ebenfalls laut eigener Aussage hieß sie Kataryna Rosenbaum und war an einem Augusttag des Jahres 1969 als polnischer Flüchtling in Trelleborg an Land gegangen.

Lewin hatte keinen Grund gesehen, diese Auskünfte zu bezweifeln. Allein schon deshalb, weil sie ihre Behauptungen durch überzeugende Unterlagen untermauert hatte. Unter anderem durch einen schwedischen Führerschein und einen im April 1977 ausgestellten schwedischen Pass.

Aber es gab da noch andere Dinge. Die sie gesagt und die er nicht geglaubt hatte.

»Sie heißt Kataryna Rosenbaum.« Lewin erhob sich und wischte sich Staub von seinem linken Knie. »Sie war vor drei Tagen bei mir im Büro.«

Drei Stunden später hatte Lewin mit etlichen Personen gesprochen: Kommissar Dahlgren, seinem unmittelbaren Chef Andersson, dem wachhabenden Kommissar, den Technikern (den beiden, die gerade in der Wohnung am Werk waren), der Besatzung des Wagens 231, einem zweiundsechzigjährigen Oberkellner, zwei Kollegen des Oberkellners und drei Bewohnern des Hauses Roslagsgata 40.

Er hatte außerdem einen Blick auf die Wohnung und die Tote geworfen. Vor etwas mehr als einer Stunde hatte sich auch Andersson eingefunden.

Außerdem wusste Lewin einiges mehr als drei Stunden zuvor. Unter anderem wusste er:

dass Kataryna durch »Fremdeinwirkung« verschieden war

dass sie aller Wahrscheinlichkeit nach seit Donnerstagmorgen oder Donnerstagvormittag tot war

dass der Tatort mit der Fundstätte Roslagsgata 40 identisch war

dass der festgenommene Oberkellner für den ganzen Tag bis vier Uhr nachmittags ein Alibi hatte

und dass er und Andersson und alle anderen in der Sektion es hier mit einer Mordermittlung zu tun hatten.

III

»Guten Morgen. Bitte setzen«, sagte Dahlgren, als er das Zimmer betrat.

Die anderen hatten bereits Platz genommen. Seit zehn Minuten saßen vierzehn Personen, elf Männer und drei Frauen, in Dahlgrens Büro. Einer lag eher, und zwar auf Dahlgrens Sofa. Kriminalinspektor Bo Jarnebring von der zentralen Ermittlung hatte die halbe Nacht gearbeitet. Gegen drei Uhr morgens war er in das Reihenhaus in Jakobsberg zurückgekommen. Im Bett lag seine Frau Annika und schlief. Auf seinem Kissen lag in Annikas Handschrift eine Mitteilung vom Chef: »Du bist an die Gewaltsektion ausgeliehen. Katarina Rosenbaum Donnerstag vo. ermordet. Dahlgrens Büro Freitag mo. 8.«

Für den Rest der Nacht hatte er höchstens vor sich hingedöst.

Andersson, Lewin und die beiden Techniker waren ebenfalls die halbe Nacht aufgewesen, aber sie brachten Dahlgren größeren Respekt entgegen und saßen brav und gerade auf ihren Stühlen. Keinem von ihnen wäre es in den Sinn gekommen, auf dem Sofa des Sektionschefs herumzulungern.

Lewin war ungefähr zur selben Zeit wie Jarnebring zu Hause gewesen. Er hatte jedoch bis sechs Uhr hellwach in seinem Bett gelegen und hatte deshalb bedenklich rote Augen. Andersson und die beiden Techniker dagegen hatten geschlafen. Jeder vier Stunden. Andersson wusste, dass es »seine« Ermittlung war, und hielt es für seine polizeiliche Pflicht, so ausgeruht wie möglich zu erscheinen. Die Techniker hatten geschlafen, weil sie ihre Arbeit gewöhnt waren. Die Eindrücke, die Lewin Sorgen und Schlaflosigkeit bereiteten, waren für sie längst Routine.

»Wie siehst du denn aus, Lewin. Man könnte ja glauben, dass du die ganze Nacht wach warst.« Dahlgren musterte Lewin forschend und griff dann zu den Papieren, die Andersson für ihn auf den Schreibtisch gelegt hatte.

»Dann wollen wir doch mal sehen«, sagte er. Mit der rechten Hand drehte er die Unterlagen vor sich um: die Meldung von 231, eine kurze Aktennotiz von Lewin, eine von den Technikern angefertigte Skizze des Tatorts sowie einige Fotos. Auch die von den Technikern.

Es war still im Zimmer. Alle Anwesenden kannten die Unterlagen, in die Dahlgren sich jetzt vertiefte. Dahlgren kniff sich beim Lesen vorsichtig mit dem linken Daumen und dem linken Zeigefinger in den linken Nasenflügel.

»Ja, ja.« Er legte das letzte Foto hin und ließ seinen Blick in die Runde schweifen. »Wir haben es also mit einem Mord mit unbekanntem Täter zu tun... und es wird von uns hier erwartet, dass wir den aufklären... wie ihr sicher wisst.« Er nickte zu den Morgenzeitungen hinüber, die er auf den Schreibtisch gelegt hatte. »Die Götter mögen wissen, dass ich wünschte, wir wären besser bestückt... aber egal. Andersson ist der Chef«, er sah Andersson an, der zur Antwort nickte, »und ich selbst muss offenbar den Kontakt nach oben halten.«

Als Dahlgren verstummt war, erhob sich Andersson. Er musterte die Versammelten. Jetzt war er der oberste Feldherr, wenn er auch ungeheuer zivil aussah. Mehr als zwanzig Jahre Schreibtischarbeit bei der Kriminalpolizei hatten ihn in sich zusammensacken lassen, und vor einem Jahr hatte er sich der Tatsache stellen müssen, dass er nicht mehr die für einen schwedischen Polizisten vorgeschriebene Minimalgröße erreichte.

»Wie der Chef eben schon sagte, leiden wir unter einem gewissen Leutemangel.« So redete Andersson immer. »Wir haben nicht genug Leute« und »Wir leiden unter Personalmangel« wurde zu »Leutemangel«. »Deshalb habe ich mir wirklich alle Mühe gegeben.« Auch das ein typischer Anderssonsatz.

Er schob sich mit der linken Hand die Brille auf den Nasenrücken und las zugleich von dem Blatt vor, das er in der rechten Hand hielt.

»Lewin und ich nehmen den inneren Kreis. Also das Opfer und die Personen im nächsten Umgangskreis der betreffenden Person«, erklärte er mit einem Blick zu den fünf Aspis.

Er summte vor sich hin, rückte seine Brille ein weiteres Mal zurecht und ließ den Zeigefinger suchend über den Zettel in seiner Hand wandern. Jarnebring seufzte und rutschte unruhig auf dem Sofa hin und her.

»Und dann haben wir Jansson, ja.« Andersson wandte sich einem dicklichen Mann zu, der sich in seinem grauen Anzug und mit seinen traurigen grauen Augen zu einem Stuhl ganz hinten im Raum geschlichen hatte. »Du bleibst in der Registratur, und Lewin und wir helfen dann hier oben bei den Vernehmungen. Falls es viele werden sollten. Sonst machen Lewin und ich das allein.«

Jetzt stöhnte Jarnebring, und Andersson schaute ihn überrascht an.

»Ulla kümmert sich wie üblich um den Computer.« Andersson lächelte eine der drei Frauen freundlich an. Ulla war die Computerexpertin der Sektion und gab alle neuen Ermittlungsergebnisse in den Computer ein. Seit einem knappen Jahr verfügte die Sektion über einen eigenen Computerterminal, und die alten grauen Metalltrommeln waren in den Keller verbannt worden.

»Krusberg, und auch Jarnebring und Molin, die uns freundlicherweise die Ermittlung ausgeliehen hat«, Andersson schaute Jarnebring und Molin beifällig an, »kümmern sich um den äußeren Kreis. Darunter verstehen wir den Arbeitsplatz des Opfers, dazu Nachbarn und ähnliche Personen«, teilte Andersson mit und wandte sich dann wieder den fünf Aspis zu.

So machte er noch zehn Minuten weiter. Einen Aspi kommandierte er zum Telefondienst ab –, in den Morgenzeitungen waren drei Telefonnummern angegeben, unter denen sachdienliche Hinweise entgegengenommen wurden – und die Enttäuschung war dem Aspi deutlich an den Augen anzusehen.

Der nächste Aspi wirkte ein wenig zufriedener. Ihm wurde der Transport übertragen. Die übrigen drei wurden Krusberg, Jarnebring und Molin überlassen, sie mussten die Nachbarschaft befragen.

»Jaa, wie ihr alle hört, ist das alles andere als eine perfekte Organisation.« Andersson schaute den Sektionschef an und schien um Entschuldigung zu bitten. »Aber wie gesagt, ich habe mir alle Mühe gegeben… und jetzt müssen wir wohl alle nach besten Kräften und Verstand ans Werk gehen.« *Das hört sich gar nicht so dumm an*, dachte er. Nach besten Kräften und Verstand.

Im Anschluss an Andersson ergriff Lewin das Wort. Seine Augen waren rot, und durch seine Erschöpfung, sein mageres Gesicht und die schütteren Haare wirkte er viel älter als zweiunddreißig. Aber seine Ausführungen überließen nichts dem Zufall. In kurzen, inhaltsschweren Sätzen skizzierte er den Hintergrund: den ersten Anruf, Streife 231, den Oberkellner, wie er selbst an den Tatort gelangt war. Zeitangaben, Orte, Personen. Die Leiche jedoch, der Tatort und die

Details wurden mit leichter Hand abgefertigt. Dafür waren die Techniker zuständig.

Wie können zwei Menschen, die sich so ähnlich sehen und sogar dieselben Wörter verwenden, dermaßen verdammt unterschiedlich sein, dachte Dahlgren. Das Wort »der Betreffende« zum Beispiel. Bei Lewin würde es jetzt bald kommen. Alle wussten genau, wer gemeint war mit »der Betreffende«, jeweils man selbst eben. Wenn Andersson es sagte, schauten sich alle wechselseitig an.

Lewin war jetzt wieder beim Oberkellner angelangt. »Alter Kunde bei Rosenbaum.« Er hatte am Vortag einen Termin ausgemacht – Rosenbaum gab Anzeigen mit ihrer Telefonnummer auf, hatte aber keinen Anrufbeantworter –, und er war dann pünktlich um fünf Uhr nachmittags eingetroffen. Klingelte, und als ihm nicht geöffnet wurde, ging er noch einmal um den Block. Kehrte nach einigen Minuten zurück und hatte abermals geklingelt. Niemand machte auf. Er klopfte, drückte auf die Klinke. Die Tür war offen, und er warf einen Blick in die Wohnung.

Und da lag sie: Panik.

Er hatte sie gepackt: Blut an den Händen!

War aus dem Haus und in den gegenüberliegenden Obstladen gestürzt: Hilfe!

Dann war er mit dem Ladenbesitzer zurückgekehrt, um noch einen Blick auf die Tote zu werfen. Und danach ging es abermals in den Laden, wo der Ladenbesitzer die Polizei angerufen hatte.

Die Sicherheitsverwahrung in der Toilette, den Ringkampf mit der Polizei und alles Ungemach, das danach kam, konnte Lewin in einer knappen Minute abhaken.

Wichtiger war das Alibi des Oberkellners. Kataryna war am Morgen oder am Vormittag ums Leben gekommen, und da war der Oberkellner aller Wahrscheinlichkeit nach bei der Arbeit gewesen. Dafür sprach jedenfalls vieles. Unter anderem zwei Arbeitskollegen, mit denen Lewin bereits am Vorabend gesprochen hatte. Außerdem sollte auch der Oberkellner wieder vernommen werden. Lewin würde ihn zwei Stunden später oben in der Sektion treffen.

Lewins erste Begegnung mit Kataryna Rosenbaum wurde ebenso kurz und bündig beschrieben. Obwohl seine Darstellung informativ und interessant war.

Am Montagmorgen des 11. September war über die Nummer 90 000 ein Notruf eingegangen. Eine Nachbarin hatte angerufen. Sie hatte in der Erdgeschosswohnung Lärm gehört. Eine Frau hatte um Hilfe geschrien. Als die Polizei eine Viertelstunde darauf eintraf, befand sich allerdings nur Kataryna in der Wohnung.

Sie war aus freien Stücken mit der Polizei zur Kriminalwache auf Kungsholmen gefahren. Schließlich war sie die Geschädigte und zugleich die einzige Zeugin. Niemand sonst hatte den Mann gesehen, von dem sie überfallen worden war. Ins Krankenhaus wollte sie nicht, obwohl ihr Hals wehtat und bereits eine kräftige Rötung aufwies. Um zehn saß sie bei Lewin. Die Bereitschaft hatte in der Sektion angerufen, und Lewin war persönlich nach unten gegangen und hatte Kataryna abgeholt.

In seinem Büro war sie dann nicht gerade mitteilsam gewesen. Es hatte eine ganze Weile gebraucht, bis sie bereit gewesen war, über ihr Gewerbe zu sprechen. »Massage und Entspannung«, erklärte sie. Natürlich ganz seriös. Sie war in diesem Beruf ausgebildet und hatte in einem physikalischen Institut einen Kurs gemacht. Sie konnte sogar ein Diplom vorweisen. Lewin hatte zustimmend genickt. Er konnte sich den Rest selber denken, und Prostitution war schließlich kein Verbrechen.

Aber was war nun mit dem Kunden? Der versucht hatte, sie zu erwürgen? Erwürgen sei wohl zu viel gesagt. Es sei ein wenig laut geworden und zu einem kleinen Handgemenge gekommen, als sie versucht hatte, ihn aus der Wohnung zu schieben.

Um Hilfe geschrien? Die Leute mussten aber auch immer übertreiben. Möglicherweise hatte sie den Kunden angeschrien, weil sie sich so aufgeregt hatte. Um ihn loszuwerden.

Ihre Beschreibung des Mannes lag auf derselben Linie wie ihre übrigen Aussagen. Sie hatte keine Ahnung, wer er sein könnte. Sie hatte ihn zum ersten Mal gesehen. Sah eigentlich aus wie die meisten. Mittleres Alter, mittelgroß, normaler Körperbau. Ja, er war auch ganz normal angezogen gewesen. Sakko und Hemd, oben offen.

Der perfekte Durchschnittsschwede, dachte Lewin. Vermutlich ausgesandt vom Statistischen Zentralamt, um in der frühen Morgenstunde den Halsumfang von Prostituierten zu ermitteln. Aber Lewin schwieg. Er wusste schon, wo der Schuh drückte. Kataryna Rosenbaum hatte keine Lust mehr. Sie wollte weg aus dem Büro und bereute, überhaupt mit auf die Wache gekommen zu sein. Als Lewin fragte, ob sie Anzeige erstatten wolle – das verlangten die Vorschriften –, versprach sie, sich die Sache zu überlegen. Sie wollte sich melden und Bescheid sagen.

Lewins Versuche waren fruchtlos, obwohl er es lange versucht hatte. Jetzt im Nachhinein wusste er, dass sie ihm außerdem eine falsche Wohnadresse genannt hatte. Dort war sie nämlich vor mehreren Monaten ausgezogen.

Die Adresse? Hier hatte Lewin eine Frage.

»Weiß irgendwer, wo sie wohnt?« Er sah Jarnebring und Molin an.

»Um die Ecke.« Jarnebring fischte ein schwarzes Notizbuch aus seiner Jackentasche. Blätterte mit seinem kompakten Daumen darin herum und las vor. Bergsgata 59, Vorderhaus, drei Treppen hoch, Name an der Tür, zwei Zimmer und Küche.

Eine der beiden weiblichen Aspis konnte ihre Begeisterung nur schwer verbergen. *Der Penner auf dem Sofa hatte soeben ein Kaninchen aus der Jackentasche gezogen.* Auch Dahlgren war zufrieden. *Niemand wurde nur zufällig an die Gewaltsektion ausgeliehen.*

»Ein Problem weniger«, stellte er fest. »Wir konnten sie beim Einwohnermeldeamt nicht finden, und sie hatte keine Papiere.« Er zeigte auf das Haustelefon. »Ruft die Staatsanwaltschaft an und beantragt einen Hausdurchsuchungsbefehl.« Dahlgren wiederholte die Adresse und schaute Jarnebring fragend an. »Ruf die Ordnung an. Sag ihnen, sie sollen die Adresse sichern. Wir sind in einer Stunde da.«

»Noch eine Frage«, sagte Lewin. Wieder sah er Jarnebring und Molin an. »Der Besitzer der Wohnung in der Roslagsgata … der heißt Dahl … Johny Dahl. Autohändler mit eigener Akte. Den können wir auch nicht finden.«

Jarnebring und Molin tauschten einen Blick.

»Hab ich schon mal gehört«, sagte Jarnebring. Er zog ein weiteres Mal sein schwarzes Notizbuch hervor und kritzelte etwas hinein.

»Den Arsch machen wir bald ausfindig.« Molin schaute Dahlgren zutiefst überzeugt an. »Der sitzt sicher mit den anderen Luxusgaunern in der Operabar.«

Lewin war bereit. Die Spekulationen, ob der Würger vom Montag drei Tage später zurückgekehrt sein könnte, mussten warten, bis sie mehr wussten.

»Jaa.« Andersson erhob sich und nickte Lewin, der wieder Platz nahm, freundlich zu. Aus irgendeinem Grund glaubte er, im Stehen besser denken zu können. Wenn er sich an einen größeren Kreis wenden musste. Und offenbar hatte er einen solchen Kreis vor sich, denn er erhob sich ganz automatisch.

»Jaa … du, Jarnebring, du scheinst die Frau ja zu kennen … vielleicht könntest du versuchen, uns ein Bild vom

Opfer zu vermitteln ... ich rede hier von dieser Rosenbaum.«

Die Besprechung dauerte und dauerte. Zuerst schilderte Jarnebring seinen Eindruck von Kataryna Rosenbaum. Obwohl er sich auf persönliche Erfahrungen mit ihr beschränkte – er hatte sie im Rahmen seiner Arbeit für das Prostitutionskommando kennen gelernt, das die Polizeiführung im Winter 76/77 eingerichtet hatte –, und obwohl er sich wie immer kurz fasste, dauerte es doch zwanzig Minuten, weil so viele Fragen gestellt wurden.

Lewin und die anderen machten sich in dieser Zeit eifrig Notizen. »Ziemlich fesches Mädel. Seit mehreren Jahren im Gewerbe. Hat sich bei der Arbeit Kitty genannt.« Stammte aus Polen, war aber seit 75 oder 76 schwedische Staatsbürgerin. Wenn Jarnebring nicht falsch informiert war, dann hatte sie in den letzten Jahren keinen Zuhälter gehabt.

Vorher schon. Zumindest bis 1975.

Und zwar ihren ehemaligen Verlobten. »Marek Sienkowski.« Jarnebring hob den Blick vom Notizbuch. »Ein richtiger Scheißtyp. Ich begreif einfach nicht, warum solche Kerle hier ins Land gelassen werden.« Andersson, Krusberg und Lewin nickten. Den Namen hatten sie auch schon gehört: Marek Sienkowski.

»Ernährt sich von Nutten, Clubs, Hehlerei, Drogen ... macht jeden verdammten Scheiß, den man sich überhaupt nur vorstellen kann. Der Drecksack hat so eine dicke Akte«, hier zeigte Jarnebring mit Daumen und Zeigefinger der rechten Hand zwei Dezimeter an, »vor ein paar Jahren hätte er sie fast umgebracht. Danach war Schluss.« Jarnebring grinste. »Die Sache wurde auch angezeigt. Ich glaube, Solna war dafür zuständig.«

Dahlgren nickte. Betätigte das Haustelefon: »Schickt die

Akte Sienkowski, Marek hoch.« Er buchstabierte den Nachnamen.

»Machte einen sympathischen und ziemlich intelligenten Eindruck, Kataryna, meine ich«, sagte Jarnebring dann abschließend. »Ich hab nie kapiert, was mit ihr nicht stimmt … aber irgendwas muss es ja gewesen sein.«

»Warum glaubst du das?«, fragte Lewin. Jarnebring musterte ihn verständnislos. »Warum glaubst du, dass mit ihr irgendwas nicht stimmte«, fragte er noch einmal. *Ermittler*, dachte er.

»Sie war Nutte.« Jarnebring musterte Lewin vergrätzt. »Irgendwas muss da doch schief gelaufen sein. Wieso hätte sie sonst als Nutte arbeiten sollen?« *Dieser Arsch rafft ja wohl überhaupt nichts*, dachte er.

Lewin nickte, sagte aber nichts.

Die Techniker standen als Letzte auf dem Programm. Bergholm – der Ältere von denen, die sich zuerst am Tatort eingefunden hatten – war daran gewöhnt, lange zu reden, ohne unterbrochen zu werden. Außerdem hatte er mehr Morde auf dem Buckel als sogar Dahlgren. Er zeigte Bilder und zeichnete auf eine Wandtafel. Das alles brauchte seine Zeit.

»Der Körper«, begann Bergholm und zeigte auf die Skizze, die er soeben an die Tafel gemalt hatte.

Der Körper, dachte Lewin. Er merkte, dass er jetzt schrecklich müde war und sich kaum noch konzentrieren konnte. Der Körper … diese Rosenbaum … die Nutte.

Ihr redet von Kataryna Rosenbaum, geboren 1948, dachte er. Und es ist erst vier Tage her. Oder neun Stunden … seit der Gerichtsmediziner gekommen war …

Der Gerichtsmediziner war schon seit einer Weile da. Ein älterer Mann mit schütteren Haaren, grauem Anzug und einer altmodischen Arzttasche aus braunem Leder. Der Inbegriff gelungener Werbung für die gute alte Hausarztordnung, falls im Parlament ihre Wiedereinführung beantragt werden sollte. *Warum sollte er sonst so eine Tasche mit sich herumschleppen*, dachte Lewin.

Der Arzt schaute sich den Leichnam genau an, die Leichenflecken waren jetzt schon ziemlich deutlich zu sehen, ansonsten begnügte er sich damit, Gesicht und Hals abzutasten, um sich ein Bild von der Leichenstarre zu machen.

Danach war beschlossen worden, sie in die Leichenhalle zu bringen, und Andersson hatte einen Wagen angefordert.

Im Flur war es eng, und die beiden Männer von der Leichenhalle konnten die Bahre nur mit großer Mühe neben die Tote bugsieren. Lewin trat in die Küchentür, um nicht im Weg zu stehen. Der Arzt erteilte Anweisungen, wie der Leichnam angefasst werden sollte.

Lewin wollte Kataryna nicht ansehen, schämte sich aber auch – ohne so recht zu wissen, warum –, als er seinen Blick abwandte. Deshalb musterte er die anderen umso genauer. Andersson und die Techniker.

Der Fahrer des Leichenwagens fasste Kataryna um die Taille und zog sie hoch, bis sie aufrecht saß. Sie ruhte mit steif abgespreizten Händen und schlaff herabhängendem Kopf in seinen Armen. Ihre schwarzen Haare klebten an der linken Gesichtshälfte in dem Blut, das aus der Wunde an ihrer Schläfe, aus dem zerschlagenen Auge, aus Nase und Mundwinkel geflossen war. Der Assistent des Fahrers packte ihre Beine und lud sie auf die Bahre.

»Ööööhhrr … uuuuh …«

Lewin spürte, dass jemand seinen Arm nahm, er musste leichenblass sein. Das merkte er jetzt auch. Seine Zunge klebte am Gaumen. Er war in seinem Leben schon einmal ohnmächtig geworden und wusste, wie es sich einen Moment zuvor anfühlt.

»Die Luft wird aus der Lunge gepresst«, erklärte der

Gerichtsmediziner. Er musterte Lewin forschend aus seinen grauen Altmänneraugen. »Es ist nicht ganz angenehm, wenn man nicht daran gewöhnt ist.«

Lewin nickte stumm. Sein Mund war wie ausgedörrt, und er merkte, dass sein linkes Knie – sein Körpergewicht ruhte auf seinem linken Bein – im Hosenbein zu zittern begann. *Herrgott*, dachte er. Reiß dich zusammen, verdammt noch mal. Was sollen denn die anderen denken?

Jetzt lag der Leichnam auf der Bahre. Noch immer zusammengekrümmt, aber auf dem Rücken, mit angezogenen Knien. Rasch wurde er zugedeckt.

»Darüber gibt es viele Geschichten.« Wieder der Gerichtsmediziner, und Lewin ahnte vage, dass er jetzt zum Patienten geworden war: Schocktherapie. Die grauen Augen hielten Lewins blaue fest, und seine Stimme war leise und ernst. »Früher glaubte man, das Mordopfer versuche, den Namen des Täters zu nennen.«

Lewin nickte nur. *Ganz ruhig*, dachte er. Sie ist doch tot… ruhig, verdammt noch mal.

Der Arzt schüttelte nachdenklich den Kopf.

»Früher gab es in meinem Beruf allerlei Seltsamkeiten. Hast du gewusst, dass bei der Suche nach Jack the Ripper einem Opfer die Augen herausgeschnitten und fotografiert wurden? Damals glaubte man, das Letzte, was das Opfer sieht, setze sich auf der Netzhaut fest…« Der Arzt schüttelte den Kopf. »Und das war noch kurz vor der Jahrhundertwende.«

Lewin nickte nur. *Die Augen*, dachte er. Herrgott. Er hatte noch nie jemanden so tot ausschauen sehen. Und dann noch die Augen. Wie hatten die Leute nur auf eine dermaßen wahnwitzige Idee kommen können?

Bergholm war fertig, jetzt redete wieder Andersson. Es wurde Zeit für ein Schlusswort der Ermittlungsleitung, und die Leute scharrten schon mit den Füßen.

»Jaa.« Andersson klang gelassen. »Dann könnten wir die Besprechung für beendet erklären.« Er ließ seinen Feldherrenblick über die Versammlung schweifen. »Keine weiteren Fragen an unsere Freunde von der Technik? Dann wollen wir mal sehen …« Er blätterte in seinen Unterlagen. »Also. Ich, Molin und die Kollegen von der Technik fahren zur Wohnung des Opfers und nehmen dort die Durchsuchung vor. Jarnebring und Krusberg begeben sich in die Roslagsgata. Lewin und Jansson bleiben hier.«

Jarnebring war schon aufgestanden. Er hörte bereits seit einer ganzen Weile nicht mehr zu.

Zwei Minuten später war das Zimmer leer. Bis auf Lewin und Dahlgren. Dahlgren sah zufrieden aus. Er schaute Lewin an und nickte väterlich.

»Viel Glück, Lewin. Ich rufe jetzt unseren Freund, den Staatsanwalt, an und teile ihm mit, dass die erste Sektion ins Horn gestoßen hat.«

Lewin hörte nicht zu. Er nickte trotzdem. In einer Viertelstunde würde er mit einem zweiundsechzigjährigen Oberkellner reden. Und dann würde es genau vier Tage her sein. *Und der Oberkellner würde in demselben Sessel sitzen, in dem sie gesessen hatte.*

IV

Bei Mordermittlungen wird nur selten Rücksicht genommen. Unter anderem kann die Polizei sich nicht an den ökonomischen Gegebenheiten und den gesellschaftlichen Konventionen orientieren, die ansonsten das menschliche Zusammenleben regeln. Vor allem aber kann man keine Rücksicht auf sich selbst nehmen.

Man telefoniert und klopft an Türen, in aller Herrgottsfrühe und abends spät. Unschuldige Menschen werden mitten in der Nacht aus dem Bett gezerrt, um zu erzählen, was sie gesehen und gehört haben. Geregelte Arbeitszeiten, freie Wochenenden und Errungenschaften der Gewerkschaft müssen hinter den kriminalistischen Notwendigkeiten zurücktreten. Der Zweck heiligt die Mittel, und bei Mord ist immer Gefahr im Verzug.

So war es auch diesmal. Die Gewaltsektion warf am Wochenende zwischen Freitag, dem 15. September, und Montag, dem 18. September, zum ersten Mal ihre Netze nach Katarynas Mörder aus. Drei Tage lang kamen Andersson, Jansson, Krusberg, Lewin und die anderen kaum aus den Kleidern. Der Schlaf reduzierte sich auf einige Stunden pro Nacht – und zumindest für Lewin waren es unruhige Stunden –, aber so war es nun einmal, und noch hatte niemand in der Sektion etwas von Arbeitnehmerrechten geblökt. Wie hätte das auch ausgesehen? Behinderung einer Mordermittlung. Der wichtigsten Manifestation von Polizeigeist. Krank, verkatert oder einfach nur müde; bei Mordermittlungen hatten alle ihre Schuldigkeit zu tun.

Gleich nach der Besprechung bei Dahlgren löste die Ermittlungstruppe sich auf, und alle machten sich an ihre Arbeit. Meistens eine Sache von Routine und wenig Drama.

Andersson, Molin, die beiden Techniker und ein Aspi fuhren in die Bergsgata 59 zur Durchsuchung von Katarynas Wohnung und zur Befragung der Nachbarschaft.

Kriminalinspektor Krusberg, den Dahlgren aus einer seiner eigenen Raubüberfallkommissionen ausgeliehen hatte, schaute beim Zentralregister und bei der Ermittlungszentrale der Landespolizei vorbei. Dann fuhr er zum Tatort, Roslagsgata 40.

Jarnebring und zwei Aspis begaben sich zur Nachbarschaftsbefragung in die Roslagsgata. Jarnebring machte ebenfalls einen Umweg – er wollte sich Johny Dahls Adresse besorgen. Die bekam er jedoch nicht. Das sollte noch seine Zeit dauern.

Kriminalinspektor Jansson (grauer Anzug, Übergewicht und traurige graue Augen) übernahm die Registrierung. Er schnappte sich die Computerexpertin der Sektion und den Aspi, der zum Telefondienst abgestellt war. Die Öffentlichkeit hatte sich bereits gemeldet, und es gab Informationen über den Vortag, mit denen der Computer gefüttert werden musste. Der Aspi, der für die Transporte zuständig war, rannte im Haus wild hin und her. Vielleicht hatte er sich das Ganze nicht so vorgestellt. Nachmittags besserte sich die Sache. Er fuhr als Kurier zum staatlichen kriminaltechnischen Labor nach Linköping. In seinem Gepäck hatte er unter anderem einen blauen Frotteebademantel, eine zerrissene weiße Baumwollunterhose und ein abgebrochenes, zweiundvierzig Zentimeter langes Stuhlbein. Alles eingewickelt in Plastiktüten und sorgfältig etikettiert.

Lewin ging auf sein Zimmer. Er musste mit einem zweiundsechzigjährigen Oberkellner sprechen und dazu fünfzehn Meter zurücklegen.

Dahlgren trank eine Tasse Kaffee, ehe er beim Staatsanwalt anrief, um den Hörnerklang zu vermelden.

Lewin hatte sich Zeit gelassen. Als er Dahlgrens Zimmer verließ, wartete der Oberkellner bereits auf dem Gang. Lewin schüttelte abwehrend den Kopf, als der Mann sich erheben wollte – »gleich wieder da« –, ging weiter in sein Zimmer und zog die Tür hinter sich zu.

Dann machte er zwei Dinge. Eins war überaus seltsam, das andere pure Routine. Zuerst vertauschte er die Sessel, und zwar den Besuchersessel mit seinem eigenen. Danach legte er den Ordner mit dem Verhör vom Vorabend auf den Tisch. Der Bericht war bereits ins Reine geschrieben. Das hatten die Mädels aus dem Sekretariat während der Besprechung gemacht.

Erst als er mit allem fertig war, öffnete er die Tür und streckte den Kopf in den Gang. Das reichte. Der Oberkellner hatte sich bereits erhoben und stand nach wenigen Sekunden im Zimmer. Aber auch für Lewin reichte es. Er saß schon hinter seinem Schreibtisch und brauchte so dem Besucher nicht die Hand zu geben, ohne allzu unhöflich zu wirken.

»Bitte, setzen Sie sich.« Lewin zeigte auf den Sessel. »Und Sie sind 1916 geboren?« Lewin las aus seinen Unterlagen vor. »Allein stehend, keine Kinder. Wohnhaft Henriksdalsring 10 in Nacka. Sie arbeiten als Oberkellner… in einem Hotel in der Odengata.« Lewin schaute von den Papieren auf und musterte den Mann auf der anderen Seite vom Schreibtisch. *Verhörstimme, Verhörmiene.*

Der Mann nickte stumm. Er sah schlecht aus. Vermutlich hatte auch er nicht geschlafen, und sein umfangreicher Leib wirkte übernächtigt und schlaff. Er fuhr sich nervös über die

Stirn und die schütteren blonden Haare, die er mit einem stark riechenden Haarwasser nach hinten gekämmt hatte. Zugleich sah er Lewin an. Sein Blick war flehend, und seine Augen waren jetzt blank.

»Sie haben schlecht geschlafen.« *Wenn er nur nicht zusammenbricht*, dachte Lewin. Der andere nickte wieder. Stumm.

»Ich finde, wir sollten über gestern reden. Unser erstes Gespräch war doch ein wenig hektisch.« *Etwas weniger Verhörstimme,* dachte er.

»Ja, ja«, sagte der Mann im Sessel. Er faltete die Hände über seinen Knien.

Das Verhör dauerte. Aber das war auch richtig so. Das gehörte dazu. Es gehörte zur Vernehmungstechnik, einem kleinen Teil der großen Ermittlungstaktik.

Zuerst musste der Oberkellner alles erzählen, was am Vortag passiert war. Wie er sich am Telefon mit Kataryna verabredet hatte. Wie er gegen neun Uhr von zu Hause weggegangen war, um sich zur Arbeit zu begeben – mit dem Bus bis Slussen und dann mit der U-Bahn zum Odenplan –, und wie er dort um kurz vor zehn eingetroffen war.

»Wir hatten ein größeres Mittagessen, um das ich mich selbst kümmern musste. Sonst fange ich später an, wenn ich tagsüber Dienst habe.«

Er war den ganzen Tag bei der Arbeit gewesen – »ich habe das Haus nicht einmal für kurze Zeit verlassen« –, und zwar bis halb fünf. Lewin hatte schon mit zwei Kollegen vom Oberkellner darüber gesprochen und erfuhr nun die Namen von zwei weiteren Personen, die ihm für den Donnerstag ein Alibi geben konnten. Lewin machte sich Notizen, stellte Fragen und machte sich noch mehr Notizen. Der Mann kam ihm jetzt, da er endlich redete, ruhiger vor.

Sie gingen die Ereignisse in der Roslagsgata ein weiteres

Mal durch. Wie er die Tote gefunden hatte und losgestürzt war, um Hilfe zu holen. Wie der Ladenbesitzer die Polizei angerufen hatte, während er selbst auf die Toilette gegangen war, um sich zu waschen. Wie er dann festgestellt hatte, dass er eingeschlossen worden war. »Ich dachte, die wollten mich auch umbringen.« Jetzt waren seine Augen wieder blank, und es fiel ihm schwer, mit ruhiger Stimme zu sprechen.

»Ich habe versucht zu erklären … aber die haben nicht zugehört. Die haben mich nur hin und her gestoßen und an mir herumgezerrt. Dieser große Dunkle hat mich beschimpft und mir verboten, mich zu waschen …«

Lewin nickte. *Ja, ja.*

»Wie gut kannten Sie Kataryna Rosenbaum?«

Er kannte Kataryna Rosenbaum seit zwei Jahren. Beruflich, durch ihren Beruf, und über eine Anzeige. Damals hatte sie zusammen mit einer Freundin in einer Wohnung in der Dalagata gearbeitet, und im ersten Jahr hatte er sie recht häufig dort besucht. Später übrigens auch noch. Aber die Gründe hatten sich geändert.

»Geschlechtsverkehr und ab und zu Massage.« Der Mann sah seine Hände an, nicht Lewin. »Sie war so freundlich«, murmelte er. »Immer so freundlich, und ich habe sie Kitty genannt. Diesen Namen hat sie bei der Arbeit benutzt … sie wollte sich wohl nicht ausliefern, denke ich. Aber als wir uns dann besser kennen lernten, hat sie erzählt, dass sie Kataryna heißt. Und eigentlich aus Polen kommt …«

Jetzt sah er Lewin an.

»Wir wurden sozusagen gute Freunde … und oft habe ich einfach nur zum Plaudern vorbeigeschaut … wenn sie wenig zu tun hatte, natürlich nur. Dafür habe ich nie bezahlt.«

»Und damals haben Sie angefangen, ihr Dinge mitzubringen?«

Der Oberkellner nickte.

»Vor allem Schnittchen, Delikatessen … sie hat so gern

feine Dinge gegessen. Ich … ich liebe Frauen, die richtig gern essen.« Er schaute Lewin verwirrt an. »Das kommt sicher von meinem Beruf. Ich habe ihr immer Krabbenbrote mitgebracht. Manchmal auch Kaffee in einer Thermoskanne. Niemals Alkohol. Sie trank keinen Alkohol.«

»Sie haben das von Ihrer Arbeit mitgebracht?«

Wieder nickte der Oberkellner.

»Oft Krabben mit Ei, Majonäse und Dill. Das hat sie besonders gern gegessen … Krabben.«

»Was haben Sie für ihre Dienste bezahlt?«

»Unterschiedlich. Dreihundert Kronen für Geschlechtsverkehr, manchmal auch zweihundertfünfzig, und hundert für Massage. Aber wenn wir nur geredet haben … das hat dann nichts gekostet.«

Lewin schaute in seine Papiere. Warum, wusste er eigentlich nicht.

»Woher wussten Sie, dass sie in die Roslagsgata 40 gezogen ist?«

»Das hat sie erzählt. Als ich zum letzten Mal in der Dalagata war. Das war im Frühling. April, glaube ich … oder vielleicht auch im Mai.« Er schaute Lewin fragend an, und der nickte. »Sie und ihre Freundin … die Freundin heißt Lilian … aber ich glaube, in Wirklichkeit heißt sie Anita. Offiziell, meine ich.« Er sah Lewin an, als wollte er sich entschuldigen. »Aber sie hat sich eben Lilian genannt. Auch ein nettes Mädchen. Die Wohnung war ihnen gekündigt worden. Der Vermieter wollte sie nicht mehr im Haus haben. Die anderen Mieter haben sich beklagt, und es hat wohl auch in der Zeitung gestanden. Dass in der Wohnung Lärm und viel Betrieb gewesen sein soll … aber ich habe davon nie etwas bemerkt.«

»Wussten Sie, wo sie wohnt?«

»Nein … ich wollte sie fragen, aber das hat sich nie ergeben … man weiß doch nie … wie es ihr so ging, meine ich.«

»Sie haben sie also nur in ihrem Atelier getroffen?«

»Ja, nur da.«

…

…

»Sie glauben doch nicht, dass ich sie umgebracht habe?«

Lewin musterte ihn wortlos.

»Aber Sie glauben doch nicht, dass man einer Frau, die man umbringen will, Schnittchen mitbringt?«

Das wäre sicher nicht das erste Mal, dachte Lewin. Aber das sagte er nicht. Er machte ein strenges Gesicht. Das Verhör war fast zu Ende, und der Oberkellner hielt sich noch immer aufrecht.

»Ich tue nur meine Arbeit. Fragen ist meine Aufgabe. Wenn etwas sein sollte, dann melde ich mich. Wenn Ihnen noch etwas einfällt, melden Sie sich. Abgemacht?«

Der Mann nickte, sagte aber nichts.

»Danke.« Lewin erhob sich. Er zögerte, dann streckte er die Hand aus. Der Handschlag des Oberkellners war schlaff, und seine Hand fühlte sich feucht an. Sie hatte ihre Kraft verloren. Denn sie muss doch Kraft gehabt haben. *Bei dem Körper.*

»Sie war immer so lieb.« Jetzt waren seine Augen wieder blank. »Sie verstehen… ein Mann braucht doch jemanden zum Reden.«

Lewin verstand, aber das sagte er nicht. *Man braucht jemanden zum Reden.* Jemanden, für den man wichtig ist.

»Da drinnen ist jemand. Ich höre sie, aber sie machen nicht auf.« Die Aspi flüsterte und zeigte auf die Tür oben auf dem Treppenabsatz.

Jarnebring nickte beruhigend. Die Nachbarschaftsbefragung lief überraschend gut, bedachte man, dass es mitten am Tag war – noch dazu Freitag –, und die Leute eigentlich bei der Arbeit sein müssten. Die Erklärung war sicher einfach, dachte Jarnebring. In diesem Haus wohnten vor allem ältere Leute, Rentner, dann Studenten zur Untermiete. *Verdammt schlecht*, dachte Jarnebring. Was die Leute hier wussten, hatten sie morgens in der Zeitung gelesen.

Er schlich auf Zehenspitzen nach oben, trat vor die Tür und presste das Ohr an das Türblatt. Ja, da war jemand. *Der Mörder!* Jarnebring grinste. Er klingelte ein Signal und hämmerte mit der Faust einige Male gegen den Türrahmen.

»Feuerwehr«, brüllte er. »Aufmachen. Hier ist die Feuerwehr.«

Sofort kam eine Reaktion. Er hörte, wie jemand die Sicherheitskette öffnete. Der Schlüssel wurde umgedreht, die Tür aufgeschoben, und vor ihm stand eine kleine alte Frau in einer geblümten Kittelschürze, mit Brille, grauen Haaren und ängstlichem Blick.

»Brennt es«, jammerte sie, und ihre Blicke irrten zwischen Jarnebring und dem Treppenhaus hin und her.

Jarnebring bedachte die alte Dame mit seinem beruhigendsten Polizistenlächeln, das er vor allem für ältere Damen reservierte, die glaubten, ein Feuer sei ausgebrochen; er verbeugte sich höflich und zeigte seinen Dienstausweis. Er hielt das blaugelbe Polizeiemblem zwanzig Zentimeter vor die Augen seines Gegenübers.

»Guten Tag, gnädige Frau«, sagte er dann. »Ich komme von der Kriminalpolizei. Sicher haben Sie in Ihrem Briefkasten die Nachricht vorgefunden, dass wir mit Ihnen sprechen möchten?«

Die Wohnung stand auf Lewins Liste. Am Vorabend hatte niemand aufgemacht, und deshalb hatte Lewin die Benachrichtigung in den Briefkasten geworfen. Für solche Fälle besaßen sie Vordrucke.

»Wir haben der Polizei nichts zu sagen«, protestierte die alte Dame erschrocken. »Hier wohnen nur mein Mann und ich, und wir sind anständige Menschen.«

Jarnebring nickte zustimmend und versuchte, ein weiteres Mal zu lächeln.

»Davon bin ich absolut überzeugt, gnädige Frau«, sagte er mit Wärme in der Stimme. »Nun ist es leider so, dass gestern hier im Haus ein Verbrechen geschehen ist, und da müssen wir die Nachbarn doch fragen, ob jemand etwas gesehen hat. Darf ich hereinkommen?«

»Zeigen Sie mir Ihren Dienstausweis.« Die Frau zeigte auf Jarnebrings linke Hand.

Er zeigte noch einmal seinen Ausweis vor. Die Frau in der Tür sah ihn sich genau an. Sie machte immer noch einen skeptischen Eindruck.

»Ich dachte, Sie hätten Marken. Das habe ich mal gehört. Ich habe einen Verwandten bei der Polizei.« Ihre Stimme wurde beim letzten Satz kräftiger, wie um Jarnebring zu verstehen zu geben, dass er ja keine blöden Tricks versuchen sollte.

»Aber der arbeitet vielleicht auf dem Land? Da haben sie Marken«, log Jarnebring. »Hier in der Stadt nehmen wir Plastikkarten.«

»Ich, also, ich weiß ja nicht.« Die alte Dame musterte ihn zweifelnd, trat dann aber in der Tür beiseite. »Hier wohnen nur mein Mann und ich … er ist Polizist in Sandviken. Mein Neffe«, sagte sie und hielt zugleich die Tür auf.

»Man kann ja nie wissen«, sagte Jarnebring herzlich und betrat die Wohnung. Ehe er die Tür hinter sich zuzog, gab er seiner Kollegin, die unten auf der Treppe stand, ein Zeichen. »Weiter, geh zur nächsten Wohnung«, sollte das heißen.

Die Wohnung war nicht größer als die, in der Kataryna gearbeitet hatte. Hier jedoch gab es zwei Zimmer. Gleich gegenüber der Tür lag das Wohnzimmer. Links kam die Küche, rechts noch ein Zimmer. Alle Fenster schauten auf den Hinterhof.

»Ich wollte gerade putzen.« Die Frau zog ihre Kittelschürze über ihrer mageren Brust zusammen. »Mein Mann ist nicht gesund, und wir haben eine Haushaltshilfe, aber das Grobe mache ich schon noch selbst.«

»Sie haben es sehr schön hier.« Jarnebring sah sich beifällig in dem mit Möbeln voll gestopften Zimmer um. »Ich bleibe auch nicht lange. Ich wollte nur ein paar Fragen stellen.«

Eine Stunde später hatte Jarnebring zwei Tassen Kaffee getrunken und in der Deckenlampe die Glühbirne ausgewechselt. Er hatte erzählt, warum er gekommen war, und fünf Minuten gebraucht, um die alte Dame zu beruhigen – »es besteht keinerlei Gefahr, wir haben im Haus Posten aufgestellt«. Außerdem hatte er so allerlei erfahren. Über Kataryna.

Die Frau wusste sehr gut, wen er meinte. »Sie war immer so elegant und sah so sympathisch aus.« Sie begegneten sich morgens im Treppenhaus. Jeden Morgen gegen neun – »um neun öffnet die Bäckerei« – kaufte sie in einem Familienbetrieb, der in der Gegend noch überlebt hatte, Brötchen und eine halbe Lage Butterkuchen. Um diese Zeit traf Kataryna offenbar an ihrem Arbeitsplatz im Erdgeschoss ein.

»Er isst so schrecklich gern frische Brötchen.« Das flüsterte sie Jarnebring zu, während sie zugleich zur verschlossenen Schlafzimmertür hinüberlugte. »In Nummer 22 gibt es noch eine Bäckerei. Aber in letzter Zeit isst er sie nicht mehr auf.« Besorgt schüttelte sie den Kopf.

Sie konnte noch mehr erzählen. Vormittags sah sie Kataryna noch mal, wenn sie in den Hinterhof ging. Zu den Mülltonnen, die ganz hinten in einem Schuppen standen. Jarnebring nickte. Er hatte bereits den weißen Sessel registriert, der vor dem Fenster stand. Da konnte man die Tage mit Hinausschauen verbringen. Und sich gleichzeitig mit dem Gatten im Nebenzimmer unterhalten.

Am Vortag, gegen halb zehn, glaubte sie Kataryna begegnet zu sein, als sie vom Einkaufen zurückkam. Sie hatten gleichzeitig das Haus betreten. Sie konnte sich sehr gut daran erinnern. Sonst sah sie Kataryna nämlich früher, gleich nach neun, wenn sie in die Bäckerei ging. Kataryna hatte die Tür für sie aufgehalten.

»Sie war so höflich wie ein kleines Mädchen.« Die alte Dame musterte Jarnebring mit ernster Miene.

Aber danach hatte sie Kataryna nicht mehr gesehen. Sie hatte keinen Abfall in den Hinterhof gebracht. »Aber das tat sie natürlich nicht jeden Tag.« *Und gestern eben nicht*, dachte Jarnebring. Aus nahe liegenden Gründen.

»Wo zum Teufel hast du denn so lange gesteckt? Ich dachte schon, die Oma hätte dich vergiftet.« Die Kollegin saß vor dem Haus im Auto. Sie war so gereizt, dass nur der Respekt sie bremste.

Jarnebring schlug die Autotür zu und schüttelte den Kopf. Er sah zufrieden aus.

»Ich habe zwei Tassen Kaffee getrunken. Dann habe ich eine Glühbirne ausgewechselt. Und übrigens ...«, er starrte sie an. »Sag nicht Oma. Solche älteren Damen sind die besten Zeuginnen, die man sich überhaupt vorstellen kann. Hast du das auf der Schule nicht gelernt? Zeig mal die Liste.«

»Noch fünf. Zettel im Briefkasten«, sagte die Aspi und reichte ihm das Verzeichnis der Hausbewohner.

»Gut«, sagte Jarnebring. »Dann gehen wir jetzt was essen, und dann nehmen wir uns die Nachbarhäuser vor.«

V

Während Bo Jarnebring auf einem wackeligen Küchenstuhl balanciert, um eine defekte Glühbirne auszuwechseln, während Jan Lewin sich fragt, ob der Oberkellner, den er gerade vernimmt, zusammenbrechen und hysterisch losheulen wird, arbeiten sich Andersson und die beiden Techniker langsam durch Katarynas Wohnung in der Bergsgata 59 hindurch.

Andersson, Jarnebring, Lewin, die Techniker; alle sind auf unterschiedliche Weise demselben Ziel verpflichtet. Alle wissen sie eins. Die einleitende Phase ist entscheidend. So ist es fast immer bei Mordermittlungen. Und hier haben sie es mit der einleitenden Phase einer Mordermittlung zu tun. Das wissen alle. Von Dahlgren bis zur kleinsten und jüngsten Aspi.

Die Untersuchung der Wohnung wurde am Freitagvormittag um elf begonnen. Danach wurde sie in Etappen durchgeführt und erst abends am Sonntag, dem 17. September, abgeschlossen.

Zusammenfassend können wir sagen, dass die Techniker ihre Zeit zwischen Katarynas Wohnung in der Bergsgata und ihrem Atelier in der Roslagsgata aufteilten.

Bei der Durchsuchung in der Roslagsgata ging es vor allem um zwei Dinge. Erstens: Wie war der Mord geschehen? Zweitens: Gab es Spuren, die sich bei der Jagd nach dem

Täter verwenden lassen würden und vor Gericht als Beweise Bestand hätten?

Wenn man so wollte, konnte man letztere Frage auch umdrehen. Mit technischen Beweisen kann man einen Unschuldigen von jeglichem Verdacht befreien.

Die Untersuchung des Tatorts sicherte viele Spuren dieser Art: Hautfragmente, Blut, Haare, die von Katarynas Kopf und von ihrem Unterleib stammten, Fingerabdrücke, Körperflüssigkeiten in ihrer Unterwäsche und auch sonst noch allerlei.

Später sollte sich dann herausstellen, dass nur eine einzige dieser vielen Spuren für die Ermittlung von Bedeutung sein würde, aber das weiß man ja vorher nie.

Bei der Untersuchung von Katarynas Wohnung wurde jedoch nach einer anderen Antwort gesucht. Die Hauptfrage lautete: Wer war Kataryna Rosenbaum? Da sie sich selbst nicht dazu äußern konnte, musste man versuchen, sich aufgrund ihrer nächsten Umgebung ein Bild von ihr zu machen. Unter anderem ausgehend von den Dingen, mit denen sie sich umgeben hatte.

Dazu gehörten hoffentlich Gegenstände, die von ihrem Umgang erzählen konnten. Notiz- und Telefonbücher, Briefe, Zettel mit Notizen, Quittungen, Rechnungen, Fotos. Vielleicht sogar ein Tagebuch. Aber ein solches Glück, dass man ein Tagebuch fand, hatte man fast nie.

Und doch war die Hoffnung auf ein Tagebuch Anderssons wichtigste Antriebskraft. Das hatte einen ganz persönlichen Grund, die Ursache lag weit zurück in der Vergangenheit, und auch als Hoffnung war es wenig realistisch.

Sechzehn Jahre zuvor, im Frühjahr 1962, hatte Andersson während einer Mordermittlung nämlich ein Tagebuch gefunden. Und dieses Tagebuch – genauer gesagt, ein Eintrag in diesem Tagebuch – hatte die Aufklärung eines Mordes ermöglicht, der sonst mit Sicherheit unaufgeklärt geblieben wäre.

Die Zeitungen hatten damals ziemlich viel darüber geschrieben. Sogar im Jahrbuch des Polizeivereins hatte ein Artikel gestanden. Nicht von Andersson selbst, sondern von einem Oberstaatsanwalt mit Sinn für kriminalistische Kuriositäten.

Eine seltsame Geschichte. Das nun wirklich. In den Tagebuchzeilen wurde kein Name, überhaupt keine Person erwähnt. Es handelte sich um drei Strophen aus einem ziemlich beliebten Liebeslied, und der Mörder selbst hatte sie ins Tagebuch des Opfers geschrieben. Als er die Frau noch geliebt hatte.

Nie wieder hatte Andersson ein Tagebuch gefunden, obwohl er seit 1962 an etlichen Mordermittlungen teilgenommen hatte, die Hoffnung jedoch war immer noch da.

Außerdem – denn Andersson war im Grunde ein Optimist – gab es Adressbücher, Briefe, Notizen auf einzelnen Zetteln. Diesmal jedoch, während der Kataryna-Ermittlung, geriet sein Glaube ins Wanken. Das müssen wir zugeben.

In Katarynas Wohnung fanden sie nämlich nur sehr wenige Dinge, die überhaupt auf irgendwelche Beziehungen zu anderen Menschen hinwiesen. Es gab einige wenige Fotografien. Fast alle zeigten Kataryna selbst, und im Hintergrund war in der Regel eine Wand irgendeines Fotoateliers zu sehen. Es waren auch keine Pornofotos – was in Anbetracht ihres Gewerbes doch nahe gelegen hätte. Es waren Bilder von Katarynas Gesicht, im Profil, Halbprofil und von vorn. Von schräg oben, schräg unten, von der Seite oder direkt von vorn aufgenommen.

Kataryna selbst, lächelnd oder ernst, aber immer war sie sich der Tatsache, dass sie vor einer Kamera saß, überaus bewusst.

Briefe? Briefe fanden sie überhaupt nicht.

Rechnungen und Quittungen? Uninteressant. Bar bezahlt, keine Kredite, keine Zahlungsaufforderungen. Die üblichen banalen Gegenstände: sechs Kristallgläser aus dem Kaufhaus NK, ein Paar Schuhe aus dem Schuhladen Svan in der Drottninggata, Lebensmittel von Åhléns in der Klarabergsgata.

Die ganze Wohnung war kühl und unpersönlich, sie war elegant möbliert – neue Möbel –, sie war ordentlich und gepflegt. Sogar in Kühlschrank, Speisekammer und Badezimmerschrank herrschten Ordnung und Anonymität.

Ein einsamer Mensch, dachte Andersson. Aber das liegt natürlich an diesem Telefon. Er betrachtete verärgert den weißen Apparat auf dem Nachttisch im Schlafzimmer. Es sorgt dafür, dass die Leute keine Briefe mehr schreiben. Und auch kaum noch Notizen auf kleine Zettel.

Aber zugleich war es das Telefon, auf das sie auch diesmal ihre Hoffnungen setzten. Es gab nämlich ein Adressbuch mit ziemlich vielen Namen und Nummern. Außerdem lagen einige Visitenkarten darin. Auf denen ebenfalls Telefonnummern standen.

Aber das war mehr oder weniger alles. Obwohl sie vier Kartons mit Katarynas Habseligkeiten mitnahmen, als sie nach dem ersten Durchgang ihre Wohnungstür verplombten.

Natürlich lagen in einem Karton nur Kleidungsstücke. Ein zweiter enthielt die Reste ihres letzten Frühstücks – Eierschalen, Brotkrümel, ein leeres Marmeladenglas und einen benutzten Kaffeefilter, das alles hatten sie aus dem Müll gefischt, dazu eine Kaffeetasse, ein Glas mit einem Rest Apfelsinensaft, einen Eierbecher, zwei Schalen und zwei Löffel, alles aus dem Spülbecken –, aber daneben hatten sie eben doch zwei Kartons voller Papiere.

Die Besprechung dauerte noch an, als die Telefone der Gewaltsektion anfingen heißzulaufen. In den kommenden zwei Tagen sollte die Flut von Tipps heftig anschwellen.

Aus den schriftlichen Unterlagen über die Ermittlungen geht hervor, dass wirklich ungeheuer viele Anrufe einliefen. Während der knapp vier Monate bis Jahresende wurden allein an die zweihundert telefonische Tipps registriert. Es lässt sich aber auch leicht nachweisen – denn jedes Detail in den Ermittlungsakten ist mit Datum versehen –, dass in diesen Monaten nicht von einem langen ruhigen Fluss die Rede sein konnte.

Allein an den ersten beiden Tagen wurden über hundert telefonische Tipps registriert. Danach ging die Zahl stark zurück. Schon am dritten Tag der Ermittlung war Katarynas Name aus den Schlagzeilen verschwunden, und der Zusammenhang zwischen der öffentlichen Darstellung des Falls und der Menge an Informationen aus der Öffentlichkeit wird in aller Deutlichkeit klar. Was ja nur natürlich ist. Der Zustrom an Tipps versandet, und es bleibt ein dünnes Rinnsal.

Dann dauert es zwei Monate, bis die Tipps wieder strömen – wenn auch längst nicht so heftig wie beim ersten Mal. Es geschieht, als ein mutmaßlicher Täter festgenommen wird und die Zeitungen den Fall abermals aufgreifen.

Der Aspi, der zum Telefondienst abkommandiert worden war, hatte sein Missvergnügen deutlich gezeigt. Am Telefon zu sitzen, noch dazu unter der ständigen Oberaufsicht eines älteren Kollegen, kam ihm wenig sinnvoll vor. Er sollte seine Meinung jedoch recht bald ändern und glauben, im Mittelpunkt der Ereignisse zu sitzen. Bedenken wir die relative Bedeutung seiner Aufgabe und zugleich den Wert der von ihm registrierten Informationen, sind beide Reaktionen fragwürdig.

Während der einleitenden Phase laufen also bei der Gewaltsektion die Telefone heiß. Aber die, die anrufen, und das, was sie zu sagen haben, sind fast immer von geringem Wert für die Ermittlung. Etliche Tipps müssen sogar als schädlich eingestuft werden. Sie lenken die Arbeit in eine falsche Richtung und stehlen Zeit und Mittel ohne jede Gegenleistung.

Viele Anrufe kommen zudem von Leuten, die vor allem reden wollen. Von verängstigten und einsamen Menschen. Eine Abendzeitung versucht, einen Zusammenhang herzustellen zwischen dem Mord an Kataryna und zwei anderen Frauenmorden, die früher im Jahr passiert sind. Das ist bereits zu diesem Zeitpunkt äußerst zweifelhaft und wird sich bald als ganz und gar falsch erweisen, aber viele Anrufe beziehen sich darauf. Die Angst vor dem Unbekannten und die vielen Beobachtungen, die nichts mit Kataryna zu tun haben, werden schon bald zur Belastung für die Ermittler.

Die zweite Sorte von Anrufen stammt von Personen, die mit Fug und Recht oder zumindest mit einem Anschein von Fug und Recht als wichtige Gewährsleute bezeichnet werden können. Von der Art: Ich habe am Donnerstagmorgen vor der Roslagsgata 40 einen blauen VW-Bus gesehen … ein älterer Mann hat gegen fünf das Haus verlassen.

Dann haben wir natürlich die Abweichler. Die sind ein typisches Phänomen solcher Ermittlungen, dürfen aber nicht ignoriert werden. In der Kataryna-Ermittlung gibt es viele gute Beispiele. Der folgende anonyme Anruf – angerufen hat ein Mann mittleren Alters, der *nicht* angetrunken zu sein schien – wird am Freitagnachmittag zwischen vierzehn Uhr fünfzig und fünfzehn null null aufgenommen:

»… ja Scheiße, hab sie nicht umgebracht. Hab ihr eins auf die Schnauze gegeben, Mann … hab doch gesehen, dass sie das braucht, Mann … so viel Scheiß hat die geredet. Mann. Ja, ich hab eine Weile weitergemacht, Mann … hab sie langsam gefickt, immer mit dem dicken Schwanz im Hals, Mann. Und dann, Mann … da hab ich aufgehört, Mann … und die Scheißnutte war total starr, Mann … und da dachte ich, die miese Sau soll blechen, Mann … und da hab ich ihr den Kram in die Fotze gestopft, Mann …«

»Können Sie sagen, was Sie hineingestopft haben?«

»Scheiß drauf, Junge … miese blöde Fotze hatte die, die Scheißnutte«, und so weiter und so weiter.

Aber registrieren muss man das. Über diesen Anruf wurde einen ganzen Nachmittag diskutiert. Aus demselben Grund, aus dem der Aspi, der den Anruf entgegengenommen hatte, dem Anrufer nur eine einzige spontane Frage gestellt hatte.

Dann gab es natürlich noch die kleine Gruppe von Leuten, die gestehen wollten. Einer war übrigens schon während der ersten Besprechung auf der Wache erschienen. Ein anderer rief an und schlug einen Zeitpunkt vor, »besser, ich bin es los, wenn Sie verstehen.«

Einsame Menschen, furchtsame Menschen, verrückte Menschen. Solche, die etwas gesehen haben. Und solche, die einfach nur reden wollen. Aber alle haben eines gemeinsam. Ihre Mitteilungen müssen ernst genommen werden, bis sich das Gegenteil herausstellt. Danach werden sie registriert, ob sie wichtig sind oder nicht.

Der Aspi schreibt und schreibt. Jansson, der im Nebenzimmer untergebracht ist, wandert ein und aus. Hin und her. Zwischen Ulla und dem Computerterminal, seinem eigenen Telefon und den Zetteln und den Hilferufen des Aspi.

Aber dann fängt der Strom an zu versiegen. Am Sonntag, dem 17., als Kataryna aus den Morgenzeitungen verschwindet und in den Abendzeitungen nach hinten verbannt wird, verstummen die Telefone. Und dann hat man möglicherweise Zeit zum Denken.

Am Sonntagabend, als die Flut von Tipps zu einem schwachen Rinnsal geschrumpft war, hatten die Techniker in der Bergsgata 59 ihre Arbeit beendet.

»Du solltest mal hinfahren.« Andersson stand in Hut und Mantel in Lewins Zimmertür.

Lewin nickte zerstreut.

»Ich fahre jetzt nach Hause, schlafen«, sagte Andersson dann. »Die Schlüssel liegen in meiner linken Schublade.« Er tippte mit der rechten Hand an seine Hutkrempe und ging.

Lewin schaute ihm hinterher. Seit Freitagmorgen hatte er die Sektion fünfmal verlassen. Dreimal, um in der Stadt Vernehmungen durchzuführen. Zweimal war er zum Schlafen nach Hause gefahren. Die übrige Zeit hatte er hier verbracht. Vor allem in seinem Zimmer. Dauernd im Gespräch mit den Personen, die sich hinter den bei Hausdurchsuchungen, Nachbarschaftsbefragungen und Registerdurchsichten ermittelten Namen verbargen. Oder die sich von selbst gemeldet hatten. *Über diese verdammten Telefone, die auf der anderen Seite des Gangs ununterbrochen bimmelten.*

Lewin war ein gebildeter Polizist. Er las viel und wusste sehr wohl, wer Sisyphos war. Seit Freitag verstand er ihn auch. Verstand unter anderem, dass seine eigene Lage noch weniger beneidenswert war. In der Zeit, die er brauchte, um einen Namen von der Liste der zu vernehmenden Personen zu streichen – Vernommen/Lewin/Datum – hatte jemand anders drei neue dazugeschrieben.

Aber Lewin wusste auch, dass sich die Situation bald ändern würde. Und dass jeder neue Name auch eine neue Hoffnung bedeutete. Deshalb fügte er sich in sein Schicksal und blieb auf seinem Platz am Fließband der Ermittlungsmaschinerie. Andersson, Jarnebring und die anderen sorgten immer wieder für Nachschub. Lewin sortierte. So war das. Das hatten sie am Freitag beschlossen.

Um halb acht las er in den Papieren, die er in seinen Stahlschrank eingeschlossen hatte. Seit einer guten Stunde war er allein in der Sektion, vielleicht sogar im Haus in der Kungsholmsgata. Wenn er jetzt fuhr, konnte er in der Bergsgata vorbeischauen und trotzdem noch einkaufen, ehe um zehn der Lebensmittelladen bei der U-Bahnstation dichtmachte.

Er holte sich die Schlüssel zu Katarynas Wohnung, dazu Siegel und Plombierstange – alles lag in Anderssons linker Schreibtischschublade bereit –, und ging hinunter in die Garage. Die Wohnung war zwar nur einen Block entfernt, aber er konnte ja gleich sein Auto mitnehmen.

In der Wohnung brannte kein Licht. Er musste den Lichtschalter eine Weile suchen. Das Haus war alt, aber frisch renoviert, und die Schalter saßen in kindgerechter Höhe. Deshalb musste er in der dunklen Diele eine Zeit lang herumtasten.

Während er im Dunkeln dastand, hatte er geschnuppert. Lewin rauchte nicht und trank auch nur ganz selten, deshalb verfügte er über einen hervorragenden Geruchssinn.

Er hielt Gerüche für verräterisch. Verräterisch, interessant und manchmal verlockend. Die wenigen Frauen, mit denen er zu tun hatte, beschnupperte er oft. Aber nie so, dass sie es merkten. Immerhin hatte eine ihn mal darauf angesprochen. Seither war er vorsichtiger. Er schnupperte nur ganz wenig, verstohlen, gern im Nacken, wenn sich die Gelegenheit ergab. *Was natürlich selten vorkam.*

Aber hier konnte er sich gehen lassen. Bei ihrem Besuch in seinem Büro hatte Kataryna nach Parfüm gerochen. Nach einem ziemlich kräftigen, aufdringlichen Parfüm. Das hatte er mit ihrem Beruf entschuldigt. *Da musste sie wohl so riechen.* Aber als er jetzt in ihrer Wohnung stand, war er doch enttäuscht. Es roch nach gar nichts. Nicht einmal nach altem Haus oder nach Putzmittel. Nach gar nichts.

Das kann nicht sein. Er war eine Viertelstunde lang durch die Wohnung gewandert. Wohnzimmer, Schlafzimmer, Diele, Badezimmer und Küche. Er fasste nichts an – obwohl die

Techniker fertig waren – und registrierte nur durch Blicke. Eine Sitzgruppe aus genopptem weißen Leinen. Er wusste nicht, wie so etwas hieß. Sicher war es eine besondere Webtechnik, und sicher war es teuer. Weißer Teppichboden im Wohnzimmer. Weißes Bücherregal. Fast kein Buch, aber allerlei sorgfältig aufgereihte Flaschen und Gläser. Ziergegenstände. Aus Kristall, Holz und normalem Glas.

An den leeren Stellen in den Regalen hatten vermutlich Fotos gestanden. Das konnte er sich leicht ausrechnen. Vor allem Fotos von Kataryna selber. Das wusste er, weil Andersson es erzählt hatte. Deshalb wusste er auch, dass die Fotos sich jetzt in einem Karton befanden, eingeschlossen in den Schrank der Technik.

Schlafzimmer: Messingbett mit gewirkter weißer Tagesdecke, weißer Nachttisch und weißes Telefon. Weißer Flokati auf dem Boden. Das hieß nämlich Flokati. Das wusste er noch von einer anderen Ermittlung her.

Eine Wohnung aus einer Zeitschrift für Wohnkultur, dachte er. Bestimmt nicht billig, wirkte aber nicht echt.

Sie passte nicht zu ihrem Gesicht, ihren Augen und der Art, wie sie sprach. Und bestimmt nicht dazu, wie sie beim Sprechen die Hände bewegt hatte. Er setzte sich auf das weiße Sofa und überlegte. *Vielleicht hatte sie Angst?* Hatte Angst und war einsam. Ob man dann so wohnte? Sich von der eigenen Geschichte zu befreien suchte, indem man neue Dinge kaufte? Nur neue Dinge. Wohnte man dann so? Vorausgesetzt man konnte sich das leisten, natürlich. Er dachte an seine eigene ungepflegte Junggesellenwohnung auf Gärdet. Er war auch einsam. Aber er hatte keine Angst. Vielleicht wohnten sie deshalb so unterschiedlich?

Es musste vor allem Angst sein, dachte er, als er wieder vor der Wohnungstür stand und mit der Zange eine neue Bleiplombe anbrachte. Aber eine andere Art Angst als jene, die von erzwungener Einsamkeit herrührte.

Unterwegs kaufte er ein. Wenn man in diesem Kiosk einkaufte, war es ohnehin egal. Er war weit weg mit seinen Gedanken – eine Packung Wiener Würstchen, Tomaten, Kartoffelsalat, Magermilch, Brot, Saft. Für ein spätes Abendessen und das Frühstück am kommenden Morgen.

Am Morgen stand er um sechs auf. Während der letzten beiden Stunden hatte er nur vor sich hingedöst. Er öffnete das Schlafzimmerfenster und schaute hinaus auf die Straße. Die Fenster waren vom Regen verschmiert. Das waren sie schon seit drei Tagen. Die Luft war scharf, aber nicht besonders kalt, und im Dunst sah der Rasen draußen grüner aus, als er eigentlich war. Wie im Sommer, dachte Lewin, zog das Unterhemd, in dem er geschlafen hatte, aus und ging ins Badezimmer.

»Ich bin die Frau … du bist der Maaaaann«, erklärte die heisere Sängerin im Autoradio, als er in den Värtaväg abbog. *Glaub ich dir sofort. Bei der Stimme*, dachte er. Plötzlich ärgerte er sich und stellte das Radio aus.

VI

Tod durch Fremdeinwirkung. Zwischen zehn und halb elf Uhr vormittags am Donnerstag, dem 14. September. Ermordet von einem unbekannten Täter. Einem Täter, bei dem es sich wirklich um jeden handeln konnte. Um einen ganz normalen Menschen ebenso wie um einen Verrückten. *Das ist dabei herausgekommen*, dachte Lewin. Die Besprechung hatte fast zwei Stunden gedauert, und es war genau eine Woche her, seit er Kataryna zum ersten Mal gesehen hatte.

Zur Besprechung am Montagmorgen hatten sich um einiges mehr Leute versammelt als drei Tage zuvor. Die gesamte Ermittlertruppe war anwesend wie beim ersten Mal, vierzehn Personen, dazu Dahlgren selber. Außerdem noch zehn weitere. Sechs waren dazugebeten worden. Vier hatte Neugier oder Interesse angelockt.

Unter den Gebetenen befand sich ein Gerichtspsychiater. Ein großer magerer Mann von Mitte vierzig. Grauschwarzer Anzug mit Weste und Fliege, Brille und rundes Kindergesicht, das seiner Größe und seinem mageren Körperbau zu widersprechen schien. Außerdem war er Professor, und Dahlgren hatte ihn hergebeten, damit er ein Täterprofil zu konstruieren versuchte.

Auch der Gerichtsmediziner war herbestellt worden. Der Arzt, dem Lewin in der Roslagsgata begegnet war. Mehr

Hausarzt denn je, hatte er dieselbe braune Tasche wie beim ersten Mal dabei.

Die übrigen vier der sechs Gebetenen gehörten zur Streife. Sie waren am Morgen herbeikommandiert worden, um ihren Kollegen Jarnebring und Molin zu helfen.

Bei vier Personen im Zimmer war persönliches Interesse der Hauptgrund für ihr Kommen. Immerhin konnte einer, nämlich der Staatsanwalt, der die Voruntersuchung leitete, durchaus berufliche Gründe für seine Anwesenheit anführen. Die drei Polizeidirektoren am Tisch jedoch – der Chef der Kriminalabteilung, der stellvertretende Chef der Kriminalabteilung und der Chef der Kriminalsektion – waren aus eher subjektiven Motiven erschienen. Keines davon war für die Ermittlung von besonderer Bedeutung. Sie wollten sich auf dem Laufenden halten. »Die Zeitungen rufen doch wie bescheuert an.« Dieser Grund wurde genannt.

Wahrscheinlich gab es noch andere Gründe. »Die haben wohl nicht genug zu tun«, sagte Dahlgren, als er sich mit einem nachsichtigen Nicken in Richtung der verehrten Besucher neben Andersson niederließ. »Und der Raum liegt ja schön zentral«, flüsterte Andersson zurück. Wegen der vielen Anwesenden, insgesamt fünfundzwanzig Personen, hatten sie die Besprechung aus Dahlgrens Zimmer in den Besprechungsraum der Kriminalabteilung verlegen müssen, in die »Chefetage« zwei Treppen tiefer.

Vermutlich waren die vielen Leute auch der entscheidende Grund dafür, dass die Stimmung an diesem Montagmorgen um einiges besser war als drei Tage zuvor. Obwohl viele der Anwesenden eigentlich gar nichts hier zu suchen hatten, verlieh allein die Masse dem Ganzen eine gewisse Ähnlichkeit mit einer normalen Mordermittlung.

Das ist aber auch das Einzige, dachte Lewin. Die bisherigen Ergebnisse konnten die gute Stimmung nun wirklich nicht rechtfertigen.

Genau wie beim ersten Mal und trotz der Anwesenheit der »hohen Tiere«, waren es Andersson und Lewin, die abwechselnd den bisherigen Verlauf der Ermittlungen darstellten. Andersson war der Dirigent, das war klar, und Lewin war der Solist. Genau wie beim ersten Mal.

Um halb zehn war sie noch am Leben gewesen. Das behaupteten Zeugen, die ziemlich zuverlässig wirkten. Es sprach auch vieles dafür, dass sie selbst um zehn noch gelebt hatte. Unter anderem hatte sie es – nach halb zehn und nachdem sie in der Roslagsgata eingetroffen war – noch geschafft, sich umzuziehen, zehn Minuten mit einer Freundin zu telefonieren, »so irgendwann gegen zehn«, und sich eine Tasse Kaffee zu kochen und zu trinken.

Eine Zeugin hatte sie um Viertel nach neun ihre Wohnung in der Bergsgata verlassen sehen. Von dort war sie mit einem Taxi in die Roslagsgata gefahren. Das konnte der Taxifahrer bezeugen. Um halb zehn hatte sie das Haus in der Roslagsgata betreten. Dafür gab es zwei Zeugen und eine Zeugin: den Taxifahrer, eine Person, die in der Nachbarwohnung arbeitete und sich telefonisch bei der Polizei gemeldet hatte, und die alte Dame, mit der Jarnebring gesprochen hatte.

Alle sagten aus, sie habe Straßenkleidung getragen, braune Lederstiefel, Fuchspelzjacke und braunen Rock. Diese Kleidungsstücke waren in der Roslagsgata gefunden worden. Und zwar ordentlich im Kleiderschrank aufgehängt.

Ermordet worden war sie aber in ihrer Arbeitskleidung, blauer Frotteebademantel und weiße Unterhose. Die weiße Unterhose hatte der Täter ihr wohl nach dem Überfall ausgezogen. Wahrscheinlich, um ihr das Stuhlbein in den Unterleib rammen zu können. Die Unterhose hatte in der Küche auf dem Boden gelegen. Sie war zerrissen, ansonsten aber sauber. Kein Blut und auch keine Spermien. Der Gerichtsmediziner war zu dem Schluss gekommen, dass Kataryna schon bewusstlos und fast tot gewesen sein musste, als der Täter das Stuhlbein in sie eingeführt hatte.

Das alles musste sich irgendwann zwischen zehn und halb elf am Donnerstagvormittag zugetragen haben. Bei der oberen Grenze war man sich alles andere als sicher. Sie basierte auf den Beobachtungen am Tatort und der Obduktion. Sichere Ergebnisse würden erst später vorliegen, wenn die gerichtschemischen Analysen unter anderem von Katarynas Mageninhalt abgeschlossen sein würden.

Konnte der Mord in irgendeinem Zusammenhang mit dem Überfall drei Tage zuvor stehen? Bei der Nachbarschaftsbefragung, der Registrierung der telefonischen Tipps und den Vernehmungen, die Lewin und die anderen durchführten, gingen sie bis auf weiteres von einem solchen Zusammenhang aus. Man konnte jedenfalls nicht ausschließen, dass es sich beim Mörder um den Mann handelte, der Kataryna drei Tage zuvor misshandelt oder zu töten versucht hatte.

Besonders viele Informationen über die beiden Zeiträume besaßen sie nicht. Drei, vielleicht auch vier Männer waren kurz vor dem Überfall in der Roslagsgata 40 gesehen worden, zwei oder vielleicht auch drei kurz vor dem Mord. Aber keiner war beide Male aufgetaucht.

Drei dieser Personen waren bereits vernommen worden. Einer war der Oberkellner. Vermutlich hatte keiner von den dreien etwas mit dem Mord zu tun. Der vierte Mann, den sie noch nicht erreicht hatten, konnte möglicherweise statt am Donnerstag auch am Mittwoch da gewesen sein. Der Zeuge war sich nicht ganz sicher und dachte noch mal darüber nach.

Außerdem lagen Auskünfte über etliche Fahrzeuge vor. Manche hatten sie bereits überprüft, andere nicht. Bisher ohne Resultat.

Lewin arbeitete sich noch immer durch die Namensliste von Katarynas Bekanntenkreis hindurch und war noch längst nicht fertig. Derzeit bestand die Liste aus an die fünfzig Personen. Die meisten hatten sie in Katarynas Adressbuch gefunden. Lewin hatte mit etwa zwanzig gesprochen, fast alles Männer. Fünfzehn Kunden. Dazu drei Männer, die behaupteten, keine Kunden zu sein, sondern nur Bekannte. Endlich auch drei Frauen. Freundinnen und in derselben Branche tätig wie das Opfer: Prostituierte.

Eins jedoch hatten alle gemeinsam: Ihre Eignung für die Rolle des Täters war mehr als zweifelhaft.

Lewin setzte seine Hoffnungen also eher auf jene, die er noch nicht vernommen hatte. Vor allem interessierte er sich für zwei Personen. Zum einen für Marek Sienkowski, Katarynas ehemaligen Verlobten, den Jarnebring als Erster ins Spiel gebracht hatte, zum zweiten für den Mann, der den Mietvertrag unterzeichnet hatte, Johny Dahl.

In Sachen Dahl und dem Mietvertrag hatte sich eine Komplikation ergeben, die durchaus interessant sein konnte. Zumindest war sie pikant, und es war Andersson, der sich darüber verbreitete.

Die Liste von Katarynas männlichen Bekanntschaften enthielt Personen aller Altersgruppen, Berufe und sozialen Schichten. Es gab unter anderem den bereits erwähnten Oberkellner, zweiundsechzig. Dann den Exverlobten, zweiunddreißig und als Gangster sozusagen rund um die Uhr im Dienst. Einen aus Krankheitsgründen frühverrenteten Mann, dessen sexuelle Veranlagung zumindest in Teilen bei der Sitte bekannt war. Außerdem einen Bauingenieur, dreiundvierzig, einen Klempner, achtunddreißig, einen Warenhausleiter, fünfzig, einen Studenten der Medizin, fünfundzwanzig, und einen Gebrauchtwagenhändler, Johny Dahl, achtunddreißig, mit einem durchaus bemerkenswerten Vorstrafenregister.

Endlich, und das war die pikante und möglicherweise

interessante Komplikation, gab es noch einen vierzigjährigen Grafen.

»Leute aller Art«, fasste Andersson zusammen. »Vom Rentner bis zum Grafen. Der Herr und auch der Knecht, die waren ihr gleich recht. Genau wie im Volkslied.«

Der Graf. Ja. Bei der Durchsuchung von Katarynas Wohnung waren einige Visitenkarten gefunden worden. Darunter eine mit einem historisch anmutenden Namen und dem entsprechenden Adelstitel. Auf dieser Karte war mit Kugelschreiber eine Telefonnummer aus dem südlich von Stockholm gelegenen Mariefred vermerkt. Die Nummer war die eines größeren Hofes, Postadresse war Mariefred, der Hof gehörte eben jenem Grafen, dessen Name die Karte zierte.

Aber das war noch nicht das Interessanteste. Sie hatten außerdem einen Untermietvertrag für die Wohnung in der Roslagsgata 40 gefunden. Als Mieterin war Kataryna angegeben, die Mietdauer war für ein Jahr festgesetzt. Bis dahin war alles klar.

Der Zwischenvermieter jedoch war jemand anderes. Obwohl der Namenszug kaum lesbar war, bestand doch kein Zweifel daran, dass es sich um den Namen des Grafen handelte. Johny Dahl jedenfalls war es nicht, denn seine Unterschrift hatten sie und konnten sie also zum Vergleich heranziehen. In seiner Akte hatten sich mehrere Exemplare und sogar Versionen davon befunden.

Der Hausbesitzer dagegen behauptete, keinen Grafen zu kennen. Die Wohnung habe er an Direktor Johny Dahl vermietet. Dessen Name ja auch auf dem Türschild stehe. Das wollte der Hausbesitzer noch ganz genau wissen, obwohl sein Gedächtnis ansonsten nicht gerade gut funktionierte.

Seit Samstag hatten sie vergeblich versucht, den Grafen telefonisch zu erreichen. Erst an diesem Morgen, unmittelbar vor der Besprechung, war es Lewin dann gelungen. Der Graf weilte auf seinem Landsitz. Außerdem hatte er absolut keine Ahnung, wovon Lewin da redete. Und schlimmer noch. Er hatte keinerlei Interesse an einem Treffen mit Lewin. Wenn Lewin etwas von ihm wolle, dann solle er halt nach Mariefred kommen. Also war ein Hausbesuch fällig, und diese delikate Aufgabe wurde Jarnebring und seinen Mannen übertragen.

»Ich fahre selbst«, entschied Jarnebring. »Die da kann man einem Grafen nicht zumuten.« Er grinste seine fünf Kollegen an. Keiner schien ihm die Bemerkung sonderlich übel zu nehmen.

Der Verlobte a.D., Dahl und möglicherweise der Graf. Drei Gründe, aus denen Dahlgren am Vorabend eine halbe Stunde damit verbracht hatte, noch mehr Leute von der Ermittlung auszuleihen. Am Ende war es ihm gelungen. Er hatte sich in der Hierarchie von oben nach unten gearbeitet. Hatte mit dem Polizeichef persönlich angefangen und dann den Chef der Kriminalabteilung und den der zentralen Ermittlung gefragt. Das Resultat seiner Bemühungen saß hier im Raum. Vier Kollegen von Jarnebring und Molin, zwei Streifen im Ganzen.

Panzerknacker, dachte Dahlgren bei ihrem Anblick. Seine Enkelin hatte Micky Maus abonniert, und im August hatte er ihr vor dem Schlafengehen mehrere Ausgaben vorgelesen.

Die sechs Ermittler drängten sich hinten im Zimmer in einer Ecke zusammen. Dort, wo vor Beginn der Besprechung der Geräuschpegel am höchsten war. Sie waren alle im gleichen Alter und sahen auch ungefähr gleich aus. Sie waren überaus zivil gekleidet und doch uniformiert, inspiriert von ihrer täglichen Klientel. Sie trugen Jeans und Wind- oder Lederjacken. Die Hemden waren bunt und standen am Hals offen. Zwei Männer trugen die Haare sogar halblang, dazu breite afrikanische Halsbänder.

Jeansjacken sah man nicht. Die waren nämlich zu kurz. Wer eine Jeansjacke trug, konnte die Dienstpistole nicht mit

Holster und Metallklammer am breiten Ledergürtel tragen, sondern musste auf ein Schulterholster zurückgreifen, eine Konstruktion, die unmodern und unbequem zugleich war.

Also waren oberschenkellange Jacken angesagt. Die verbargen die Pistole, und hinten rechts hingen die Handschellen. Falls man Rechtshänder war, natürlich. Der Linkshänder Jarnebring trug seine Dienstpistole links. Die Handschellen verstaute er in der Tasche seiner grünen Jacke.

Ohne dies Letztere und die Tatsache, dass sie gerne die Arme vor der Brust verschränkten, könnten die sechs Ermittler auch als nicht mehr ganz junge Gauner durchgehen.

»Dann können wir ja eigentlich gleich aufbrechen«, schlug Jarnebring vor. Besprechungen waren nicht seine Stärke.

Andersson schaute Dahlgren an, der zuckte mit den Schultern, und Jarnebring und Kollegen konnten den Raum verlassen. Aber das ging nicht so ganz unauffällig vor sich. Sie scharrten mit Stuhlbeinen, zogen ihre Jacken an, überprüften Holster und Handschellen. Dann nickten sie in Richtung Polizeileitung und zwinkerten den drei Frauen zu. Von der Tür her fing Dahlgren noch einen ungläubigen und dankbaren Blick von Jarnebring auf, Primus inter pares und eine Idee größer als die anderen.

Die Techniker konnten noch nichts beitragen. Sie hatten etliche Fingerabdrücke gesichert, aber ehe es etwas zu sagen gäbe, müssten sie zuerst identifizieren, welche Abdrücke sich rechtmäßig in der Wohnung befunden hätten. Katarynas eigene zum Beispiel. Außerdem war das Wochenende dazwischen gewesen, und technische Analysen dauerten immer ihre Zeit. Aber es bestand Hoffnung. Die bestand immer, solange die Untersuchungen noch nicht abgeschlossen waren.

Der vorletzte Punkt auf dem Programm war der Gerichtsmediziner. Er schilderte das Ergebnis der vorläufigen Obduktion, die er während des Wochenendes vorgenommen hatte. Niemand, der ihn hörte oder sah und nicht wusste, wer er war, wäre auf den Gedanken gekommen, dass er vor allem mit Patienten zu tun hatte, bei denen jede Hilfe zu spät kam.

Fast die ganze Zeit las er aus seinen Unterlagen vor. Die Liste der Verletzungen war so lang, dass er sich nicht alles merken konnte.

»Kataryna Rosenbaums Leichnam weist eine Anzahl von Verletzungen auf, die ihr alle kurz vor dem Tod zugefügt wurden…«

Er beugte sich über den Tisch und stützte sich auf seine Ellbogen.

»…teilweise am Kopf, unter anderem Blutungen unter der Gehirnrinde und in der Hirnhaut. Außerdem Gehirnverletzungen. Weiterhin Verletzungen am Hals und auf der linken Gesichtshälfte, dazu Blutungen in den Weichteilen am Hals, Risse in Jochbein und Oberkiefer sowie in der rechten und linken Schläfe, Fraktur an der linken Schläfe…«

Er schaute von seinen Papieren auf.

»Die war wohl zuerst da… die Schläfenfraktur, meine ich.«

Er ließ seinen Blick über die Tafelrunde schweifen.

»Ich habe das noch nicht ins Reine schreiben können«, erklärte er. Dann räusperte er sich und las weiter:

»…Bruch von Zungenknochen und Kehlkopf, dazu regelmäßige Würgeblutungen in den Bindehäuten der Augen, der Gesichtshaut und der Mundschleimhäute… an den oberen Extremitäten… am Rumpf… im Beckenbereich…«

»Wie ist sie gestorben?«, fiel der Chef der Kriminalabteilung ihm ins Wort.

Der Gerichtsmediziner starrte ihn überrascht an.

»Wie ist sie nicht gestorben!« Seine Stimme klang empört. »Ich habe in meinem Protokoll fünfundsechzig Verletzungen aufgeführt. Zehn davon hätten ausgereicht, um einen Menschen zu töten. Die Todesursache… die unmittelbare Todesursache …« Der Arzt bedachte den Kriminaldirektor mit einem langen Blick, »… ist Tod durch Erwürgen. Aber wenn er sie nicht erwürgt hätte, wäre sie trotzdem gestorben.«

»Kannst du etwas über den zeitlichen Ablauf sagen.« Dahlgren schaute seinen Chef fragend an.

»Sicher.« Der Gerichtsmediziner nahm Anlauf, um zu seinen Unterlagen zurückzukehren. »Wenn ich mit dem anderen fertig bin.«

Abermals räusperte er sich.

»Sonstige Verletzungen … die im Kopf … sind durch Gewalteinwirkung mit einem stumpfen Gegenstand entstanden und ebenfalls tödlich, jedenfalls was die eigentlichen Kopfverletzungen angeht. Die Verletzungen im Unterleib wurden dem Opfer in bewusstlosem Zustand zugefügt und zwar unmittelbar vor Eintreten des Todes …«

»Was glaubst du, wie das passiert ist«, mahnte Andersson. »Jetzt formulier uns doch mal eine nette Arbeitshypothese.«

»Jaa …«

Der Gerichtsmediziner war kein großer Freund von Hypothesen. Das war deutlich zu hören. Er räusperte sich zum dritten Mal.

»Also. Zuerst kräftige Schläge auf den Kopf und ins Gesicht. Als das Opfer sich wehren wollte, sind vermutlich die Verletzungen an den Armen entstanden. Sicher kam hier zum ersten Mal das Stuhlbein zum Einsatz. Oder der ganze Stuhl. Der war ja zerbrochen. Oder was?« Er wandte sich an die Techniker. »Als das Opfer auf den Boden gefallen ist, schiebt der Täter das Stuhlbein in die Scheide der jetzt ohnmächtigen Frau. Das Opfer liegt auf der linken Seite … vermutlich«, fügte er zögernd hinzu. »Er hat ihr also das Stuhlbein in die Scheide geschoben. Und es dann so weit hineingepresst – oder wohl eher getreten –, dass es die Gebärmutterwand perforiert… dazu ist sehr viel Kraft nötig«, erklärte er. »Überaus heftige Blutungen sind die Folge. Der gesamte Verlauf braucht nicht länger als zwei Minuten in Anspruch genommen zu haben.«

»Das Würgen?« Lewin schaute ihn fragend an.

»Tja«, sagte der Arzt und erwiderte den Blick. »Sonst hätte sie nicht so heftig geblutet. Die direkte Todesursache war nämlich das Erwürgen. Er sitzt… oder beugt sich über sie… und hat die Hände um ihren Hals gelegt.«

Der Gerichtsmediziner zog seine Manschetten hoch und führte das vor, die Arme ausgestreckt und die Daumen nach oben gerichtet.

»Daumen am Kehlkopf«, erklärte er. »Vermutlich sitzt er rittlings auf ihr drauf.«

Er verstummte und schob seine Papiere zur Seite. Er machte keinen fröhlichen Eindruck. Die anderen aber auch nicht.

»Was für ein Mensch kann nur auf so eine Idee kommen?« Hier machte sich der Chef der Kriminalabteilung zum Sprachrohr für das allgemeine Empfinden.

Der Gerichtspsychiater schaute ihn erschrocken an. Dann kniff er die Augen zusammen, ließ verstohlen seinen Blick über die Anwesenden schweifen und zuckte bedauernd seine mageren Schultern. »Unmöglich zu sagen.« Dahlgren, der ihn zu dieser Bemerkung veranlasst hatte, sah er an, als wollte er um Entschuldigung bitten. Ging man nach der einschlägigen Literatur, der eigenen Erfahrung und nach dem, was man bisher über den Fall wusste, konnte es einfach jeder sein. »Einfach jeder Mann«, fügte er zur Verdeutlichung hinzu. »Jeder erwachsene Mann«, sagte er dann noch ziemlich matt, als er die Enttäuschung der anderen registrierte.

Der Vorige war besser. Das war Dahlgrens Augen deutlich abzulesen. Der »Vorige« war Psychologieprofessor gewesen und hatte bei ihnen ein Gastspiel gegeben. Eine exzentrische Autorität, die nach nur einem Telefongespräch mit Dahlgren oder einem anderen der älteren Ermittler bereits eine Diagnose gestellt hatte. *Die allerdings nur selten zutraf.* Dahlgren lächelte vor sich hin. Gut für die Moral und ganz allgemein aufbauend. Das hier war offenbar die neue wissenschaftliche Schule. Wer nichts sagt, hat nichts gesagt.

»Es kann ein ganz normaler Mensch sein oder eine Person mit sexuell abweichender und sadistischer Veranlagung.« Der Professor bewegte den Oberkörper, als wollte er etwas abschütteln. »Im Moment lässt sich unmöglich mehr sagen.« Beim letzten Satz schaute er Dahlgren mit festem Blick an.

Der Gerichtsmediziner sah skeptisch aus. *Der Kollege hier war wirklich in Not.* Aber dennoch … er schaute zu Dahlgren und Andersson hinüber, und beide nickten ihm zu.

»Ich denke an das Stuhlbein.« Er sprach zögernd und schien noch nachzudenken. »Ich mache das ja jetzt schon einige Jahre … und das hier ist nicht das erste Mal … das wissen die Götter. Aaalso, das Stuhlbein. Das ist das erste Mal. So was hatte ich noch nicht. Aber Flaschen … unversehrte und zerbrochene … und Kerzen … und in späteren Jahren auch künstliche Penisse.« Er sah die anderen mit müdem Altmännerblick an. »Die meisten sind aufgeklärt worden …«, er nickte zu Dahlgren hinüber. »Ich kümmere mich hinterher nicht mehr um die Täter. Ab und zu sehe ich sie bei der Hauptverhandlung, aber das ist alles … in der Regel.« Wieder schaute er Dahlgren an. »Aber ich habe das deutliche Gefühl, dass diese ganzen Fälle … dass in all diesen Fällen … mit eingeführten Gegenständen … die Täter ihre Opfer gekannt haben … oft sogar sehr gut. Es waren Ehemänner, ehemalige Ehemänner, Verlobte, Liebhaber, Zuhälter.« Seine Stimme klang jetzt sicherer, und man konnte hören, dass er keine Unterbrechung wünschte. »Ich kann mich nicht an einen wildfremden... für das Opfer wildfremden Täter erinnern.«

Er schaute Dahlgren an, und der nickte ihm nachdenklich zu. Auch Dahlgren konnte sich an »keinen Wildfremden« erinnern.

»Es soll erniedrigen... soll die endgültige Erniedrigung des Opfers sein. Und nicht alle waren bewusstlos.« Jetzt hörte er sich sehr müde an.

Dahlgren nickte und durchkämmte seine Erinnerungen an zwanzig Jahre Mordermittlung. *Hass, Eifersucht, Rache, Erniedrigung.* Niemals Verrückte. Niemals Zufallsbekannte. Die vergewaltigten, würgten und verschwanden. Oder würgten, ehe sie vergewaltigten. Auch solche gab es. Aber Gegenstände kamen nicht vor. Jedenfalls nicht in seiner Erinnerung. In den Fällen, die er bearbeitet hatte. Er kniff sich mit Daumen und Zeigefinger in die Nase.

»Wenn es nun ein ganz normaler Mann ist.« Der Gerichtspsychiater riss Dahlgren aus seinen Gedanken. »Ein ganz normaler Mann...«, der Psychiater lächelte spöttisch. »Dann ist seine Lage im Moment jedenfalls nicht ganz normal.« Er schaute sich um. »Es muss eine Person sein, die ununterbrochen daran denkt, was passiert ist. Er denkt an nichts anderes. Die ganze Zeit. Immer wenn das Telefon oder die Türglocke klingeln, hat er nur einen einzigen Gedanken im Kopf. Und der gilt euch.« Der Gerichtspsychiater ließ seinen Blick durch die Runde schweifen. »Dann liest er Zeitungen. Alles, was er finden kann. Steht dort die Wahrheit? Weiß die Polizei gar nichts? Oder wollen die mich nur an der Nase herumführen?«

Er verstummte für einen Moment.

»Wenn ihr Glück habt, kann er das nicht mehr lange aushalten«, endete er.

Ein ganz normaler Mensch, dachte Lewin, als er sich nach der Besprechung mit den anderen durch die Türöffnung drängte. Ein ganz normaler Mann. Wie er selbst. Oder Andersson. Oder Dahlgren. Oder vielleicht ein Verrückter – Jarnebring. Der wirkt doch alles andere als normal mit seinen klobigen Schultern und dem Gorillagesicht. Und ist das alles, was wir wissen? *Einfach jeder.* Dabei ist es sieben Tage her. Ganz genau sieben Tage, seit sie in meinem Sessel gesessen hat.

Jarnebring hatte nicht den Schimmer einer Ahnung, dass er in Lewins Kandidatenliste auftauchte, als er den roten Taunus aus der Garage unter dem Polizeigebäude herauslenkte. Der Tunnel schlängelte sich wie ein Wurm an die Erdoberfläche und riss zum Fridhemsplan hin das Maul auf. Die gelben Schilder, die als Höchstgeschwindigkeit dreißig angaben, und die Fernsehkameras an den Wänden zischten blitzend vorbei, als er in der letzten Kurve beschleunigte.

Man brauchte etwas Besseres. Das war wie ein Wettlauf mit einem Sack Kartoffeln auf dem Rücken. Siebzig Kilometer Autobahn, um einen Mord aufzuklären. *Da hätte man losfetzen können.* Er lächelte zufrieden vor sich hin. Es regnete noch immer, als er aus dem Tunnel fuhr und bei Gelb die Kreuzung überquerte. Er schaltete und geriet leicht ins Schlingern, als er auf dem feuchten Asphalt vom Fridhemsplan Gas gab.

VII

Jarnebring legte die fünfundsechzig Kilometer vom Polizeigebäude nach Mariefred in etwas über dreißig Minuten zurück. Trotzdem war er enttäuscht. Er hatte mit was Edlerem gerechnet. Ohne das Schild zweihundert Meter zuvor – das Schild mit dem Namen des Hofes – und ohne, dass die Straße hier geendet hätte, wäre er davon ausgegangen, sich verfahren zu haben.

Das Hauptgebäude war ein ganz normales zweistöckiges rotes Holzhaus. Es war zwar groß und sah fast aus wie eine alte Dorfschule, aber er hatte sich doch etwas anderes vorgestellt. Keine Lindenallee, keine kiesbedeckte Auffahrt, keine weißen Flügel und erst recht kein Adelssitz mit Dachreiter und Glockenturm. Ein schnödes rotes Haus mit zwei Stockwerken. Das war alles.

Jarnebring stellte den Taunus unmittelbar vor dem Haus ab. Dort stand schon ein Wagen, der linke Vorderreifen achtlos in das ungepflegte Beet gepflanzt, das sich den steinernen Sockel entlangzog. *Nicht mal das Auto hat was Gräfliches an sich*, dachte Jarnebring, während er rasch und routinemäßig die Autonummer in seinem schwarzen Notizbuch verewigte. Es handelte sich um einen lädierten Amazon Pritschenwagen mit müdem Chassis und rostigen Vorderflügeln.

Die größte Enttäuschung aber war der Mann, der nun im Scheuneneingang erschien. Er war in Jarnebrings Alter und fast ebenso groß, er trug eine verschmutzte braune Gabardinehose im Schnitt der Fünfzigerjahre, schwarze Gummistiefel und ein offenes Holzfällerhemd.

»Hereinspaziert, hereinspaziert.«

Der Mann auf der Treppe nickte und grinste freundlich. Einladend schwenkte er eine Bierdose, die er in der linken Hand hielt.

Das Einzige, was stimmt, ist die Nase. Jarnebring musterte das gräfliche Gesicht. Die Nase war scharf geschnitten und leicht gekrümmt. Aber das Gesicht? Das stimmte überhaupt nicht. Fett, rot, tief liegende braune Augen, die schwarzen Haare glatt nach hinten gekämmt.

»Hereinspaziert«, sagte der Graf noch einmal. Er wies einladend auf einen durchgesessenen Sessel mit braunem Ledersitz.

Das Zimmer war nicht gerade groß. Außerdem war es mit Möbeln voll gestopft. Ein Sofa, ein Couchtisch mit eingelegten Messingplatten, zwei Sessel und allerlei Stühle aus allerlei Epochen und Stilen. Auf dem Boden lagen Teppiche, alles echt, verschlissen, so dicht, dass die Fransen aneinander stießen. Die Wände waren mit Bildern bedeckt, außerdem hingen dort ein Gestell mit vier Gewehren und allerlei Elch-, Hirsch- und Rentiergeweihe auf schwarzen Holzplatten.

Das alles musste auf etwa zwanzig Quadratmetern Platz finden. Zwischen einer durchhängenden Decke, einem knarrenden Boden und vier Wänden, von denen sich zum Zeichen des Protestes die Tapeten ablösten und Blasen warfen.

Der Graf ist auf dem Abstieg, dachte Jarnebring. Der hat doch genug Möbel für zwei Schlösser.

Der Gastgeber hatte sich auf das Sofa sinken lassen. Er hatte noch eine Dose Bier und zwei Gläser geholt. Es waren ganz normale Senfgläser, auf dem einen klebte sogar noch das grüne Etikett, und sie sahen bedenklich schmierig aus.

Jarnebring schüttelte den Kopf.

»Ich trink aus der Dose. Wir sind doch auf dem Land.«

»Klar, ist ja auch ein verdammtes Gesundheitsrisiko.« Der Graf betrachtete die Gläser und grinste seinen Gast an. »Ich bitte um Verzeihung, Herr Kriminalinspektor, aber der Kammerdiener ist erkrankt und gestorben.« Wieder grinste er. »Das war zu Lebzeiten meines Großvaters.«

Sympathischer Arsch. Hat Humor. Ob er die wohl alle selber geschossen hat. Jarnebring ließ seinen Blick über die Geweihsammlung an der Wand wandern.

Der Graf musterte ihn abwartend, trank einen Schluck Bier und leckte sich dann mit der Zungenspitze den Schaum von der Oberlippe.

»Ja, ja«, sagte er dann. »Und welchem Umstand verdanken wir den Besuch der Gewaltsektion? Als ich noch in der Stadt gewohnt habe, hat sich zwar manchmal die Kriminalpolizei gemeldet … aber das war dann immer die Steuerabteilung.«

»Wir ermitteln in einem Mordfall.« Jarnebring zog das Foto von Kataryna aus der Jackentasche und hielt es ihm hin.

Der Graf musterte es lange. Es schien ihm sogar zu gefallen.

»Ist das die Nutte aus den Zeitungen?«

Jarnebring nickte, sagte aber nichts.

»Es ist dasselbe Foto wie in der Zeitung«, teilte der Graf mit.

Wieder nickte Jarnebring. Ihm hatte eine Frage auf der Zunge gelegen, aber das war jetzt egal.

»Ich verstehe noch immer nicht.« Der Graf sah Jarnebring an. Jetzt lächelte er nicht mehr. »Ich bin dieser Person nie begegnet … Sie haben sich also vergeblich herbemüht.«

»Sind Sie da sicher?« Auch Jarnebring war jetzt ernst.

»Ja, verdammt sicher, Mann«, fiel sein Gastgeber ihm ins Wort. »Ich habe nichts mit Nutten zu tun. Jedenfalls nicht mit solchen, die sofort bezahlt werden wollen. Ich habe das entgegengesetzte Problem.«

»Wie das?« Jarnebring gab sich alle Mühe, seine Stimme amtlich klingen zu lassen.

»Das müssen Sie doch selbst wissen? Sie sind nicht verheiratet?« Er nickte in Richtung von Jarnebrings nackter linker Hand.

»Doch. Ich bin verheiratet.«

»Ach so, ja … jaa, dann wissen Sie ja Bescheid. Alte Frauen, neue Frauen, deren Freundinnen und alle anderen, an die man so gerät. Mir rennen sie die Bude ein, nicht eine Sekunde Ruhe lassen sie einem.« Jetzt lächelte er wieder.

Jarnebring zog eine Plastikmappe aus der Tasche. Darin lagen Kopien der Visitenkarte und des Mietvertrags. Er reichte die Mappe seinem Gastgeber.

»Ich sollte vielleicht erklären, was ich meine.«

»Ja bitte.«

»Hier haben wir Ihre Visitenkarte und einen Mietvertrag. Unterschrieben von der Ermordeten, Kataryna Rosenbaum. Sie hat die Wohnung zur Untermiete bewohnt. Der andere Name ist zwar ein wenig undeutlich geschrieben, aber wir haben ihn als den Ihren gedeutet. Diese Papiere wurden unter den Habseligkeiten der Toten gefunden. Und jetzt wüssten wir gern, wie sie dahin geraten sind.«

Der Graf hatte die beiden Kopien aus der Plastikmappe gezogen. Er machte ein überraschtes Gesicht. *Echte Überraschung?* Jarnebring ließ ihn nicht aus den Augen.

Der Graf schwieg. Es war deutlich, dass er überlegte.

»Ja verdammt, das sieht wirklich aus wie meine Unterschrift. Aber ich habe keine Einzimmerwohnung in der Roslagsgata.«

»Aber ist das denn Ihre Visitenkarte?«, fragte Jarnebring. *Überflüssige Frage*, dachte er.

»Ja verdammt.« Der Graf schüttelte verwirrt den Kopf.

»Und es ist meine Handschrift. Aber die Nummer stimmt nicht mehr.«

»Nicht? Bei der Auskunft haben sie das aber behauptet.«

Abermals schüttelte der Graf den Kopf.

»Die ist von einem alten Landarbeiterhaus«, erklärte er. »Das liegt hundert Meter weiter im Wald.« Er nickte in Richtung des Gewehrgestells an der Wand. »Ich habe es als Ferienhaus vermietet. Aber das Telefon ist auf den Hof hier eingetragen. Mieter ist ein Autohändler aus Stockholm... Dahl, Johny Dahl... heißt er.«

»Und das war alles?«, fragte Lewin enttäuscht.

»Ja verdammt.« Jarnebring nickte energisch. »Ich habe es überprüft.« Er nahm sein Notizbuch zu Hilfe. »Seit dem Winter vermietet... er hat Dahl bei einem Essen kennen gelernt... übrigens bei einem anderen Autohändler. Das war ihre erste Begegnung... sie kannten sich vorher nicht. Bestimmt hat er das Geld gebraucht. Er hat viertausend als Vorschuss bekommen. Hier ist die Quittung.« Jarnebring überreichte die Plastikmappe, die er mitgenommen hatte.

»Und sein Alibi für den Donnerstag?« Lewin bedachte die Mappe auf dem Schreibtisch mit einem unzufriedenen Blick.

»Hab ich auch überprüft. Morgens hat er Enten gejagt... beim Nachbarn. Das klingt doch solide und adelig.« Jarnebring grinste glücklich. »Ich habe mit den Nachbarn gesprochen. Drei Stück, Vater und zwei Söhne. Hab Namen und Telefonnummer notiert. Der Zettel liegt in der Mappe.«

Lewin nickte, sagte aber nichts.

»Montag? Hat er ein Alibi für Montag?« Er wusste nicht warum, aber er wollte den Grafen nicht einfach sausen lassen. Und sein Vertrauen zu Jarnebring war auch nicht gerade groß.

»Liegt irgendwas gegen ihn vor?« Jarnebring konnte nicht

mit Lewin. Das merkte er. Scheißegal, dachte er schnell. *Man muss den Kerl ja nicht unnötig reizen*, dachte er. »Auch da hat er ein Alibi. Er hat auf einem Hof bei Eskilstuna zweihundert Kilo Hundefutter abgeliefert.«

»Hundefutter?« Lewin konnte seine Überraschung nur mit Mühe verbergen.

»Genau«, sagte Jarnebring und nickte. »Er verkauft Hundefutter. Auch ein Graf muss leben«, fügte er hinzu und sah seinen Kollegen an. »Er hat eine Firma, die Hundefutter verkauft. Steht auf dem Zettel.«

Er nickte zu der Mappe hinüber.

»Unser Freund Dahl protzt also mit fremden Visitenkarten?« Lewin hatte den Eindruck, dass es klüger wäre, sich jetzt geschlagen zu geben.

Jarnebring nickte.

»Die hat er bei der Vermietung bekommen. Und der Graf hat die Telefonnummer draufgeschrieben. Er hat übrigens versprochen, ihn zu erschießen.«

»Wen zu erschießen«, fragte Lewin.

»Der Graf hat versprochen, Dahl zu erschießen, wenn der sich noch mal blicken lässt«, erklärte Jarnebring und sah Lewin an wie einen geistig Minderbemittelten. »Weil er mit den Visitenkarten des Herrn Grafen herumwedelt.«

»Deshalb will er ihn erschießen?« *Das kann doch nicht sein*, dachte Lewin und sah seinen Kollegen abwartend an.

»Doch verdammt.« Jarnebring schien glücklich. »Aber das fällt nicht in dein Ressort, Lewin. Darum können sich die Kollegen aus Eskilstuna kümmern.«

Lewin seufzte.

»Sonst noch was?«, fragte er.

»Jaa …« Jarnebring überlegte. Das war ihm deutlich anzusehen. »Er hat gesagt, ich könne ihn besuchen und eine Scheißente abknallen, wenn ich Lust hätte … scheint ein gutes Jagdrevier zu sein da unten. Jagst du, Lewin?«

Lewin schüttelte den Kopf, sagte aber nichts. *Man kann nicht jede Frage beantworten*, dachte er. Ob er das bewusst macht?

Jarnebrings erste Unternehmung bei der Jagd auf Dahl war ein Besuch bei seinem alten Freund und Kollegen Lars M. Johansson gewesen. Sie hatten mehrere Jahre bei der Streife zusammengearbeitet, bis Johansson dann im vergangenen Sommer aufgehört hatte. Jetzt saß er im Personalbüro der Landespolizeileitung. Mit überaus zivilen Aufgaben zwar, aber seinen Erinnerungen an die Streifenzeit tat das keinen Abbruch. Jarnebring hatte Dahls Akte und ein neues Foto von dem Mann mitgenommen. Aus dem vorigen Winter, als Dahl einen neuen Pass gebraucht hatte, er hatte es gleich nach der Besprechung am Freitag von den Passbehörden kommen lassen.

»Kannst du dich an diesen Heini erinnern?« Jarnebring schob Johansson Foto und Akte hin.

Johansson warf einen Blick auf das Foto und überlegte. Dann schlug er den Ordner auf und blätterte darin. *Doch, er erinnerte sich.* Wenn es auch einige Jahre her war. Es war ganz zu Anfang seiner Zeit bei der Streife gewesen.

»Das ist ein mieser Arsch.« Johansson sah Jarnebring ernst an.

Jarnebring nickte. Das hatte er schon der Akte entnommen. Drei Anzeigen wegen Körperverletzung, zwei wegen Drohungen und einen Hausfriedensbruch. Dazu noch die üblichen »Rosstäuschervergehen«: Belästigung, Betrug, Steuerhinterziehung, Verstöße gegen die Preisbindung und Ähnliches.

Die späteren Vergehen, die mit der Preisbindung zum Beispiel, waren übrigens die einzigen, für die Dahl verurteilt worden war. Ansonsten waren die Voruntersuchungen eingestellt worden, in der Regel, weil die klagende Partei ihre Anzeige zurückgezogen hatte.

»Du bist ihm begegnet…« Johansson lächelte nachdenklich.

Gut. Das hatte Jarnebring geahnt. Und das hatte er wissen wollen. Ein Foto war das eine. Aber wenn die Erinnerungen an eine Person aus dem echten Leben kamen, war das etwas ganz anderes. Johansson besaß ein hervorragendes Gedächtnis, was ihren gemeinsamen Kampf gegen das Verbrechen anging.

»…an der Nase, wenn ich das richtig in Erinnerung habe«, sagte Johansson zufrieden.

»Oh verdammt.« Jetzt wusste Jarnebring es wieder. »Dieser blöde Arsch war das. Hatte ich mir schon fast gedacht.«

An einem Herbsttag vor ziemlich genau drei Jahren hatten er und Johansson eine ihrer vielen hundert Routinegeschichten erledigt. Beauftragt waren sie damals von der Betrugssektion, die Dahl zu sich bestellt hatte, um »Informationen« über einen größeren Schwindel im Autohandel zu erbitten. Aber der Vorladung war »keine Folge geleistet worden«. Am Ende hatte die Staatsanwaltschaft die Sache satt und ordnete an, Dahl zu holen. Solche Aufträge wurden oft der Ermittlung übertragen, in diesem Fall Johansson und Jarnebring. Sie hatten ihn am Abend des nächsten Tages bei einer seiner vielen Verlobten gefunden. Die Dame wohnte im Ankdamsväg in Solna.

Dass Dahl sich in dieser Wohnung aufhielt, wussten sie bereits, als sie an der Tür klingelten. Sein Auto stand nämlich auf der Straße, und außerdem war er eine Viertelstunde zuvor in der Wohnung gesehen worden. Die lag zwar einige Treppen hoch, aber mit einem guten Fernglas und einem brauchbaren Aussichtspunkt ließen sich bestimmte Fragen klären. Sicherheitshalber horchten sie auch noch am Briefschlitz, ehe sie schellten. Dahl und die Verlobte wollten offenbar gerade ins Bett. Das immerhin war zu hören.

Jarnebring klingelte.

»Wir haben gehört, dass Johny Dahl sich hier aufhält.« Er nickte der jungen Frau, die ihnen geöffnet hatte, höflich zu. »Kriminalpolizei.« Er zeigte seinen Ausweis.

Die Frau in der Tür musterte ihn mit echtem Erstaunen. »Das muss ein Irrtum sein. Der Name Dahl sagt mir gar nichts. Ich wollte gerade ins Bett gehen.« Sie unterstrich ihre Absichten, indem sie am Gürtel ihres Bademantels zog. Jarnebring musterte sie freundlich, ohne etwas zu sagen. Johansson, der wie üblich am Fuß der Treppe wartete, nutzte das Schweigen, um neben seinen Kollegen zu treten.

»Dürfen wir hereinkommen und uns mal umsehen?« Auch Johansson war höflich. Höflich und doch amtlich.

»Neeein«, sagte sie abweisend. »Hier ist niemand... hab ich doch gesagt... ich will jetzt ins Bett... Wiedersehn.«

»Verdammt.« Jarnebring zog so heftig an der Tür, dass die Frau in Johanssons Armen landete. »Du hast hier einen Einbrecher in der Butze.« Mit zwei Sprüngen war er mitten in der Wohnung.

Dahl stand im Schlafzimmer und hatte Hose und Schuhe angezogen. Als er versuchte, Jarnebring über den Haufen zu rennen, hielt der ihn absolut vorschriftswidrig mit einem Schlag ins Gesicht auf.

»Erinnerst du dich, dass der Arsch mich wegen Körperverletzung angezeigt hat?« Jarnebring grinste glücklich bei dieser Erinnerung. »Aber das hat auch nichts gebracht.«

Johansson nickte. Doch, auch daran konnte er sich erinnern. Er hatte eine gute Stunde als Zeuge in der juristischen Abteilung gesessen und zwei Polizeidirektoren dramatisch geschildert, in was für einer Gefahr er und sein Kollege geschwebt hatten; Untersuchung eingestellt.

»Jetzt hast du noch eine Chance«, stellte Johansson fest. »Hau ihm auch von mir eine rein.«

»Den Grafen können wir vergessen. Das hier ist der Arsch, der geliehene Visitenkarten unters Volk streut.« Er zeigte auf die Akte, die er auf den Tisch geknallt hatte. Dahl, Johny Rickard 400808-0539.

Molin nickte zufrieden. *Umso besser.* Einer weniger, an den sie denken mussten. Die anderen versuchten bereits, Sienkowski zu finden, den ehemaligen Verlobten.

»Gut, fahren wir.« Molin sprang auf. »Wir können ja nicht hier sitzen bleiben und den Schwanz hängen lassen.« Er streckte die Brust raus und schlug sich auf die rechte Hinterbacke, wo an dem breiten Ledergürtel Handschellen und Walther hingen.

VIII

»Das muss hier irgendwo sein.« Molin schaute durch die verschmierte Fensterscheibe, vor seinen Augen jagten die Scheibenwischer hin und her. »Verdammt, warum regnet es denn die ganze Zeit… halt!« Er zeigte auf eine Garageneinfahrt auf der anderen Straßenseite und auf ein beeindruckendes Schild mit roten Buchstaben auf knallgelbem Grund: GEBRAUCHTWAGEN AN- UND VERKAUF. BARBEZAHLUNG.

Sie stellten den Taunus vor dem Haus ab. Dort war zwar Parkverbot, aber wenn man ganz schnell wegfahren können musste, heiligte der Zweck die Mittel. Jarnebring kritzelte die Adresse in sein Notizbuch. Das war also Dahls letzter bekannter Arbeitsplatz. *Aber von der Sorte gab es natürlich noch mehr, für alle Fälle.*

»Voll drauf los?« Molin blickte seinen Kollegen fragend an.

»Ja verdammt!« Jarnebring setzte seinen harten Blick auf. »Wenn schon Mord, denn schon.«

Der Keller war voll gestellt mit Autos aller nur denkbaren Modelle. Vor allem ältere Jahrgänge, aber es gab auch jüngere Exemplare. Das Flaggschiff war offenbar ein brauner Mercedes 450SLC, jedenfalls stand er so da, dass potentielle Kundschaft und andere Besucher ihn nicht übersehen konnten.

Entweder laufen die Geschäfte verdammt gut oder verdammt schlecht, dachte Jarnebring und schielte zu der Luxuskutsche hinüber.

Das Büro lag genau gegenüber. Es war nur ein Verschlag am Ende von Garage und Werkstatt – einige Bretter, Fensterglas, ein paar Nägel und ein Eimer Farbe. Drinnen standen nebeneinander zwei Schreibtische und eine verschmutzte Sitzgruppe mit einem schier unbeschreiblichen schwarzgelben Samtbezug. In diesem Raum saßen vier Männer, zwei im Anzug, zwei im Blaumann. Keiner wirkte sonderlich glücklich, als Jarnebring plötzlich in der Tür stand.

Jarnebring konnte sich schon denken, warum. Drei dieser Männer erkannte er sofort, und das war nicht gut. Er hatte es nur mit zwei Sorten von Menschen zu tun, mit Polizisten und mit so genannten Gesetzesbrechern, und von den Männern hier war keiner bei der Polizei.

Den Jüngsten dagegen hatte er noch nie gesehen. Ein dunkelhaariger Mann, dem Aussehen nach knapp zwanzig, mit dünnem Schnurrbart – *Türke*, dachte Jarnebring. Er leckte sich nervös die Lippen, als er Jarnebring und Molin sah.

»Der Direktor ist also aushäusig«, stellte Jarnebring angeekelt fest und musterte einen mageren Mann von Mitte fünfzig, der in einem der Sessel saß.

Vor ihm standen ein Glas und eine Flasche Grappo. Auch die anderen hielten Gläser in der Hand. Zwei allerdings stellten sie auf den Boden, als sie sahen, dass sie Besuch hatten. *Kein Schnaps?* Molin schaute sich diskret im Zimmer um, ohne den jüngeren Mann im Blaumann aus den Augen zu lassen. Wo die wohl den Kanister hingestellt hatten? Der stand hinter dem Sofa auf dem Boden. *Schussel*, dachte Molin glücklich. Das kann ja lustig werden.

Jarnebring lehnte sich mit dem Hintern gegen den Schreibtisch. Er verschränkte die Arme vor der Brust und musterte die vier Männer, ohne etwas zu sagen. Auch er hatte den Kanister gesehen. *Das kann ja lustig werden*, dachte er.

»Hallo, Jungs!« Der Magere lächelte verbindlich und hob eine knochige rechte Hand. »Ihr müsst entschuldigen, wir sprechen gerade über die Arbeit.«

Jarnebring sah ihn wortlos an und verzog keine Miene. Er schob seinen Brustkorb vor und schaute zur Ecke hinüber, wo der Kanister stand.

»Jaa«, der Mann lachte nervös. »Dürfen wir euch einen Schluck Gra …«

»Verdammt«, fiel Jarnebring ihm angewidert ins Wort. »Hast du mit einem Finnenarsch die Zelle geteilt?«

Der magere Autohändler schaute ihn verwirrt an. Jarnebring nickte zu dem Plastikkanister hinüber.

»Du scheinst dich ja aufs Pushen verlegt zu haben. Das ist eine Finnenbranche, falls du das noch nicht mitbekommen hast.«

»Ich weiß…«, setzte der Mann an und musterte Jarnebring nervös.

»Scheiße«, Jarnebring unterbrach ihn wieder. Er war es, der hier redete. »Nicht genug, dass du nicht bei uns aufkreuzt … und dass du aussiehst wie ein Scheißautohändler … du bietest auch noch Minderjährigen Alk an.« Er schaute zu dem jungen Mann im Blaumann hinüber.

»Ich verstehe nicht, was du meinst.« Jetzt murmelte der andere ausweichend. »Die Kleider … man muss doch an die Kunden denken.«

»Scheißgerede«, unterbrach Jarnebring ihn. »Was trinkt ihr denn da für einen Dreck?« Er ging um den Sessel herum, in dem der Mann saß, hob einen Plastikkanister mit zehn Liter Fassungsvermögen hoch und drehte den schwarzen Verschluss ab.

»Einer von den Kumpels«, versuchte der Magere ihn abzulenken. Sein dünner Hals zuckte unruhig hinter seinem Hemdkragen.

»Ja, ja«, Jarnebring schnupperte am Kanister. »Werden damit Fenster geputzt?« Molin war jetzt neben den Jungen im Blaumann getreten. Der war sichtlich nervös, und Molin konnte sich schon denken, warum.

»Papiere«, sagte Molin und schnippte fordernd mit den Fingern. »Aufenthaltsgenehmigung, Arbeitserlaubnis...« Bei jedem Wort schnippte er wieder mit den Fingern. »Pass, Ausweis, Meldebestätigung...«

»Hause... habe zu Hause«, der Mann schaute ihn aus seinen braunen Augen ängstlich an. Er hatte sich halb erhoben, aber da Molin sich über ihn beugte, kam er nicht weiter.

»In der Türkei?« Mit offenem Hohn in der Stimme. »Scheiße, du darfst deine Papiere nicht in der Türkei lassen.«

Der Mann leckte sich die Lippen und schaute seinen Chef im gestreiften Sessel flehend an.

»Der Junge hat gerade erst angefangen. Alles ist komplett in Ordnung. Er ist vorige Woche gekommen.«

»Scheißgerede.« Jarnebring ließ den Kanister auf den Boden fallen. »Verdammt... da sind wir gerade mal zwei Minuten hier und schon haben wir drei Vergehen...« Jarnebring zählte an seinen langen knochigen Fingern ab. »Schwarzer Schnapsverkauf, schwarze Schnapsbrennerei und schwarze Arbeitskraft. Wofür hältst du dich eigentlich, verdammt noch mal? Für den Paten?«

»Höhö«, gackerte der Autohändler und schaute Jarnebring aus seinen wässrigen Augen an.

Zehn Liter Schwarzgebrannter und ein Türke ohne Aufenthaltsgenehmigung. Das sollte doch reichen, wenn man es mit einem überaus begabten Autohändler zu tun hatte. Tat es diesmal denn auch.

Molin ging mit dem Türken in die Werkstatt. Jarnebring blieb mit dem Chef im Büro. Die beiden anderen durften sich in die Garage setzen und warten. Es war eine klassische und wohldurchdachte Taktik. Wenn man etwas auf dem Herzen hatte, konnte man es ganz im Vertrauen sagen und blamierte sich nicht vor seinen Freunden.

»Nicht ein Scheißpapier also«, sagte Molin hart und starrte sein Opfer an. »Dann wollen wir doch mal sehen, wie es um deine Erinnerung bestellt ist.« Er zog Dahls Foto hervor und hielt es dem Mann unter die Nase.

»Du verkaufst also diese Schmiere?« Jarnebring hob den Kanister hoch.

»Nein, nein.« Der Mann schüttelte abwehrend den Kopf. »Das ist einer von den Jungs.«

»Wollen wir wetten?« Jarnebring zeigte mit der Hand in Richtung Garage. »Sollen wir die Jungs in Solna mal anrufen, damit sie hier eine Runde drehen?«

»Verdammt«, jammerte der Mann. »Wir verstehen uns doch sonst so gut, Jarnebring. Was zum Teufel ist denn bloß in dich gefahren?«

»Gut«, sagte Jarnebring kurz und zog das Foto von Dahl aus der Jackentasche. »Dann wollen wir doch mal sehen, wie es mit deiner Erinnerung steht.«

Am Ende gewann Molin.

»Joony Dall«, sagte der Türke und schaute Molin flehend an. »Letzte Woche hier.«

»Wann?«

»Don… nein, Freitag… Freitag morge.«

»Gut«, sagte Molin. »Sprich deutlich, damit ich dich verstehen kann.«

»Ganz bestimmt«, der andere jammerte noch immer. »Ich

habe ihn verdammt lange nicht mehr gesehen. Sicher vierzehn Tage ist das her. Sicher.«

»Wo ist er denn jetzt?« Jarnebring zeigte noch immer auf das Foto. Molin stand jetzt in der Tür, und Jarnebring konnte ihm ansehen, dass bald … dass bald alles in Ordnung sein würde. »Was ist los?« Er drehte sich zu seinem Kollegen um.

»Wir müssen ihn wohl mitnehmen?« Molin wies mit dem Daumen auf Jarnebrings Opfer. »Der scheint in den Mord verwickelt zu sein.«

»Den Mord?« Der Magere schnappte nach Luft, und seine Blicke irrten zwischen Jarnebring und Molin hin und her.

»Genau«, sagte Molin zufrieden. »Warum hätte er sonst am Freitagmorgen Dahl fünftausend überreichen sollen?«

»Wir suchen Dahl …« Jarnebring näherte sein Gesicht dem Mann, der sich hinter den Schreibtisch zurückzog. »Denn wir glauben, dass er am Donnerstag seine Nutte umgebracht hat.«

»Wartet, Jungs. Wartet, verdammt noch mal.« Jetzt war es ihm egal, dass sie seine Schweißausbrüche sahen. »Wartet, verdammt, Jungs … ich kann alles erklären.«

»Dahl war also am Freitag hier«, wiederholte Jarnebring, »und hat dreitausend mitgenommen, weil er wegfahren wollte.« Der Autohändler nickte.

»Das waren dreitausend. Da bin ich mir sicher. Mehr hatte ich nicht. Er wollte fünf … geliehen, aber ich war ein bisschen knapp bei Kasse.«

»Hat er gesagt, wo er hinwill?« Molin musterte ihn mit kaltem Blick.

»Nein, nein. Ich dachte, er hätte irgendeinen Steuerscheiß am Hals. Irgendeine Forderung, der er ganz schnell nachkommen musste.«

»Ach. So war es aber nicht«, stellte Jarnebring zufrieden fest. »Und jetzt wollen wir seine Adressen. Sämtliche Adressen, und du kannst dir aussuchen, ob du sie uns hier verrätst oder oben auf Kungsholmen.«

»Verdammt elegant«, sagte Molin eine Viertelstunde später, als sie ins Auto stiegen.

»Das pure Traumpaar«, stimmte Jarnebring zu. »Der hat es am Freitagmorgen offenbar verdammt eilig gehabt. Das wird Lewin gefallen.«

»Was machen wir mit dem Kanacken und dem Schnaps?« Molin wies mit dem Daumen zur Garageneinfahrt hinüber.

»So ein Scheiß«, sagte Jarnebring verächtlich und sah seinen Kumpel an. »Mann, Moli. Hier geht es um Mord, zum Henker. Wir sind weder der Zoll noch die verdammte Ausländerpolizei.«

»Na gut«, Molin nickte zustimmend. *Hier ging es um Mord*, und die Sache mit der Protokollpflicht war ein weites Feld. Das immerhin hatte er von den älteren Kollegen schon gelernt.

»Sollen wir mal hören, ob was passiert ist?« Jarnebring nickte zufrieden zum Mikrofon zwischen den Sitzen hinüber.

»Sollen wir Lewin Bescheid sagen?« Molin griff zum Mikrofon.

»Ich glaube, wir fahren hin«, Jarnebring drehte den Zündschlüssel um, »und reden gleich mit ihm.«

»7715 an 70«, sagte Molin. »7715 an 70.« Er ließ den Knopf am Mikrofon los.

»70 an 7715, kommen«, knarzte das Funkgerät. Manchmal waren die bei der Zentrale wirklich schnell.

»7715«, antwortete Molin. Anfangs, als er neu bei der Truppe war, hatte er immer »7715 hier« gesagt. Aber jetzt kannte er sich aus. »Ist was passiert, 70?«

»Ihr habt eine Mitteilung von 775. Die sollen von Lewin in der Gewalt grüßen. Sollt sofort bei ihm aufkreuzen. Kommen.«

Jarnebring sah Molin an, und der zuckte überrascht mit den Schultern.

»Die haben nicht gesagt, worum es geht, 70?«, fragte Molin.

»Nein«, antwortete die Funkstimme. »Wir haben euch schon vor zehn Minuten gesucht. Ich weiß nur, dass es wichtig ist. Kommen.«

»Nichts wie hin«, entschied Jarnebring. Schaute in den Rückspiegel. Betätigte das Blinklicht und ließ die Kupplung kommen.

IX

Die Kollegen saßen in Lewins Zimmer. Lewin selbst war offenbar nicht da, aber das schien keine so große Rolle zu spielen. Die vier im Zimmer konnten ihre Begeisterung nur mühsam verbergen.

»Hallo, Jungs«, sagte einer. Er trug ein breites afrikanisches Lederhalsband mit Mosaik. »Wo habt ihr euch denn den ganzen Tag rumgetrieben?« Er sah sie erwartungsvoll an.

»Nach Dahl gesucht«, knurrte Jarnebring. Mit diesem Empfang hatte er nun wirklich nicht gerechnet.

»Und wo habt ihr ihn versteckt?« Der Kollege mit dem Halsband zwinkerte Jarnebring freundlich zu.

»Wo zum Teufel habt ihr Sienkowski?« Molin war sauer. Er schaute sich demonstrativ im Zimmer um.

»In einer Dose unten auf der Wache«, rief einer von den anderen. »Der sitzt schon fest, der Kleine.«

»Ach.« Jarnebring versuchte, ganz normal auszusehen. »Wo habt ihr ihn gefunden? Saß er in U-Haft?«

»Auf der Straße!« Das war wieder Halsband, seine Stimme überschlug sich.

»Auf der Straße!« *Halt die Fresse, Molin*, dachte Jarnebring. Hier rede ich. »Auf der Straße«, wiederholte er. Diesmal ohne Molins Hilfe.

»Sicher«, erklärte Halsband. »Zuerst sind wir im Chat Noir, im Sexorama, im Amor und in all den anderen Scheißwichslöchern rumgegurkt, dann haben wir den Arsch auf der Straße gefunden.«

»Auf welcher Scheißstraße?« Jarnebring war jetzt total gereizt. *Etwas stimmte hier nicht.* Das merkte er. Es reichte nicht, dass sie Sienkowski gefunden hatten. Da war noch mehr.

»Roslagsgata 70«, sagte der Kollege vom Halsband. »Wir wollten ins Venus, in den Sexclub, du weißt, der liegt...«

»Ja, ja, Scheiße«, fiel Jarnebring ihm gereizt ins Wort. »Ich weiß, dass der nebenan liegt. Verdammt. Kommt zur Sache.«

»Ja sicher. Marek kommt also über die Straße und glotzt zu Nummer 40 rüber... und sieht aus wie ein Scheißspion in einem Scheißagentenfilm. So einfach war das. Einfach peng. Und schon saß er im Auto.« Er zeigte mit dem Finger auf Jarnebring.

»Was sagt Lewin«, lenkte Molin ab. Er sah, dass Jarnebring ernsthaft sauer wurde.

»Der ist verdammt zufrieden.« Halsband lachte und zeigte alle Zähne. »Er bedauert nur eins.«

»Was denn.« Jarnebring saß jetzt auf der Schreibtischkante und blätterte in seinem schwarzen Notizbuch.

»...dass wir nicht von Anfang an dabei waren, da wäre der Fall jetzt schon geklärt.«

»Haha«, lachte Jarnebring. *Was hätte er auch sonst tun sollen?*

Bei Dahlgren saßen drei ältere Herren. Dahlgren, Andersson und der Staatsanwalt. Ein Kriminalkommissar, ein Kriminalinspektor und ein Oberstaatsanwalt, denen zusammen nur fünf Jahre zur Pension fehlten.

Trotz ihres verhältnismäßig hohen Alters und obwohl es arg spät war und sie eigentlich schon längst Feierabend hatten, war die Stimmung doch sehr gut.

Genau was wir gebraucht haben, dachte Dahlgren. Einen richtigen Gangster. Der wunderbar verdächtig ist und schon sitzt. Und einen, der noch verdächtiger ist und nach dem wir fahnden können. *Egal, ob sie etwas mit dem Mord zu tun haben, für die Moral ist es jedenfalls gut*, dachte er zufrieden. Aber er sagte es nicht. Der Staatsanwalt war zwar ein Mann von nicht geringem Humor, aber dieser Zug war doch stark gehemmt durch Gesetz und Berufsethos. Außerdem schluckte man eine solche Bemerkung schon aus Prinzip herunter, wenn Staatsanwälte in der Nähe waren. Sie gehörte sich einfach nicht. In Gesprächen mit Staatsanwälten lohnte es sich fast immer, konsequent die Form zu wahren. Vor allem in einer Situation wie dieser. Da galt es, das »Staatsanwaltsspiel« zu spielen.

»Kannst du Sienkowski für uns einbuchten?« Dahlgren eröffnete die Partie mit einem sorgenvollen Blick aus müden Augen.

»Welche Begründung?« Der Staatsanwalt bewegte seinen langen, unbeholfenen Körper unruhig hin und her.

»Tjaaa. Da gibt es allerlei, wie du von Lewin weißt.«

Lewin war eine Viertelstunde zuvor gegangen. Zum ersten Mal. Bis dahin hatte er mitgeteilt, was über Sienkowski bekannt war: seine frühere Beziehung zu Kataryna, die Misshandlung 1975, dass er bis zu diesem Vorfall ihr Zuhälter gewesen war. Dass er auch deshalb schon unter Verdacht gestanden hatte, dass die Ermittlungen aber eingestellt worden waren, weil Kataryna ihre Mitwirkung verweigert hatte. Endlich die Adresse, an der er am Vormittag festgenommen worden war. *Kommen sie denn immer zurück …*, hatte der Staatsanwalt sich gefragt. Und das hatte Dahlgren gesehen. »Zurück an den Tatort?« Dahlgren lächelte ironisch, als er das sagte. Andersson nickte nachdenklich. Auch er mischte seine Karten für das, was jetzt kommen würde.

»Was hat er vor dem Haus Roslagsgata 40 gemacht?«,

fragte Andersson. Als könnte er die Gedanken des Staatsanwalts lesen.

»Sicher, sicher.« Der hatte schon den Rückzug angetreten. »Aber wie die Herren sicher wissen, ist es nicht strafbar, durch die Straßen zu flanieren.«

»Was sagst du da?« Dahlgren demonstrierte, dass er die Oberhand hatte, und konnte sich ein ironisches Lächeln leisten. *Zeit, ein bisschen Druck auszuüben.*

»Ich gebe zu, das ist ein interessanter Zufall.« Der Staatsanwalt versuchte, Zeit zu schinden. »Könnt ihr ihn nicht festhalten? Heute Abend braucht ihr noch nicht um Erlaubnis zu bitten.« Die Möglichkeit von sechs Stunden Haft ohne Beteiligung der Staatsanwaltschaft ließ seine Stimme sofort ein wenig munterer klingen.

»Du denkst an LTO?« Dahlgrens Stimme klang trocken. »Du scheinst Sienkowski nicht zu kennen«, sagte er dann mit gewichtiger Stimme. »Bei solchen Knaben sind sechs Stunden ein Tropfen im Ozean. Er hat noch immer nicht bestätigt, dass er er selbst ist. Zum Bleistift.«

Der Staatsanwalt wand sich. Er kannte diese Art von Verdächtigen und fand sie gar nicht gut.

Andersson und Dahlgren schwiegen und begnügten sich mit Blicken. Wie man es tun kann, wenn man gute Karten hat.

»Ja, ja.« Der Staatsanwalt gab sich geschlagen. Er schaute verstohlen auf die Uhr. »Wenn er nicht sagen kann, was er am Donnerstag gemacht hat, kommt er in Haft. Ruft mich so bald wie möglich zu Hause an.«

Dahlgren nickte. Ein zufriedenes Lächeln war auf seinen Lippen zu sehen. Die Ahnung eines Lächelns, damit niemand pikiert war. Jetzt hatten sie Zeit. Jedenfalls bis Donnerstag.

»Und dann habe ich noch ein Problem.« *Jetzt ist es so weit*, dachte er.

»Dahl«, stellte der Staatsanwalt fest. Er wusste, was jetzt

kommen würde. Auch das hatte Lewin ihm nämlich erzählt. Fünf Minuten, nachdem er das Zimmer zum ersten Mal verlassen hatte, war er wieder hereingekommen und hatte das Ergebnis von Jarnebrings und Molins Ermittlungen vorgelegt.

»Dahl ist überaus interessant.« Dahlgren unterstrich diese Bemerkung mit einem langsamen Nicken.

»Ja, ja«, sagte der Staatsanwalt. »Aber beide können es ja wohl nicht gewesen sein? Du nimmst doch nicht an, dass Dahl und Sienkowski es gemeinsam getan haben?«

Der schwache Punkt, dachte Dahlgren. Zwei unabhängige Verdächtige waren einer zu viel.

»Findest du nicht, dass wir mit ihm reden sollten?« Dahlgren hielt die Gegenfrage für angebracht. Besser als eine schlechte Antwort.

»Sicher«, stimmte der Staatsanwalt zu. »Es gibt immer Gesprächsstoff, wenn man es mit Herren wie Dahl zu tun hat.« Jetzt verzog er ebenfalls den Mund. »Aber darum geht es eigentlich nicht.« Er würgte sich ein Lächeln ab. »Wie die Herren wissen, bin ich nicht der Vorsitzende eines Debattierclubs.« Mit der letzten Bemerkung war er zufrieden. Das konnte Dahlgren seinen Augen ansehen.

»Kuppelei«, schlug Dahlgren vor. »Die Vermietung der Wohnung. Außerdem möchte die Steuersektion mit Direktor Dahl reden.« Davon hatte Dahlgren sich früher an diesem Tag schon überzeugt. In Ermittlungen wie der aktuellen müssen alle Gründe, aus denen jemand auf die Wache bestellt werden kann, sorgfältig geprüft werden. Das wusste Dahlgren aus langer Erfahrung.

»Von mir aus Kuppelei.« Der Staatsanwalt wand sich wieder, als säße sein ausgebeultes graues Sakko zu eng.

»Bestimmt hat er das Land verlassen.« Dahlgren starrte seinen Voruntersuchungsleiter an. Jetzt kam es zum kritischen Punkt. Auf den schon alle warteten. Alle Neune oder Ruin. Haus und Hof waren gesetzt.

»Und jetzt willst du ihn in Abwesenheit zu U-Haft verknacken?« *Das war's.* Dahlgren senkte zustimmend sein graues Haupt. Das wollte er. Eine Anzeige reichte nicht. Wenn man Dahl über Interpol suchen wollte, musste ein Haftbefehl her.

»Nein.« Plötzlich hörte der Staatsanwalt sich ungeheuer entschieden an. »Ausgeschlossen. Ich kann ihn dir zuliebe herbestellen. Aber ich kann ihn auf Basis der Verdachtsmomente, die bisher vorliegen, nie und nimmer zur Festnahme ausschreiben.« Er stand auf, um dieser Mitteilung Nachdruck zu verleihen.

»Dann nicht«, sagte Dahlgren resigniert. Er hatte es eigentlich die ganze Zeit schon gewusst. Der Verdacht auf Kuppelei war zu schwach, aber er hatte es versuchen müssen.

»Wir lassen erst mal in Schweden nach ihm suchen.« Dahlgren wandte sich an Andersson, und der nickte zustimmend.

»Landesweiter Alarm.« Beide nickten. *Eine kleine Rache ist auch eine Rache*, dachte Dahlgren und schaute den Staatsanwalt an, der sich jedoch taub stellte, aufstand und seinen Willen zum Aufbruch anzeigte, indem er auf seine Armbanduhr schaute.

»Lass wegen Dahl von dir hören.« Der Staatsanwalt steuerte die Tür an, blieb dann aber mit der Hand auf der Klinke stehen. Ein Sieger durfte niemals die Versöhnung vergessen. Sie spielten ja immerhin in derselben Mannschaft. Im Großen und Ganzen. Wenn es wirklich darauf ankam.

»Ich bin für alles offen, wenn es um Dahl geht. Sogar, wenn du glaubhaft machen kannst, dass er in internationalen Terrorismus verwickelt ist.« Er lachte zufrieden. »Dann kriegst du deinen Haftbefehl, das versprech ich dir.«

Der Staatsanwalt lächelte versöhnlich, als er die Tür hinter sich zuzog.

»Wann kriegen wir endlich gescheite Staatsanwälte, zum Teufel?« Andersson schaute Dahlgren verlegen an, als sei es seine Schuld, dass Dahl nicht festgenommen werden konnte.

»Zu spät«, erwiderte Dahlgren lakonisch. »Und bis dahin müssen wir selber denken.«

»Ich dachte, Krusberg könnte Sienkowski verhören«, sagte Andersson.

Klug. Dahlgren nickte. Wenn er selbst der Ermittlungsleiter gewesen wäre, hätte er ebenfalls Krusberg auf Sienkowski angesetzt.

»Das ist sicher sehr gut.« Er nickte abermals. »Er ist ja nicht ganz so versiert wie wir anderen hier in der Sektion. Wir, die wir schon langsam in die Jahre kommen.« Er nickte zum dritten Mal und fing an, seine Unterlagen in einer Aktentasche zu verstauen.

Krusberg gegen Marek Sienkowski. Im umfangreichen Voruntersuchungsmaterial zum Fall Kataryna Rosenbaum befinden sich insgesamt fünf Vernehmungsprotokolle, die sich auf Sienkowski, Marek, geboren 25. 4. 47, beziehen.

Alle diese Vernehmungen fanden in der Gewaltsektion zwischen Montagabend, 18. September, und Donnerstagnachmittag, 21. September, statt. Es handelte sich um Tonbandvernehmungen – Vernehmungen, die auf Band aufgenommen und später abgeschrieben wurden. Bei allen war Krusberg der Vernehmungsleiter.

Der Grund, aus dem Krusberg als der geeignetste Vernehmungsleiter für Sienkowski erachtet wurde, geht aus den Reinschriften absolut nicht hervor. Die sind übrigens ungeheuer mager, was Umfang und Inhalt angeht, und vermitteln eher den entgegengesetzten Eindruck. Die Erklärung müssen wir also anderswo suchen, bei den Personen Sienkowski und Krusberg.

Marek Sienkowski ist im Spätherbst 1969 nach Schweden gekommen. Politischer Flüchtling aus Polen und in seiner neuen Heimat recht schnell auf die schiefe Bahn geraten. 1978 hatte er noch immer nicht die schwedische Staatsbürgerschaft. Die schwedischen Behörden haben sogar mehrmals versucht, ihn ausweisen zu lassen, aber diese Versuche hat sein Status als politischer Flüchtling unterwandert.

Sienkowski war arbeitslos – was nicht heißen soll, dass er keine Beschäftigung gehabt hätte – und über lange Zeiten hinweg war er auch nicht an einer festen Adresse gemeldet. So auch, als er am Montag, dem 18. September 1978, aufgegriffen wurde.

Schon nach sechs Monaten in seiner neuen Heimat war Sienkowski zu einer Angelegenheit für die Kriminalpolizei geworden. Eine Polin – sie hatten sich in einem Integrationskurs in Småland kennen gelernt – hatte ihn wegen Vergewaltigung angezeigt. Aber die Anzeige wurde zurückgezogen und die Voruntersuchung eingestellt.

Danach war es schnell gegangen. Stein fügte sich an Stein – Hehlerei, Verdacht auf schwerwiegende Drogendelikte, Drohungen jeder Art, abermals Hehlerei, Körperverletzung, Verdacht auf Kuppelei – und bald besaß er bei Polizei und Staatsanwaltschaft einen durch und durch schlechten Ruf.

Seine erste Phase von Freiheitsentzug war schon ins Jahr 1972 gefallen. Sechs Monate Haft wegen Hehlerei, ein Urteil, dem Bußgelder, Bewährungsstrafen und polizeiliche Überwachung vorausgegangen waren.

Bei der Stockholmer Polizei hatte Marek eine eigene Identität erworben: »harter Marek«, »der Taubstumme«, »polnischer Mafioso«. Letzteres eine Sammelbezeichnung für alle Mitglieder einer kleineren Gruppe von Ostblockflüchtlingen, die angeblich einen großen Teil der illegalen Clubs beherrschten: Sexklubs und Bordelle.

Marek war bei der Polizei nicht beliebt. Er war ein notorischer Verbrecher. Warf mit Geld nur so um sich: Restaurants, große, fesche Autos, teure Kleidung.

Er war hart und vernehmungsresistent (eine Eigenschaft, durch die man sich gerade bei der Polizei sonst Achtung verschaffen konnte – wenn man ein »redlicher schwedischer Dieb« war). Außerdem war er Ausländer.

»Wieso die solche hier ins Land lassen, übersteigt meinen Verstand«, sagt Bo Jarnebring bei der ersten Besprechung im Fall Kataryna. Das fasst Sienkowskis Beziehung zur Stockholmer Polizei präzise zusammen. Und ist doppelt ärgerlich, wenn wir an die Lage seiner Landsleute und anderer Zuwanderergruppen denken. Die polnischen Flüchtlinge aus der Zeit um 1970 waren sonst ein gutes Beispiel für erfolgreiche Integration in ihre neue Heimat. Ein winziger Anteil von ihnen tauchte zwar in den Polizeiregistern auf. Der weitaus größere Teil dagegen bekleidete hohe Positionen in der schwedischen Gesellschaft.

Das galt nicht für Marek Sienkowski.

1973 war es wieder so weit. Nur wenige Monate nach Ende seiner ersten Gefängnisstrafe wurde er abermals verurteilt: ein Jahr und sechs Monate für versuchten Raubüberfall, illegalen Waffenbesitz und Ähnliches.

Seine Spitznamen – »harter Marek«, »der Taubstumme« – hatte er sich bei seinen zahllosen Vernehmungen durch die Polizei erworben. An seinem Gehör oder seinen Sprechorganen war nichts auszusetzen, aber eins hatte er begriffen: dass die Polizei seine Schuld beweisen musste. Man selbst brauchte kein Wort sagen. Was er also nicht tat. In der Regel schwieg er. Er nannte seinen Namen erst, wenn er davon überzeugt war, dass die Polizei bereits wusste, wer er war. Dann verlangte er sofort nach seinem Anwalt. In den letzten fünf, sechs Jahren hatte es sich immer um denselben gehandelt. Um einen von den jüngeren »Staranwälten«, der in Sienkowskis Fall niemals ein Honorar vom Staat verlangte.

Ansonsten hatte Sienkowski nichts zu sagen. Außer: »Ich will jetzt was essen«, »ich muss auf die Toilette«.

»Bei so einem funktioniert es nur mit Stufe drei«, hatte einer der älteren Vernehmungsleiter seine erste Begegnung mit Marek zusammengefasst. Und leider hatte er damit vollständig Recht gehabt. Vermutlich war es so, dass diese Art von Dialog die einzige war, die Marek überhaupt verstehen konnte.

Aber es kam nicht zu physischen Übergriffen. Nicht bei den Vernehmungen. Einmal hatte er allerdings heftig Prügel von der Polizei bezogen. Er war im Zusammenhang mit einer Razzia in einem illegalen Club festgenommen worden und hatte seine schlechte Urteilskraft bewiesen, indem er zufällig einem der Ermittler einen Tritt an den Kopf verpasst hatte. Worauf er gewissenhaft zusammengeschlagen worden war und außerdem eine Anzeige wegen Gewalt gegen einen Beamten im Dienst am Hals gehabt hatte. Aber Marek war jemand, der aus seinen Fehlern lernte, und es war bei diesem einen Mal geblieben. Bei einem Verhör passierte so etwas nicht, und das hatte nichts damit zu tun, dass er immer Gesellschaft von seinem Anwalt hatte.

Trotz allem, was in gewissen Medien über Verhörmethoden in dem großen Haus auf Kungsholmen behauptet wurde, trotz aller Geschichten, die in den Kreisen der notorischen Verhöropfer florierten, kamen nämlich physische Übergriffe bei Vernehmungen ungeheuer selten vor.

Warum hätte man auch darauf zurückgreifen sollen? Die Vernehmungen hatten doch fast immer den Charakter einer freundschaftlichen Unterhaltung. Der Verhörte suchte häufiger den Kontakt, als dass er abweisend oder unverschämt war. Der Vernehmungsleiter war eher leidenschaftslos als persönlich betroffen. Eine Vernehmung war einfach keine Situation, in der Menschen zu schlagen beginnen.

Wie Sienkowski hatte auch Krusberg einen gewissen Ruf.

Den hatte er sich in der Sektion schon früh erworben. Er war zu Beginn der Siebzigerjahre bei der »Gewalt« gelandet. Ein unbeschriebenes Blatt von Anfang dreißig, das direkt von der Kriminalabteilung eines mittelgroßen Polizeidistrikts in Westschweden kam.

Aber das dauerte nicht lange. »Das war verdammt noch mal so nah an Stufe drei, wie man überhaupt kommen kann«, hatte bereits nach einem Monat einer seiner älteren Kollegen gesagt. Er hatte einem von Krusbergs Verhören beigewohnt, das bereits nach einer Stunde mit einem umfassenden Geständnis zu Ende gegangen war.

»Der hat dem Arsch mit seinem eigenen Schweiß die Scheiße rausgewaschen.« Der, das war wieder Krusberg, und der Gewaschene war einer der »Klassiker« der Sektion und normalerweise nur wenig mitteilsam.

Und so war es weitergegangen. Krusberg wurde bekannt als »Todesstreife«, »Internierungskommando«, »dieser Scheißkrusbär«. Und das, obwohl die abgeschriebenen Verhörprotokolle fast penetrant förmlich wirkten und niemals auch nur in die Nähe eines Verdachts auf ungesetzliche Verhörmethoden gerieten.

Was ihn zum Meister machte, war sein Blick für die Bedürfnisse der Menschen. Die Verlobte zu treffen, zu wissen, wie es den Kindern ging, zu erfahren, was passieren würde, was die Polizei wusste. Bedürfnisse, die ganz schlicht sein konnten. Zum Beispiel das Bedürfnis, mit irgendwem zu reden, wirklich, egal wem. Sogar mit einem Vernehmungsleiter.

Dass die Abschriften ein gewisses Bild des Verhörleiters Krusberg ergaben, war vielleicht nichts, das man überbewerten sollte. *Dieser Knabe weiß, wo bei einem Tonbandgerät der Ausknopf sitzt*, hatte Dahlgren selbst gedacht, als er die Abschrift von einem der zahlreichen unerklärlichen Geständnisse Krusbergs gelesen hatte.

»So nah an Stufe drei, wie man überhaupt kommen kann.« Das war die schlichte Erklärung dafür, dass Krusberg und kein anderer es war, der am Montagabend, 18. September, Marek Sienkowski von der Wache in sein Zimmer in der Gewaltsektion holte.

Aber diesmal klappte es nicht. Wie hätte das auch möglich sein sollen? »Wie die Herren sicher wissen, ist es nicht strafbar, durch die Straßen der Stadt zu flanieren«, hatte der Staatsanwalt Dahlgren und Andersson mitgeteilt. Am Mittwoch – bei der dritten Vernehmung – finden wir fast dieselbe Bemerkung. Diesmal von Mareks Anwalt. »Aber mein lieber Herr Inspektor. Wollen Sie in vollem Ernst behaupten, es sei strafbar, durch die Roslagsgata zu spazieren?« Das war es nicht. Und solange man nichts anderes hatte, konnte die Sache nur ein Ende nehmen. Sogar bei Krusberg.

Am Donnerstagnachmittag wurde Marek Sienkowski freigelassen, war zwar belegt mit Reiseverbot, aber eben doch frei. Ohne ein Wort darüber gesagt zu haben, was er an dem Donnerstag, an dem Kataryna ermordet worden war, unternommen hatte. Oder überhaupt über irgendetwas, das mit dem Fall zu tun haben könnte.

Schon die erste Vernehmung liefert ein gutes Beispiel dafür, was passiert ist. In diesem Fall können wir außerdem der Abschrift volles Vertrauen schenken. Seit der zweiten Vernehmung war die ganze Zeit der Anwalt zugegen, und dann kann man kein Tonbandgerät ausschalten. Vermutlich war das auch schon beim ersten Mal nicht geschehen. Es gab keinen Grund, auf »aus« zu drücken. In der Abschrift lautete die Vernehmung von Montagabend folgendermaßen:

Protokoll der Vernehmung von Marek Sienkowski, geboren 25. 4. 47. Die Vernehmung findet statt in der Gewaltsektion, Kungsholmsgata 37 in Stockholm. Vernehmungsleiter ist Kriminalinspektor Göran Krusberg. Die Vernehmung beginnt um 18.30 am Montag, dem 18. September, und wird auf Band aufgenommen.

V = Vernehmungsleiter
S = Sienkowski

V: Ja, Sienkowski. Dann möchte ich dir als Erstes mitteilen, dass der Staatsanwalt die Sache sehr ernst nimmt. Wie du sicher verstehst, kann ich im Moment nicht auf die Gründe eingehen. Aber der Staatsanwalt ist der Meinung, dass er dich eine Weile hier behalten muss, wenn du uns nicht sagen kannst, was du am Donnerstag gemacht hast, Donnerstag, den 14., meine ich. Nur so viel, es hat mit dem Mord an deiner ehemaligen Verlobten zu tun, Kataryna Rosenbaum … und dann muss ich dich noch um eins bitten. Nicht nicken oder mit den Schultern zucken, sondern laut und deutlich in das Mikrofon dort auf dem Tisch sprechen. Ist das klar?
S: Ich will mit meinem Anwalt reden. Du weißt, wer das ist. Du musst ihn anrufen. Ich sage nichts, ehe ich nicht mit meinem Anwalt gesprochen habe.
V: Ich habe es schon versucht, aber ich habe ihn noch nicht erreicht. Seine Sekretärin hat versprochen, ihm das auszurichten.
S: Dann müssen wir warten.
V: Dir ist doch klar, dass das dauern kann? Wenn du ein Alibi für die Mordzeit hast, dann sag es. Wir wollen niemanden ohne Grund festhalten, und ich habe auch Wichtigeres zu tun.
S: Ich warte auf den Anwalt.
V: Das ist dein gutes Recht. Aber ich verstehe nicht, warum wir Zeit vergeuden sollen. Einfach vergeuden. Das ist doch unnötig.
S: Ich warte.

V: Du willst jetzt also nichts sagen?
S: Nein.
V: Obwohl du weißt, dass es dauern kann. Ganz unnötig.
S: Ich warte.

…
…

V: Die Vernehmung wird um 18.35 abgebrochen. Sienkowski will nichts sagen, solange er nicht mit seinem Anwalt gesprochen hat. Die Tonbandaufnahme ist ihm vorgespielt und von ihm gebilligt worden.

Stockholm, selbiger Tag

Göran Krusberg, Krinsp

X

Seit Montagabend, 18. September, konzentrierte die Ermittlertruppe ein Großteil ihres Interesses auf Johny Dahl. Von diesem Abend an wurde außerdem landesweit nach ihm gefahndet. Der Fahndungsaufruf war seltsam formuliert – »schwere Kuppelei, schwere Steuerhinterziehung u. ä.«. Alle einigermaßen erfahrenen Polizisten im Land, die diese Meldung lasen, wussten, dass es im Grunde um »u. ä.« ging. Kuppelei und Steuerhinterziehung, ob schwer oder nicht, waren doch kein Grund für eine landesweite Fahndung. Wer nicht direkt mit den Kollegen in Stockholm sprechen konnte, zählte zwei und zwei zusammen und wusste genau, worum es hier wirklich ging.

Die Ermittler wurden in die Stadt geschickt. Wohin auch sonst? Drei Streifen für einen Direktor aus der Gebrauchtwagenbranche. Natürlich bestand nur eine geringe Hoffnung, dass er sich noch im Distrikt oder sogar im Land aufhielt, aber auch, wenn man Dahl nicht fand, gab es doch noch andere Sachen, die fast ebenso wichtig waren.

Was hatte er am Donnerstag, dem 14., vormittags unternommen? Warum hatte er es am folgenden Tag so eilig gehabt? Wohin war er verschwunden? Wenn man richtig Glück hatte, würde man das »u. ä.« im Fahndungsaufruf durch das ersetzen können, worum es wirklich ging. Und das ganz ohne Dahls Mitwirkung.

Andersson, Jansson und Krusberg kümmerten sich um die inneren Ermittlungen. Vor allem Krusberg zog Strippen, tatkräftig unterstützt von den Aspis der Sektion, die beiden anderen aber rückten ein, wie sie Zeit hatten. Zoll, Fluggesellschaften, Reisebüros; was wusste man dort über Johny Dahl?

Und sie kamen weiter. Obwohl sie Dahls selber nicht habhaft wurden, kreisten sie ihn doch rasch ein. Darauf verstand man sich. Schon am Dienstag wussten sie, dass er keinen Linienflug angetreten hatte, jedenfalls nicht unter seinem eigenen Namen, und dass er vermutlich auch keine Pauschalreise machte. Dagegen gab es eine nette Hypothese darüber, wie er sich entfernt hatte. Nämlich mit dem Auto. Und zwar nicht mit irgendeinem Auto, sondern mit einem, das in solchen Fällen nur höchst selten eine Rolle spielte. Einem Cadillac FleetWood, Baujahr 1972, mit überdies bekanntem KFZ-Kennzeichen.

»Wenn er damit weggefahren ist, haben wir ihn bald.« Andersson schüttelte überrascht den Kopf, als Krusberg davon berichtete.

Aber da irrte Andersson. Denn als sie das Auto am folgenden Tag fanden, war es leer. Es stand in einem Parkhaus in Malmö, und offenbar hatte Dahl es am Freitag, dem 15., abends dort abgestellt.

Es wurde von der Polizei Malmö in einem ganz anderen Zusammenhang entdeckt. Sie hatten mit dem Parkhausbetreiber über eine Diebstahlserie in der Garage sprechen wollen, und »wir konnten es einfach nicht übersehen.« So drückten die Kollegen aus Malmö sich aus.

Mit dem Wagen nach Malmö. Von dort vermutlich Fähre nach Kopenhagen. Aber was dann?

Am Mittwochvormittag landeten auch Jarnebring und Molin einen Treffer. Und wenn wir an Sienkowskis Nase denken, war das nur gerecht.

Diesmal schlugen sie bei einem Gebrauchtwagenhandel auf Söder zu, und der Händler, mit dem sie sprachen, wies gewisse Unterschiede zu seinem Kollegen mit dem schwarzgebrannten Fusel und der ausländischen Arbeitskraft auf.

Dass er doppelt so groß oder zumindest doppelt so breit war wie sein magerer Kollege, war unwesentlich. Gewichtiger war, dass er zu Dahl offenbar eine ganz andere Einstellung hatte.

»Hallo, Jarnebring«, rief er herzlich, als die Polizisten sein Büro betraten. Er erhob sich und schüttelte glücklich Jarnebrings rechte Hand mit seinen eigenen beiden. Setzt euch, Jungs, setzt euch. Er breitete die Arme in einer südländischen Geste aus, die seinem umfangreichen Körper und dem hellen Teint widersprach.

»Was kann ich für dich tun, Jarnebring?« Er ließ sich in einen ächzenden Sessel sinken und schlug die fetten Beine übereinander.

»Dahl!« Jarnebring zwinkerte ihm vertraulich zu.

»Ja, ja.« Der Händler schüttelte mitleidig den Kopf und lächelte übers ganze Gesicht. »So kann es gehen. Das hab ich schon kapiert, als der Arsch mir einen Lincoln mit geplatztem Motorblock aufs Auge drücken wollte.« Er lachte glücklich.

»Was für ein Mistkerl.« Jarnebring grinste. »Das ist doch nicht dein Ernst?«

»Und in der Nuttenbranche hatte er auch nicht mehr Glück.« Der Autohändler lachte zufrieden und zwinkerte ihnen zu. »Man hört in der Stadt doch so allerlei.« Jetzt machte er ein geheimnisvolles Gesicht. »Ihr müsst euch beeilen, damit er nicht auch noch sein anderes Mädel umbringt.«

»Du kannst uns sicher helfen.« Jarnebring lächelte ihm kumpelhaft zu. »Und dann kannst du meinen SAAB zu einem Freundschaftspreis kaufen.«

»Haha.« Der Fettsack schlug sich vor Begeisterung mit

der Hand auf den Oberschenkel. »Willst du wissen, wo er wohnt?« Er beugte sich zu Jarnebring vor, und der nickte.

»Eine kleine Finnin. Das reinste Kind. Wir hatten vor einem Monat ein Fest, und dieser Scheißjohny sollte Frauen besorgen. Aber dann schleppt der Arsch eine Nutte an. Genauer gesagt, zwei. Sie hatte eine Freundin.« Er schüttelte mitleidig den Kopf.

»Weißt du, wie sie heißt?«

»Rita, glaube ich, so eine kleine Blonde. Oder vielleicht Ritva ... eine kleine blonde Finnin. Spricht ziemlich schlecht Schwedisch. Aber sonst hat sie ein flinkes Mundwerk, hat einer von den Jungs gesagt.« Er zwinkerte Molin vertraulich zu. »Ich hab ja nicht gewagt, das auszuprobieren. Ihr Mund kam mir so klein vor.« Jetzt lachte er dermaßen, dass sein ganzer Wanst bebte.

Auch Jarnebring lachte, während Molin sich mit einem beifälligen Grinsen begnügte.

»Ja verdammt.« Ihr munterer Gastgeber holte Luft und fuhr sich mit dem Handrücken über die Augenwinkel. »Johny hat sie wohl in einer Bude im Karlsbergsväg untergebracht. Einer von den Jungs war später noch mal da. Meine Fresse, was manche Leute so alles riskieren. Soll ich die Adresse rausfinden?«

»Das wär wirklich verdammt gut.« Jarnebring musterte ihn mit warmem Blick.

»No problem.« Der Autohändler schlug sein Adressbuch auf und suchte mit ausgestrecktem Zeigefinger. »No problem at all«, beteuerte er und betätigte die Nummernscheibe.

»Oh verdammt, was für ein Schwein.« Jarnebring schüttelte den Kopf und wandte sich an Molin. »Was für Kumpels.« Molin nickte zustimmend.

»Fahren wir jetzt zum Karlsbergsväg? Wir haben doch die Adresse.«

»Und das Mädel auch«, erwiderte Jarnebring. »Ich hab da so ein Gefühl, wer sie ist.«

Bei der dritten Runde durch die Malmskillnadsgata fanden sie sie, aber inzwischen war es schon Abend geworden. Es regnete. Der wievielte Regentag das war, wussten sie schon gar nicht mehr. Es war Abend, es regnete, und nicht viele Mädchen waren auf der Straße. Sie kauerten in Hauseingängen, im Eingang zur U-Bahn und hinter den Pfeilern auf dem Brunkebergstorg. Ab und zu ging eine zu einem haltenden Auto. Sprach durch das heruntergekurbelte Seitenfenster mit dem Fahrer. Stieg ein oder ging zurück und wartete auf den nächsten.

»Da ist sie!« Jarnebring zeigte auf den Platz. »Zweiter Pfeiler.«

Eine kleine blonde Frau mit blauem Kleid und halblangem Wildledermantel. Sie hatte an einem der Pfeiler auf der Rückseite des Parlamentsgebäudes gelehnt, doch gerade als Jarnebring sie entdeckt hatte, ging sie zu einem Auto, das am Bordstein anhielt.

»Schnappen wir sie uns?« Molin öffnete seinen Sicherheitsgurt.

Jarnebring schüttelte den Kopf. »Jetzt hat sie doch offenbar einen Freier.« Das stimmte, denn sie öffnete die Autotür und nahm gerade neben dem Fahrer Platz, als die Polizisten vorbeifuhren.

»Wir warten einfach so lange.« Jarnebring sah Molin an. »Jetzt warten wir schon den ganzen Tag, da spielen zehn Minuten auch keine Rolle mehr. Sicher will sie in den Karlsbergsväg.«

Sie hatten den ganzen Tag gebraucht, um sie zu finden, Ritva, neunzehn Jahre alt und aus Finnland. Wenn sie das denn war. Ganz genau wussten sie es nicht.

Zuerst hatten sie eine Stunde gebraucht, um die richtige

Wohnung zu finden. Die Adresse war falsch gewesen. Ihre Wohnung lag im Haus gegenüber. Aber dieses Problem hatten sie am Ende gelöst. Eine kleinere Wohnung zum Hof, ganz am Ende des Karlsbergsväg.

Sie hatten mit dem Hausbesitzer gesprochen, und der Mietvertrag war wirklich auf Johny Dahl ausgestellt. Der Besitzer hatte nicht glücklich geklungen und beteuert, keine Ahnung gehabt zu haben.

Danach hatten sie vor der Wohnung gewartet und waren außerdem, als das Warten ihnen zu lang wurde, zweimal durch die Malmskillnadsgata gefahren. Als sie nach dem ersten Mal zurückkamen, brannte in der Wohnung Licht. Aber sie war leer. Damit wussten sie, dass sie aneinander vorbeigefahren waren.

Sie fassten einen Entschluss und riefen ihre Kollegen hinzu. Was ihnen durchaus zu schaffen machte. Vier Mann, um eine Nutte zu finden. Nach zehn Minuten fuhr der Streifenwagen neben ihnen vor. Sie beschlossen, dass die Kollegen bei der Wohnung bleiben sollten, während Jarnebring und Molin noch einen Versuch auf der Straße machten.

Diesmal mit besagtem Erfolg.

»Scheiße, der Freier wird sich ja freuen!« Molin grinste hingerissen, während Jarnebring sich diskret an den grauen Volvo vor ihnen hängte.

Jarnebring nickte. *Das hier ist das Beste,* dachte er. Das schlägt alles. Es war nicht irgendein Job. Es war das Leben.

»Du notierst die Nummer?«

»Soll ich den Besitzer ermitteln?« Molin griff nach dem Mikrofon.

»Wir warten«, entschied Jarnebring. »Der Typ ist sicher nur normalgeil. So einem muss man doch keine Schwierigkeiten machen. Und er fährt tadellos geradeaus.« Sie hatten jetzt den Sveaväg erreicht. Der graue Volvo war fünfzig Meter vor ihnen. Die Scheinwerfer wurden vom feuchten

Asphalt reflektiert, und Jarnebring versuchte, die Ampeln im Blick zu behalten. Immer schlecht, das Tempo wechseln zu müssen, nur um dieselbe Grünphase zu erwischen. *Ein echter Profi hat das nicht nötig.*

Odengata, Odenplan und dann Karlsbergsväg. Jarnebring stieß einen zufriedenen Pfiff aus. Die Beute lag vor ihnen. Ahnungslos voll in die Falle. *Gleich.*

»775 von 7715.« Molin hatte das Mikrofon in der Hand.

»7715.«

»Wir sind jetzt so weit. Grau, zwo fünfundsechzig, Cäsar, Cäsar, Harald acht sechzehn.«

»Verstanden 7715«, knarrte das Funkgerät. Molin hängte das Mikrofon wieder zurück.

»Wir können ihn wegen Falschparkerei hochgehen lassen«, sagte Molin grinsend, als sie anhielten. Der Volvo stand jetzt zwanzig Meter vor ihnen, und der Fahrer und Ritva durften aussteigen und die Türen schließen, ehe Jarnebring und Molin ihren Wagen verließen.

»Hallo, Ritva. Wir möchten mit dir reden.« Jarnebring lächelte sie freundlich an und schob gleichzeitig die Hand in die Tasche, um seinen Dienstausweis hervorzuholen.

»Aber sie vielleicht nicht mit dir.« Der Mann im grauen Volvo legte rasch den Arm um sie und versuchte, an Jarnebring vorbeizugehen.

Jarnebring zog die Hand aus der Tasche und trat ihm in den Weg.

»Ja verdammt!« Der Freier ließ Ritva los und starrte Jarnebring mit mörderischer Miene an. »Was erlaubt ihr euch, zum Teufel?« Er war groß und grob und hatte nichts verstanden.

»Poli…«, sagte Jarnebring und sah zugleich den Arm auf sich zukommen.

Worauf er zuschlug, rein reflexmäßig. Wie er das als kleiner Knabe auf dem Schulhof gelernt hatte. Wie er es als wilder Jüngling auf den Festplätzen um den Siljansee herum vertieft hatte. Und so, wie es seine Lehrer auf der Polizeischule versucht hatten, ihm abzugewöhnen. Weil es zu gefährlich war. Aber es war zu einem Teil seiner selbst geworden.

»Was zum Teufel soll das?« Jarnebring riss sein Opfer vom Asphalt hoch. Molin hatte Ritva gepackt, und die beiden Kollegen waren wie Kanonenkugeln aus ihrem Auto geschossen. »Willst du einen Polizisten schlagen?« Jarnebring schüttelte den Mann am Jackenkragen und hielt ihm seinen Dienstausweis unter die Nase.

Der Mann starrte ihn wütend an. Er atmete schwer und saß, die Beine an den Bauch gezogen, auf dem Bürgersteig. Jarnebring sah, dass er noch immer nichts kapierte, und weitere Prügeleien wollte er nicht.

Er stopfte den Ausweis wieder in die Jackentasche und nahm mit der linken Hand das Opfer am Revers. Zog mit der rechten die Handschellen vom Gürtel. Riss ihn aus dem Gleichgewicht – das war nicht schwer bei einem, der auf dem Boden saß und nur halb bei Bewusstsein war –, ließ seinen Hals los, packte die Unterarme, drehte ihn halbwegs um und presste ihm die Arme auf den Rücken. Dann die Handschellen. Klick – rechte Hand, noch ein Klick – linke Hand. Jetzt begriff der Mann auf dem Boden. Das konnte Jarnebring seinen weit aufgerissenen Augen ansehen.

»Was für ein verdammter Trottel.« Jarnebring massierte sich mit der rechten Hand den Hals und drehte mit der linken am Lenkrad.

»Ich finde, du solltest ihn anzeigen. Das war doch glasklar. Verdammter Mörder. Was hast du denn bloß für Scheißkundschaft?« Molin wandte sich der Frau auf dem Rücksitz zu und starrte sie drohend an.

Sie gab keine Antwort, weinte aber nicht mehr. Jetzt

wandte sie sich ab. Sie schaute sich zu dem anderen Streifenwagen um, der hinter ihnen fuhr, ihr Kunde auf dem Rücksitz.

»Mir wird wohl nichts anderes übrig bleiben, Scheiße«, fluchte Jarnebring. »Was für ein blöder Idiot. Da muss ich die ganze Nacht die Anzeige schreiben, bloß weil wir uns diesen geilen Arsch schnappen mussten.«

Er drehte den Kopf und schaute die Frau auf dem Rücksitz an.

»Wo zum Teufel ist Johny?«

»Ich weiß nicht.« Sie schüttelte den Kopf und hielt sich die Hand vor den Mund.

»Du solltest es lieber verdammt schnell ausspucken.«

Molin sprach langsam und deutlich und schaute ihr dabei in die Augen. »Im Knast sind die Betten verdammt hart. Finnischer Standard.«

»Ich weiß nicht.« Sie schüttelte noch einmal den Kopf, und in ihrem Gesicht zuckte es. »Er ist gefahren.«

»Wann? Wohin?« Molin beugte sich über den Sitz und richtete den Finger auf sie. »Wann? Wann ist er gefahren?«

»Freitags«, flüsterte sie. »Freitags.«

»Das ist eine ernste Angelegenheit, das musst du begreifen.«

Die Frau, die vor Krusberg im Sessel saß, gab keine Antwort. Sie hatte den Kopf halb abgewandt und die Beine schräg gestellt. Die rechte Hand hielt sie sich vor den Mund, die linke lag auf der Wade. Ab und an zupfte sie an ihrem Rocksaum.

Krusberg seufzte. Schaltete das Tonbandgerät aus. Erhob sich und schaute ihr in die Augen.

»Ich kann ja verstehen, dass dir das schwerfällt.« Seine Stimme klang ruhig und freundlich. Er ließ ihren Blick nicht los, jetzt wo er sie endlich dazu gebracht hatte, ihn anzusehen. »Aber für die andere da war das auch nicht lustig. Um sie geht es hier. Wenn Johny unschuldig ist, dann kannst du ihm helfen.« Er nickte ihr zu. »Dann kannst du ihm helfen«, sagte er noch einmal. »Sonst hat er keine Hilfe verdient. Das würdest du auch finden, wenn du wüsstest, wie sie aussah. Die Frau, die in der Roslagsgata umgebracht wurde.«

Er seufzte und schüttelte den Kopf.

»Ich habe ihm tausend Kronen gegeben«, flüsterte sie. Sie nahm die Hand vom Mund. »Freitags. Er hat gesagt, er braucht alles Geld, das ich habe.«

Krusberg nickte ihr mit ernster Miene zu, ohne etwas zu sagen. *Gut,* dachte er. Jetzt kommt's. Wurde aber auch Zeit, verdammt noch mal.«

»Wann hast du ihn kennen gelernt?«

»Du hast dich wieder geprügelt?« Annika saß im Bett und las, als er das Schlafzimmer betrat. Obwohl es schon fast Mitternacht war.

Er zuckte wortlos mit den Schultern.

»Das passiert jetzt ganz schön oft, was? Drittes Mal seit dem Sommer.« Sie legte das Buch beiseite und schaute ihn ernst an.

»Verdammte Idioten.« Jarnebring zuckte noch einmal mit den Schultern.

»Die scheinen sich vermehrt zu haben. Seit du nicht mehr mit Johansson fährst.«

Annika klang gar nicht munter.

»Verdammt viele Verbrecher.« Er zog sich das Hemd über den Kopf. *Scheiße, das tat vielleicht weh.*

»Du glaubst nicht, dass es an dir liegen kann?«

Sie sah auch traurig aus. *Und es tat verdammt weh.*

»Du hast dich verändert. Andere werden älter, du nicht.«

Hör auf, hier rumzunerven, zum Teufel. Er wandte sich ab.

»Ich will nicht mit einem verheiratet sein, der sich einfach so schlägt.« Sie schaute ihn mit ernster Miene an. »Dann lassen wir das lieber.«

»Hör auf.«

Sie schüttelte den Kopf.

»Nein. Du sollst aufhören. Such dir einen anderen Job. Hör auf, Batman zu spielen. Es muss ja wohl Bürojobs geben.«

»Ja, ja. Darüber reden wir morgen.« Er stieg aus seinen Jeans und ging ins Badezimmer. *Bürosnob.* Dann lassen wir das lieber. Er öffnete die Schlafzimmertür und schaute sie an.

»Soll ich vielleicht als Kindergartentante arbeiten?« Er war jetzt stocksauer und sah, dass ihr das klar war. »Wie irgend so ein linkes Weichei.« Er zog die Tür hinter sich zu und drehte die Dusche auf.

Am Donnerstag holte Dahlgren im Staatsanwaltsspiel den ganzen Topf. Er schnappte sich die Vernehmung Ritvas und die Mitteilung der Polizei Malmö über Dahls Cadillac, der jetzt im Polizeigebäude stand und darauf wartete, dass die Techniker ihn inspizierten. Dann ging er zum Staatsanwalt hoch. Nach zehn Minuten war alles klar:

Neunzehnjährige Finnin. Aufs Übelste ausgenutzt. Glasklarer Fall von Kuppelei. Fährt mit Feuer unterm Hintern nach Malmö. Lässt seinen Wagen stehen und setzt sich nach Dänemark ab. Einen Tag, nachdem eine andere von seinen Prostituierten ermordet aufgefunden wurde.

»Naa?«, fragte Dahlgren. »Was sagst du?« Mit Frost in der Stimme.

»Ich erledige das sofort.« Der Staatsanwalt nickte ihm zu. »Ich ruf die Abteilung an. Die können das gleich morgen machen. Du kriegst deinen Haftbefehl.«

»Gut.« Dahlgren sprang auf. »Dann schreib ich den Fahndungsaufruf für die Kollegen auf dem Kontinent.«

»Du und die anderen, geht ihr jetzt zurück zur Ermittlung?« Andersson sah Jarnebring aus seinen milden Augen an.

»Ja. Dieses Wochenende knallt's. Ein Ding, an dem wir schon lange dran sind.«

»Dieselbe Branche, hab ich gehört.«

Jarnebring nickte.

»Aber kein Zusammenhang?«

»Glaub ich nicht.« Jarnebring schüttelte den Kopf. »Das ist ein größerer Bursche als Dahl.« Jarnebring lächelte. »Wenn Kataryna was damit zu tun gehabt hätte, wüssten wir das.«

Andersson nickte verständnisvoll.

»Jaa.« Er streckte die Hand aus. Er kam sich ein wenig förmlich vor. »Ich danke dir und den Jungs. Aber jetzt könnt ihr wohl nicht mehr viel tun. Ins Ausland können wir euch ja nicht schicken. Zu Dahl. Ins Ausland.«

»Sicher.« Jarnebring nickte zustimmend.

»Das mit dem Freier war ja unangenehm. Dass du überfallen wurdest.« Andersson hatte von dem Vorfall von vor zwei Tagen gehört und empfand aufrichtiges Mitleid mit Jarnebring.

»Ist schon gut.« Jarnebring zuckte mit den Schultern. *Es tat nicht mehr weh.* Aber der Teufel mochte wissen, was in Annika gefahren war. Sie hatte vielleicht zu viel Stress bei der Arbeit?

»Grüß die anderen.«

»Ebenso«, sagte Jarnebring. »Viel Glück.«

XI

Marek Sienkowski oder Johny Dahl. Auf diese beiden konzentrierten sich die Hoffnungen bei den Ermittlungen zum Mord an Kataryna Rosenbaum. Jedenfalls am Montag, dem 18. September 1978.

Lewin – dem bisher die schwerste Last zugefallen war – hatte mit den beiden nichts zu schaffen. Er war weiterhin damit beschäftigt, Katarynas Umfeld zu sondieren. Bei der Besprechung am Montag hatte er zweiundfünfzig Personen auf seiner Liste gehabt. Vor Ende der Woche waren es sechzig. Sehr viel mehr sollten es aber nicht werden.

Lewin war der Sklave auf dem Triumphwagen. Auf dem, was immer mehr zu einem Triumphwagen wurde, je mehr belastende Tatsachen die anderen Ermittler auf Dahl und seinen überstürzten Aufbruch türmen konnten. Oder umso länger Sienkowski darauf beharrte, keine von Krusbergs Fragen zu beantworten. *Der Sklave auf dem Triumphwagen?* Wie immer das möglich war, wo er doch in eine ganz andere Richtung unterwegs war.

Lewin machte weiter wie bisher. Er wollte sich durch die Namensliste hindurcharbeiten. Vernommen/Lewin/Datum, das Band zum Reinschreiben geben, seine Unterschrift auf die Abschrift, rein in den Vernehmungsordner. Blaue Pappordner, immer mehr und mehr, obwohl der letzte in der Reihe immer schon vor Papier überquoll.

Ab und zu durfte er von der Reihenfolge seiner Liste abweichen. Unter anderem konnte es vorkommen, dass er sich noch einmal an jemanden wenden musste, mit dem er bereits gesprochen hatte. Dann hatten sich neue Fragen ergeben, die geklärt werden mussten. Auskünfte mussten vervollständigt werden: Erneut vernommen/Lewin/neues Datum. Das war nun schon einige Male passiert, und am Montag war es wieder so weit.

»Es geht um unseren Freund, den Oberkellner.« Jansson hielt Lewin einen Zettel hin. »Kannst du dir das mal ansehen? Die hat vorhin angerufen. Sie arbeitet offenbar als Serviererin im selben Lokal, und sie behauptet, dass er erst um elf gekommen ist. Nicht um zehn, wie er und die beiden anderen gesagt haben.«

Lewin betrachtete den Zettel und nickte. *Hätte sie das nicht früher ausspucken können*, dachte er.

»Sie scheint sich ihrer Sache ziemlich sicher zu sein.« Jansson seufzte und kratzte sich besorgt den Kopf.

Übergewicht, grauer Anzug und müde graue Augen, dachte Lewin. Aber das sagte er nicht.

»Ich werde mit ihr reden«, versprach er.

Das hatte er dann auch getan. Er hatte sich sogar die Mühe gemacht, zu ihr nach Hause zu fahren. Warum, wusste er nicht genau. Er nahm an, weil er mal rauskommen wollte. Aber sicher war er sich nicht.

Jedenfalls war er zu ihr gefahren, und sie hatten fast eine Stunde miteinander geredet. Zwei Dinge hatte sie energisch klargestellt. Lewin durfte niemandem – wirklich niemandem – sagen, dass sie mit ihm gesprochen hatte. Sie habe schon genug Ärger am Arbeitsplatz. Das war das Erste. An niemanden auch nur ein Wort.

Wann war ihr Chef, der Oberkellner, denn nun am Donnerstag zur Arbeit gekommen? Sie war ganz sicher. Punkt Nummer zwei.

Er war gegen elf aufgetaucht. Nicht gegen zehn, wie er und die anderen behaupteten. »Darüber hat es nämlich einiges Gerede gegeben.«

Wie konnte sie so sicher sein, dass er um elf gekommen war und nicht um zehn?

Sie hatte bei dem erwähnten Mittagessen im Festsaal serviert. Dem Mittagessen, für das der Oberkellner zuständig war. Außerdem hatte sie beim Tischdecken geholfen. Als sie gegen zehn zur Arbeit gekommen war, hatte sie nach dem Chef gefragt. Sie hatte nämlich wissen wollen, »wie ich das machen soll«, aber er war nicht im Haus gewesen.

»Es war sicher elf, bis ich ihn erwischt habe. Und da war er schrecklich gestresst und konnte kaum mit mir reden.«

»Da sind Sie ganz sicher?«

»Ich bin ganz sicher. Hundert Prozent sicher. Sie versprechen doch, dass das unter uns bleibt?«

»Ja«, versicherte Lewin. Wie immer er so ein Versprechen halten wollte. Wenn es nun zum Prozess gegen den Oberkellner kommen würde zum Beispiel. Dann würde die Frau, die hier vor ihm saß, aussagen müssen. Er dachte an Sienkowski und Dahl. *Vielleicht kommt es ja doch anders.*

»Ich verspreche es«, sagte er und schaute ihr in die Augen. »Sie können sich auf mich verlassen. Hundert Prozent.«

Jetzt saß er ihm wieder gegenüber, zweiundsechzig Jahre alt und Oberkellner. Zu Beginn der Vernehmung schien er in besserer Form zu sein als beim ersten Mal. Er hielt sich etwas gerader, wirkte ein wenig bestimmter und oberkellnerhafter, aber die Panik lauerte unter der Oberfläche. Das sah Lewin in seinen Augen, als er sich im Besuchersessel niederließ. Derselbe flehende Blick wie beim ersten Mal, derselbe schlaffe Handschlag.

»Es geht um den Donnerstagvormittag«, sagte Lewin als

Erstes. »Ich muss noch einmal darauf zurückkommen, was Sie am Donnerstagvormittag gemacht haben.«

Diesmal dauerte es drei Stunden. Drei Stunden, um sich zu vier Stunden zwischen acht und zwölf Uhr vormittags am Donnerstag, dem 14. September, zu äußern. Die Abschrift der Vernehmung umfasste achtundvierzig Seiten.

Wann war er in Nacka aus dem Haus gegangen? War ihm dabei irgendjemand begegnet? Wie lange hatte er bis zur Bushaltestelle gebraucht? Hatten da schon Leute gestanden, oder hatte er im Bus vielleicht Bekannte getroffen?

So ging es weiter. Schritt für Schritt, Minute für Minute. Bis zum Restaurant in der Odengata, bis zwölf Uhr mittags.

Auch diesmal brach er zusammen. Nach einer Stunde fing er an zu weinen, und die Vernehmung musste für zehn Minuten unterbrochen werden.

»Ich muss meine Arbeit machen«, erklärte Lewin. »Das müssen Sie verstehen. Ich mache doch nur meine Arbeit. Und die besteht darin zu fragen.«

Und fragen tat er dann auch. Wieder und wieder. Was hatte der Oberkellner am Donnerstagvormittag zwischen acht und zwölf gemacht? Viel klüger wurde er nicht dadurch. Denn alle sagten dasselbe wie zuvor und dasselbe wie die anderen. Die beiden Kollegen des Oberkellners, die gesagt hatten, er sei um zehn gekommen, wiederholten, was sie gesagt hatten. Sie waren sich da ganz sicher: zehn.

Auch die Serviererin war sich sicher. Hundert Prozent: elf.

Am Dienstag ließ er einen Aspi dieselbe Strecke auf dieselbe Weise zurücklegen, wie der Oberkellner es getan haben wollte. Und das ergab eine dritte Zeitangabe:

»Punkt halb elf«, erklärte der Aspi.

Lewin suchte Trost in seinen Papieren, in seinen ganz eigenen Papieren. In der rechten Schreibtischschublade lag ein

A-4-Blatt, das sorgfältig in einer hellblauen Plastikmappe untergebracht war.

Verdächtige/Kataryna-Ermittlung. Mit Maschine ganz oben in die linke Ecke geschrieben. Auf dem Blatt standen sonst nur zwei Namen. In Lewins spitzer Handschrift. Oben stand »Johny Rickard Dahl«. Auf Dahls Namen folgten drei Fragezeichen, außerdem war er unterstrichen. Unter Dahls Namen stand der von Sienkowski, »Marek Sienkowski«, ebenfalls gefolgt von drei Fragezeichen, die jedoch nicht unterschrieben waren. Jetzt notierte er einen dritten Namen, den des Oberkellners. Hinter diesen Namen setzte er ein Fragezeichen. Ein sehr kleines und widerwilliges Fragezeichen, das er nicht unterstrich.

Danach machte er sich wieder an die Namensliste. Denn diese Liste wollte er durcharbeiten.

Aus Krankheitsgründen frühzeitig in Rente gegangen, fünfundfünzig. Aus irgendeinem Grund notiert mit Namen (»Valle«) und Telefonnummer in Katarynas Adressbuch.

Für einen Frührentner aus Krankheitsgründen sieht er ungewöhnlich gesund aus. Vor Lewin saß ein magerer, kräftiger Mann, der um einiges jünger wirkte als fünfundfünfzig. Er hatte dünne, nach hinten gekämmte blonde Haare und einen rötlichen Sonnenbrand. *Wo mag er den wohl herhaben?* Lewin starrte düster in das graue Wetter vor dem Fenster.

Der Frührentner war einer von der unwilligen Sorte. Außerdem war er selbstsicher, lachte oft grundlos und vor allem aus alter Gewohnheit. Er brauchte eine ganze Weile, um sich überhaupt an Katarynas Namen zu »erinnern«. Noch länger dauerte es, bis er widerwillig zugab, einige Male als Kunde bei ihr gewesen zu sein. In der Dalagata und auch noch nach ihrem Umzug in die Roslagsgata.

Aber mehr gab es absolut nicht zu erzählen. »Einfach eine ganz normale Nutte«, versicherte er beiläufig und zog eine Zigarettenpackung aus der Tasche.

»Und diese ganz normale Nutte hat aus irgendeinem Grund gerade Sie in ihrem Adressbuch stehen«, sagte Lewin.

»Ja Scheiße. Keine Ahnung, woher sie die Nummer hatte.«

»Ach. Da haben Sie also keine Ahnung?« Lewin erhob sich und nahm einen Ordner aus dem Bücherregal. Den hatte er am Sonntag von der Sitte bekommen. Im Ordner ging es um den Frührentner, und Lewin sah, dass der Mann das begriff. Er rutschte unruhig hin und her und steckte die Zigarettenpackung wieder ein.

»Ich würde Sie gerne nach etwas fragen, das im Frühling passiert ist.« Lewin schlug den Ordner auf. »Oben in der Tavastgata auf Söder, falls Sie sich erinnern? Erinnern Sie sich? Ein Massageinstitut in der Tavastgata? Eine Frau, die sich Ulla nennt?«

»Was zum Teufel hat das denn jetzt damit zu tun?« Der Mann beugte sich zu Lewin vor. »Darüber hab ich doch schon alles gesagt…«

»Aber jetzt reden wir beide darüber«, fiel Lewin ihm ins Wort. »Sie haben diese Ulla offenbar in ihrem Bett gefesselt… mit einer Wäscheleine, die Sie selbst mitgebracht hatten… und danach hatten Sie Geschlechtsverkehr mit ihr…«

»Ja Scheiße«, schrie der Mann. »Das war doch im Preis inbegriffen… ja Scheiße…«

»Ulla zufolge war es offenbar gratis«, unterbrach ihn Lewin. »In ihrer Anzeige sagt sie, dass Sie Ihre fünfhundert Kronen wieder eingesteckt hätten. Nach dem Geschlechtsakt, als Ulla noch gefesselt war?«

»Ja wieso, Scheiße…«

»Was haben Sie vorige Woche Donnerstag gemacht? Vormittags? Als Kataryna ermordet wurde? Das wissen Sie doch sicher noch?«

Zwei Stunden später sah der Mann nicht mehr so gesund aus. Eher rot als sonnenverbrannt, und seine eigentliche Beziehung zu Kataryna wurde klarer. Im Frühling, als ihr in der Dalagata gekündigt worden war, hatte er ihr neue Räumlichkeiten angeboten. Einen ehemaligen Damenfrisiersalon in der Surbrunnsgata. Aber diese Räumlichkeiten gehörten ihm gar nicht. Möglicherweise hatte er gehofft, sie übernehmen zu können. Vermutlich aber war es einfach so, dass er auch dieses Mal gelogen hatte.

»Was haben Sie von Kataryna für die Lokalität verlangt?«

»Ja Scheiße, ja, ich dachte doch, das würde gehen. Wie ich gesagt hab, Mann.«

»Und was wollten Sie dafür haben?«

»Ja Scheiße. Ich wollte ihr eben einen Gefallen tun.«

»Ach was. Ihnen fällt sicher etwas Besseres ein.«

»Ja Scheiße, ich wollte gar nichts dafür. Gratisficks, ja?« Er zuckte mit den Schultern. »So mal ab und zu, klar?«

»Aha. Die Rente reicht also nicht?« Lewin schaute den Mann im Besuchersessel abwartend an.

»Ja Scheiße. Aber die Räume hab ich nicht gekriegt.«

»Haben Sie nicht«, notierte Lewin. »Hat es denn Gratisficks gegeben?«

»Scheiße nein. Sie war stocksauer. Ich war in der Roslagsgata, Mann… hab versucht, mit ihr zu reden. Aber da hat sie eine Scheißszene gemacht.«

Scheißtyp, dachte Lewin, als der Mann nach zwei weiteren Stunden ging. Ein Alibi hatte er auch. Seine Frau – ausgerechnet – hatte ihm eins verschafft.

Sie war nach zwei Stunden geholt worden. Und zwar nachdem ihr Gatte sie zu seiner Verteidigung angeführt hatte. Krusberg hatte sie einige Zimmer weiter vernommen, nach kurzer Instruktion durch Lewin.

»Spinnst du?«, schrie der Mann, als Lewin den Telefonhörer hob und klar wurde, wen er anrufen wollte. »Meine Alte willst du anrufen?«

»Mir wird wohl nichts anderes übrig bleiben«, sagte Lewin

eisig, während er die Nummer wählte. »Wenn du keinen besseren Vorschlag hast?«

Ehe er die Sektion verließ, um nach Hause zu fahren und zu schlafen, zog er abermals seinen Zettel hervor. Unter den Namen des Oberkellners schrieb er den des Frührentners und setzte ein Fragezeichen dahinter. Dann dachte er daran, was Krusberg nach der Vernehmung der Gattin gesagt hatte. »Nimm das nicht zu ernst. Das ist eine ganz normale Säuferin, die bestimmt fast alles beeiden würde.«

Einfach eine ganz normale Nutte, dachte er. Er setzte ein weiteres Fragezeichen hinzu, schob den Zettel in die Plastikmappe und legte sie wieder in die Schreibtischschublade.

Auf diese Weise war es die ganze Woche lang weitergegangen. Lewin füllte sein Notizbuch, während Katarynas »Bekanntenkreis« auf der anderen Seite vom Schreibtisch Revue passierte. Vor allem Männer, die alle ein und dieselbe Frage beantworten mussten: Was haben Sie Donnerstag, den 14., vormittags gemacht? Und allesamt – mit einer Ausnahme – hatten sie ein und dieselbe Gegenfrage oder eher Bitte gehabt: Das bleibt doch hoffentlich unter uns?

Eine Woche nach Katarynas Tod sprach er mit ihrer Freundin Anita, zweiunddreißig, seit zehn Jahren Prostituierte. Sie war verreist gewesen, deshalb hatte er sie erst jetzt erreicht.

»Zehn Jahre in der Branche.« Sie lächelte ihn an und schüttelte ihren blonden Kopf.

Anita, auch Lilian genannt, dachte Lewin und erwiderte das Lächeln. Das sieht man. Anita und Kataryna (»Lilian und Kitty«) hatten in der Dalagata »alles miteinander geteilt«. Zunächst. Denn nach einem Jahr war ihnen gekündigt worden, und ihre Wege hatten sich getrennt. Anita landete mit einer neuen Freundin in der Tomtebogata. Kataryna zehn Blocks weiter in der Roslagsgata.

»Warum haben Sie nicht weiter zusammengearbeitet?«

»Jaa.« Sie zögerte mit der Antwort und lächelte Lewin dann wieder an. »Stört es Sie eigentlich, wenn ich rauche?«

Bitte sehr. Lewin antwortete, indem er ihr einen Aschenbecher hinstellte.

Sie machte eine große Nummer aus ihrer Raucherei. Vermutlich aus alter Gewohnheit und vielleicht, weil sie Zeit zum Denken brauchte. Zuerst suchte sie in ihrer Handtasche nach Zigaretten und Feuerzeug. Dann bot sie Lewin eine Zigarette an, doch der schüttelte dankend den Kopf. Danach gab sie sich Feuer, zog an der Zigarette, strich ihren Rock glatt und schaute ihm in die Augen. *Ein ernster Blick mit Wehmut darin*, dachte er.

»Wir waren gute Freundinnen«, sagte sie. »Aber es ging einfach nicht so gut mit der Zusammenarbeit.«

Sie schaute Lewin mit ernster Miene an, und der nickte. »…ab und zu ist es leichter, mit einer zu arbeiten, die man nicht so gut kennt…« Wieder sah sie ihn an. »Ich habe Kataryna wirklich sehr gern gehabt, aber…« Sie lachte kurz auf und streifte zugleich Asche von ihrer Zigarette, »…sie hatte so Seiten. Man will ja über keinen Menschen schlecht reden… und schon gar nicht über eine Tote…«

Hast du vor, irgendwann mal anzufangen? Lewin schaute sie verständnisvoll an, um die Sache zu beschleunigen.

Aber sicher. Natürlich hatte es Meinungsverschiedenheiten gegeben. Über die Kunden zum Beispiel.

»Sie war der Typ, den die Kerle mochten. Große Brüste und so.« Anita verdeutlichte das, indem sie die Hände vor ihrem Busen wölbte. Sie lächelte Lewin an. »Und da kam es schon mal zu Unstimmigkeiten. Das kann ich dir sagen. Kataryna war nicht immer nett zu ihren Freundinnen.« Sie schüttelte traurig den Kopf.

Lewin nickte. Er begriff. Kataryna hatte Anita in ihrem gemeinsamen Unternehmen zu stark Konkurrenz gemacht.

»Offenbar ziehen nicht alle Männer Blondinen vor«, sagte sie und nickte Lewin zu.

Wie gut hatten sie einander gekannt? Nicht sonderlich gut, wie sich nun herausstellte. Kataryna hatte Anita in ihrem Reihenhaus am Stadtrand besucht. Aber nur einige Male. Außerdem waren sie tanzen gegangen. Das schon um einiges häufiger. Manchmal sogar ein- oder zweimal die Woche: Ambassadeur, Maxim, Amarant, zweimal Operagrill.

»... das Angenehme mit dem Nützlichen verbinden, sozusagen.« Anita lächelte. »Herrgott, was man dabei für Typen treffen kann ...«

Lewin lächelte und lächelte und merkte, wie sein Gesicht immer starrer wurde.

Freunde? Nein, nur Zufallsbekanntschaften. »Sie hat sich einige Male arg die Finger verbrannt«, erzählte Anita mit trauriger Stimme. Sie selbst war verheiratet. Bei Kataryna aber hatte das anders ausgesehen. Die war auf ihre Weise einsam. Hatte nie richtig Kontakt gefunden.

So ging es gut und gern zwei Stunden weiter. Gegen Ende lächelte Lewin nicht mehr. Als sie sich zum Gehen erhob, wirkte sie verletzt. Ihr Händedruck war kühl, und Lewin war dankbar.

Freier und Freundinnen, die ebenfalls Prostituierte waren. Das war Katarynas Umgang, dachte Lewin düster. Ihr unmittelbares Umfeld. Vielleicht gab es einige Ausnahmen. Aber besonders tolle Ausnahmen waren das nicht. Sondern eher diese Zufallsbekanntschaften, von denen Anita gesprochen hatte.

Eine dieser Bekanntschaften hatte von sich aus in der Sektion angerufen und um einen Gesprächstermin gebeten. Jansson hatte den Anruf entgegengenommen. Er hatte gesehen, dass der Anrufer auf Lewins Liste stand – was er aber nicht sagte – und einen Termin abgemacht.

Jetzt saß dieser Mann Lewin gegenüber. Ein Mann mittleren Alters. Bauingenicur, dreiundvierzig, geschieden, Tochter aus dieser Ehe. Nervös war er. Das war deutlich zu sehen, obwohl er sich alle Mühe gab, es nicht zu zeigen.

»Ich habe es in der Zeitung gelesen«, fing er an. »Sie möchten mit Leuten sprechen, die sie gekannt haben. Es war ein Schock für mich. Ich hatte ja keine Ahnung.«

Lewin nickte ihm beruhigend zu.

»Erzählen Sie, wie Sie Kataryna kennen gelernt haben«, sagte er.

»Ja, das war irgendwann im Frühling. Ich war im Maxim, um zu tanzen und mich ein wenig zu entspannen … mich zu amüsieren. Und da habe ich sie kennen gelernt. Ich glaube, sie war mit einer Freundin zusammen, wenn ich das richtig in Erinnerung habe … einer kleinen Blondine. Den Namen habe ich vergessen.« Er schaute Lewin aus seinen braunen Augen bedauernd an. »Stört es Sie eigentlich, wenn ich rauche?«

Lewin zögerte mit der Antwort.

»Ich verstehe.« Der Mann nickte Lewin zu. Ein kurzes, chefmäßiges Nicken. »Ich verstehe.« Er hob abwehrend die Hand, als Lewin trotzdem zum Aschenbecher griff.

»Ich weiß, ich weiß. Ich habe auch schon versucht aufzuhören.« Er steckte die Zigarettenpackung in die Tasche seiner Wildlederjacke.

»Sie haben sie im Maxim getroffen, diesem Tanzlokal«, mahnte Lewin.

»Ja«, antwortete der andere. »Sie war wirklich ungeheuer sympathisch. Sanft, angenehm. Keine von diesen emanzipierten Draufgängerinnen. Wir haben getanzt. Danach haben wir geredet. Sie hat erzählt, dass sie als Schreibkraft arbeitet. Mit eigenem Schreibbüro. Im Herbst wollte sie eine Ausbildung beginnen.« Er bedachte Lewin mit einem fast verwirrten Blick. »Wenn das Foto in der Zeitung nicht so gut gewesen wäre, hätte ich rein gar nichts kapiert. Da stand doch, dass sie Prostituierte war.«

»Ja«, sagte Lewin. »So haben Sie sich also kennen gelernt. Und haben Sie sich dann weiterhin getroffen?«

Der Mann auf der anderen Seite vom Tisch überlegte. Er hatte ein breites, schweres Gesicht und dichte braune Haare. Kein attraktives Äußeres, aber redlich und im Alltag sicher energisch. Wenn er nicht so nervös und verstört war.

»Ich glaube, ich habe ihr meine Karte gegeben«, sagte er. »Ich hatte es wohl gehofft, ja. Sie sollte verstehen, dass ich keine normale Aufreißnummer abziehe… meine Visitenkarte.«

»Diese hier«, sagte Lewin und zog eine Visitenkarte aus einer der Plastikmappen, die vor ihm auf dem Tisch lagen.

»Ja«, sagte der Mann überrascht. Er nahm die Karte in die Hand und sah sie an. »Das ist meine Karte. Ich weiß noch, dass ich sie ihr im Maxim gegeben habe.« Er reichte Lewin die Karte zurück. »Wo haben Sie die gefunden?«

»In ihrer Wohnung«, sagte Lewin.

»Auf Gärdet«, sagte der Mann. »Ich meine, dass sie auf Gärdet wohnte. Im Valhallaväg. Ich weiß noch, dass ich mehrmals angerufen habe.«

»Sie ist vor einigen Monaten umgezogen«, sagte Lewin.

Der Mann nickte wortlos.

»Sie haben sich also mehrmals getroffen«, sagte Lewin.

Wieder nickte der Mann. »Ja, zwei- oder dreimal.«

Auch dieses Gespräch dauerte eine gute Stunde. Um festzustellen, wie oft sie sich getroffen hatten. Dreimal. Das erste Mal im Maxim. Ein weiteres Mal in einem kleinen Restaurant in der City. Das war eine Woche später gewesen, er hatte sie angerufen. Ein drittes Mal nach einigen weiteren Tagen. Essen und dann Kino. Aber bei ihr zu Hause war er nie gewesen. Und sie auch nicht bei ihm, obwohl er sie nach dem dritten Mal gefragt hatte, ob sie Lust habe. Aber sie war müde und wollte nach Hause. Zu weiteren Treffen war es dann nicht gekommen.

»Es ist wohl im Sande verlaufen. Ich habe sie einige Male angerufen. Sie war nicht immer zu Hause. Ich hatte den Verdacht, dass es einen anderen gab. Und ich wollte ja auch nicht zu interessiert wirken.«

Nein, dachte Lewin. Will man ja nicht.

Dann kam die obligatorische Frage. Was hatte er am Donnerstag, dem 14. September, vormittags gemacht?

Er war im Büro gewesen. Wo denn sonst? Er war Abteilungsleiter einer größeren Baufirma und fing morgens früh an. Meistens schon um sieben. Wie auch an diesem Morgen. Er überprüfte das in seinem Terminkalender. Sein Arbeitsplatz lag in Upplands-Väsby. Sein Werkmeister würde das sicher bestätigen können. Lewin notierte Name und Telefonnummer des Werkmeisters. *Jetzt hat die Liste noch ein Kind bekommen*, dachte er düster. Natürlich würde er sehr diskret vorgehen. Nicht doch. Natürlich dürfe der Ingenieur den Werkmeister vorwarnen.

Dann kam der Abschied. Der Ingenieur hatte einen festen Händedruck, und wenn er Lewin nicht ebenfalls um Diskretion gebeten hätte, wäre er ihm sogar sympathisch gewesen.

In der Tür blieb er stehen und schaute Lewin mit ernster Miene an.

»Ich hoffe, Sie kriegen diesen Kerl«, sagte er. »Auch wenn das ein Schock für mich war, wie Sie sicher verstehen.«

Lewin nickte, sagte aber nichts.

»Ich muss sagen, es gibt nur eins …« Er zögerte.

»Jaa«, Lewin nickte ihm aufmunternd zu.

»Ja also … für solche Herren gibt es nur einen Aufbewahrungsort, finde ich … und zwar den Bunker in Kumla.«

Lewin nickte nachdenklich. Er schloss hinter seinem Besucher die Tür und rief den Werkmeister an, um einen Termin abzumachen. *Und der braucht dann wohl auch ein Alibi*, dachte er düster, während er die Nummernscheibe drehte. Vielleicht kann ich nach diesem Fall in Pension gehen. Wenn ich die gesamte schwedische Bevölkerung samt Zuwanderern vernommen habe.

Lewins nächster Besucher war ein Kunde – Abwechslung macht Freude. Aber der Mann wollte das nur ungern zugeben. Als Katarynas Bekannter mochte er aber auch nicht gelten. Welche Möglichkeiten gab es dann noch?

»Wir werden natürlich sehr diskret sein«, versicherte Lewin. »Wie haben Sie sie kennen gelernt?«

»Auf einem Fest.«

Der Mann war schrecklich nervös. Das war ihm anzusehen. Obwohl es in Lewins Zimmer wirklich nicht warm war, schwitzte er heftig. »Das ist zu schrecklich«, stöhnte er.

Bei dem Fest handelte es sich um eine so genannte Orgie, für die Lewins Verhöropfer und einige seiner munteren Kameraden etliche Tausender gestiftet hatten – »fünf, sechshundert pro Mann für Schnaps, Essen und Mädels«. Sie wollten einen gemeinsamen Bekannten feiern, der einen Job im Ausland gefunden hatte.

»Vor einigen Jahren haben wir im selben Konzern gearbeitet«, erklärte der Mann. »Ehe ich auf den Lebensmittelhandel umgestiegen bin.«

Lewin nickte. Das stand in seinen Unterlagen. Warenhausdirektor, fünfzig. Verheiratet, drei Kinder, wohnhaft in Bromma.

»Wer hat die Damen besorgt?«, wollte Lewin wissen.

Wieder stöhnte der Direktor.

»Ein Bekannter. Ein Direktor Dahl.«

Voilà, dachte Lewin. Endlich passiert etwas.

»Johny Dahl?«

»Ja.« Der Warenhausdirektor starrte ihn aus ängstlichen Augen an. »Direktor Johny Dahl. Ja, das stimmt. Woher wissen Sie das?«

»Wie gut kennen Sie ihn?«, parierte Lewin.

Nicht besonders gut, wie sich nun herausstellte. Er hatte ein Auto bei ihm gekauft. War ihm ab und zu über den Weg gelaufen. »Lustiger Typ, aber nicht immer ganz zuverlässig.«

Aber Mädels kann er ranschaffen, dachte Lewin.

»Und danach haben Sie sich mit Kataryna getroffen? Nach der Orgie?«

Lewin bereute nicht einmal, dieses Wort benutzt zu haben.

»Ja schon. Ich hatte mir ihre Telefonnummer geben lassen. Wir sind einige Male ausgegangen und dann bei ihr zu Hause geendet. Sie wohnt hier in der Nähe, das wissen Sie ja.«

Was er dafür bezahlt habe?

Das Essen und fünfhundert Kronen. Für Gespräch und Sex.

Die obligatorische Frage. Donnerstag, der 14.?

Er war bei der Arbeit gewesen. Dann zum Mittagessen. Hatte auswärts gegessen, mit einem Großhändler.

Wer das bezeugen könne? Dass es nur eine Zeugin gab, verrieten das weiße Gesicht und das unterdrückte Stöhnen.

»Meine Sekretärin. Ich war den ganzen Vormittag auf meinem Zimmer und habe die Unterlagen für eine Verkaufskampagne durchgearbeitet. Sie hat einige Anrufe durchgestellt ... Betriebsunfall«, schlug er vor und schaute Lewin mit flehendem Blick an.

Eine Säuferin, ein Werkmeister und eine Sekretärin. Und was hatte das alles gebracht? Konnte schon sein, dass Dahl sich mit Orgien für muntere Männer mittleren Alters etwas dazuverdiente. Die wollten so dieses und jenes gerne organisiert haben.

Am Freitag erledigte er die Letzten auf seiner Liste. Zuerst sprach er mit der Frau des Frührentners. Danach neigte er dazu, Krusberg zuzustimmen. Die beiden Fragezeichen blieben stehen, und wenn Sienkowski und Dahl nicht gewesen wären, hätte der Gatte der Wache sicher einen weiteren Besuch abstatten müssen.

Danach sprach er mit dem Werkmeister, dem Alibi des Bauingenieurs. Der war im Alter vom Chef, allerdings blond. Er sah fast aus wie eine Karikatur des »redlichen schwedischen Arbeiters«. Und trug sogar ein kariertes Baumwollhemd, den obersten Knopf offen.

Außerdem hatte er so allerlei Ansichten. Vor allem über Lewin und seine Arbeit.

»Wie zum Teufel kannst du auf eine so blöde Idee kommen«, sagte er zum Abschied, als er in der Tür stand. »Das ist doch eine verdammte Verschwendung von Steuermitteln.« Er sah Lewin an, als sei der ganz persönlich an der Krise der Staatsfinanzen schuld. »Könntest du nicht stattdessen den Täter suchen?«

Das gute Gewissen des Warenhausdirektors, seine Sekretärin, teilte diese Ansichten. Ihr Sprachgebrauch jedoch war ein anderer. Sie sah Lewin an wie etwas, das die Katze ins Haus geschleppt hat, um es dort in aller Ruhe zu verzehren.

»Ja, den ganzen Vormittag. Das habe ich doch schon gesagt.« Ihre Stimmbänder waren vereist. »Ich dachte, ich hätte mich in dieser Hinsicht klar genug ausgedrückt.«

Lewin nickte resigniert.

Nach dem Mittagessen sprach er mit einem fünfundzwanzigjährigen Medizinstudenten. Auch der gehörte zu Katarynas »Zufallsbekanntschaften«. Sie hatten sich im Frühling kennen gelernt – in einer Kneipe –, danach war er einige Male bei ihr zu Hause gewesen.

»Sicher war mir klar, was sie so macht«, sagte der angehende Arzt und schaute Lewin mit ernster Miene an. »Darüber haben wir gesprochen. Wir hatten eine sehr offene Beziehung. Nicht emotional, aber freundschaftlich, offen.« Er musterte Lewin fragend, ob der das auch verstanden hatte.

Hier stelle ich die Fragen, dachte Lewin und nahm einen neuen Anlauf.

»Hast du mit ihr geschlafen?«, fragte er.

Ja sicher. Unter anderem in dem Messingbett mit der weißen Tagesdecke. Bezahlt hatte er nicht. Das war ihm deutlich anzusehen, als Lewin diese Frage stellte. Und ein Alibi hatte er auch. Außerdem verhielt er sich ganz anders als alle anderen Männer, die Lewin bisher vernommen hatte. Er bat nicht um Diskretion. Verwies vielmehr auf seine Freundin. Sie arbeitete im Krankenhaus von Danderyd auf derselben Station wie er, und man konnte sehr gut mit ihr reden. Auch mit ihr hatte er eine sehr offene Beziehung. *Eine emotionale, offene Beziehung*, dachte Lewin, als er seinem Besucher die Tür öffnete.

Ende der Liste. Endlich. Ein Klempner, achtunddreißig. Verheiratet, drei Kinder, wohnhaft in Norsberg. Eigene Firma. Dass er zuletzt vernommen wurde, lag an seinem Nachnamen. Wie der des Oberkellners begann er mit einem Ö, aber anders als der Oberkellner hatte er kein Fragezeichen hinter seinem Namen.

Wie die meisten anderen stand er in Katarynas Adressbuch. Er war in der Dalagata ihr Kunde gewesen. Dann hatte er ihr beim Einrichten des Ateliers in der Roslagsgata geholfen. Und so war er im Adressbuch gelandet.

»Ich habe ihr eine Dusche eingebaut«, erklärte er.

Und zum Dank hatte er einige Male »gratis vögeln« dürfen. Aber die Materialkosten hatte Kataryna getragen. Das war alles. Natürlich hatte er ein Alibi, und er bat wie alle anderen um Diskretion.

»Das bleibt doch unter uns? Meine Alte ...«
Lewin nickte.

»Du bist so weit«, stellte Andersson fest. Er stand in seinem Alltagsmantel in der Tür, trug an diesem Tag aber statt des obligatorischen Hutes eine karierte Schirmmütze.

Lewin nickte.

»Nichts von Interesse?«

Lewin schüttelte den Kopf.

»Ich glaube, wir haben ihn jetzt«, sagte Andersson. »Ich bin mir ziemlich sicher, dass Dahl es war. Der Staatsanwalt hat heute Morgen den Haftbefehl ausgestellt, wie du ja weißt ... also kriegen wir ihn bald und können richtig loslegen. Fahr nach Hause und schlaf, Lewin.« Andersson hörte sich sehr entschieden an. »Du wirst nach dem Wochenende gebraucht. Krusberg und ich haben noch viel vor.«

Wieder nickte Lewin, ohne zu antworten. *Nach dem Wochenende*, dachte er und schaute den leeren Besuchersessel an. Dann ist es vierzehn Tage her, und damals waren wir sechs Mann weniger.

XII

Am Montag, dem 25. September, hatte die Ermittlungstruppe Katarynas »inneren Kreis« durchkämmt. Oder genauer gesagt das, was sie für ihr unmittelbares Umfeld hielten. Sie hatten eine Person gefunden, die wirklich verdächtig war. Den Mann, der ihr Vermieter und vielleicht auch ihr Kuppler war. Johny Dahl, Direktor in der Gebrauchtwagenbranche mit unversteuertem Nebenverdienst durch die Untervermietung an Prostituierte.

Es empfiehlt sich, bei einer großen Mordsache einen Verdächtigen zu haben. Egal ob der nun schuldig ist oder nicht, fördert es die Arbeitsmoral. Aber es kann durchaus auch gefährlich sein, einen Verdächtigen zu haben. Vor allem wenn man seiner nicht habhaft werden kann und noch immer nach ihm sucht. Und richtig gefährlich wird es natürlich, wenn er unschuldig ist und die Ermittlungsarbeiten nur in die falsche Richtung lenkt.

»Wir dürfen uns nicht blind in Herrn Dahl verbeißen«, warnte Kommissar Dahlgren, als sich am Montag, dem 25. September, die Ermittler versammelten. Andersson, Jansson, Krusberg und Lewin nickten gleichzeitig und zustimmend. Sie hatten diese Gefahr auch gesehen. Obwohl alle Dahl für eine ungewöhnlich gute Chance hielten, Katarynas Mörder hopszunehmen, waren sie sich des Risikos bewusst.

Aber sie fanden alle, dass er keinen würdigen Konkurrenten hatte. Natürlich gab es Zweifel, was die Alibis von Oberkellner und Frührentner anging, aber keiner von beiden weckte in den Ermittlern das »richtige Gefühl«.

Marek Sienkowski? Hätten sie die Wahl gehabt, wäre klar gewesen, dass sie am liebsten ihn des Mordes überführt hätten. Aber sie hatten nicht die Wahl, und trotz seines sturen Schweigens hatten sie auch bei ihm kein besonderes Gefühl. Diesmal nicht.

Bei Dahl hatten sie das. Und gerade deshalb wollten sie bis auf weiteres so tun, als existierte er überhaupt nicht.

Vielleicht war es ja so, dass er im inneren Kreis doch einen würdigen Konkurrenten um die Täterschaft hatte? Und bis sie den fanden – und seine Schuld beweisen konnten – mussten sie ihre Arbeit an dieser Möglichkeit ausrichten.

Am Montag, dem 25. September, wurden neue Gruppen gebildet und die Strategie verändert. Die Ermittlungstruppe war geschrumpft. Sie trafen sich in Dahlgrens Zimmer, dort war Platz genug.

Die ausgeliehenen Ermittler waren in ihre Abteilungen zurückgekehrt. Warum, hatten sie unter anderem den Zeitungsplakaten entnehmen können – BORDELLKÖNIG FESTGENOMMEN. Die beiden Techniker saßen in ihren Zimmern und bearbeiteten allerlei Spuren, die in der einleitenden Phase gesichert worden waren.

Das brauchte seine Zeit. Außerdem mussten sie sich noch mit anderen Fällen befassen.

Sah man von den Aspis und von Dahlgren ab – er war vor allem Berater und Kontaktmann –, dann bestand die Ermittlungstruppe aus vier Mann: Andersson, Krusberg, Jansson und Lewin.

In der einleitenden Phase hatten sie versucht, das Verbrechen selbst zu beschreiben und Katarynas unmittelbares

Umfeld zu erkunden. Sie hatten noch keine Zeit gehabt, sich dem äußeren Personenkreis zu widmen. Das musste jetzt passieren.

Vor allem eine Personengruppe war interessant. Die Leute nämlich, die sich bei schweren Verbrechen immer im äußeren Kreis wiederfanden, egal wer das Opfer auch sein mochte, Personen aus dem Polizeiregister, die früher schon in solche Verbrechen verwickelt gewesen waren.

Diese Aufgabe wurde Andersson und Krusberg übertragen. Lewin musste wie bisher mit seinen Vernehmungen weitermachen. Jansson registrierte und überwachte die »Flut von Tipps«, die jetzt nicht einmal mehr Ähnlichkeit mit einem Rinnsal hatte.

Für Lewin galt es, sich rasch einen Überblick über seine bisherige Arbeit zu verschaffen. Zu sehen, wo es Lücken gab. Zu sehen, wo er etwas vervollständigen musste. Für Jansson galt es, Zeit aufzuholen. Bei der Registrierung lag man immer ein wenig zurück.

Andersson und Krusberg dagegen konnten sich nach Herzenslust den aktenkundigen Gewalt- und Sexualverbrechern widmen.

An sich hatten sie damit schon begonnen. Schon nach zwei Tagen hatten sie vom Ermittlungsregister der Landespolizei die ersten Listen bekommen. Listen, die Jansson aufgrund der eigenen Register und der Unterlagen der Sektion zu vervollständigen suchte.

Bisher war das alles Routine gewesen, und die Computer hatten große Hilfe geleistet.

Die erste Liste enthielt einunddreißig Namen, allesamt Männer. Welche davon ließen sich ausschließen? Ziemlich bald hatte Jansson elf Namen gestrichen. Das machte er mit Hilfe von Computer und Telefon. Getilgt wurden jene, die zum Zeitpunkt des Mordes in irgendeiner Anstalt gesessen hatten, Gefängnis oder Psychiatrie.

Aber wie sah es mit den anderen aus? Den restlichen zwanzig Namen? Mit Hilfe von Kollegen aus anderen Polizeidistrikten – wenn es um Personen ging, die nicht in Stockholm wohnten – konnten sie im Laufe einer Woche weitere fünfzehn Namen streichen.

Übrig blieben fünf Personen: Zwei waren wegen Mordes verurteilt worden, einer für insgesamt zehn Vergewaltigungen, dazu kam eine fünfte Person, die überhaupt nicht vorbestraft war. Zwei dieser Männer – ein Mörder und der notorische Vergewaltiger – wurden am Montag, dem 25., von der Liste gestrichen. Beide hatten ein Alibi, noch dazu ein überzeugendes.

Blieben noch drei. Drei Männer, die sich schon früher schwerer Gewaltverbrechen schuldig gemacht hatten und für den aktuellen Donnerstag kein Alibi aufweisen konnten.

Drei Personen und zwei Ermittler. Eine nicht ganz unmögliche Herausforderung. Vor allem da die Ermittlung sie ganz schnell holte und in der Sektion ablieferte.

Drei Personen, aber nicht irgendwelche drei Personen, und deshalb nahm die Arbeit rasch einen Umfang an, der in keiner Beziehung zur Personenzahl stand.

Als Erster wurde ein Mann von fünfundvierzig vernommen, der die Intelligenz eines Achtjährigen besaß. Das war in den zahlreichen psychiatrischen Gutachten zu lesen, die sich in seiner Akte fanden. Wenn man außerdem Gelegenheit hatte, mit ihm zu sprechen, stellte man bald fest, dass er auch für einen Achtjährigen kein besonders heller Kopf war.

Der Fünfundvierzigjährige war ein Teil der schwedischen Kriminalgeschichte. Das sagte mehr über die Geschichte aus als über ihn selbst. Er hatte fast sein gesamtes Leben in psychiatrischen Anstalten verbracht. Bereits 1963 war er zu Sicherheitsverwahrung in der geschlossenen Psychiatrie verurteilt worden, weil er eine Fünfjährige ermordet hatte. Und damals hatte er seinen Namen bekommen – »Kleinemädchenmörder«.

Insgesamt hatte er seit 1963 knapp sechs Monate außerhalb der Psychiatrie verbracht. Das war seine gesamte Urlaubszeit gewesen. Ausgebrochen war er nämlich nie. Aus dem einfachen Grund, dass er nicht wusste, wie er das hätte bewerkstelligen sollen. Weiterer Verbrechen hatte er sich auch nicht schuldig gemacht. Jedenfalls waren keine bekannt. Die Psychiater schrieben das der Wirkung der starken Medikamente zu.

Dagegen waren seit 1963 andere Dinge beobachtet worden, die eine längere Entlassung effektiv verhindert hatten.

1967 hatte er die Katze seiner Mutter in die Waschmaschine gesteckt. Er hatte von der Klinik die Erlaubnis bekommen, seine Mutter zu besuchen, und hatte zugeschlagen, als sie einkaufen war. Obwohl er versprochen hatte, »brav« zu sein.

1970 war er während eines Ausgangs beim Plantschbecken am Karlaplan aufgegriffen worden. Er hatte einen Angelhaken mit einem Stück Wurst versehen und auf diese Weise eine Heringsmöwe gefangen. »Die anderen Kinder wollten das so.«

Außerdem hatte er sich entblößt. Und zwar meist und aus natürlichen Gründen auf dem Krankenhausgelände. Es war auch niemand dabei zu Schaden gekommen. Kein Mensch seit 1963, soweit bekannt.

Aber er stand in den Registern und hatte außerdem am Donnerstag, dem 14. September, Ausgang, um seine Mutter zu besuchen.

Um elf Uhr vormittags hatte seine Mutter im Krankenhaus angerufen und mitgeteilt, dass er nicht gekommen sei. Er hätte schon um zehn Uhr bei ihr eintreffen müssen. Der Gedanke an seine Vergangenheit und vor allem an sein Alter ließ sie sehr in Sorge sein. Im Krankenhaus war man nun auch in Sorge, doch ehe man sich wirklich aufregen und die Polizei verständigen konnte, tauchte er wieder auf.

Um kurz nach zwei erschien er auf seiner Station. Seine Ausgehkleider – Jacke und Jeans – waren verschmutzt. Er durfte sich umziehen, etwas essen und sich hinlegen. Er war müde und wollte selbst ins Bett. Als die Stationsschwester gegen drei bei ihm hereinschaute, schlief er bereits. Seine Kleider wurden in die Wäscherei geschickt.

Andersson vernahm ihn, nachdem er Dienstag, den 26. September, nachmittags auf der Sektion abgeliefert worden war.

»Hast du in letzter Zeit das Krankenhaus verlassen?« Andersson musterte ihn freundlich.

Sein Besucher gab keine Antwort. Er bohrte in seiner Nase und musterte interessiert das Foto auf Anderssons Schreibtisch. Es zeigte Anderssons Frau, ihre beiden Söhne und den Hund. Es war vor ungefähr fünfzehn Jahren aufgenommen worden. Jetzt war der Hund tot und die Jungen ausgeflogen. Einer war verheiratet, der andere beim Militär.

»Ist das dein Hund?«

Andersson nickte.

»Das ist ein Schäferhund, ja?«

»Ja«, antwortete Andersson.

»Wie heißt der?«

»Er hieß Rojen. Er lebt nicht mehr.«

»Polizisten haben immer Schäferhunde, was? Warum lebt er nicht mehr?«

»Er war alt«, sagte Andersson. »Das ist ein altes Foto. Hunde leben nicht so lange.«

Der Mann auf der anderen Seite vom Schreibtisch rutschte unruhig hin und her. Danach streckte er die Beine aus und ließ sich im Sessel zurücksinken. Sein Blick war unsicher, und eine ängstliche Furche erschien auf seiner Stirn.

»Ich dachte, Schäferhunde doch«, sagte er.

»Hast du in letzter Zeit deine Mama besucht?«, fragte Andersson.

Der Mann schaute ihn an und schüttelte den Kopf. Er schien jetzt sicher zu sein, und seine Stirn war glatt.

»Ich dachte, doch.« Andersson lächelte ihn freundlich an.

»Die waren sauer auf mich. Weil ich mich schmutzig gemacht habe.«

Andersson nickte.

»Weißt du noch, wo du deine Hose und deine Jacke schmutzig gemacht hast? Als die anderen sauer auf dich waren?«

Der Mann schüttelte heftig den Kopf.

»Ich habe mit einer Tante geredet. Die war auch sauer.«

»Du hast deine Kleider schmutzig gemacht. Weißt du noch, wie das passiert ist?«

Der Mann schaute aus dem Fenster. Er saß jetzt ganz gerade im Sessel und bohrte energisch in seiner Nase herum, während er aus dem Fenster schaute.

»Ich bin sicher gefallen«, antwortete er, ohne das Fenster aus den Augen zu lassen. »Ich falle oft.« Jetzt sah er wieder Andersson an. »Der Doktor sagt, das kommt von der Medizin. Das macht nichts, sagt er.«

Andersson nickte.

Am folgenden Morgen wurde der Mann durch die Roslagsgata geführt. »Weißt du noch, ob es hier war, wo die Tante sauer auf dich war?«

Andersson und Krusberg gingen die Roslagsgata hinunter zum Roslagstull. Zwischen ihnen ging ein Kind von fünfundvierzig Jahren in Jacke und Jeans.

Aber es waren nicht dieselbe Jacke und dieselbe Jeans wie bei seinem letzten Besuch in der Stadt, denn die waren zwei Tage zuvor ins staatliche gerichtschemische Labor in Linköping geschickt worden. Auch wenn man den Sinn dieser

Maßnahme bezweifeln konnte. Sie waren doch bereits gewaschen worden.

Es war ein großes Kind. Größer als Andersson und nur eine Spur kleiner als Krusberg. Aber ein ängstliches Kind. Als sie über die Frejgata gingen, griff es automatisch nach Anderssons Hand.

»Warst du schon mal in diesem Eingang?«, fragte Krusberg. »Roslagsgata 36?«

Der Mann schüttelte energisch den Kopf und schielte zu einem Sportwagen, der am Bordstein parkte.

»Porsche, was?« Er schaute Krusberg an.

»Ja.« Krusberg nickte zustimmend zu dem silberfarbenen Toyota hinüber. »Mit Autos kennst du dich ja offenbar aus.« Das sagte er ganz ohne Ironie und merkte zugleich, wie es zu nieseln begann.

»Jetzt gehen wir da rein, damit wir nicht nass werden.« Der Mann war auf dem Bürgersteig stehen geblieben und hielt die Arme mit den Handflächen nach oben in die Luft.

»Wir stellen uns hierhin.« Andersson nahm ihn leicht am Arm und ging in den Eingang von Nummer 40.

»Warst du schon einmal hier? In diesem Hauseingang?«, fragte Krusberg und schlug den Mantelkragen hoch.

Der Mann schaute zu der Lampe im Eingang auf. Dann blickte er durch die Fensterscheiben in der Tür.

»Ich war schon mal in so einem Eingang«, sagte er dann.

Andersson und Krusberg nickten.

»Was hast du da gemacht?« Andersson sprach leise und freundlich und sah den Mann dabei an.

»Da hab ich Pipi gemacht«, sagte er. »Ich musste so dringend. Die waren stocksauer.«

Nachmittags fuhr Andersson ihn zurück ins Krankenhaus.

Nummer zwei war 1970 wegen Mordes an einer Prostituierten verurteilt worden. Seit 1975 war er wieder auf freiem Fuß. Außerdem war er ein chronischer Alkoholiker und befand sich seit einigen Monaten fast konstant im Rausch.

Donnerstag, 14. September?

Er schüttelte den Kopf und rieb sich mit den Fingerknöcheln die Augenwinkel. Seine Hände waren geschwollen und entzündet.

»Scheiße, Donnerstag. Was ist denn heute für ein Tag?«

»Mittwoch, der 27. September«, antwortete Krusberg. »Vor fast vierzehn Tagen. Vierzehn Tage minus einer. Was hast du da gemacht?«

»Gesoffen, nehm ich an.« Er schaute Krusberg voll in die Augen. Beugte den Oberkörper vor, faltete die Hände und klemmte sie sich zwischen die Knie. »Scheiße«, sagte er. »Scheiße, wieso…«

Krusberg glaubte ihm. Nicht weil er sich an nichts erinnern konnte – nicht einmal, ob er gesoffen hatte, und wenn ja, mit wem –, sondern wegen seiner äußeren Erscheinung.

»Na gut.« Er stand auf. »Wenn sonst noch etwas ist, lasse ich von mir hören.« Er sah den Mann an, der noch immer im Sessel saß. »Habt ihr keinen Arzt in diesem Heim? Und für dich ist jetzt wohl Trockendock angesagt«, fügte er ein wenig freundlicher hinzu und grinste.

»Scheiße«, jammerte der andere, »ich weiß… Scheiße!«

Freigesprochen aufgrund seiner äußeren Erscheinung. Krusberg schaute der unsicheren Gestalt hinterher, die durch die Glastüren im dritten Stock verschwand.

Beim dritten auf der Liste war die Lage schon schwieriger. Er hatte auch kein Alibi und konnte noch nicht einmal eine äußere Erscheinung vorweisen.

Der Mann war Marokkaner und lebte seit sechs Jahren

in Schweden, er war aus Frankreich gekommen. Er war Tresenmann in einer Citykneipe und hatte zwei Jahre zuvor mehrere Anzeigen von Damen einer Peepshow kassiert.

Bei einem Besuch in ihrem Atelier war es zu Meinungsverschiedenheiten gekommen, und er war gewalttätig geworden. Zwei Frauen behaupteten, er habe versucht, sie zu erwürgen. Eine dritte gab offen zu, dass sie »mit Negern nichts zu tun haben« wolle, und dass der Streit entbrannt sei, als sie versucht hatte, ihn aus dem Haus zu schaffen. Er war zwar angezeigt, aber niemals verurteilt worden. Obwohl in einer Anzeige die Rede von »versuchtem Mord beziehungsweise Totschlag« war.

Was er am Donnerstag, dem 14. September, morgens unternommen habe?

Zu Hause im Bett gelegen und geschlafen.

Ob irgendwer das bezeugen könne?

Nein. Die beiden Landsleute, mit denen er das Zimmer teilte, waren nicht zu Hause gewesen. Einer hatte bei seiner Freundin übernachtet und war von dort direkt zur Arbeit gegangen. Der andere fing morgens um sieben an. Er putzte bei einer Behörde.

»Schlägst du noch immer Nutten zusammen?«, fragte Krusberg, nachdem er das Tonbandgerät ausgeschaltet hatte.

Der Mann starrte ihn hasserfüllt an, gab aber keine Antwort.

Und weiter kamen sie nicht. Obwohl sie den halben Donnerstag und den ganzen Freitag weitermachten.

Am Mittwochmorgen, ungefähr zu dem Zeitpunkt, als Krusberg und Andersson über die Roslagsgata spazierten, musste Lewin Katarynas ehemalige Freundin Anita noch einmal vernehmen.

Sie kam von sich aus in die Sektion, ohne vorher anzurufen, und sie war viel weniger kontrolliert als beim ersten

Mal. Sie brachte einen Brief mit, den sie mit Daumen und Zeigefinger am äußersten Rand festhielt, und schien zu bedauern, dass ihre Arme nicht länger waren.

»Der lag vor der Tür, als ich heute Morgen kam«, sagte sie. »Das ist schrecklich.«

Sie schluchzte auf, und Lewin musterte sie überrascht, als er ihr den Brief aus den Fingern nahm.

»Fingerabdrücke«, warnte sie.

Lewin drehte den Brief in seiner Hand um. Es war ein ganz normaler weißer Briefumschlag. Gefüttert und von guter Qualität. Aber nicht so gut, dass man ihn nicht in jedem Warenhaus hätte kaufen können.

AN DIE NUTTE ANITA stand in großen anonymen Buchstaben auf der Vorderseite. Aus dem aufgeschlitzten Umschlag lugte eine Karte hervor. Weiß auch die und von derselben guten Qualität.

Lewin zog die Karte heraus und legte sie neben den Umschlag auf seinen Schreibtisch.

> DASS IHR MÄDELS DAS NIE LERNT! DIE KLEINE KATARINA WOLLTE 300 FÜR IHR VASELINEVERSCHMIERTES LOCH. JETZT WEISS SIE, DASS DAS SO NICHT GEHT. DENN DA KANN MAN SONST WAS IN DIE FOTZE KRIEGEN. DAS IST KATARINA PASSIERT, WEIL SIE BLÖD WAR. NÄCHSTES MAL BIST DU AN DER REIHE.
>
> EIN GRATISFICKER

»Was habt ihr jetzt vor?« Anita hatte Panik in der Stimme, und sie starrte Lewin aus weit aufgerissenen Augen an. »Red schon! Was hast du vor?«

»Idiot«, sagte Jansson kurz und hielt sich die Mitteilung vors Gesicht. Lewin hatte sie in eine durchsichtige Plastikmappe gesteckt, aber Jansson hielt sie trotzdem am Rand fest. Vermutlich aus alter Gewohnheit.

»Bestimmt einer, der seine geistige Nahrung aus der falschen Sorte Zeitungen holt«, stellte Dahlgren fest und hielt die Plastikmappe zwischen Daumen und Zeigefinger. »Abgesehen von Wortwahl, Thema und äußeren Umständen«, Dahlgren verzog angeekelt das Gesicht, »wirkt der Betreffende durchaus gebildet.« Er gab Lewin den Brief zurück.

»Die Technik«, sagte Andersson. Er kam gerade aus der Roslagsgata zurück. »Wir sollten einen Vergleichsabdruck von der Freundin machen, so lange sie noch hier ist.«

Lewin nickte. Idioten, dachte er mit plötzlicher Wut. Als ob wir nicht schon genug zu tun hätten. Und morgen ist es vierzehn Tage her... Er ging auf sein Zimmer und zog die Tür hinter sich zu.

Am Donnerstag gingen sie zu Katarynas Beerdigung. Aber nicht, um der Verstorbenen die letzte Ehre zu erweisen. So seltsam das klingen mag, es gehörte einfach zu den Ermittlungsarbeiten dazu.

Kataryna Rosenbaum wurde am Donnerstagvormittag, 28. September, bestattet. Genau vierzehn Tage nach ihrem Tod. Der Zeremonie wohnten neben dem Geistlichen insgesamt fünf Personen bei, in einer Viertelstunde war alles vorüber. Anwesend waren Krusberg und Lewin, ein Vertreter des Bestattungsunternehmens und ein Reporter samt Fotografen.

Die Feierlichkeit fand auf einem größeren Friedhof im Norden von Stockholm statt, und die Kosten wurden von der Verstorbenen selbst getragen. Seit ihrem Eintritt in die schwedisch-lutherische Staatskirche – sie war also weder Katholikin noch jüdischen Glaubens gewesen – hatte sie auch in eine Sterbekasse eingezahlt. Eine Maßnahme, über die Lewin viel nachgedacht hatte und die ihm vollständig unbegreiflich erschien. *Eine kerngesunde Frau von dreißig Jahren?*

Sie waren schon ziemlich früh auf dem Friedhof eingetroffen. Zuerst hatten sie eine Runde in der Umgebung des Krematoriums gedreht, um festzustellen, ob der Mörder den letzten Gang seines Opfers miterleben wollte. Das war der wahnwitzige Grund, aus dem Ermittler der Gewaltsektion so oft Bestattungen von Mordopfern besuchten.

Aber sie sahen nur eine andere Trauergesellschaft und einige einsame ältere Friedhofsbesucherinnen. Zehn Minuten, ehe die Trauerfeier ihren Anfang nehmen sollte, eilte ein Mann ins Krematorium: der Vertreter des Bestattungsunternehmens, der zehn Minuten brauchte, um alles Praktische zu regeln.

»Glaubst du, sie kommt in den Himmel?« Krusberg schaute zu den weißen Schäfchenwolken hoch, die über den blassblauen Himmel jagten. Sie standen auf der asphaltierten Auffahrt zum Krematorium, und eigentlich war es Zeit zur Rückkehr ins Büro.

Lewin zuckte wortlos mit den Schultern. *Spielte das denn eine Rolle?* Er hatte morgens seinen dunklen Anzug angezogen. Um zu verschmelzen, hatte er sich gesagt, als er vor den wenigen Kleiderbügeln in seinem Kleiderschrank gestanden hatte. *Womit zu verschmelzen?* Er musterte Krusbergs helle Hose und seine gesprenkelte Jacke.

»Schönes Wetter hatte sie ja immerhin.« Krusberg schaute beifällig zum blauen Herbsthimmel hoch. »Fahren wir?«

»He, Jungs!« Sie drehten sich um. Vor ihnen standen der Journalist von der Boulevardzeitung samt Fotograf. »Wie geht's?« Der Journalist wurde schneller, um sie einzuholen.

»Schreibst du jetzt Klatschspalten?« Krusberg musterte ihn mit eisigem Blick.

Der Journalist schüttelte den Kopf und versuchte, sich eine Zigarette anzuzünden.

»In der Zeitung gibt's jetzt nur Nutten«, erklärte er und machte einen tiefen Zug. »Ihr habt doch am Samstag den Bordellkönig geholt.« Krusberg und Lewin nickten. Sie hatten die Schlagzeilen am Wochenende nicht übersehen können, außerdem spielte es sich ja im selben Haus ab.

»Ihr glaubt nicht, dass es einen Zusammenhang gibt?« Der Journalist schaute sie aus seinen treuherzigen blauen Augen hoffnungsvoll an.

»Wieso Zusammenhang?« Das war wieder Krusberg.

»Ich hatte da so eine Idee«, erklärte der Journalist und verlieh seiner Idee mit den Händen Nachdruck. »Die Opfer der Prostitution, ja... wir haben da drinnen ein paar Bilder gemacht...« Er nickte zum Krematorium hinüber. »Und ich wollte einen Hintergrundbericht über den Bordellkönig schreiben... und überhaupt über die Bordellszene. Wäre Gold wert, wenn sie eine von seinen Nutten gewesen wäre. Die Polin, meine ich.«

Krusberg sah ihn an.

»Himmelfahrt einer Hure?« Seine Stimme war trocken, und seine Augen waren weder treuherzig noch blau.

»Ja, so ungefähr. Wenn auch nicht mit dieser Überschrift... die ist gut... aber ein bisschen hart.«

»Wir haben keinen Zusammenhang gefunden«, sagte Lewin kurz und wandte sich Krusberg zu. »Gehen wir.«

»Was hast du bloß für einen Scheißjob.« Krusberg sah den Journalisten an.

Der nickte zustimmend.

»Und viel tust du ja nicht gerade. Um ein bisschen Stil in den Scheiß zu bringen. Einen Zusammenhang kannst du ja wohl selber finden. Wär nicht das erste Mal.« Der Journalist nickte wortlos.

»Was für ein Arsch«, sagte Krusberg, als sie auf dem Weg zur Wache auf Kungsholmen im Auto saßen. »Scheißschmierer.« Er sah Lewin an.

»Es gibt auch richtig Gute«, antwortete Lewin. *Und die richtig Schlechten sind gut genug für uns*, dachte er. Aber das sagte er nicht.

»Meistens sind sie Scheiße«, fasste Krusberg die Lage zusammen. Lewin hörte nicht zu, nickte aber trotzdem. *Vor vierzehn Tagen*, dachte er.

Aber am Tag danach ging es dann los. Frühmorgens am Freitag, dem 29. September, rief Bergholm an – der Techniker, der am Tatort die ersten Untersuchungen vorgenommen hatte.

»Große Dinge passieren. Kannst du die Jungs zu einem kleinen Schwätzchen zusammenholen?«

»Was hast du denn gefunden?« Andersson spürte ein Prickeln im Bauch. Dieses Gefühl erlebte er nicht zum ersten Mal, und ab und zu fragte er sich, ob es nicht eigentlich dieses Gefühl war, wofür er lebte. Zumindest hielt es ihn bei der Gewalt.

»Abdruck«, sagte Bergholm kurz. »Rechter Daumen. Auf einem Stuhlbein, falls du dich erinnerst.«

XIII

Bergholm war ein Mann, der seinen Wert kannte. Am Freitag, dem 29. September 1979, bei Dahlgren von der Gewaltsektion, war er sich seines Wertes in allerhöchstem Maße bewusst.

Die anderen zeigten deutlich, dass sie diese Einschätzung teilten. Sowie Bergholm auf dem Gang auftauchte, folgten ihm nicht nur Andersson, Jansson, Krusberg und Lewin. Auch ein halbes Dutzend weiterer Interessenten strömte aus irgendeinem Grund in das Zimmer von Dahlgren, auch wenn sie kaum etwas mit der Ermittlung zu tun hatten.

Einer von ihnen hatte das nun wirklich nicht. Es war ein Journalist. Einer der Älteren, der mehr oder weniger in der Sektion wohnte und über die Sektionstelefone seine Reportagen diktierte.

»Lass ihn bleiben«, sagte Dahlgren großzügig, als Andersson und Lewin den Journalisten anstarrten. »Er weiß, was Sache ist.« Dahlgren hielt sich den Zeigefinger an die Lippen.

Bergholm wollte jetzt anfangen. Als alle sich gesetzt hatten und es im Raum einigermaßen still geworden war, zog er Dahlgrens Schautafel heran und stellte sie neben sich auf den Boden.

Die Demonstration der klassischen Spur – des Fingerabdrucks – konnte beginnen.

Es ging also um einen Daumenabdruck auf einem blutverschmierten Stuhlbein. Mit Hilfe dieses Daumenabdrucks würde Bergholm die Versammlung nun an die zwanzig Minuten fesseln. Während er redete, zeichnete er auf die Tafel. Ein aufgerolltes Exemplar von Svenska Dagbladet, das er von Dahlgrens Schreibtisch genommen hatte, stellte das Stuhlbein dar.

»Wir haben einen Abdruck gesichert… wie ihr sicher schon gehört habt«, begann Bergholm. »Einen rechten Daumen unten an dem Stuhlbein, das im Opfer steckte… wie ihr sicher wisst.« Bergholm verstummte und sah den Journalisten an, der einen Notizblock hervorgezogen hatte und ihn rasch wieder in die Tasche steckte. »Der Abdruck ist identifizierbar… aber nicht ermittelbar. Hat kein Delta.«

Dahlgren und die anderen nickten. Sogar der Journalist nickte. *Auf dieser Welt kann man nicht alles haben.* Wenn sie einen verdächtigen rechten Daumen hätten, könnten sie den mit dem Abdruck auf dem Stuhlbein vergleichen.

Aber sie konnten nicht ins Register gehen und unter den zehntausenden von Abdrücken suchen, um auf diese Weise den passenden Daumen zu finden. Falls es den im Register überhaupt gab.

Identifizierbar, aber nicht ermittelbar.

Und es gab noch weitere Komplikationen. Der Techniker führte das mit seiner aufgerollten Zeitung vor.

»Das Stuhlbein ist zuerst als Schlagwaffe benutzt worden. Der Täter hat mit dem dicken Ende zugeschlagen.« Er hielt die Zeitung entsprechend hoch. »Es handelt sich um dieses abgebrochene Ende… es wurde unmittelbar unter dem Sitz abgebrochen.«

Die anderen nickten. Es gab ausreichend Bilder von diesem Stuhlbein in der Sektion.

»Das abgebrochene Ende… das dicke Ende hat das Opfer am Kopf und auch an anderen Stellen getroffen…« Er zeigte auf die Zeitungsrolle. »Und der Abdruck sitzt am dünnen Ende.«

Er ließ den linken Zeigefinger an die dreißig Zentimeter die Zeitungsrolle hinuntergleiten und zeigte so ungefähr, wo der Abdruck sich befand.

»Der Abdruck sitzt also da, wo er hingehört … wenn man das Bein als Schlagwaffe benutzt … am schmalen Ende eben. Aber …«, er sah die anderen an. »Er ist falsch herum.« Er verstummte und schaute die anderen forschend an. *Ob sie das wohl richtig verstanden hatten?* »Als er den Abdruck hinterlassen hat, muss er das Bein wie ein Messer gehalten haben, nicht wie eine Keule. Um zuschlagen zu können, musste er es anders halten.« Auch diesen Griffwechsel führte er jetzt vor.

»Kann er einen Schlag mit dem Stuhl abgewehrt haben, vom Opfer zum Beispiel? Den Stuhl an sich gerissen. Ihn dann zerschlagen … am Opfer … nachdem er ihn anders gefasst hat, natürlich.« Das war Dahlgren.

»Vielleicht.« Bergholm überlegte. »Das wäre eine Möglichkeit.«

»Kann der Abdruck entstanden sein, als er ihr das Stuhlbein in die Scheide geschoben hat?«, fragte Krusberg. »Dann kann er es wie ein Messer gehalten haben.« Krusberg probierte das mit einem aufgerollten Blatt Papier aus.

»Absolut möglich.« Bergholm nickte nachdrücklich. »Das habe ich mir auch schon überlegt.«

»Kann der Abdruck auf ganz andere Weise entstanden sein? Und gar nicht vom Täter stammen?« Andersson sah den Techniker fragend an.

»Nicht so wahrscheinlich.« Bergholm schaute zur Decke hoch und sah dann Andersson an. »Das ist nicht so wahrscheinlich … aber wir können es natürlich nicht ausschließen. Andere Abdrücke gibt es nicht auf dem Stuhlbein«, fügte er hinzu. »Und diesen Daumen haben wir nur hier gefunden …

auch nicht auf dem restlichen Stuhl. Und nirgendwo sonst in der Wohnung in der Roslagsgata. Das haben wir überprüft.« Er schaute zufrieden in die Runde.

»Keine anderen Abdrücke?« Lewin sah den Techniker an. »Auf dem Stuhlbein, meine ich.«

Der Techniker schüttelte den Kopf.

»Das liegt an dem vielen Blut«, erklärte er. »Deshalb haben wir auch nur einen halben Daumen. Sie hat heftig geblutet, und das Blut bedeckt fast das gesamte Stuhlbein. Seht her.« Er betonte seine Aussage, indem er mit der aufgerollten Zeitung gegen die Tafel schlug. »Der Abdruck sitzt nicht im Blut, ist aber teilweise von Blut verdeckt.«

Die anderen nickten. Noch ein Vorbehalt, aber wenn man bedachte, wie der Gerichtsmediziner sich den Handlungsverlauf vorstellte, dann war es zugleich natürlich.

»Ja, ihr wisst doch noch, was der Doktor über das Ganze gesagt hat.« Bergholm hatte die Gedanken der anderen erraten. »Das ist also nicht so erstaunlich.«

»Kann man das Blut entfernen? Kann man es abwischen und ... sozusagen ... die Abdrücke darunter freilegen?« Der einzige Nichtpolizist im Zimmer verstummte und schaute sich nervös um.

Journalisten, dachte Bergholm. Man muss schon Journalist sein, um auf so eine Frage zu kommen.

»Dann hätten wir das schon gemacht«, sagte er kurz. »Das ist total ausgeschlossen. Hab so was noch nie gehört.«

Der Journalist nickte kleinlaut. *Irgendwer muss doch fragen*, dachte er. Jetzt war es getan, auch wenn es nichts zu den Ermittlungen beigetragen hatte.

»Noch eine Frage«, sagte Dahlgren. »Wie steht es mit Vergleichsabdrücken? Haben wir welche von den vernommenen Personen?« Er sah Lewin und Andersson an.

»Vom Oberkellner.« Lewin nickte. »Und vom Frührentner. Von allen, die in der Roslagsgata oder bei ihr zu Hause waren.« Er verstummte. »Und von denen, die kein überzeugendes Alibi vorweisen können.« Er sah Andersson an, der nickte zustimmend. »Ich werde es mir überlegen«, sagte er abschließend.

»Ja, ja.« Dahlgren faltete die Hände vor der Brust und ließ sich im Sessel zurücksinken. »Das sollte reichen ... das wisst ihr ja wohl am besten. Die Idioten haben wir?« Er sah Krusberg an, und der nickte.

»Du kriegst von mir eine Liste«, sagte Lewin zu Bergholm, als sie Dahlgrens Zimmer verließen. »Alle, die verglichen werden sollen. Damit uns keiner entgeht.« Bergholm nickte.

»Wann glaubst du, dass du fertig sein kannst?« *Jetzt hatte er es gesagt.*

»Am Montag«, erwiderte Bergholm. »Wenn ich die Abdrücke früh genug kriege, natürlich nur.« Er sah Lewin an. »So was braucht seine Zeit. Das ist nicht gerade eine Routinekontrolle. Die meisten hab ich ja, die kriegst du auf jeden Fall am Montag. Sienkowski und die anderen Trottel ... den mit den Schnittchen.« Er schüttelte den Kopf und verschwand im Treppenhaus.

Lewin ging auf sein Zimmer. Zog eine Liste mit insgesamt sechzig Namen hervor und setzte sich hinter den Schreibtisch. *Und jetzt ...*, dachte er. Jetzt wollen wir doch mal ... Er schaute zu dem leeren Sessel auf der anderen Schreibtischseite hinüber und nickte ihm aufmunternd zu.

XIV

Es war Lewins erstes freies Wochenende in drei Wochen. Aber besonders viel Ruhe fand er nicht. Als er am Freitagabend nach Hause kam, aß er zuerst – ein hauchdünnes Steak, Bratkartoffeln, eine Tomate und zwei Glas Magermilch.

Dann versuchte er zu lesen, und als das nicht ging, schaltete er den Fernseher ein und sah einen alten Film, an den er sich nicht mehr erinnern konnte.

Schlecht schlafen tat er noch dazu. Obwohl er draußen den Regen hörte – was ihn sonst beruhigte –, schlief er schlecht. Mitten in der Nacht stand er auf, um sich davon zu überzeugen, dass er das Schlafzimmerfenster geschlossen hatte und es nicht hereinregnen würde. Als er einmal verreist war und das Fenster offen gelassen hatte, waren nachher auf der Fensterbank und auf dem Boden Flecken gewesen. Aber das Fenster war geschlossen, und als er dort stand, schlaftrunken und in Unterhose und Unterhemd, wusste er sehr gut, dass er vor dem Schlafengehen als Letztes eben dieses Fenster überprüft hatte.

Morgens blieb er im Bett liegen, bis er hörte, wie die Morgenzeitung durch den Briefkastenschlitz gesteckt wurde. Dann stand er auf – es war bereits sechs – und setzte Teewasser auf.

Am Vormittag machte er einen Spaziergang. Er wohnte

schon sein ganzes Leben in derselben Gegend, und normalerweise machte es ihm große Freude festzustellen, wie sich alles Mögliche dort veränderte. Außerdem fand er es beruhigend, wenn er nervös war.

An diesem Tag war das anders. Lewin wanderte durch seine frühe Jugend, aber daran dachte er nicht. Da war der hohe Hang, auf dem sie als Kinder gerodelt waren. Jetzt war es eine Steinplatte, die sich sanft zwei Meter über der Rasenfläche erhob. Dort auf dem Berg hatten in den frühen Fünfzigerjahren die Indianer ihre Beratungen abgehalten. Sitting Bull hatte Lewin nie sein dürfen. Einmal war er immerhin Sitting Bulls Späher gewesen, einen höheren Rang hatte er nicht erreicht.

Er schlug den üblichen Weg ein. Hinunter zum Freihafen und zu den Booten. Hoch zur Glaskuppel in Hjorthagen und dann zurück.

Aber ohne hinzusehen. Vor allem sah er nichts von dem, das schon lange verschwunden war und das er sonst besonders deutlich vor Augen hatte.

Die Reihen von verrosteten Containern am Kai. Dort sah er die riesigen Holzstapel seiner Kindheit. Bedeckt von gewaltigen Planen, die auf dem duftenden Holz Grotten und Höhlen bildeten. Berge aus Holz mit immer neuen Geheimkammern. Wo man hochklettern und herumkriechen und sich verstecken konnte. In einem regnerischen Sommer hatten sie dort oben sogar ein eigenes Plantschbecken gehabt. Mit sonnenwarmem Wasser und einem weichen, wogenden Boden aus glatter grauer Plane.

Aber das war vorbei. Jetzt standen hier die Containerreihen. Hermetisch geschlossene Räume. Kein Holz. Keine Planen mit grobem Tau, das man abschneiden und zu entsetzlichen Waffen – Dolchen – für den ständig tobenden Krieg gegen die Hjorthagenbande verarbeiten konnte.

Nicht einmal die Container sah er. *Kataryna.*

Das Mittagessen ließ er ausfallen. Nachmittags versuchte er, einen Artikel zu schreiben, den er dem Redakteur vom Polizeimagazin versprochen hatte. Aber auch das schaffte er nicht, obwohl er sehr stolz darauf war, dass sie ihn um diesen Beitrag gebeten hatten. Und obwohl es nur noch wenige Tage bis Redaktionsschluss waren.

Stattdessen legte er sich aufs Bett und schlief ein.

Als er erwachte, war es schon Abend, draußen war es dunkel. Nichts im Fernsehen. Nichts, was er lesen wollte. Schreiben konnte er nicht. Die Nacht zum Sonntag verbrachte er zwischen Schlafen und Wachen.

Und dann fasste er seinen Entschluss. *Da konnte er auch gleich in die Sektion fahren.*

Bergholm wollte er nicht anrufen, obwohl der sicher über das Wochenende an den Fingerabdrücken arbeitete. Stattdessen schaute er bei der Technik vorbei. Aber dort war alles dunkel und stumm.

Er saß in seinem Zimmer und las bis in den späten Abend Computerausdrucke, Ordner. Ging die Kartons mit Katarynas Habseligkeiten durch, die sich in der Sektion befanden. Danach ging er in die Wache hinunter und spielte mit einem Kollegen Schach. Es war übrigens derselbe wie am Donnerstag, dem 14. September.

»Wie geht's«, fragte der Kollege, als sie die Figuren aufstellten.

»Es geht so.« Lewin zuckte mit den Schultern. »Noch gibt es wohl Hoffnung.« Er dachte an den Daumenabdruck und an Dahl. An Dahl, der vielleicht gerade in einer Kneipe auf den Kanarischen Inseln saß und versuchte, sich ganz normal zu fühlen.

»Ich bin weiß«, sagte er und zog die Schachuhr auf. Der Kollege nickte. *Weiß.* Sie wechselten immer ab, und zuletzt, bei der abgebrochenen Partie, hatte Lewin schwarz gespielt. Das wusste er noch. Er ärgerte sich immer ein wenig über abgebrochene Partien. Vor allem wenn er sicher war, dass er gewonnen hätte.

Am Montagmorgen war er in der Sektion. Nach vier Stunden Schlaf, aber aus irgendeinem Grund ausgeruht. Nach dreißig Minuten und zwei Tassen Kaffee saßen er und die anderen in Dahlgrens Zimmer: Dahlgren selbst, Andersson, Bergholm, Jansson, Krusberg und Lewin. Sonst niemand. Diesmal nicht.

»Blank«, sagte Bergholm.

Die anderen sagten nichts. Sie nickten. Sie hatten Bergholms müdem Gesicht schon angesehen, dass sie einen Kriminaltechniker vor sich hatten, der schon wieder ein Wochenende vergeudet hatte.

Vergeudet.

Keiner aus dem äußeren Kreis. Nicht der Araber, nicht der Alkoholiker, der eine Prostituierte umgebracht hatte, nicht der achtjährige Kleinemädchenmörder.

»Negativ, negativ, negativ.« Bergholm schaute von dem Protokoll auf, das er in der Hand hielt.

Der innere Kreis?

Nicht der Oberkellner.

Nicht der Frührentner.

Keiner von den anderen, die angegeben hatten, in der Roslagsgata gewesen zu sein oder die kein Alibi hatten. Negativ, negativ, negativ …

Aber Sienkowski?

Negativ.

Dahl?

Bergholm schüttelte den Kopf.

»Da haben wir nichts zum Vergleichen. Wir haben seine Finger nicht.«

Dahl waren keine Fingerabdrücke abgenommen worden?

Bergholm schüttelte wieder den Kopf.

»Nix. Keine Abdrücke von Direktor Dahl. Ich habe bei den Jungs von der Landespolizeileitung nachgefragt. Das wurde verpatzt«, fügte er nachdenklich hinzu. »So einen müsste man doch wirklich im Archiv haben.«

Dahlgren sah die anderen an. Er kniff sich nachdenklich mit Daumen und Zeigefinger der linken Hand in den linken Nasenflügel. *Das war wirklich nicht gut.*

»Dahl war es.« Dahlgren setzte sich in seinem Sessel auf und stützte sich auf den Schreibtisch. »Wir müssen uns den Herrn Direktor holen.«

»Vielleicht war es der letzte Kunde?« Krusberg schaute die anderen ironisch an. *Fast drei Wochen*, dachte er, und verdammt viele Leute für eine Scheißnutte. Aber normale, anständige Leute können sich kaum noch aus dem Haus trauen.

Der letzte Kunde?

Ein ganz normaler Mann, der geschäftlich in Stockholm ist. Keiner kennt ihn. Keiner hat ihn gesehen. Abends besucht er ein Lokal. Am nächsten Morgen Angst und Jucken im Schritt. Beim Frühstück im Hotel blättert er in der Zeitung: Massageangebote. Nachmittags muss er wieder nach Hause. Zu Weib und Kind. *Keiner kennt ihn. Keiner hat ihn gesehen.*

Aber er war bei ihr – der erste Kunde an diesem Morgen –, nachdem er angerufen und einen Zeitpunkt ausgemacht hat. Nur wurde es nicht so, wie er sich das vorgestellt hat. Zuerst dreihundert Kronen. Aber dann, als er auf dem Rücken im Bett lag und wartete, während sie den blauen Bademantel und die weiße Unterhose auszog, da nahmen Angst und Einsamkeit überhand.

Keine Erektion. Die dreihundert Kronen bekommt er nicht zurück. Aber Schande und Einsamkeit und Angst darf er behalten.

Ihr Lachen. *Dieses verdammte, gemeine Scheißnuttenlachen.* Für sein Geld. Und dann ist es einfach passiert.

Keiner kennt ihn, keiner hat ihn gesehen. Nach Hause, nach Hause, ans andere Ende von Schweden. Zu Weib und Kind. Geborgenheit und Zeit zum Vergessen.

Ab und zu konnte Dahlgren Gedanken lesen. Jetzt zum Beispiel. *Der letzte Kunde.*

»Der letzte Kunde?« Er musterte die anderen mit gespielter Überraschung. »Und das hier soll die erste Sektion sein? Die Crème de la Crème der schwedischen Kriminalpolizei?« Er starrte Krusberg an. »Das von dir, Krusberg? Dem Schrecken aller Verbrecher? Jetzt holen wir Dahl nach Hause. Dann machen wir dieser Sache ein Ende.« Dahlgren erhob sich. Er sah entschieden aus. Wie sich das gehört, wenn man Chef der ersten Sektion ist und die Moral der Mannschaft dahinschwindet.

Auf seinem Zimmer tat Lewin zweierlei. Beides war höchst merkwürdig.

Erstens zog er die blaue Plastikmappe mit seiner ganz privaten Verdächtigenliste aus der Schreibtischschublade. Dann riss er sie in kleine, kleine Fetzen. Dann nahm er ein neues Blatt, drehte es in die Walze seiner Schreibmaschine und schrieb: »KATARYNAS MÖRDER.« Oben links und in Großbuchstaben. Mitten auf das Blatt schrieb er: »Johny Rickard Dahl.« Danach unterstrich er den ganzen Namen. Unter Dahl schrieb er: »Der letzte Kunde«, gefolgt von drei Fragezeichen. Am Ende steckte er dieses Blatt in die blaue Plastikmappe. Schob dann den Sessel zurück und legte die Mappe in die Schreibtischschublade. Für diese erste Unternehmung brauchte er an die fünf Minuten.

Dann blieb er ganz still sitzen. Er saß fast eine Minute ganz still da und fixierte den Besuchersessel auf der anderen Seite des Schreibtischs. Einen leeren Sessel.

»Es war Dahl?« Er sprach mit dem leeren Sessel. »Dahl hat dich umgebracht? Oder was?« *Genau drei Wochen her*, dachte er und schaute die verschlossene Tür an.

Der Erzähler

1

»Die Götter mögen wissen, dass ich wünschte, wir wären besser bestückt.« Das hatte Dahlgren gesagt, als er am 15. September die Suche nach Katarynas Mörder eröffnet hatte.

Als wir uns im Mai 1979 trafen – ich hatte ihn zu Hause aufgesucht, um ihm einige Fragen zu den Ermittlungen zu stellen –, kam er darauf zurück. Es war übrigens so ungefähr das Erste, was er sagte, nachdem ich mein Begehr vorgebracht hatte.

»Wir waren zu wenige. Es ist von Anfang an falsch gelaufen.«

Als die Ermittlungen aufgenommen wurden, gehörten der Ermittlungsgruppe vierzehn Personen an. Dazu müssen wir noch das Personal der anderen Behörden zählen, die in diese Geschichte eingeschaltet wurden. Dazu gehörten der Staatsanwalt als formaler Leiter der Voruntersuchung, der Gerichtsmediziner und die Angestellten vom staatlichen kriminaltechnischen Labor, die die technischen und chemischen Analysen durchgeführt haben. Wir haben auch gesehen, dass ein Gerichtspsychiater konsultiert wurde, um ein Bild vom Täter und seiner seelischen Verfassung zu konstruieren.

Wenn man bedenkt, dass sich bei der Gewaltsektion im Schnitt bis zu fünfzig Personen – darunter an die dreißig Ermittler – im Dienst befinden, und wenn man bedenkt, dass die Sektion im Laufe eines Jahres ungefähr dreitausend Fälle behandelt, wirkt Dahlgrens Behauptung fast wie eine Ausflucht. Aber das ist nicht der Fall, wenn wir das Ganze relativ betrachten.

Die Truppe bei Ermittlungen dieser Art ist normalerweise nämlich wesentlich größer. Nie sind es weniger als zwanzig, oft sind es bis zu dreißig Ermittler, Streifenpolizisten und Techniker. Es gibt Beispiele für einen noch größeren Aufwand.

Bei den »Handenmorden«, als in einem Warenhaus im Süden von Stockholm zwei Polizisten und ein Nachtwächter erschossen worden waren, umfasste die Ermittlungstruppe während der einleitenden Phase fast hundert Personen.

Ein anderer Fall: Der Mord an einer Siebzehnjährigen in Linköping beschäftigte in den ersten beiden Ermittlungsmonaten dreißig Polizisten. Das entsprach der absoluten Zahl aller Personen, die sonst bei der Kriminalabteilung dieses Distrikts arbeiteten.

Mordermittlungen genießen normalerweise höchste Priorität. Grundsätzlich gilt, dass sie in der einleitenden Phase allen anderen Ermittlungen vorgezogen werden. So ist es schon lange, und diese Tradition hat sich in den letzten Jahren noch verstärkt. Obwohl so viel von gesteigerten Maßnahmen gegen Wirtschaftsvergehen und organisierte Kriminalität die Rede ist. Und obwohl so oft gefordert wird, bei der Verwendung polizeilicher Mittel andere Prioritäten zu setzen.

Für die Kriminalpolizei ist das Leben heilig. Unter der Voraussetzung, dass der Täter unbekannt ist.

Die Ermittlungen im Mord an Kataryna Rosenbaum liefern ein gutes Beispiel dafür, wie eine Mordermittlung andere Aktivitäten lahmlegt. Kriminalinspektor Bo Jarnebring von der zentralen Streife war in diesem ganzen Frühling und

Sommer als Einsatzleiter mit einer viel größeren Sache um organisierte und Wirtschaftskriminalität befasst gewesen. Am Abend des 14. wurde er an die Gewalt ausgeliehen, um sich an der Jagd auf Katarynas Mörder zu beteiligen, und erst nach mehr als einer Woche konnte er sich wieder seiner eigentlichen Aufgabe widmen. Später sollte es sich zwar zeigen, dass es einen Zusammenhang zwischen beiden Ermittlungen gab, aber das konnte niemand ahnen, als Jarnebring versetzt wurde.

Das große Interesse, das die Polizei Mordermittlungen entgegenbringt, lässt sich unter anderem an der reichen Blüte von Polizeiliteratur zu diesem Thema ablesen. In den kriminaltechnischen Handbüchern sind diese Verbrechen geradezu eine Paradenummer, so in den »Erinnerungen« oder »Memoiren«, die ältere Kriminalkommissare im Herbst ihres Lebens bisweilen zu Papier bringen (zum Beispiel »Das wirkliche Gesicht des Mordes« von G. W. Larsson).

Die Landespolizeileitung hat außerdem besondere Vorschriften für Organisation und Strategie solcher Ermittlungen erarbeitet. Wer diese Vorschriften liest, kann nicht übersehen, dass hier von Feldzügen die Rede ist, und zwar von ungeheuer personalintensiven.

Die gesamte Arbeitsweise ruht also auf einer festen Grundlage kriminologischer Wirklichkeit und gründet logisch in der Organisation selbst. Man kann sie demnach gar nicht grundsätzlich in Frage stellen.

In den Fällen von Mord und Totschlag, die hierzulande zur Anzeige gebracht werden – hundert bis hundertfünfzig pro Jahr –, gehören in drei Vierteln der Fälle Opfer und Täter derselben Familie oder demselben Freundeskreis an. Diese Verbrechen klären sich mehr oder weniger von selbst auf.

Wenn der Mörder nicht auf frischer Tat ertappt wird oder sich selbst stellt, hinterlässt er in der Regel Zeugen und Spuren am Tatort.

»Hass ist am stärksten, wo die Liebe am größten ist, und Hass ist selten gut für den Verstand«, wie Dahlgren diesen Aspekt zusammenzufassen pflegt. Und das gewissermaßen mit Fug und Recht. Fast alle diese Verbrechen enden damit, dass der Täter gerichtlichen Maßnahmen überstellt wird.

Aber damit ist dann Schluss. Wenn wir den inneren Kreis verlassen und uns die Morde mit unbekanntem Täter ansehen, dann fällt die Aufklärungsquote gewaltig in den Keller. In Schweden lag sie während der Siebzigerjahre bei dreißig Prozent, und viele dieser Prozente haben die Täter eigenhändig zusammengekratzt. Sie konnten einfach mit ihrer Schuld nicht leben und haben gestanden. Lange, nachdem die Polizei die Hoffnung aufgegeben hatte und die Ermittlungen eingestellt worden waren.

Auf einen Außenstehenden kann eine solche Mordermittlung überaus verwirrend wirken. Sie stolpert, kriecht, tappt in alle erdenklichen Richtungen. Was man sehen kann, sind Polizisten, die in Treppenhäusern herumlungern, an Türen klopfen, mit Zeugen sprechen, Verdächtige vernehmen, Autos überprüfen und Register durchsuchen. Dann beschreiben sie jede Menge Papier, produzieren Haufen, Berge von Vernehmungsprotokollen, Aktennotizen, technischen Erörterungen und Registerauszügen.

Der kritische Punkt ist, wie man diese vielen Informationen registrieren, sortieren, aussieben und systematisieren soll. Das Ermittlungsmaterial im Fall Rosenbaum ist dafür ein gutes Beispiel. Im Keller des Polizeigebäudes auf Kungsholmen werden zwei große Kartons voller Fotos, Notizbücher, Quittungen, Schlüssel und anderem Zeug aufbewahrt, alles bei der Durchsuchung der Wohnung des Opfers sichergestellt. Dazu kommen fünfzehn dicke Ordner – insgesamt zirka sechstausend A-4-Seiten – mit Vernehmungsprotokollen, Tipps, Registerauszügen und allgemeinen Überlegungen der Ermittler.

Es kann kein Zweifel daran bestehen, dass man sich unendlich viel Mühe gegeben hat, um Ordnung in dieses Material zu bringen. Die Tatsache aber bleibt: Egal wie viel Zeit man dieser Aufgabe auch widmet und wie begabt man sein mag, man kann aus den Papieren kein korrektes Bild von der Wirklichkeit hinter den Ermittlungen gewinnen. Noch weniger kann man daraus ablesen, welche der vielen hundert aufgeführten Personen möglicherweise mit dem Täter identisch ist. Um hier klarer zu sehen, muss man von Anfang an bei den Ermittlungen dabei gewesen sein und außerdem ungewöhnliches Glück haben: »Ich habe das entscheidende Stück im Puzzlespiel gefunden.«

Lewin war von Anfang an dabei, und möglicherweise, wenn auch nicht sicher, hatte er dieses Glück.

Der juristische Begriff Aufklärung hat einen bestimmten rechtlichen Inhalt. Man hat den Täter gefunden, und er ist zum Objekt juristischer Maßnahmen geworden. Oder man hat nachweisen können, dass das Verbrechen eben doch kein Verbrechen war. Und dass es deshalb auch keinen Täter gibt.

Man kann die Aufklärung auch auf eine andere und pragmatischere Weise betrachten. Als eine Wissensfrage – »Wir wissen, wer es war, aber wir können es nicht beweisen«, oder vielleicht sogar als Überzeugung. »Ich weiß, dass er es war. In mir krampft sich alles zusammen, wenn ich diesen Arsch sehe«, wie Kriminalinspektor Jarnebring sich ausgedrückt hat, als er zum ersten Mal der Person gegenüberstand, die im Mordfall Kataryna als Verdächtiger galt.

Es ist durchaus nicht schwer zu begreifen, warum die Ermittler die Aufklärung eines Verbrechens als Wissens- oder Überzeugungsfrage betrachten. Als ich an einem Wintertag des Jahres 1979 im Keller des Polizeigebäudes saß und die Unterlagen las, schaute Dahlgren bei mir vorbei. Er nickte zu den Regalmetern hinüber, die dort im Archiv aufmarschiert waren.

»In den Unterlagen existiert er.« Dahlgren lächelte. »Das tun sie fast immer.«

Ob Dahlgren damit Recht hat, weiß ich nicht. Dagegen weiß ich, dass ich auch so denken würde, wenn ich Mordermittler wäre. Es ist eine notwendige Voraussetzung, um den Job überhaupt ertragen zu können.

Der Auftakt zu dieser ganzen Arbeit ist immer eine dramatische Angelegenheit. Das Hauptprinzip ist dasselbe wie bei jeder Jagd. Die Hunde sind am findigsten, wenn die Spur noch frisch ist. Weshalb man auch in der einleitenden Phase Resultate erzielt. Wenn überhaupt.

Die Systematik ist einfach genug. In einem Bild lässt sie sich am ehesten erfassen: die Ringe, die ein Stein im Wasser verursacht. Was ist passiert?

Zuerst betrachtet man die Eintauchstelle. Macht sich ein Bild vom Verbrechen. Macht sich ein Bild vom Opfer: persönliche Geschichte und Lebensmuster, Gewohnheiten und Unsitten, Tugenden und Schwächen.

Dann kommt der erste Ring, die nächste Umgebung des Opfers. Jetzt wie schon früher. Ehemann/frau, Verlobte/r, Lebensgefährte oder -gefährtin, Geliebte, Freunde, Verwandte. Oder wie in Katarynas Fall: Wer war der letzter Kunde? Bei Morden an Prostituierten zeigt die Erfahrung nämlich, dass der letzte Kunde oft mit dem Täter identisch ist.

Die Kerngruppe der Ermittler beschäftigt sich mit dem Opfer und seiner engsten Umgebung. »Der innere Kreis« ist Dahlgrens persönliche Bezeichnung. Was haben diese Leute zu erzählen? Wie sah ihre Beziehung zum Opfer aus? Was haben sie zum Zeitpunkt des Mordes gemacht?

Der zweite Ring: Bekannte, Arbeitskollegen, Nachbarn. Und eine neue Gruppe von Ermittlern.

Dann wird die Suche ausgeweitet und abermals ausgeweitet. Kreise werden gezogen, greifen ineinander und werden noch einmal erweitert. Bis man auf den Täter stößt. Wenn man dieses Glück hat und außerdem noch begreift, dass man den Täter vor sich hat.

Man kontrolliert Zeugenaussagen über Unbekannte, überprüft Tipps und sucht nach Fahrzeugen, die am Tatort gesehen wurden. Dann sucht man in den Registern nach all jenen, die sich früher schon ähnlicher Verbrechen schuldig gemacht haben und aus diesem Grund ins Gedächtnis der Polizei eingegangen sind.

Bei siebzig Prozent der Mordermittlungen ist die ganze Mühe umsonst. Jedenfalls wenn man sich an die Buchstaben des Gesetzes hält und Aufklärung und juristische Maßnahmen gegen einen Täter gleichsetzt.

Denn ziemlich bald geht die Flut von Tipps zurück und die Erinnerung der Betroffenen wird immer schwächer und unzuverlässiger. Inzwischen ist man Familie, Verwandtschaft, Freundes- und Kollegenkreis und alle denkbaren und undenkbaren anderen Kontakte durchgegangen. Und das gesamte technische Arsenal ist verbraucht. Ein letztes Mal fleht man die Öffentlichkeit um Hilfe an, aber die Zeit vergeht, und bald ist sie abgelaufen.

Das Material ist immer wieder ausgewrungen worden. Das drückt sich nicht zuletzt im Personalaufwand aus. Die Truppe schrumpft schon sehr bald. Bereits nach einem Monat ist es oft so weit wie im Fall Kataryna, dass ein einsamer Ermittler ein weiteres Mal die tausenden von gesammelten Seiten durchblättert. Bis auch er aufgibt, oder bis seine Chefs ihn an eine neue Ermittlung setzen.

Ich habe die Ermittlung im Mordfall Kataryna Rosenbaum meinem Bericht vor allem deshalb zugrunde gelegt, weil ich finde, dass sie meine These sehr gut illustriert: Die Verantwortung, die wir für unsere Taten übernehmen, steht in keinem Verhältnis zu unserer Schuld.

Aber es gab noch andere Gründe, auch rein praktische. Für eine Mordermittlung waren im Fall Kataryna verhältnismäßig wenig Polizisten beschäftigt. Ausnahmsweise gab es in dieser Geschichte sogar eine zentrale Figur, nämlich Jan Lewin. Außer von Lewin kann man das von niemandem sagen, nicht einmal von Bo Jarnebring. Der findet sich eher durch Jan Lewin in diesem Bericht wieder als durch seine eigenen Bemühungen.

Anfang September 1978 stand die Gewaltsektion in Stockholm unter starkem Druck. Die andere der beiden Kommissionen für Mord mit unbekanntem Täter und ein Großteil der restlichen Sektion waren seit einer Woche mit einem anderen Mord beschäftigt, einem Messerüberfall in der Stockholmer Innenstadt. Dahlgren und den Erfahrungen zufolge waren einfach zu wenige übrig, die auf die Suche nach Kataryhnas Mörder geschickt werden konnten.

Zwei dieser Leute, Jan Lewin und Bo Jarnebring, haben außerdem eine gewisse persönliche Betroffenheit in die Ermittlung eingebracht. Jarnebring durch seine private Situation und seine frühere Bekanntschaft mit dem Opfer. Lewin aufgrund der Kombination persönlicher Eigenschaften mit einer zufälligen Begegnung drei Tage vor dem Mord.

Wer einen dokumentarischen Polizeiroman schreiben will, muss sich auf Schwierigkeiten gefasst machen. Das kollektive Arbeitsmilieu, die große Menge an mehr oder weniger anonymen Personen, die in der Ermittlung aus und ein gehen. Die Menge der unterschiedlichen Maßnahmen, die oft nur in lockerem Zusammenhang miteinander stehen und sich über lange Zeit hinziehen. Aber die Kataryna-Ermittlung war nicht sonderlich ungewöhnlich, sie beschäftigte relativ wenige Polizisten, von denen einer die ganze Zeit im Mittelpunkt stand, und deshalb ist sie besser als der durchschnittliche Fall für die literarische Darstellung geeignet.

Damit soll nicht gesagt sein, sie sei ideal gewesen. Ich betrachte eins ihrer Elemente mit Skepsis. Jan Lewin gelingt nämlich etwas, das dem entscheidenden Moment im traditionellen Kriminalroman sehr nahe kommt. Und das schafft er, ohne im letzten Kapitel alle Betroffenen in die Bibliothek des Opfers zu bestellen und sich damit von der Wirklichkeit einfach abzuschneiden. Trotzdem sehe ich darin ein Risiko. Das Risiko, dass man eine falsche Vorstellung davon bekommt, wie es »eigentlich« war. Vielleicht besteht auch das Risiko, dass die Botschaft verloren geht.

Ich weiß nicht, ob das Leben die besten Geschichten erzählt. Manchmal aber scheint es mit der Literatur zumindest wetteifern zu wollen.

Es mag übrigens an der Zeit sein, sich wieder der Wirklichkeit zuzuwenden. Aber nicht Jan Lewins schwankender Wirklichkeit, sondern einer anderen Ermittlung in dem großen Polizeigebäude auf Kungsholmen, die soeben in eine kritische Phase eingetreten ist. Es handelt sich um eine Ermittlung, die später von entscheidender Bedeutung für den Mord an Katarynas Mörder ist. Ihre tatsächliche Bedeutung steht jedoch durchaus nicht fest. Außerdem wird es noch einen Monat dauern, bis man überhaupt zu ahnen beginnt, dass sie überhaupt eine Bedeutung hat.

Voruntersuchung
gegen Johan Riisto Fahlén
(den »Bordellkönig«),
wegen schwerer Kuppelei u. ä.,
Samstag, 30. September, bis
Samstag, 21. Oktober 1978

XV

In der Nacht zum Sonntag, dem 15. Oktober 1978, kann ein aufmerksamer Beobachter im Polizeigebäude eine gewisse außergewöhnliche Aktivität beobachten. Das hat nichts mit der laufenden Arbeit zu tun. Es geht hier auch nicht um wirklich große Ereignisse. *Eine gewisse außergewöhnliche Aktivität*, das ist alles.

Gegen zwei Uhr morgens – Sonntagmorgen – treffen Jarnebring und Molin ein. Sie kommen in ihren eigenen Wagen und fahren direkt in die Tiefgarage des Polizeigebäudes. Danach gehen sie in die Fahndungszentrale hoch. Gleich darauf sind noch zwei Streifenpolizisten zur Stelle – beide tragen breite afrikanische Lederhalsbänder mit Mosaikverzierung. Sie fahren zusammen in einem Streifenwagen vor und begeben sich ebenfalls sofort in die Zentrale.

Innerhalb einer Viertelstunde haben sich sieben weitere Personen im Polizeigebäude eingefunden. Es geht jetzt auf halb drei morgens zu, und der Wärter an der Garageneinfahrt am Fridhemsplan hat langsam das Gefühl, dass sich hier etwas zusammenbraut. Von den sieben zuletzt Eingetroffenen sind sechs Polizisten – vier Streifenpolizisten und zwei Ermittler mit besonderem Auftrag. Der siebte ist der Staatsanwalt. Insgesamt elf Personen, acht Mann von der Streife, zwei Sonderermittler und ein Staatsanwalt.

Keiner von ihnen steht auf dem regulären Dienstplan. Von

einer Razzia oder einer Aktion gegen einen illegalen Klub kann auch kaum die Rede sein. Dazu sind es zu wenig. Der Wärter an der Garageneinfahrt, der schon einige Jahre dort arbeitet und in seiner nächtlichen Einsamkeit Zeit genug zum Nachdenken hatte, zieht die fast korrekte Schlussfolgerung: *Hier muss es um eine größere Festnahme gehen.*

Aber es ist keine normale Festnahme. Der Staatsanwalt ist dabei, obwohl es mitten in der Nacht ist, gerade erst musste er sich ausweisen, als er an der Schranke anhielt und nicht der Staatsanwalt war, der auf dem Dienstplan stand. *Eine größere Festnahme brisanter Natur*, denkt der Wärter in seiner Bude oben auf dem Fridhemsplan. Und in allem liegt er da fast richtig.

Jarnebring und Molin gingen direkt in ihren Dienstraum. Noch war es nicht so weit, und da war das eigene Zimmer doch das Beste. Falls man im Haus bleiben musste, heißt das.

Jarnebring saß bequem zurückgelehnt in seinem Schreibtischsessel. Die Füße hatte er auf die Fensterbank gelegt, seine knochigen Hände ruhten auf seinem Knie. Auf der anderen Schreibtischseite saß Molin. Er hatte die Füße auf dem Schreibtisch. Seinen Sessel hatte er so weit zurückgeschoben, dass die Rückenlehne an die Wand stieß.

Es war kein großes Zimmer, außerdem teilten sie es sich ja. Genau gerechnet waren es zehn Quadratmeter, zweieinhalb mal vier Meter, im vierten Stock, Polizeibezirk Kronoberg. Aus irgendeinem Grund ganz hinten auf dem Gang.

Es war übrigens dasselbe Zimmer, das Jarnebring bis vergangenen Sommer mit Johansson geteilt hatte. Doch dann hatte Genosse Johansson, Kriminalinspektor Lars M. Johansson, geboren in Näsåker am Ångermanälv, bei der Streife aufgehört und war ins Personalbüro der Landespolizeileitung übergewechselt.

Jetzt saß Jarnebring hier mit Molin, seit drei Monaten sein neuer Kollege.

Alle Streifen hatten solche Zimmer, zwei Mann auf zehn Quadratmetern. Streifenpolizisten sollten in der Stadt umherstreifen und die Augen offen halten. Deshalb waren zehn Quadratmeter genug. Um die Füße auszuruhen, Telefongespräche zu führen oder die Beobachtungen zu archivieren, die man beim Umherstreifen gemacht hatte.

Auch die Einrichtung war eine logische Folge des Arbeitsauftrags. Schreibtisch mit Telefon, Schreibtischsessel, Besuchersessel, Bücherregal (wenn auch ohne Bücher), und ein grün metallener Aktenschrank.

In diesem Schrank bewahrten Jarnebring und Molin diverse, für ihre Arbeit notwendige Dinge auf, ein halbes Dutzend Akten, etliche Fotos und einen großen Karton, auf dem nur »Diverses« stand.

In diesem Karton lagen unter anderem eine Flasche Whisky (»für die süßesten Schweine in ganz Kronoberg«, von einem ihrer Lieblingsräuber), zwei Reservemagazine für Molins Dienstpistole und eine aufgerollte und ziemlich verschmutzte elastische Binde, die sie nach dem Sporttraining abwechselnd benutzten. Kurz, es handelte sich um einen stinknormalen Streifenschrank; Arbeit, vergessene Ambitionen, verlorene Hoffnung und Trost in trauter Gemeinsamkeit.

Die Zimmerwände waren grau und kahl, unterbrochen nur durch ein Plakat und einen Kalender. Über das Plakat – es hing hinter dem Schreibtischsessel – gab es nicht viel zu sagen. Molin hatte es aufgehängt, woher auch immer er es hatte. Ein Schwarzweißplakat (etwa achtzig mal fünfzig Zentimeter) mit einem blonden, lächelnden Polizisten aus den USA darauf – »The White American Cop« in dunkelblauer Uniform, die Schirmmütze kess auf die Seite gerückt und einen Revolver vom Kaliber 38 an der Hüfte. Der Polizist drückte ein lockiges kleines Negerkind an sich. Aus dem

Lächeln des Kindes zu schließen, war es ebenso begeistert wie der Polizist, sein Freund und Helfer. Der Text unter dem Bild war kurz, regte aber zum Nachdenken an: »SOME PEOPLE CALL HIM A PIG!«

Über den zweiten Wandschmuck, den Kalender, ließ sich um einiges mehr sagen. Wenn wir an Jarnebrings und Molins dienstliche Aufgaben denken und an die besondere Rolle, die Jarnebring in diesem Bericht spielt, tun wir das sogar mit Fug und Recht. Obwohl das ziemlich lange dauern kann und als Botschaft leider auch ein wenig überdeutlich ausfallen mag.

Egal. Der Kalender hing über dem Besuchersessel, und wann immer Jarnebring ihn ansah, huschte ein Schatten über sein Gesicht. Wenn man nicht wusste, warum, war das vielleicht schwer zu verstehen.

Der Kalender war von der Sorte, wie man sie an den meisten männerdominierten Arbeitsplätzen findet. Er enthielt zwölf Blätter – für jeden Monat eins –, und jedes Blatt war mit einer nackten Frau, einem kurzen Reklametext und einer Liste der Tage dieses Monats bedruckt. Frau September – die noch immer aufgeschlagen war und abgesehen von Frisur und Haarfarbe offenbar derselben Familie angehörte wie die Frauen aller anderen Monate – war seit über vier Wochen das Objekt von Jarnebrings tiefem Unwillen. Obwohl ihr das nicht anzusehen war. In glücklicher Unkenntnis der Gefühle des Betrachters stand sie vor einem Hintergrund aus gelbem Sand und blauem Meer: die Beine gespreizt, den Kopf in den Nacken geworfen, Brust und Unterleib vorgeschoben, den Mund halb offen. Die Hände stützte sie in die Hüften, und eigentlich war nicht sie an dem ganzen Ärger schuld, sondern Frau August.

Vor etwas über einem Monat war Annika, Jarnebrings Frau, auf seinem Arbeitsplatz aufgetaucht. Sie hatten sich dort verabredet, um einen Mundvoll essen zu gehen und ein paar Glas Wein zu trinken. Die Kinder waren bei Jarnebrings Schwiegereltern auf dem Land, Annika hatte frei, und Jarnebring selbst konnte um vier Uhr Feierabend machen. Dieses eine Mal schien außerdem die Sonne. Alles ließ sich also ziemlich gut an, und Jarnebring winkte seiner Frau fröhlich zu, als sie das Zimmer betrat.

»Wo hast du das denn her?« Annika sah den Kalender an.

»Werbung«, antwortete Jarnebring ausweichend. »Von der Polizeileitung.«

Das stimmte natürlich überhaupt nicht. Es handelte sich vielmehr um ein persönliches Geschenk von einem Bekannten und Spitzel, der eine Autowerkstatt (und nebenbei auch ein wenig Hehlerei) betrieb, aber Jarnebring konnte Annikas Augen schon ansehen, dass diese Erklärung noch schlechter angekommen wäre.

»Von der Polizeileitung? Was ist denn das für eine Polizeileitung?« In der Stimme lag nichts mehr von Essen und Wein.

»Ja, ja.« Jarnebring war jetzt schon ungeduldig. »Scheiß doch drauf, Wuschel. Wo wollen wir mampfen gehen?«

Aber aus diesem Essen wurde dann nichts. Stattdessen erhob sich ein Prachtstreit – geradezu ein Krieg –, der fast zwei Tage anhielt.

Zuerst hatten sie sich nur gezankt. An sich keine Katastrophe und auch nicht einzigartig, aber danach hatte eins das andere gegeben.

Nach fünf Minuten hörte sie plötzlich auf, ihn anzupöbeln. Sie saß einfach stumm da und sah ihn an. Als sie dann wieder sprach, war ihre Stimme eine andere: ruhig und entschieden.

»Verstehst du nicht? Verstehst du nicht, dass du dich und mich gleichermaßen erniedrigst?« Sie sah ihn an. »Das begreifst du offenbar nicht.«

Sie sprang auf, nahm den Kalender von der Wand und legte ihn mit der Rückseite nach oben auf den Tisch.

Und nun beging Jarnebring seinen großen Fehler. Statt den Kalender irgendwo zu verstauen und ihn am nächsten Tag wieder aufzuhängen – dieser Gedanke war ihm schon gekommen, als sie sich nur gegenseitig angefaucht hatten –, sprang er ebenfalls auf, starrte ihr stur in die Augen und sagte mit der Stimme, die er sonst für seine Kundschaft reservierte:

»Bist du denn eigentlich von allen guten Geistern gebissen?«

Danach lief er auf die andere Seite vom Schreibtisch und hängte den Kalender wieder auf. Als er sich umdrehte, sah er ihren Rücken durch die Tür verschwinden, und eine halbe Stunde später saß er in der Wollmar Yxkullsgata bei seinem alten Freund Lars M. Johansson und fluchte in sein alkoholfreies Bier. Johansson sagte nichts. Er trank einen Cocktail und wirkte überhaupt ziemlich ungerührt.

Sechs Stunden später betrat Jarnebring draußen in Jakobsberg das Reihenhaus. Es war still und dunkel, und er war ziemlich benebelt. Johansson und er hatten Bier und Schnaps getrunken. Vor allem Schnaps. Danach hatten sie Johanssons Kühlschrank geleert – alles andere als ein kulinarisches Erlebnis – und dann weiterhin Schnaps getrunken. Am Ende hatten sie sich getrennt. Er hatte das Angebot, auf dem Sofa zu schlafen, abgelehnt, und war mit dem Taxi nach Hause gefahren. Müde, wütend, alles andere als nüchtern und um fünfundsiebzig Kronen ärmer.

Jarnebring machte Licht und warf seine Jacke auf den Tisch in der Diele. Dort lag ein Briefumschlag, der jetzt zu Boden ging. Er bückte sich und hob ihn auf. Und in diesem Moment ging sein und Annikas Konflikt in eine kritische Phase über.

Es war ein ganz normaler weißer Briefumschlag. Frankiert und adressiert in Annikas ordentlicher Schrift. Die Adresse war Jarnebring bekannt: AMATEURBILDER, Fib-Aktuellt. Torsgata 21, Stockholm.

Ab und zu geschieht alles sehr schnell. Bei Jarnebring war es so, dass er innerhalb einer Sekunde stocknüchtern wurde. Ebenso lange brauchte der kalte Schweiß, um auf seinem Rücken auszubrechen. *Annika*, dachte er und riss den zugeklebten Umschlag auf.

Aber es war nicht Annika. Zwar stammte das Foto aus ihrer privaten Sammlung von Urlaubsbildern. Und viele Bilder dieser Sammlung zeigten natürlich Annika: unbekleidet an einem blauen See oder oben ohne im Boot ihrer Eltern. Bilder, die sicher unter den Lesern der Zeitschrift Zustimmung gefunden hätten. Aber keine Spur. Es war viel schlimmer. Das Bild zeigte ihn selbst, Kriminalinspektor Bo Jarnebring von der zentralen Streife, fotografiert von Annika Jarnebring.

Es war ein Farbfoto von Jarnebring an einem blauen See. Er ließ seine Muskeln spielen und hob eine Bierdose. Außerdem hatte er den Kopf in den Nacken gelegt und nicht einen Faden am Leib.

Es war eigentlich kein schlechtes Bild, unter anderem sah er nicht allzu betrunken aus, aber daran dachte er nicht, als er ins Schlafzimmer stürmte, das Licht anknipste und ihr die Decke wegzog.

Offenbar war sie noch wach gewesen. Sie fuhr hoch wie der Blitz. Blieb im Bett stehen und drohte ihm mit den Fäusten.

»Was zum Teufel!« Er brüllte. »Hast du denn völlig den Verstand verloren? Willst du mich umbringen?« Er knüllte Umschlag, Foto und Annikas Brief mit der ausgestreckten rechten Hand zusammen.

Sie sagte nichts. Ohne die Fäuste zu senken, schüttelte sie ihr Nachthemd herunter und sah ihn hasserfüllt an.

»Was erlaubst du dir eigentlich, verdammt noch mal?« Seine Stimme versagte, als er vorlas, was sie geschrieben hatte. »He, Jungs. Warum bringt ihr nie Bilder von scharfen

Typen? Hier schick ich euch meinen Verlobten. Er heißt Bosse und ist in Stockholm bei der Polizei. Tschüss, Annika.«

»Mach dir keine Sorgen. Das würden sie doch nie im Leben bringen«, sagte sie verächtlich. »Wer will schon über einem fetten Bullen mit Schlappschwanz wichsen?«

Eine halbe Stunde später stand er abermals vor Johanssons Tür in der Wollmar Yxkullsgata. Unter dem Arm trug er zwei Ordner mit Familienfotos – sicherheitshalber –, und in der Jackentasche lag der Brief.

»Ich dachte, du bist schon weg?« Johansson hielt die Tür auf. »Im Kleiderschrank sind Decken.«

Aber damit war die Sache noch nicht zu Ende. Am nächsten Nachmittag fuhr er nach Hause. Es gab ein längeres Gespräch, und als sie schlafen gingen, versprach er, dass sie am nächsten Morgen – am nächsten Morgen – des Zimmers verwiesen werden würden, Frau August und alle ihre Schwestern.

Aber dazu war es nicht gekommen. Als er sie am Tag danach im Arm hatte und dastand – er hatte eben den Kalender von der Wand genommen –, betrat Molin das Zimmer. Er schaute ihn fragend an.

»Was soll das denn?«, fragte er. »Willst du aufs Klo?«

Jarnebring machte ein verlegenes Gesicht.

»Annika war hier«, sagte er. »Und hat eine Wahnsinnsszene gemacht. Ich habe versprochen, sie wegzuschaffen.«

Molin starrte ihn an. Er trug zwar kein weißes Nachthemd, aber auch er ging jetzt in Verteidigungsstellung.

»Bist du denn von allen guten Geistern gebissen, du Arsch?«, knurrte er. »Häng die Mädels wieder hin, sonst kannst du dir einen anderen Partner suchen.«

Und da hingen sie noch immer.

Besser, man gibt sich einen Ruck, dachte Jarnebring. Er sah Molin an, der vollauf darin aufging, sich mit dem Fingernagel zwischen den Zähnen herumzubohren. *Du geiler Pavian,* dachte er hasserfüllt.

Molin musterte ihn überrascht. *Scheiße, was macht Jarnebring denn da für ein komisches Gesicht?*

»Ist es so weit? Wir sollen uns oben bei Melander blicken lassen, ja?«

Jarnebring nickte wortlos. Erhob sich und nahm die Jacke von der Rückenlehne.

XVI

»Wir sehen uns heute Nacht um halb drei bei Melander.« Das hatte Jarnebring gesagt, als er am Samstagnachmittag seinen Rundruf bei den Kollegen gestartet hatte. Und jetzt saßen sie mitten in der Nacht bei Kriminalkommissar Gösta Melander. Zusammengequetscht in Melanders nicht gar zu großem Dienstraum.

Wer war Gösta Melander?

Anfang Dezember 1976 hatte die Polizeileitung von Stockholm ein eigenes Prostitutionskommando eingerichtet. Das geschah etwas über eine Woche, nachdem Studio S im Fernsehen eine viel beachtete Sendung über Prostitution gebracht hatte. Die Zeitungen sprangen sofort darauf an, und es war fast so wie Mitte der Sechzigerjahre, als erstmals die Drogendiskussion losgetreten worden war.

Die Leitartikler griffen tief in die Schublade mit Adjektiven, Verben und Beleidigungen. Das Fußvolk in den Redaktionen begriff sofort, worum es ging, und übertraf sich gegenseitig in der Jagd auf Schlagzeilen. Es blühten die »minderjährigen Prostituierten«, die »ausländischen Zuhälter«, und der gesamte übrige Apparat an frisch entdeckten Realitäten, Ängsten und latenten Vorurteilen.

Und von allen Seiten wurde geholfen. Von Politik, Expertentum, Kulturwelt, Frauenbewegung und allem anderen, das sich nicht so leicht abtun lässt und das in vieler Hinsicht so vieles geleistet hat. So schwer kann das Leben manchmal sein.

Die Maßnahmen fielen schlicht genug aus, ergaben aber zumindest zweierlei. Zwei überaus schwerwiegende Dinge, bei denen die Mehrheit der Leute, die den Stein ins Rollen gebracht hatten, ziemliche Skepsis empfunden haben dürften. Wenn sie Zeit zum Nachdenken gehabt und sich nicht von Anfang an auf eine bestimmte Richtung festgelegt hätten.

Das neu gebildete Prostitutionskommando bestand aus etwa dreißig Mann: einige Ermittler, die meisten von der Streife. Und es stellten sich wie gesagt zwei überaus beunruhigende Phänomene ein. Erstens die Verletzlichkeit der Polizeileitung durch die Massenmedien. Und zweitens – womöglich noch schwerwiegender – die Tendenz, soziale und menschliche Probleme durch die Einrichtung besonderer Polizeikommissionen zu lösen.

Wer war Gösta Melander?

Der Chef vons Ganze wurde Kommissar Gösta Melander. Erfahrener Betrugsermittler, fünfundfünfzig, nach polizeiinterner Beurteilung nicht sonderlich militant.

Wie alle anderen zufälligen Unternehmungen war auch jene gegen die Prostitution so nach und nach zum Erliegen gekommen. Im Sommer wurde das Kommando aufgelöst, und wenn wir bedenken, wie alles angefangen hatte, dann lag darin vielleicht die Sicherheit, die es in unserer Zeit überhaupt geben kann.

Die Prostitution erreichte zu diesem Zeitpunkt zwar ungeahnte Höhen, aber die Polizeiferien rückten näher, und es hatte keine weiteren Fernsehsendungen gegeben. Übrig blieben Melander und ein einziger Mitarbeiter.

Als nun der Mitarbeiter in Urlaub ging, um niemals mehr zurückzukehren, war nur noch Melander da. An sich war das vielleicht das Sonderbarste, schließlich war er Kommissar und hätte also eigentlich Chef sein müssen, zumal in der Urlaubszeit, aber diese Dinge wurden vom Zufall entschieden.

Melander blieb allein zurück. Während des Frühlings war er krank gewesen, hatte sich aber nicht krankschreiben lassen. Da er in mittleren Jahren war, seine Karriere hinter sich hatte, die Kinder ausgeflogen waren, seine Frau arbeitete und es keine finanziellen Schwierigkeiten gab, hatte er beantragt, auf eine halbe Stelle heruntergestuft zu werden. Ein Kommissar auf halber Stelle. Das war im Grunde fast eine Unmöglichkeit, aber jetzt bot sich die Chance: Sonderauftrag. Nämlich die rudimentären Bemühungen des Prostitutionskommandos im Winter und Frühjahr 1976/77 zu einem guten Ende zu führen.

Eine hervorragende Lösung, und alle waren zufrieden. Die Polizeileitung, Melander selbst und vielleicht sogar die Zeitungen, falls sie sich noch für die Sache interessierten, was aber nicht der Fall war. Es war etwas anderes dazwischen gekommen.

Damit war das Ganze eine nette Aufräumarbeit für den Sommer. Einige kurze Anklagen, dann zurück zur Routine. Ungefähr so hatte man sich das vorgestellt.

Aber so kam es nicht. Denn weder die Polizeileitung noch Melander selbst hatten mit dem besonderen Charakterzug gerechnet, der fast jedem Polizeikommissar von der ganz alten Schule anhaftete – die fast neurotische Genauigkeit. Es darf keine losen Enden geben. Nirgends und um keinen Preis.

Was als Aufräumarbeit geplant worden war, wurde zu etwas anderem, zu einer der ehrgeizigsten Polizeiermittlungen, die jemals im Distrikt Stockholm durchgeführt worden sind. Am Ende des Sommers, des Sommers 1977, ließ Melander mitteilen, er sei großen Dingen auf der Spur – schwerer organisierter Kuppelei. Er wollte weitermachen, jetzt aber wieder in Vollzeit, und natürlich durfte er.

Im Herbst und im Frühling wurde das Land von zwei Bordellaffären erschüttert. Als die Erschütterung verklungen war – wir haben inzwischen den Frühsommer 1978 erreicht –, meldet Melander sich abermals und will auch den Sommer über weitermachen. Die gesamte Ermittlung werde demnächst »fix und fertig« abgeschlossen sein, aber noch gebe es einige lose Enden.

Diesmal überlegt die Leitung erst einmal ausgiebig. Aber nach und nach wird ein Entschluss gefasst. Melander darf weitermachen. Und damit nicht genug. Um den guten Willen zu zeigen, stellt man ihm einen Staatsanwalt zur Seite, der die Voruntersuchung leiten soll. Und es ist nicht irgendein dahergelaufener Staatsanwalt, sondern just jener Mann, der in die beiden Kuppeleiaffären, die »sachliche Grundlage« für die Bordellskandale in Herbst, Winter und Frühjahr 1977/78, involviert gewesen war.

Im Nachhinein wirkt die Entscheidung der Polizeileitung überaus gescheit. Als sie getroffen wurde, war die Geschichte von Melanders Ermittlungen in den Redaktionen schon bekannt, und es wäre einfach der falsche Zeitpunkt gewesen, die Sache einzustellen. Außerdem wäre es dumm gewesen im Hinblick auf die gute Presse, die man nachher erhielt, und im Hinblick auf die Ergebnisse, die Melander schließlich vorlegen konnte.

Und das alles passiert, während Melander – auf seinem Segeltörn zwischen der Skylla des Misstrauens von Politikerseite und der Charybdis der wechselnden Mächte – weitermacht, als ob nichts geschehen wäre.

Für ihn gilt nur eins: die Fäden zusammenzubringen. Keine losen Enden mehr, obwohl er sich oft über seinen Freund, den Staatsanwalt, den Kopf zerbricht, denn er weiß einfach nicht, was er von ihm halten soll.

Anfang September 1978 hat Melander ein klares Bild. Ein sehr klares Bild übrigens, das durchaus nichts mit dem »Gewirr« zu tun hat, von dem die Zeitungen sprechen. Denn für Melander gibt es kein Gewirr, aus dem schlichten Grund, dass er alle losen Ende gefunden und aufgerollt hat.

Ganz unten gibt es Menschen, die Wohnungen oder Zimmer brauchen. Ganz normale Menschen, die irgendwo wohnen müssen. Oder Prostituierte, die Räumlichkeiten brauchen, um ihrem Gewerbe nachgehen zu können.

Auf der nächsten Ebene finden wir jene, die sich um die praktischen Dinge kümmern: Umzugsunternehmen, Handwerker und einfache Handlanger. Die Möbelwagen fahren, anstreichen, aus einem ehemaligen Laden eine Theke herausreißen oder eine unmoderne Wohnung in irgendeinem Abbruchhaus mit Dusche und Boiler versehen.

Dann kommen die Vermittler. Die gesamte Skala derer, die irgendetwas vermitteln. Von Miethaien mit dem Büro in der Tasche und ohne Wohnadresse bis zu Immobilienmaklern mit eigener Firma, Schild an der Tür und Anzeige in der Zeitung.

Darüber dann jene, die besitzen: Hausbesitzer. Mit Häusern, Wohnungen, Räumlichkeiten und dem Recht, darüber zu entscheiden, wer sich dort aufhalten darf.

Eine elegante pyramidenförmige Struktur aus Angebot und Nachfrage, Mitteln und Macht. Zusammengehalten, getragen und gespeist aus schwarzem Kapital.

In der Pyramide gab es viele Menschen. Das war Melander nur zu klar. Ebenso klar war er sich darüber, dass seine wichtigste Aufgabe sich auf die Prostitution richtete. Deshalb galt sein Interesse auch vor allem drei Personen in der Pyramide.

Drei Personen, die ebenfalls eine Pyramide bildeten. Unten stand der notorische alte Gauner – mit eigenem Dossier und persönlicher Erfahrung mit dem Gefängnisleben: Johan

Riisto Fahlén. Über ihm folgte ein kleinerer Hausbesitzer, M. (wie in minder), auch er eine bekannte Größe mit eigener Akte im Zentralregister der Kriminalabteilung. Oben dann stand ein größerer Hausbesitzer, S. (wie in substanziell); über den aber konnte man nur in den Zeitungen lesen.

Zwischen diesen drei Personen – Fahlén, M. und S. – hatte Melander die interessantesten Beziehungen entdeckt. Privater und sozialer ebenso wie rein geschäftlicher Natur.

Interessante Beziehungen, von denen Melander fand, es könne an der Zeit sein, sie unter vier Augen zu diskutieren.

XVII

»Tut mir leid, euch das Wochenende ruinieren zu müssen.« Melander nickte seinen Gästen zu und schien um Entschuldigung zu bitten. »Aber ich wage es einfach nicht, noch länger zu warten. Gestern am Telefon hat es sich angehört, als wollte er aufhören.«

Die anderen nickten. Seit einem guten Monat wurden die Hauptpersonen in dem »Bordellgewirr«, das sie zu klären versuchten, abgehorcht. Offenbar wurde einem von ihnen der Boden unter den Füßen zu heiß: Fahlén. An sich kein Wunder. In den vergangenen Monaten waren die drei Beteiligten ununterbrochen beschattet worden, und trotz aller Geheimhaltung war in der Szene bereits heftig die Rede davon. Außerhalb der reinen Polizeikreise.

»Wen schnappen wir uns?« Das war Jarnebring, und seine gesamte Haltung sprach von etwas anderem als von Geduld.

»Dazu komme ich dann«, schaltete der Staatsanwalt sich ein. »Ich habe beschlossen, dass wir uns mit Fahlén begnügen. Bis auf weiteres, sollte ich wohl sagen. Ja«, fügte er hinzu. »Natürlich nehmen wir auch seine Verlobte fest. Die wohnen ja zusammen.«

Es war still im Raum. Mucksmäuschenstill. Melanders Gesicht war vollkommen ausdruckslos.

Jarnebring musterte den untersetzten Staatsanwalt. Aus

seiner Miene konnte man leicht den Eindruck gewinnen, dass er viel lieber den festgenommen hätte.

»Und die ganzen anderen Scheißgauner? Die großen Gauner?«

»Wir werden zuerst Fahlén verhören.« Der Staatsanwalt wich Jarnebrings Blick aus und sah die anderen an. »Gegen die anderen liegt nicht genug vor.«

»Du scheuchst also mitten in der Nacht acht Mann hoch, um einen kleinen miesen Zuhälter hopszunehmen.« Jarnebring starrte den Staatsanwalt wütend an.

»So klein ist der nun auch wieder nicht. Wir werden außerdem eine Hausdurchsuchung vornehmen. Draußen bei ihm auf Varmdö und dann in seinem Büro in der Kommendörsgata. Und außerdem wollte ich morgen früh ein paar von den Mädels herholen. Wirklich ganz früh«, fügte er hinzu.

»Dazu sind aber keine acht Mann nötig.« Jarnebring machte nicht einmal den Versuch, seine Wut zu verbergen. »Da reichen ein Anruf und zwei Möbelpacker.«

»Jetzt beruhig dich mal«, schaltete Melander sich ein. »Wir holen uns Fahlén und seine Verlobte, und dann werden wir sehen, was aus den anderen wird.«

»Bordellkönig«, schnaubte Jarnebring. »Der Diener des Bordellkönigs.«

Aber sein Name war von nun an Bordellkönig, er stand schon in den Zeitungen des folgenden Tages, in denen über die anderen Beteiligten nur wenig zu lesen war. Das meiste tauchte aus irgendeinem Grund in den Zeitungen auf und nicht in der Voruntersuchung oder im Haftantrag des Staatsanwalts.

»Wen willst du, Jarnebring?« Melander lächelte ihn an. »Die Verlobte oder Fahlén?«

Jarnebring grinste. Und das war ja auch der Sinn der Frage gewesen.

»In welcher Verfassung willst du ihn?«

Der Staatsanwalt ließ seinen Blick nervös zwischen Jarnebring und Melander hin und her wandern.

»Sauber und unversehrt.« Melander schaute Jarnebring gelassen an. »So schnell wie möglich.«

Fünf Minuten später trennten sich ihre Wege. Jarnebring nahm Molin und drei weitere Leute mit, zwei Streifenpolizisten und den Ermittler, der Melander bei den ersten Vernehmungen geholfen hatte. *Hinaus nach Varmdö.* Vier Streifenpolizisten und Melander selbst fuhren in die Kommendörsgata zu Fahléns Büro. Es lag übrigens in einem Haus, das Fahléns Bekanntem, dem substanziellen Hausbesitzer gehörte.

Fahlén und die Verlobte festnehmen. Erledigt. Wohnung und Büro durchsuchen. Ein paar Mädels zur Vernehmung holen.

Jarnebring war enttäuscht, bitter enttäuscht. Er hatte auf etwas Größeres gehofft. Aber ihm war nun einmal Fahlén auferlegt – Johan Riisto Fahlén –, und Jarnebring fuhr wie ein Autodieb und fluchte auf dem ganzen Weg nach Varmdö.

Das große gelbe Haus ganz hinten auf der Insel lag still und stumm da, als sie ankamen. Aber sie merkten, dass jemand dort war. Die Lampe auf dem Hof brannte, und die Wagen von Fahlén und der Verlobten standen vor dem Haus. Auf besondere Diskretion wurde nicht geachtet. Es war zwar erst vier Uhr morgens, aber sie mussten nun einmal aufstehen, und Frühstück würden sie wohl in der U-Haft serviert bekommen.

Zwei Mann stellten sich auf die Rückseite. Jarnebring und Molin klopften an die Tür. Fahléns Hund – ein Schäferhund – bellte schon, als sie die Treppe vor der Haustür hochstiegen. Aber auch das spielte keine Rolle. Jarnebring fürchtete sich nicht vor Hunden und hatte sich auf diesen hier schon eingestellt. Für alle Fälle hatte er eine Spraydose mit

Tränengas in der Jackentasche. Falls Herrchen auf dumme Ideen kommen sollte, die der Hund dann auszuführen hätte.

Jarnebring war noch immer sauer. Das war zu hören, als er den Messingtürklopfer betätigte. Nicht nur die Tür erbebte, sondern die gesamte Fassade, und sofort ging im Schlafzimmer oben Licht an.

Fahlén selber kam herunter und machte auf. In Schlafrock und Schlafanzug, die Sicherheitskette vorgelegt.

»Worum geht es?«, fragte er auf der anderen Seite der Tür.

»Kriminalpolizei«, antwortete Jarnebring und hielt seinen Dienstausweis vor den Türspalt. »Mach gefälligst sofort auf.«

Das tat Fahlén. Als Jarnebring und Molin die Diele betraten, schaute er sie nur an. Ein kleiner geschmeidiger Mann von adrettem Aussehen und mit dunklen, sorgfältig gekämmten Haaren. Seine Verlobte schien ebenfalls wach zu sein. Sie stand oben auf dem Treppenabsatz und schaute die Männer an. Ohne ein Wort zu sagen.

»Rein in die Klamotten, Fahlén«, sagte Jarnebring. »Und die Gnädige kommt auch mit.« Er nickte der blonden Frau oben auf dem Treppenabsatz zu.

Fahlén sagte nichts. Stumm senkte er den Kopf und strich das Revers seines Morgenrocks glatt.

XVIII

»Sie haben den Namen Fahlén nie gehört?« Die Frau auf der anderen Seite vom Schreibtisch starrte Melander an, und der schüttelte zur Antwort den Kopf.

»Aber Sie sind doch Kommissar Melander? Der Chef dieser neuen Prostitutionspolizei, über die in den Zeitungen geschrieben wird?« Sie erhob sich halb aus ihrem Sessel und schaute sich mit ironischer Miene im Zimmer um.

»Ja«, sagte Melander. »Der bin ich. Können Sie mir nicht etwas über diesen Fahlén erzählen?«

»Was glauben Sie, was ich in den letzten Jahren gemacht habe? Ich habe tausende von Kronen für Briefporto und Anrufe bei ihren Chefs und Kollegen ausgegeben. Und was haben die getan?« Sie sah Melander verächtlich an. »Nichts.«

»Dieser Fahlén ... Sie scheinen ja allerlei über ihn zu wissen. Was ist er eigentlich für ein Mensch?«

»Hm«, schnaubte sie. »Fahlén? Das ist der ärgste Kuppler im ganzen Land, und das habe ich auch gesagt ...«

Melander hob abwehrend die Hand.

»Sagen Sie es mir.« Er lächelte sie an. »Ich bin neu hier.«

»Jaa.« Jetzt sah sie etwas weniger abweisend aus. »Wie ich schon sagte, ehe Sie mich unterbrochen haben ... er hat mindestens dreißig Bordelle unter sich, und in jedem sind zwischen zwei und fünf Frauen. Und damit macht er pro Jahr einen Umsatz von zwischen fünfzehn und dreißig Millionen.

Reinverdienst, meine ich.« Sie verstummte und sah Melander triumphierend an. *Hatte er begriffen, von welchen Summen hier die Rede war?* »Die Frauen müssen ihm pro Tag zwischen hundert und zweihundert Kronen bezahlen. Jede«, fügte sie hinzu. »Und da braucht man doch bloß rechnen.« Sie sah ihn wütend an.

Melander nickte nachdenklich.

»Können Sie mir Adressen nennen? Von diesen Wohnungen?«

Sie nickte energisch.

»Und ob ich das kann. Regeringsgata 91…« Melander schaute sie aufmunternd an. »Und Ringväg 89.« Melander nickte und machte sich auf seinem Block Notizen. »Und dann noch eine Adresse in der Katarina Banggata auf Söder… ich hab die Nummer vergessen, aber ich hab sie mir notiert.«

»Jaa?« Melander sah sie fragend an. *Zwei, möglicherweise drei*, dachte er und legte den Kugelschreiber auf den Block.

»Jaa, was?« Jetzt war sie wirklich sauer. »Ich hab ja auch noch was anderes zu tun«, fauchte sie. »Ich habe Ihnen die Adressen schon hundertmal gegeben. Fragen Sie doch diesen Faulpelz von Kollegen, den Sie da oben in der Sitte haben.«

»Ja.« Melander nickte abermals nachdenklich. »Ich habe ja begriffen, dass Sie das alles wissen, weil Sie sozusagen in der Branche sind.« Er ließ sich im Sessel zurücksinken und stützte die Hände auf die Lehnen. »Sie betreiben selber ein Massageinstitut, wenn ich das richtig begriffen habe.«

»Was hat das damit zu tun?« Sie starrte ihn wütend an. »Ist das verboten, oder was?«

Melander schüttelte abwehrend den Kopf.

»So war das nicht gemeint«, erklärte er. »Sie scheinen sehr viel zu wissen. Arbeiten Ihre Freundinnen in derselben Branche?«

»Ja.« Sie schaute ihn mit festem Blick an. »Ich hab ziemlich viel Kontakt zu den Frauen. Wir reden oft darüber. Wir halten es für einen Skandal, dass man nicht seriös arbeiten kann, ohne solche Gangster.«

»Ja.« Melander nickte betrübt. »Das ist nicht gut.«

»Hast du mal den Namen Fahlén gehört?« Melander schaute den Kollegen von der Sitte an.

»Fahlén. Ob ich den Namen Fahlén schon mal gehört habe?« Der Kollege stöhnte und fuhr sich über die Stirn. »Du brauchst mir gar nicht erst zu sagen, mit wem du geredet hast. Mich ruft sie einmal pro Tag an.«

Melander nickte verständnisvoll.

»Aber ist an der Sache was dran?«

Der Kollege zuckte mit den Schultern.

»Ich hab einen Karton mit alten Tipps, wenn dich das interessiert?« Er schaute Melander erwartungsvoll an.

Faulpelz, dachte Melander. »Verwahrst du Tipps in einem Karton?« Er nickte dem anderen freundlich zu.

»Ja Scheiße. Die müssten hier doch irgendwo liegen.« Der Kollege beugte sich vor und wühlte in einem Aktenschrank herum. »Hier«, sagte er triumphierend. »Ich habe es ja gewusst.« Er richtete sich auf und hielt Melander einen braunen, mit Zetteln voll gestopften Schuhkarton hin.

Melander nahm den Karton. Stellte ihn auf den Tisch und stocherte zögernd zwischen den Zetteln herum.

»Kannst du sagen, was das ist«, fragte er.

»Alles«, sagte der Kollege großzügig. »Tipps von den Jungs von der Streife, Tipps, die hier in der Sektion eingelaufen sind, Telefontipps, Briefe, Nuttenverhöre, die wir aus anderen Gründen durchgeführt haben. Alles Mögliche. Aber das meiste ist natürlich ziemlich alt.« Er sah Melander ein wenig verlegen an.

Natürlich ziemlich alt! Melander griff zu einem der Zettel, die er beim Sortieren rechts auf seinen Schreibtisch gelegt hatte. Er datierte vom 16. November 1969. *Sieben Jahre her*, dachte er. Ein anonymer Brief – mit der Maschine geschrieben – und zwar offenbar an den Besitzer eines Hauses in der Danderydsgata in Stockholm.

»Übersende hiermit einen Ausschnitt aus DN, der für ein Bordell wirbt, dem Sie die Räumlichkeiten vermietet haben, was für die Umgebung äußerst störend ist. Dass die Adresse jetzt schon öffentlich bekannt gegeben wird, zeigt, wie weit wir im Verständnis für diesen Dreck gekommen sind. *Ist vielleicht die Miete erhöht worden?*«

Weiter unten auf den Briefbogen hatte jemand – vermutlich der Faulpelz von der Sitte – mit Tinte »Fahlén?« geschrieben.

Melander nahm den nächsten Brief vom Stapel. Auch der war anonym und mit Maschine geschrieben, er war jedoch verhältnismäßig aktuell. Er war an die Kriminalpolizei von Stockholm gerichtet, und es war nicht länger als ein Jahr her, dass er mit dem Datumsstempel der Sitte versehen worden war. *Vielleicht auch besser so, wenn man an den Schuhkarton denkt*, dachte Melander. Die Unlust, die er schon den ganzen Vormittag empfunden hatte, ging jetzt in eine heftige Gereiztheit über. Das spürte er im Magen. Er beugte sich vor und presste den Bauch gegen die Schreibtischkante, während er las. Das verschaffte ihm ein wenig Erleichterung.

»Hab in Expressen gelesen, dass ihr Bordelle schließt. Ich wohne in so einem Bordellhaus. In der Sigtunagata 5. Mein Vermieter heißt John Fallén, aber er nennt sich Fallander, und er betreibt das Bordell hier im Haus, denn da ist er nachts immer. Meine Miete beträgt eigentlich 250, aber ich muss jeden Monat 650 bezahlen (Wucher!), und es gibt keine Wartung, aber jede Menge Kerle, die schwanzwedelnd im Treppenhaus herumlungern.«

Melander seufzte und notierte auf seinem Block – Sigtunagata 5.

Er rieb den Bauch an der Schreibtischkante und las weiter.

»Die Mieter wissen nicht, ob er Fallen oder Fallander heißt, aber man muss ja wohl feststellen können, wie er das Haus gekauft hat, denn der alte Besitzer sagt, dass seine Schwester das Haus gekauft hat, aber wenn man da anruft, dann sagt sie, dass sie nicht mal weiß, wo die Sigtunagata liegt. Er kassiert die Miete wohl unter fremdem Namen, um dafür keine Steuern bezahlen zu müssen. Fragen Sie mal hier im Haus, dann werden Sie schon sehen. Als ich eine Wohnung suchte, wurden mir von Fallin in der ganzen Stadt Mieten zu Wucherpreisen angeboten, und Strohmänner hat er offenbar auch.«

Melander schrieb eine weitere Notiz auf seinen Block. »Decknamen?« Daneben schrieb er »Strohmänner?« Und las weiter.

»Dieser Fallén hatte Wucherwohnungen in der Dalagata 42 samt Bordell

Sigtunagata 7 und Massageinstitut

Tegnérgata 13 und Bordell

Hagagata 53 Bordell und schwarze Wohnungen

Karlsbergsväg 33 (kein Bordell, seltsam?)

Vattenledningsväg 25–27

Vattenlägningsväg 40 Bordell und jede Menge Untervermietungen

Maria Prästgårdsgata 27 schwarze Wohnungen und Bordell

Außerdem hatte er noch viele andere Wohnungen.«

Melander ließ sich im Sessel zurücksinken. Jetzt spürte er in seinem Magen etwas anderes. Er kritzelte die Adressen auf seinen Block. *Acht.* Bisher hatte er bereits drei, möglicherweise vier. Das machte zwölf. Er rieb sich das Kinn. Nach drei Stunden Arbeit.

Zwei Stunden drauf hatte Melander den Inhalt des Schuhkartons durchgesehen. Der fand sich auf drei voll beschriebenen Seiten in seinem Block wieder. Eine Seite mit Adressen – insgesamt an die dreißig Adressen in Stockholm. Das nächste Blatt verzeichnete Namen. Verschiedene Namen, die Fahlén benutzte – falls er denn Fahlén hieß –, und Namen von Personen, die in Verbindung mit ihm genannt worden waren.

Auf dem dritten Blatt wurden die Konsequenzen aus dem Inhalt des Schuhkartons gezogen. Eine Anzahl von Punkten, die seinen Schlachtplan ergeben sollten.

(1) Fahlén
Vollständiger Name, Personenkennnummer und Adressen, derzeitige und frühere
Gibt es eine Akte über Fahlén? Registerauszüge? Seine finanzielle Situation? Zivilrechtliche Umstände? Sonstige Kontakte? Fotos?

(2) Bordelladressen
Für Adressen zurückgehen bis 69 (Anzeigen in DN, Streife), Mietverträge, Hausbesitzer, eventuelle Überlassung von Wohnungen (Wohnungsregister, Einwohnermeldeämter)

(3) Die Frauen an den Adressen
Namen, Personenkennnummern, alle Angaben, Kontakt zu Fahlén

(4) Sonstige Personen mit Verbindung zu seiner Tätigkeit
Hausbesitzer, Strohmänner, Wohnungsinhaber, Makler.
Vollständige Angaben

Dann ließ er sich im Sessel zurücksinken. Seine Magenschmerzen hatten jetzt nachgelassen. Angewidert musterte er die Papierstapel auf seinem Schreibtisch. *Faulpelz*, dachte er und wählte eine Nummer auf dem Haustelefon.

»Ja.« Das war seine Schreibkraft und sein »Mädchen für alles«. Die Frau in seinem Polizistenleben. Er hatte sie aus der Betrugssektion mitgebracht.

Das war eine Voraussetzung dafür gewesen, dass er diesen Auftrag angenommen hatte.

»Kannst du mal zu mir kommen? Und zwar sofort?«

»Sicher.« Sie klang so gelassen wie immer.

Nettes Mädchen, dachte Melander voller Wärme.

»Ich brauche so schnell wie möglich Folgendes aus dem Magazin.« Er sah die Frau in der Tür an. »Zehn Aktenordner.« Er nickte mit angewiderter Miene zu dem Stapel auf dem Schreibtisch hinüber. »Drei Kartons und fünfhundert Karteikarten.«

»Große oder kleine Kartons«, fragte die Frau.

»Drei große.« *Das gibt ganz schön viel Schreibarbeit*, dachte er.

»Groß.« Sie notierte.

»Und wenn wir dann ein Verzeichnis anlegen könnten.« Wieder nickte er zu dem Papierstapel hinüber. »Und wenn du die Streife anrufen und sie bitten könntest herzukommen. Umgehend.« Er schaute sie mit energischem Blick an. *Das war für den Moment alles*, dachte er. Wieder nickte er ihr zu.

»Da hat jemand angerufen.« Sie blieb in der Tür stehen.

»Ja?«

»Der Ombudsmann vom Mieterverband. Er hat in den

letzten Jahren eine Liste über Bordelle in Stockholm angelegt. Wem die Häuser gehören, Adressen und so. Er will mit dir reden. Er sagt, er hat an die zweihundert Adressen.«

»Was sagst du da?« Melander musterte sie beifällig. »Sag ihm, dass er sofort herkommen soll. Mit allem, was er hat. Er ist herzlich willkommen.«

»Er kann sich also die Zeit aussuchen?« Sie blickte ihn fragend an.

Melander nickte.

»Und noch eins. Kannst du das hier in alte Ordner einsortieren? Nicht in solche neuen aus Plastik. Die alten sind besser.«

»Wird gemacht«, sagte sie. »Alte Ordner.«

Und jetzt zu dir, Fahlén. Melander betrachtete den Papierstapel auf dem Schreibtisch. Jetzt nimm dich in Acht.

XIX

Im Grunde braucht man nur ein wenig Ordnungssinn. Melander betrachtete zufrieden die vielen Ordner – alle von der alten Sorte – in seinem Bücherregal. *Die Kartothek sieht auch gut aus,* dachte er. Sie stand im Regal darunter, vier prall gefüllte Kästen. Einer mit Adressen: Massageinstitute, Peepshows und das, was er als »pure Bordelle« bezeichnete. Ein weiterer Kasten für die in die Sache verwickelten Personen: Hausbesitzer, Hausverwalter, Fahlén selbst, Strohmänner und seine vielen möglichen und tatsächlichen Helfer. Dann gab es noch einen Kasten, dessen Inhalt ein wenig brisant war. Er enthielt nämlich Namen, Personenkennnummern, Adressen und andere Informationen über die Frauen, die an den im ersten Kasten gespeicherten Adressen arbeiteten.

Es war verboten, Register über Prostituierte anzulegen. Das hatte er sich besser noch mal in der juristischen Abteilung bestätigen lassen. An sich brauchte ihn das als Person Gösta Melander nicht daran zu hindern, ein solches Register zu führen, zum Beispiel in seiner Wohnung. Aber der Staatsdiener Gösta Melander, der Kriminalkommissar Gösta Melander von der Stockholmer Polizei, durfte das nicht. Schon gar nicht in seinem Dienstraum, denn da könnte es jemand »Unbefugtes« finden. Aber er brauchte es, er musste ein solches Register haben, um seine Ermittlungen durchführen zu können.

Der Leiter der juristischen Abteilung hatte sich ausführlich über diesen Sachverhalt verbreitet und zu Norstedts Sammlung von Gesetzestexten, dem Kommentar zum Datenschutzgesetz und den Vorschriften für den Schutz der Privatsphäre gegriffen. Am Ende glaubte er, eine Lösung gefunden zu haben, und Melander wurde sein Arbeitsmaterial zugestanden. Die Informationen – auch die ganz privaten –, die er brauchte, um die Voruntersuchung gegen Fahlén u. a. (Verdacht auf schwere Kuppelei u. ä.) durchführen zu können, waren als »Arbeitsmaterial« zu betrachten.

»Vielen Dank. Ganz herzlichen Dank.« Melander bedachte sein Gegenüber mit einem warmen Blick aus seinen hellen blauen Augen und kehrte dann in sein Arbeitszimmer zurück. Dort änderte er das Etikett auf dem betreffenden Karton – von »reg. prost. massinst. etc.« zu »arb. mtrl. div.« – und katalogisierte dann wie bisher nach Vornamen. Warum hätte er das auch nicht tun sollen? Die Gründe für die Voruntersuchungen und die Gesetzeslage – laut der entsprechenden Passagen – gaben ihm jedes Recht dazu.

Und der vierte Karton? Hatte auch der einen zweifelhaften Inhalt? Vermutlich nicht. Darin befand sich nämlich »Diverses«: Personen, die vielleicht Tipps geben könnten, dann bereits eingegangene Tipps, Privatadressen, Autonummern und anderes.

Aber Ordnungssinn allein war natürlich nicht genug. Melander lächelte, als er an die übertriebenen Ambitionen dachte, mit denen er an diese Ermittlung herangegangen war. Ganz zu Anfang hatte er eine vollständige Übersicht über die gesamte Branche erarbeiten wollen: *die Massageindustrie.*

Wie alt mochte diese Industrie sein? Prostitution in festen Räumlichkeiten, aber maskiert als etwas anderes: Peepshows, Massage und anderes? Dass so etwas nicht ganz neu war, hatte der Inhalt des Schuhkartons gezeigt.

Als alter Polizist machte er das einzig Vernünftige. Er wandte sich an die höchste Instanz. Seit 1965 war das die Landespolizeileitung, die zuständig war für die Polizei, und aus den Gesetzen – den Vorschriften für die Landespolizeileitung – ging unter anderem hervor, dass die Leitung den verschiedenen Dienststellen mit »Rat und Anweisungen« beiseite stehen soll.

Und ich bin bei einer der verschiedenen Dienststellen, dachte Melander. Er wählte die Nummer der Leitung, und nach einer Weile hatte er auch den betreffenden Fachmann an der Strippe. Einen ehemaligen Kriminalermittler, der für die Polizeileitung besondere Untersuchungen betreute.

Melander kannte diesen Mann sehr gut. Er war zwar für seine nicht immer konventionelle Ausdrucksweise bekannt, aber er genoss einen guten Ruf; er galt als freundlich und hilfsbereit und angenehm kompetent.

Außerdem war er mit allerlei staatlichen Untersuchungen befasst und schnappte dabei so einiges auf.

»Wie lange es hier in der Stadt schon Massageinstitute gibt?« Die Stimme ließ annehmen, dass hier eine Autorität scharf nachdachte. Das konnte er immerhin hören.

»Ja«, bestätigte Melander vorsichtig. »Hast du da irgendeine Ahnung?«

»Ahnung?« Jetzt war die Autorität verletzt. »Melander, du redest mit einem Experten. Weißt du nicht, dass ich der Sachverständige der Prostitutionsermittlung bin? Was ich über die Nuttenszene nicht weiß, kannst du nicht mal in den miesesten Pornoblättern lesen.«

»Ja«, log Melander. »Deshalb rufe ich doch an.«

»Ja, ja.« Jetzt schien er besänftigt. »Das geht zurück bis 66, 67 ungefähr. Damals fingen sie an, in den Zeitungen zu annoncieren, und die alten klassischen Fußpflegesalons ließen ihre Maske fallen und traten offener auf. Das muss die Hölle gewesen sein.« Die Stimme lachte zufrieden. »Bei all den Trotteln, die einfach nur ihre Warzen weghaben wollten.«

»Ja«, sagte Melander neutral. »Leicht war das sicher nicht.«

»Leicht«, schnaubte die Stimme. »Nein, zum Teufel. Denk an die vielen Trottel mit eingewachsenen Nägeln und Hühneraugen, denen in den Schritt gegriffen wurde. Sind bei euch denn niemals Anzeigen solcher Art eingegangen?« Jetzt fragte der Experte. Vermutlich, um seine Kenntnisse zu vertiefen.

»Nicht dass ich wüsste«, antwortete Melander wahrheitsgemäß. Er war bis 1966 in der Ausländersektion mit Visafragen beschäftigt gewesen und war ganz ehrlich.

»Also, seit 66, 67 ungefähr. Wenn von Stockholm die Rede ist, meine ich. Zwei Jahre später in den anderen Landesteilen. Das hing zusammen mit der sexuellen Befreiung und allem.« Jetzt wurde eine Vorlesung daraus.

»Hast du eine Idee, wie ich mir die Adressen dieser Institute besorgen kann?«, unterbrach Melander ihn mit einer keimenden Hoffnung im Hinterkopf.

»Ja verdammt.« Die Stimme schien ihrer Sache sicher zu sein, und Melander merkte, wie seine Hoffnung wuchs. »DN. Da gibt's die Nuttenadressen. Von denen in Stockholm und auch aus den umliegenden Orten. Bis solche Anzeigen im Februar 73 verboten wurden ... als die Tageszeitungen keine unverhohlenen Nuttenannoncen mehr brachten ... vorher waren die vor allem in DN. Verdammt viele Annoncen. Die Pornozeitschriften kamen erst später dazu. Nach dem Verbot.«

»Und die alten Jahrgänge werden bei DN natürlich aufbewahrt«, fragte Melander.

»Versuch's besser in der KB. Geh in die KB, die Königliche Bibliothek, meine ich, die liegt in Humlegården«, erklärte er. »Du kannst von mir grüßen, wenn man irgendwelche Fragen stellt. Sag, dass du für mich arbeitest. Sesam

Melander, sozusagen. Die haben alles auf Mikrofilm. Viel besser, als bei DN zu sitzen und in alten Bänden zu wühlen.«

»KB, Mikrofilm«, fasste Melander zusammen.

»Wie weit zurück willst du gehen?«

»Ich will alle Adressen aus den Siebzigerjahren.« Melander hörte sich stolz an, als er das sagte, es hatte ihn doch ein wenig verletzt, dass er sich vielleicht auf einen anderen würde berufen müssen.

Am anderen Ende der Leitung war es still. *Das hat gesessen*, dachte Melander.

»Die ganzen Siebzigerjahre?« Jetzt klang er beeindruckt.

Warum lacht er denn bloß so, dachte Melander, als er den Hörer auflegte.

Das hatte er am nächsten Tag begriffen. Als er in einem kleinen Zimmer im Keller der Königlichen Bibliothek saß und seinen Mikrofilm über den Bildschirm laufen ließ.

Es gab hunderte von Anzeigen. Bis zum Februar 1973 – als das verboten worden war – hatte es in DN an jedem Werktag an die hundertfünfzig Anzeigen für Massage und Ähnliches gegeben. An den Wochenenden waren es weniger – etwa fünfzig –, aber Melander ging rasch auf, dass es sich bis Februar 73 um tausende von Adressen handelte. Keine hatte nämlich lange am selben Ort gearbeitet, oft hatten sie es nur wenige Wochen ausgehalten. Das entnahm er den Adressen – wenn welche angegeben waren – und den Telefonnummern. Nur selten tauchte eine Adresse oder eine Telefonnummer über mehrere Monate hinweg auf.

Aber nach dem Februar 1973 sank das Anzeigenaufkommen sehr rasch. Es schrumpfte auf zwanzig bis dreißig pro Tag. Ungefähr diesen Umfang hatte es noch heute. Die Rubrik »Vorführung« war ebenfalls verschwunden. Jetzt war nur noch die Rede von Massage – »Gesundheits- und Körperpflege. Ausgebildete Masseuse.«

Jetzt begriff Melander. Schon nach einer Stunde machte er sich keine Notizen mehr, sondern bestellte sich Zeitungen mit jeweils einem Monat Zwischenraum.

Pornozeitschriften, dachte er. Wo sie nach dem Stopp bei den Tageszeitungen mit Annoncen angefangen haben. Wie soll ich die denn auch noch lesen? Sich einen kompletten Überblick zu verschaffen, war unmöglich. Das wusste er jetzt.

Ich muss irgendwie aussieben, dachte Melander. Nach einem praktischen System. Ein solches entwickelte er denn auch bald. Zuerst beschränkte er sich auf die aktuellen Etablissements. Die fand er in den Anzeigen der Tagespresse – zu seiner Überraschung stellte er fest, dass sogar das seriöse Svenska Dagbladet Massageanzeigen brachte –, aber noch einfacher durch die Fachpresse; Kontakt- und Sexguide, Kontaktjournal, Treff und wie sie alle hießen.

Die neuesten Anzeigen waren klar und schlicht formuliert: »MONIKA, jung, schön, temperamentvoll, mit großen Brüsten, leistet jeden Sexservice in angenehmer Umgebung.« In DN dagegen war sie zurückhaltender: »Massage in ruhiger, entspannter Umgebung.« Die Telefonnummer aber war dieselbe. Monika auch. Nur hieß sie anders. Das fand die Streife für ihn heraus.

Die Streife, ja. Eine ideale Aufgabe für die Streife. Alle Adressentipps, die einliefen, konnte die Streife kontrollieren. Wie auch alle alten Tipps, die sich als zuverlässig erwiesen. Zuerst suchten sie die angegebene Adresse auf und stellten fest, was dort vor sich ging. Klarheit darüber konnten sie sich in der Regel bereits auf der Straße verschaffen. Es reichte, im Auto zu sitzen und zuzusehen, wer bei der aktuellen Adresse ins Haus ging. Schlimmstenfalls mussten die Polizisten selber den Kunden spielen. Falls sie die Frauen, die dort arbeiteten, nicht kannten, natürlich nur.

Denn dann konnten sie ganz offen vorgehen: »Na, wie geht's denn so, Schatz?«

Die inneren Ermittlungen übernahm er selbst. In der Regel hatte er dann nur eine Telefonnummer. Teilnehmerin und Adresse bekam er von der Auskunft. Die Frauen wurden dann der Streife gemeldet. Melander kümmerte sich um die Räumlichkeiten. Er wurde ein treuer Besucher des Wohnungsregisters: Wem gehört das Haus? Wie sahen Kaufvertrag und Kaufsumme aus? Wer hatte für das Haus als Bürgschaft Geld verliehen? Dann kam das Einwohnermeldeamt an die Reihe. Wohnte in der Wohnung irgendwer? Auf wen war der Mietvertrag ausgestellt? Und wenn diese Angaben fehlten – was gar zu oft der Fall war –, dann war abermals die Streife gefragt.

Ach ja, dachte Melander, als er seine Listen von Adressen und Hausbesitzern sah. *Die sind wirklich vom Schicksal hart geschlagen.* Die vielen alten Klassiker: Nike, Mälardrott, Åkerlund und Brauner, Widerstöm, Flenshammar, Holger Jahnzon und die armen Brüder Pethrus. Um nur einige zu nennen.

Melander schüttelte sein graues Haupt. Schrieb, archivierte und schickte der Streife kleine Zettel.

»Fahlén«, schrieb er. »Ich brauch alles über *Fahlén*, Johan Riisto, geboren 15. 2. 40.« Die Personenkennnummer hatte er selbst ermittelt. Auch das hatte keinen besonderen Spürsinn erfordert. Fahlén hatte nämlich im Zentralregister einen eigenen Ordner. Er hatte sogar Mitte der Sechzigerjahre eine kürzere Haftstrafe abgesessen. Aber danach schien er sich in Luft aufgelöst zu haben.

XX

Pünktlich wie die Uhr, dachte Molin und schaute auf seine Armbanduhr. Viertel nach zwölf in der Nacht, stockfinster und nicht eine Katze unterwegs.

Er krümmte sich auf dem Rücksitz des Ford ein wenig zusammen, damit der Mann ihn nicht sehen konnte. In letzter Zeit war er wachsamer als zu Anfang. *Vielleicht ahnte er, dass etwas am Laufen war?*

Jetzt blieb er im Hauseingang stehen. Dunkler Hut und dunkelblauer Mantel, wie meistens. *Und darunter BH und Spitzenhöschen,* dachte Molin grinsend. Von dieser Angewohnheit hatten ihm einige der Frauen erzählt.

Die Straße war immer noch leer. Einige wenige Autos am Kantstein und eine Straßenlaterne, die für jeden Taschendieb die pure Freude sein musste. Trotzdem schaute er sich genau um, ehe er die Tür öffnete und im Haus verschwand.

Molin drückte auf das Walkie-Talkie, das er in der rechten Hand hielt. »Jetzt kommt er. Hörst du mich?« – »Uhu«, knarrte der Walkie-Talkie.

Jarnebring hatte einen hervorragenden Aussichtspunkt gefunden. Einen der allerbesten in seiner ganzen Zeit bei der Streife. Er stand im Treppenhaus zwei Treppen hoch. Fünfzehn Meter schräg unter ihm lag das kleine Atelier. Ein Zimmer und Küche, Erdgeschoss. Beide Fenster zum Hof.

Früher an diesem Tag hatte er die Frau, die dort arbeitete, gebeten, den Vorhang vor dem Küchenfenster zu öffnen, »damit wir vielleicht ein Foto von deinem Vermieter machen können«. Das hatte sie versprochen, und sie hatte ihr Versprechen gehalten. *Sie scheint Fahlén ja nicht gerade zu lieben*, dachte Jarnebring düster.

Als sie ging, hatte sie in der Diele das Licht brennen lassen. Das hatte sie mit Fahlén so abgemacht. Der nahm das sehr genau. Das Dielenlicht hatte zu brennen.

Aber Jarnebring wollte es dunkel. Deshalb hatte er die Birne aus der Treppenhauslampe herausgedreht.

Die Tür zwischen Küche und Diele stand halb offen, und Jarnebring sah genau, was er sehen musste: den Küchentisch vor dem Fenster, den Aschenbecher mitten auf dem Tisch und die Hunderter, die unter dem Aschenbecher lagen.

Fünf Stück sollten es sein. Die Miete für die vergangene Woche. Die für Fahlén, genauer gesagt, nicht jene, die sie dem Hausbesitzer bezahlte.

Fahlén behielt den Hut auf, als er die Küche betrat, aber immerhin besaß er die Freundlichkeit, das Deckenlicht einzuschalten.

Er blieb gleich vor der Tür stehen und schaute sich wachsam um. Dann nahm er den Hut ab und legte ihn links neben sich auf den Spülstein.

Hervorragend, dachte Jarnebring. Er hielt bereits seine NIKON mit dem Teleobjektiv hoch, und es war leicht genug, das schmale, wachsame Gesicht in den Sucher zu holen.

Tschack, tschack, tschack, machte es. Drei schöne nächtliche Bilder von Johan Riisto Fahlén in der Küche eines Ateliers in der Brännkyrkagata auf Söder.

Jetzt stand er am Küchentisch. Zog die Hunderter unter dem Aschenbecher hervor und zählte sie genau durch, ehe er sie in seiner Jackentasche verstaute.

Scheißkrämerseele. Jarnebring hatte sein Motiv noch immer im Sucher und die Kamera war ununterbrochen am Werk.

Tschack, tschack, tschack…

»Armer Tropf.« Melander schüttelte mitleidig den Kopf und hielt eine der Vergrößerungen ins Licht. »Hast du die in der Brännkyrkogata gemacht?«

Jarnebring nickte. Er saß auf dem Schreibtisch und reichte Melander die Bilder. Eins nach dem anderen, denn es waren gute Bilder, die genaues Hinsehen verdienten.

»Ich will nicht fragen, wie du das geschafft hast.« Melander lächelte Jarnebring freundlich an. »Aber ich danke dir. Ich danke dir sehr. Ich habe zwar gesagt, ich will alles über Fahlén, aber dass ich auch Illustrationen bekomme… noch dazu von seinem Arbeitsplatz!« Er musterte die Bilder auf dem Schreibtisch entzückt.

Alles über Fahlén, noch dazu mit Illustrationen. Und schnell war es außerdem gegangen.

Johan Riisto Fahlén war 1940 geboren. Eins von zwei Kindern, aufgewachsen in einer Mittelklassefamilie in Stockholm. Einer Familie, die zumindest auf dem Papier recht nett aussah.

Seiner einige Jahre jüngeren Schwester war es im Leben gut ergangen, ihm selbst nicht. Und das hatte schon früh angefangen. Die ersten Eintragungen in seiner Akte bezogen sich auf Vorkommnisse, die von der Polizei ans Jugendamt weitergereicht worden waren.

1965 war er erstmals zu Gefängnis verurteilt worden. Einige Monate für schweren Diebstahl, Hehlerei und Betrügereien. Im folgenden Jahr fiel ein weiteres Urteil. Diesmal ging es auch um Kuppelei. Seine damalige Freundin hatte ihn angezeigt. Sie war zwar einige Jahre auf den Strich gegangen – und zwar schon lange, ehe sie mit Johan Riisto zusammengezogen war –, aber sie hatte sein Gequengel um Geld satt gehabt, dazu seine vielen Drohungen und seine unbeholfenen Versuche, sie zu misshandeln. Dass er zu viel trank – noch dazu von ihrem Geld –, machte die Sache nicht besser. Deshalb zeigte sie ihn an. Sie hatte ihn satt und wollte ihn loswerden.

Zusammen mit seinen übrigen Sünden, die eher von der normalen Sorte waren, reichte das, um ihn für ein Jahr und sechs Monate hinter Gitter zu schicken.

Auf diese Weise war es dann bis 1969 weitergegangen. Danach waren neue Verbrechen ins Spiel gekommen. Miet- und Wohnungsbetrug. Fahlén verkaufte schwarze Wohnungen und vermietete selber. Leider ohne Wohnungen zu haben, deshalb die Anzeigen. Als er sich zu seinem Berufswechsel äußern sollte, war er unauffindbar. Dem Einwohnermeldeamt zufolge war er nach Westberlin übergesiedelt. Die Anzeigen gegen ihn wurden daraufhin abgeschrieben. Sie waren nicht schwerwiegend genug, um aufrecht erhalten zu werden, und seit 1970 war es still um ihn gewesen. Abgesehen von einzelnen Tipps, die in einem Schuhkarton oben in der Sitte landeten.

Das alles ergab das Bild eines typischen kleinen Gauners: ungeschickt geplante Diebstähle, dilettantische Betrügereien und frühe Alkoholprobleme. Eine Person ohne feste Adresse, auf ewiger Flucht vor dem Gerichtsvollzieher, da nie Steuern und Alimente bezahlt worden waren.

Aber um 1970 muss dann etwas passiert sein, denn nun taucht in Melanders Ordnern und Karteikarten ein ganz anderer Fahlén auf: *der Bordellkönig*.

Fahlén war niemals nach Westberlin gegangen. Das hatte Melander über Interpol und bundesdeutsche Polizei in Erfahrung bringen können.

Dem Bewohner der von Fahlén angegebenen Berliner

Adresse war dieser im Sommer 1968 bei einem einwöchigen Aufenthalt in Berlin begegnet. Ungefähr ein Jahr darauf hatte Fahlén ihm geschrieben und gefragt, ob er seine Adresse benutzen dürfe. Durfte er, und bald landeten die Inkassobriefe des Gerichtsvollziehers im Briefkasten in der Heisenbergstraße 8 c.

Der Berliner türmte sie aufeinander. Als der Turm beunruhigend groß wurde, schrieb er seinem schwedischen Bekannten und bat um Instruktionen. »Schmeiß den Scheiß weg«, war die Antwort, und das hatte er gemacht.

Fahlén wohnte noch immer in Stockholm und war aus ganz anderen Gründen aus den Polizeiregistern verschwunden. Fahlén hatte seinen alten Tätigkeitsbereich verlassen. Er bestahl andere Menschen jetzt nicht mehr direkt und betrog nicht mehr seine Bekannten. Nicht mehr auf diese alte Rosstäuschertour. Stattdessen wurde er Immobilienmakler. Zwar einer von der allerschwärzesten Sorte, aber es reichte doch aus, um dem Polizeigebäude auf Kungsholmen aus den Augen zu verschwinden.

Jetzt verkaufte Fahlén schwarze Wohnungen, andere vermietete er. Ganz echt. An ganz normale Menschen, die irgendwo wohnen mussten, und an Prostituierte, die Räumlichkeiten für ihre Tätigkeit brauchten. Und aus letzterem Teil seiner geschäftlichen Aktivitäten sollte sich ihm der Strick drehen.

Aber woher nahm er diese Wohnungen?

Melanders ausgedehnter Besuch beim Wohnungsregister hatte gute Ergebnisse erbracht. Aus irgendeinem Grund schien Fahlén freien Zugang zu vielen der Hausbesitzer zu haben, über die in Wohnraumreportagen der Hauptstadt nur allzu oft berichtet wurde – so sah das Melander, und das hatte nichts mit den Artikeln als solchen zu tun.

Dass Fahléns Tätigkeit nicht rein humanitären Motiven

entsprang, hatte er auch begriffen. 1972 hatte sich der ehemalige Kleingauner Fahlén nämlich selbst als Hausbesitzer etabliert.

Seine erste Mietwohnung hatte er von seiner Schwester kaufen und auf deren Namen eintragen lassen. Ganz offenbar hatte er so viel zu tun, dass er vergessen hatte, sie von diesem Umstand in Kenntnis zu setzen. Sie wusste auch nicht, dass die Mieten an seine eigene Postfachadresse bezahlt wurden.

Die nächste Wohnung gehörte einer Wohnungsgenossenschaft, bei der er und seine neue Verlobte Teilhaber waren. Auch dort hatte er offenbar alle Hände voll zu tun gehabt. Als er die entsprechenden Verträge unterzeichnet hatte, war nämlich glatt sein Namen unter den Tisch gefallen.

Risto Fahlman, las Melander mit hochgezogenen Augenbrauen. Er stöhnte leise, fuhr sich mit der Hand durch die Haare, drückte den Bauch gegen die Schreibtischkante und las weiter.

Ungefähr zu dem Zeitpunkt, als Fahlén Wohnungsbesitzer geworden war, hatte er gute Kontakte zu zwei seiner Kollegen aus der Branche etabliert. Beides Melander durchaus vertraute Namen.

Der eine, ein minderer Hausbesitzer, dessen Name praktischerweise mit M begann, war ihm aus seiner Zeit in der Betrugssektion bekannt. M. hatte sich 1972 als Hausbesitzer hervorgetan, und jetzt, sechs Jahre später, besaß er im Großraum Stockholm ungefähr ein Dutzend Mietshäuser.

Früher hatten er und Fahlén zusammen ein Haus besessen. Außerdem hatten sie sich gegenseitig Häuser verkauft.

Fahléns Geschäftspartner war eine fixe Größe bei den verschiedenen Mieterorganisationen und auch in der Betrugssektion; schwarze Wohnungsübertragungen, Wuchermieten, heimliche Umwandlung in Büros, illegale Untervermietung und Verwahrlosung der Häuser.

Dazu Massageinstitute, Stripteaseateliers, Spiel- und Schnapsclubs.

So gut es ging, versuchte er, seine Schwächen als Hausbesitzer durch ein kleidsames Schweigen zu kompensieren. Er war unantreffbar, kam Vorladungen nicht nach und reagierte weder auf amtliche Schreiben noch auf normale Briefe. Am Ende ließ er sich auf den Kanarischen Inseln nieder, und nicht einmal die Androhung von Zwangsvollstreckung konnte ihm eine Reaktion entlocken.

Melander seufzte und las weiter. Jetzt wurde es nämlich interessant. Interessant für die Polizei in dem Sinne, den die Zeitungen neuerdings herausschrien: Wirtschaftsvergehen.

Fahléns zweiter Kontakt war einer der allergrößten Hausbesitzer in der Stadt. Zumindest war er das bis 1972. In diesem Jahr hatte er nämlich fast alle seine Immobilien abgestoßen.

Melander kannte auch ihn sehr gut. Er hatte über ihn in den Zeitungen gelesen, und seinen Nachnamen konnte man sich leicht merken – S für substantiell.

Bis 1972 hatte S. etliche Häuser besessen. Den besseren Bestand hatte er für etliche Dutzend Millionen an die kommunale Wohnungsgenossenschaft verkauft. Die weniger attraktiven Häuser – solche, die in der Branchensprache als »Reisigbesen« bezeichnet wurden – hatte er aus irgendeinem Grund M. überlassen.

Danach hatte er sich logischerweise im Ausland »angesiedelt«, behielt aber sicherheitshalber seine Wohnung im Zentrum von Stockholm und sein Büro auf Östermalm.

Melander fand vor allem den Verkauf der Reisigbesen interessant.

Warum ausgerechnet M.? 1972 hatte der ein Jahreseinkommen von elftausend Kronen gemeldet. Weitere Einkünfte, Vermögen oder Grundbesitz hatte er angeblich nicht.

Seinen eigenen Angaben zufolge war er ein einfacher Malocher, nach Melanders Ansicht wirkte er ziemlich trübe.

Ihm hatte S. Häuser mit einem Schätzwert von mehreren Millionen verkauft. Ohne beim Verkauf auch nur eine Krone in bar zu erhalten. M. erhielt die Wohnungen und übernahm die Hypotheken. S. nahm neue Darlehen auf und ließ sie als Sicherheit für die von M. ausgestellten Wechsel stehen. Das Darlehen war sozusagen die Anzahlung auf die Häuser. Häuser gegen Darlehen mit Sicherheit durch Hypotheken auf dieselben Häuser. Nicht eine einzige Krone in bar. Das war die ganze Geschichte, und Melander fand sie ungeheuer interessant. *Aber ein dummes Geschäft war das sicher nicht.* Dass M. das Richtige getan hatte, entnahm Melander den Papierstapeln, die sich bei den Mietervereinen und bei der Kriminalpolizei angesammelt hatten. Und S. war für seine Reisigbesen wirklich gut bezahlt worden.

Es gab einen Zusammenhang zwischen Fahlén und M. Es gab einen Zusammenhang zwischen M. und S. Es gab einen Zusammenhang zwischen Fahlén und S.

Interessante Zusammenhänge, dachte Melander.

Zuerst die rein geschäftlichen Verbindungen. Ein großer Teil der Wohnungen, die Fahlén vermietet oder anderen überlassen hatte, lag in Häusern, die entweder noch S. gehörten oder die von ihm an M. verkauft worden waren. *Ein unerklärlich großer Teil.* Das konnte kein Zufall sein, fand Melander und las weiter.

Fahlén hatte ein Büro gehabt. Ein diskretes Büro in der Kommendörsgata. Ohne Schild an der Tür und dem Begriff »Büro in der Tasche« so nah, wie man ihm nur kommen konnte, wenn man trotzdem ein Dach über dem Kopf haben wollte. Und nicht irgendein Dach. Sondern ein teures Bürohaus, das *Mieterfreund S.* gehörte, wie Melander dachte, als er den Mietvertrag las, in dem S. der Firma eines gewissen J. Fallander ein Büro überließ.

Fahlén hatte ein Sommerhaus in Südschweden. Aus irgendeinem Grund war er nur für die Hälfte als Besitzer eingetragen. Die andere Hälfte gehörte S. *Ein reines Sommerhaus*, dachte Melander. Warum?

Also gab es Verbindungen zwischen den dreien – M., S. und Fahlén. Zwar überaus verwickelte, aber doch interessante. Einkünfte, Schuldverschreibungen, gemeinsame Unternehmungen und Abmachungen, Kauf und Verkauf, kreuz und quer in allen denkbaren Konstellationen.

Als Melander bei seinem Versuch, sich einen Überblick über Fahléns Geschäfte zu verschaffen, so weit gekommen war, ahnte er langsam, was Sache war. Und dass das eigentlich nicht so viel mit Fahlén zu tun hatte.

Fahlén vermietete und verkaufte Wohnungen an Prostituierte. Wenn er das Geld nicht auf einmal bekommen konnte, dann kassierte er nach und nach. Die normale Miete für die Wohnungen lag zwischen fünfzig und hundert Kronen pro Tag und pro Frau. In den Verträgen legte Fahlén eine beeindruckende Erfindungsgabe an den Tag. Vor allem wenn es um Varianten seines eigenen Namens ging. Wenn es um Geld ging, war er noch immer der Alte. Und daraus sollte sich ihm der Strick drehen.

Die Frauen redeten über ihn. Nicht alle, aber hinreichend viele.

Sie erzählten interessante Dinge. Er war Kunde bei ihnen. Er trug gern Frauenkleider. Psychologisch interessant. Für die Polizei nicht von Belang.

Sie hinterlegten die Miete im Atelier, ehe sie nach Hause gingen. Am nächsten Morgen war das Geld verschwunden. Fahlén holte es über Nacht. Eine Frau hatte einmal Überstunden gemacht und war fast mit ihm zusammengestoßen, als sie spätabends das Atelier verlassen hatte. Interessant. Für die Polizei von höchstem Belang. Vor allem wenn man Zeit und Ort kannte. Beides kannte man.

Innerhalb einer Woche wusste man alles über Fahlén. Er tauchte in der ersten Nacht wie versprochen auf. Die Polizei folgte ihm, als er zu seinen diversen Adressen fuhr, um abzukassieren. Danach folgten sie ihm nach Hause. Zu dem Haus auf Värmdö, das auf den Namen der neuen Verlobten registriert war. Wie das Auto, mit dem er fuhr. Und dann war die Sache erledigt.

Derselbe alte kleine Gauner, dachte Melander, als er die erste Aktennotiz der Streife las, und plötzlich hatte er überhaupt keine Magenschmerzen mehr.

XXI

Man braucht eigentlich nur ein wenig Genauigkeit, dachte Melander. Und Arbeit natürlich. Nicht wenig, sondern viel. Jede Menge Arbeit.

Am frühen Morgen des 1. Oktober schlugen sie zu. Nahmen Fahlén samt seiner Verlobten fest, durchsuchten die Wohnung, das Sommerhaus und das Büro. Auf diese Weise änderte die Ermittlung natürlich ihren Charakter. Aus natürlichen Gründen wurde die telefonische Überwachung eingestellt. Auch wurden Räumlichkeiten und Personen nicht mehr beschattet. Jetzt hatte man anderes zu tun.

Man musste alles beschlagnahmte Material durchgehen. Alle Blätter, Haufen, Berge von Papier. Papiere, die sich nicht in zwei Kartons unterbringen ließen wie im Fall Kataryna, sondern die in einem voll beladenen Postwagen, den man bei einer Speditionsfirma ausgeliehen hatte, auf die Wache geschafft worden waren. Papiere, die einen ganzen Raum auf dem Gang füllten, wo Melander sein Büro hatte: Wohnungsverträge, Grundbriefe, Mietverträge, mehr oder weniger mangelhafte Buchführungen und Abrechnungen, haufenweise Postanweisungen, Briefe, Quittungen, Notiz- und Adressbücher. Papiere von mehr oder weniger geschäftlichem Charakter.

Das war der erste Schritt in der neuen Arbeit. Die Papierhaufen durchgehen, sortieren, deuten und systematisieren.

Um möglicherweise den gesuchten Beweis dafür zu finden, dass Fahlén und die übrigen Betroffenen schuldig waren.

Danach mussten die Betroffenen vernommen werden. Sobald man das beschlagnahmte Material durchgesehen hatte – man durfte doch keine wesentliche Frage übersehen. Das war der nächste Schritt: die Vernehmungen.

Die Voruntersuchung, die dann schließlich beim Gericht landete – und die eine Zusammenfassung dieser und aller früheren Arbeiten enthält – bestand aus tausendundfünfzig maschinegeschriebenen A-4-Seiten. Achthundertsiebzig davon widmeten sich den Vernehmungen.

Die Verhöre mit Fahlén nehmen dreihundert Seiten ein. Die mit seinem Geschäftspartner S. knapp zwanzig. Hundertsiebzig Seiten »übrige Betroffene« – das ist die Bezeichnung, die in der Voruntersuchung verwendet wird; Hausbesitzer, Hausverwalter, Immobilienmakler und alle Arten von Helfern. Mit Fahléns zweitem engen Geschäftskontakt M. konnte keine Vernehmung stattfinden. Allen Versuchen zum Trotz war er nicht zu erreichen.

Endlich noch die Vernehmungen der Frauen, dreihundertachtzig Seiten. Insgesamt achthundertsiebzig Seiten.

Ein Teil in Form von Tonbandverhören, die meisten aber Zusammenfassungen des jeweiligen Verhörleiters, die den Betroffenen vorgelesen und von diesen abgesegnet worden waren.

Nach drei Wochen geschieht etwas, das eine Erweiterung der Voruntersuchung erfordert. Macht hundertfünfzig Seiten, obwohl es nur um zwei Personen geht: um Fahlén und um einen Direktor aus der Gebrauchtwagenbranche, Johny Dahl.

Dass die Erweiterung solche Umfänge annimmt, liegt daran, dass es nicht in erster Linie um Kuppelei geht, sondern um Mord. Den Mord an Kataryna Rosenbaum.

Obwohl Melander natürlich die Hauptlast dieser Arbeit

erspart blieb. Die wurde von der Gewaltsektion getragen, und erst als man den Fall weiterreichte, konnte Melander sich ans Werk machen und zusammenfassen, was noch übrig war.

Derselbe alte kleine Gauner, dachte Melander. Er war klein und dünn und sah jünger aus als seine achtunddreißig Jahre. Obwohl erst seit wenigen Stunden im Haus, war er bereits in seine alte Rolle zurückgefallen. Die graugrüne Tracht der Untersuchungshaft hing wie ein Sack um den mageren Leib. Er schlurfte beim Gehen mit den Füßen, er krümmte sich zusammen und der Blick, mit dem er Melander bedachte, war ausweichend und einschmeichelnd zugleich. *Der Bordellkönig.*

»Ja, ja, Fahlén.« Melander musterte ihn gelassen. »Du kannst dir vielleicht denken, warum du hier sitzt?«

Fahlén nickte stumm und starrte seine über den Knien gefalteten Hände an.

»Ich muss dich bitten zu antworten, wenn ich dich etwas frage.« Melanders Stimme wurde schärfer, und er nickte zum Tonbandgerät auf dem Tisch hinüber. *Besser, die Rollenverteilung wurde von Anfang an klargestellt.* »Das müsstest du dir jedenfalls denken können, Fahlén. Es ist ja nicht das erste Mal.«

»Dohoch.« Fahlén lächelte ihn müde an. »Ich hab schon verstanden, dass irgendwas am Laufen ist.«

»Wie gut«, sagte Melander. »Dann wollen wir zuerst die Formalitäten erledigen. Du stehst unter Verdacht auf schwere Kuppelei. Und zwar von 1969 bis heute. Der Umfang variiert.« Melander schaute von seinen Papieren hoch. »Du hast dich am unzüchtigen Lebensstil von hunderten von Frauen bereichert«, sagte er dann. »Und zwar an etwa fünfzig verschiedenen Adressen in Stockholm. Wohnungen, die du gegen Bezahlung überlässt oder für die du Miete kassierst.«

»Ja schon.« Fahlén lächelte verwirrt. »Ja, einige waren das schon. Das stimmt.«

»Vor dir auf dem Tisch liegt eine Liste mit Namen und Adressen.« Melander nickte zu den Papieren hin, die er bereitgelegt hatte. »Die kannst du dir ansehen. Morgen werden wir Untersuchungshaft für dich beantragen, und ich garantiere dir, dass wir damit durchkommen. Welchen Verteidiger sollen wir informieren?«

»Jaa.« Der andere lächelte Melander verlegen an und schielte zugleich zu der Liste auf dem Tisch. »Darüber hab ich mir noch gar keine Gedanken machen können.«

»Dann nicht«, sagte Melander rasch. »Dann sehen wir uns vielleicht die Liste an. Diese Frau, Birgitta, die ganz oben steht. Die kennst du doch, oder?«

»Jaa.« Fahlén setzte sich im Sessel auf. Er hielt die Liste mit beiden Händen und las. »Dohoch, die kenne ich.«

»Dann fangen wir mit ihr an«, entschied Melander. »Wie hast du sie kennen gelernt?«

...

»Ja, ich wollte menschlich ... also Kontakt zu irgendwem. Mir ging es ziemlich schlecht, als ich rausgekommen bin. In der ersten Zeit hab ich nur gesoffen, und dann hab ich Nummern von solchen Zeitungsanzeigen angerufen, solchen Stripteaseanzeigen, meine ich, und so haben wir uns dann getroffen ... Ich habe da so ein Problem, das hatte ich schon, als ich klein war. Ich weiß nicht, woran es liegt. Ich bin wohl Transvestit, so heißt das doch ... ein bisschen zumindest, und das ist doch peinlich. Man soll ... nicht so sein. Man muss doch ein Kerl sein und überhaupt, und das schafft man eben nicht immer, und da hat man versucht ... ich bin kein Psychologe, aber man möchte seine Identität vergessen, und dann ...«

»Warum hast du ihr die Räume besorgt?«

»Jaa. Wir kamen sehr gut miteinander aus, und sie konnte

verstehen … also meine Probleme, meine ich. Ihr war gekündigt worden, und ich hatte durch meine Immobiliengeschäfte allerlei Kontakte … da ergab sozusagen eins das andere.«

Auf diese Weise hatte es angefangen, und auf diese Weise war es weitergegangen. Ein Name nach dem anderen, eine Adresse nach der anderen. Fahlén machte keinen ernsthaften Versuch, sich dem Netz zu entziehen, das Melander um ihn herum auslegte. Er log zwar. Aber das vor allem aus alter Gewohnheit und um einen besseren Eindruck zu machen. Es war kein ernsthafter Versuch. Es reichte, dass Melander zeigte, was er wusste, und schon kam alles auf den Tisch: Frauen, Adressen, Geld, wie er an die Wohnungen gekommen war, seine Geschäftskontakte, wie er seine Tätigkeit ausgeführt hatte.

Wie war er an die Wohnungen gekommen?

Über Kontakte. Er hatte diversen Hausbesitzern schwarze Wohnungen verkauft. Den Gewinn hatte man geteilt. »Ich bekam siebentausend. Davon habe ich drei behalten und den Rest ihm gegeben.« Ab und zu hatte er sich mit Wohnungen bezahlen lassen. »Ich habe ihm fünf Wohnungen verkauft und bekam als Dank zwei andere.«

Warum hatte er Wohnungen für Prostituierte besorgt?

»Ich kannte viele, durch meine Veranlagung. Das habe ich doch schon gesagt. Ich wollte ihnen helfen.«

Warum hatte er dann Wuchermieten kassiert?

»Ich habe doch bezahlt, wenn ich zu ihnen gegangen bin.« – »Ich brauchte das Geld für meine Geschäfte, für meine Immobiliengeschäfte. Die waren ganz schön kostspielig.« – »Ich habe keine von den Frauen jemals ausgenutzt. Ich habe nur versucht, ihnen zu helfen.«

Keine jemals ausgenutzt? In dieser Frage gab es unterschiedliche Ansichten. Bei den Frauen beispielsweise.

»Erst wollte er Geld für die Miete. Jeden Monat tausend für dieses Rattenloch… ja, Sie haben sich doch sicher da umgesehen.«

»Ja.«

»Ja. Und dann wollte er von jeder von uns pro Tag fünfzig Kronen. Das machte hundert für mich und meine Kollegin. Das war das Geld, das wir jeden Freitag in der Wohnung hinterlegen sollten. Für eine Woche, meine ich.«

»Habt ihr auch für Samstag und Sonntag bezahlt?«

»Zuerst wollte er das, aber da haben wir gesagt, dass wir doch nur von Montag bis Freitag arbeiten, und dass wir es unverschämt von ihm fänden, und dann haben wir uns auf fünfhundert Kronen die Woche geeinigt.«

»Fünfhundert Kronen die Woche. »Wie lange hattet ihr die Wohnung gemietet? Für ein Jahr?«

Zunächst, ja. Aber nach ein paar Monaten haben wir dann gemerkt, dass es nicht geht. An manchen Tagen hatten wir gar keinen Kunden, aber bezahlen sollten wir trotzdem. Also haben wir mit ihm geredet und gesagt, das gehe nicht, wo wir doch keine Kunden hatten. An den richtig guten Tagen haben wir zusammen wohl sechzehnhundert verdient. Aber in der Regel hatten wir jeden Tag nur ein paar Kunden. Und dann haben wir vielleicht drei- oder vierhundert Kronen verdient.«

»Jede drei- oder vierhundert Kronen?«

»Ja, jede. Das haben wir ihm gesagt und verlangt, er sollte sich mit weniger zufrieden geben. Zweihundert pro Woche wäre okay, fanden wir, aber da hat er sich schrecklich aufgeregt. Kunden zu beschaffen wäre doch keine Kunst. Wir brauchten doch bloß auf die Straße zu gehen… ja, auf die Malmskillnadsgata. Und Kunden aufzureißen. Aber das wollten wir nicht. Deshalb hatten wir doch das Atelier. Um nicht auf den Strich zu müssen. Und dann hat er angefangen, uns zu bedrohen. Wenn wir nicht bezahlten, dann würden wir rausfliegen, und dann würden wir schon sehen. Er habe Kontakte. Und Geldeintreiber und so… und da sind wir abgehauen.«

»Ihr habt die Wohnung verlassen?«

»Ja. Nach ein paar Monaten. Als es nicht mehr ging, sind wir einfach abgehauen.«

Unterschiedliche Ansichten über Fahlén.

»Ich will mich nicht beklagen. Wir hatten eine Abmachung. Zuerst die Miete, dann siebenhundert pro Woche für mich und meine Freundin. Die Wohnung hatte eine gute Lage. Wir hatten Kunden genug. Viele alte Kunden… Stammkunden.«

»Wie lange hattet ihr die Räumlichkeiten?«

»Das weiß ich nicht mehr. Einige Monate. Jetzt haben wir sie jedenfalls nicht mehr. Das haben Sie vielleicht in der Zeitung gelesen? Der Hausbesitzer hat uns einfach auf die Straße gesetzt. Obwohl er es die ganze Zeit gewusst hat. Und da fragen wir uns doch, wo sollen wir denn hin? Soll ich etwa auf die Malmskillnadsgata gehen und von irgendeinem Blödmann umgebracht werden?«

»Es gibt doch andere Arbeit?«

»Andere Arbeit? Für mich? Welche denn?«

XXII

»Wie sieht's aus?« Der Staatsanwalt sah Melander nervös an.

Warum ist der immer so nervös? Melander ließ sich in den Sessel sinken. Legte die Papiere, die er mitgebracht hatte, ordentlich auf dem Schreibtisch des Staatsanwalts zurecht und musterte seinen Chef.

»Hervorragend.« Melander betonte das mit einem Nicken. »Ganz hervorragend.«

»Ach.« Die Korinthenaugen des Staatsanwalts irrten zwischen Melanders blauen Augen und dem Papierstapel auf dem Schreibtisch hin und her.

»Soll ich die Sache zusammenfassen?«

»Tu das.« Der Staatsanwalt ließ sich in den Sessel sinken, faltete die Hände und stützte das Kinn darauf.

»Er hat mit an die vierzig Wohnungen zu tun. Das macht etwa fünfzig Frauen. Bestimmte Teile des beschlagnahmten Materials, die Aussagen der Frauen und seine Geständnisse bestätigen das. Bei dem Geld, das er durch die Kupplertätigkeit verdient hat, handelt es sich um rund eine Million. Wahrscheinlich um viel mehr, aber die Million kann ich beweisen.«

»Er gesteht?« Der Staatsanwalt setzte sich gerade hin und stocherte zwischen den Papieren herum. Er wirkte jetzt ruhiger und versuchte sogar, Melanders Blick zu erwidern.

»Die ganze Zeit.« Melander nickte. »Er hat seit 68 mit schwarzen Wohnungen und Untervermietung zu tun. Seit 69 hat er Lokalitäten an Prostituierte vermittelt oder sie ihnen überlassen. Er war offenbar selbst ein fester Bordellkunde. Auf diese Weise sind seine ersten Kontakte zu den Frauen zustande gekommen.«

Der Staatsanwalt nickte. *Weiter.*

»Die Wohnungen hat er von einigen der übler beleumundeten Hausbesitzer, denen er Wohnungen schwarz verkauft hat. Das Geld haben sie geteilt. Ab und zu hat er auch direkt als Entgelt schwarze Wohnungen bekommen. Die hat er dann verkauft oder untervermietet.«

Der Staatsanwalt nickte ein weiteres Mal. Er wirkte jetzt weniger ruhig.

»Und dabei hat er das große Geld gescheffelt. Die Vermittlung an die Frauen scheint wirklich nur eine geringere Rolle gespielt zu haben.« Melander ließ den Staatsanwalt nicht aus den Augen. »Die Rede ist von etwa hundert Wohnungen seit 1968. Das zumindest wissen wir, und das gibt er zu. Nur ein kleiner Teil davon ist an Prostituierte gegangen. Du hast da die Liste der Vermieter.« Melander nickte zu dem Papierstapel hinüber. »Liegt oben. Vor allem zwei davon sind interessant. Über die haben wir schon früher gesprochen.«

Der Staatsanwalt griff zur Liste und las. Er sah nicht gerade glücklich aus.

»Was schlägst du vor«, fragte er dann.

»Dass ich mir den ganzen Kuchen hole. Die Wohnungsverkäufe scheinen doch den eigentlichen Kern zu bilden. Und da sind sicher allerlei Hausbesitzer in die Sache verwickelt.«

»Du willst also diese Hausbesitzer zu ihrem Anteil vernehmen?«

»Zu ihren Verbrechen, ja.« Melander unterstrich diese Aussage mit einem energischen Nicken. »Du glaubst doch wohl nicht, dass er die Wohnungen gratis bekommen hat?

Einige von denen haben ihm mehr als dreißig, vierzig Wohnungen überlassen. Er selbst sagt, sie hätten danach den Verkaufspreis geteilt.«

»Ja, ja.« Der Staatsanwalt machte ein unglückliches Gesicht. »Aber es wird große Probleme geben, wenn wir so eine Aktion starten.« Er schielte zu der Liste hinüber.

»Was denn für welche?«

»Ja, zum Ersten die Verjährungsfrist. Viele von diesen Fällen müssen doch verjährt sein, wenn es nur um schwarze Wohnungen geht. Dann hast du das Beweisproblem. Fahléns Wort gegen das dieser Leute. Und dann kriegen wir eine Ermittlung, die jedes Maß übersteigt.«

»Wir haben allerlei interessante Papiere.« Melander schaute den Staatsanwalt noch immer an. »Ich wollte mit denen sprechen, die solche Wohnungen gekauft haben.«

»Ja.« Der Staatsanwalt nickte eifrig. »Aber was beweist das? Die haben sie doch von Fahlén gekauft. Sie können ja einfach abstreiten, was Fahlén behauptet.«

»Es wäre aber den Versuch wert. Man weiß doch nie, was dabei herauskommt.«

»Ich muss mir das überlegen. Du …« Der Staatsanwalt hob bittend die Hand. »Gib mir Zeit bis morgen. Ich melde mich.«

Aber das hatte er nicht getan. Am übernächsten Tag dagegen. Da meldete er sich.

»Kannst du mal kommen«, fragte die Stimme in Melanders Telefonhörer.

Abgesehen von seinem Blick wirkte er ungewöhnlich entschieden. Er hatte sich hinter juristischer Fachliteratur verschanzt, die auf seinem Schreibtisch verteilt lag. Es fiel Melander schwer, sein Lächeln zu unterdrücken.

»Ja?« Er schaute den Leiter der Voruntersuchung an.

»Wir konzentrieren uns auf die Kuppelei und auf Fahlén.«

Der Staatsanwalt sah einen Punkt hinter Melanders Nacken an. »Das andere reicht nicht… Verjährung… Beweisprobleme und die praktischen Schwierigkeiten.«

»Aha.« Melander sah ihn noch immer an.

»Aber ich finde, dass du einige von ihnen wegen Fahlén vernehmen kannst.« Er schaute Melander unsicher an.

»Das hatte ich die ganze Zeit vor.«

»Ja. Schon. Das kann vielleicht einiges zu Fahlén ergeben, meine ich.«

Melander sprang auf.

»Danke«, sagte er. »Herzlichen Dank.«

»Was?« Der Staatsanwalt starrte ihn verwirrt an.

»Du kannst einige von ihnen wegen Fahlén vernehmen.« Diesen Rat hatte er befolgt, aber zuerst hatte er sich herausgenommen, die Sache zu verzögern, wenn auch nur, um seine quälenden Magenschmerzen zu lindern.

Fahléns Beziehungen zu M. Seinem alten Geschäftspartner, der 1972 nach oben gekommen war, als S. gerade ihn zum glücklichen Käufer der Reisigbesen ausersehen hatte. M. konnte er jedoch nicht vernehmen. Nicht einmal im Zusammenhang mit Fahlén. Wie immer war der unantreffbar, und das war ja auch der Sinn des Ganzen.

Melander schickte dem Staatsanwalt eine Kopie seines Verhörs mit Fahlén über seine Beziehungen zu M. Und zwar fünfundzwanzig Seiten, und jede Zeile war eine Freude für alle, die sich für die Verstaatlichung des Wohnungsmarktes einsetzten. Das fand sogar Melander, obwohl er jede Verstaatlichung aus Prinzip ablehnte.

Um noch mehr Salz in die Wunde zu reiben, schrieb er eine zehnseitige Aktennotiz, die er dem Protokoll beifügte. Darin bat er den Staatsanwalt um Rat in diversen komplizierten Punkten. »Sollte man nicht jemanden auf die

Kanarischen Inseln schicken und mit M. über Fahlén sprechen?« – »Wären weitere Untersuchungen über M. allgemein wünschenswert?« – »Könnte M. verbrecherischer Unternehmungen verdächtigt werden?«. »Ist dieser Fall verjährt«, und so weiter und so fort.

»Es wäre hervorragend, wenn du mir schriftliche Anweisungen geben könntest, damit ich etwas habe, woran ich mich halten kann, wenn die Presse anruft und Krach schlägt«, fügte er dann noch hinzu.

In dieser Nacht schlief er besser als seit vielen Jahren.

Am nächsten Tag überzeugte er sich davon, dass das Verhör mit Fahlén über seine Beziehungen zu M. im Voruntersuchungsprotokoll enthalten war. An gut sichtbarer Stelle.

Danach begab es sich – auch das zum ersten Mal seit vielen Jahren –, dass seine Magenschmerzen über vierundzwanzig Stunden verschwunden blieben.

Und zwar während der Stunden, die er damit verbrachte, an den Staatsanwalt zu schreiben.

»Wie ist es möglich, dass du und M. so viele Prostituierte in euren Häusern hattet, besonders auch in den Häusern, die M. von S. gekauft hat?«

»Jaa. Das ist doch wohl kein Wunder. Ich dachte, das hättest du begriffen.«

»Erzähl.«

»Nur so hat sich das gelohnt.«

»Wie das?«

»Ja. Du hast die Buden doch gesehen? Normale Menschen wollen in so was nicht wohnen. Also blieben nur Drogenlöcher und Etablissements. Nur so hat es sich gelohnt. Wir mussten doch Wechsel auslösen.«

...

»Jaa. Und dann hat er nur noch Ärger gehabt. Mit der Stadt. Du weißt doch, das Haus auf Brännkyrka?«

»Ja.«

»Ja, das sollte gepfändet werden, stand in der Zeitung, und da wollte er … eben Ärger machen. Absichtlich. Wollte das Haus ruinieren, wenn du verstehst, was ich meine. Deshalb hat er dafür gesorgt, dass Drogensüchtige und Mädels eingezogen sind … um das Haus verkommen zu lassen, wenn du verstehst.«

»Ich verstehe«, sagte Melander.

Aber S. konnte er vernehmen. Wenn auch nur wegen Fahlén. Zwischendurch verhörte er dann wieder Fahlén.

»Wie bist du mit S. in Kontakt gekommen?«

»Ja. Das muss 68, 69 gewesen sein. Ich habe ihm Wohnungen verkauft. Ich bekam die Wohnungen, und dann habe ich sie verkauft und mit ihm abgerechnet. Halbe-halbe sozusagen.«

»Ihr habt das Geld genau geteilt?«

»Ja.«

»Kannst du dich an diese Wohnungen erinnern?«

Melander zog die Liste hervor, die er mit Hilfe des beschlagnahmten Materials und durch eigene Ermittlungen zusammengestellt hatte. Die Liste enthielt insgesamt dreiundvierzig Wohnungen in Häusern von S., für die Fahlén entweder einen Mietvertrag gehabt hatte oder die ihm direkt überlassen worden waren.

»Mariannes Wohnung in der Norrtullsgata 45. Du hast sie ihr als Atelier vermietet.«

»Ja, die habe ich gekauft. Ich habe fünftausend dafür bezahlt. Ich hatte schon fünf als Provision ausstehen.«

…

»Valhallaväg 38?«

»Siebentausend, glaube ich. Drei durfte ich behalten.«

»Karlsbergsväg 99?«

»Ja. Die Wohnung. Drei Zimmer. Dafür hab ich dreißig

gekriegt. Zehn hab ich behalten, glaube ich. Für gute Objekte gab es weniger.«

»Stykjunkargata?«

…

»Mäster Samuelsgata?«

…

Fahlén besaß ein ausgezeichnetes Gedächtnis. Er konnte sich sogar an mehr Geschäfte erinnern, als Melander auf seiner Liste stehen hatte.

»Sie hatten allerlei Verbindungen zu Herrn Fahlén, Herr Direktor. Können Sie mir erzählen, wie das angefangen hat?«

»Ja gern.« Er nickte Melander verbindlich zu. »Es ist natürlich ganz anders, als in den Zeitungen behauptet wird. Er hat sich vor vielen Jahren an mich gewandt, weil er ein bestimmtes Haus kaufen wollte.«

»Fyrmästaren 10?«

»Fyrmästaren, ja. Stimmt. Ein älteres Haus. Danach hat er andere Häuser von mir renoviert. Zusammen mit M., dem er dann Jahre später einige Häuser verkauft hat. Es ging um Dächer, die neu gedeckt werden mussten, wenn ich mich nicht irre.«

…

»Sie haben gemeinsam ein Sommerhaus.«

»Ja, ja. Das ist ein altes Liquidationsprojekt, das wir noch immer mit uns herumschleppen. Ich habe die Hälfte als Sicherheit genommen, während er seine alten Schulden bei mir abgearbeitet hat. Aber da war der gute Fahlén ziemlich langsam.«

»Fahlén hat allerlei Prostituierte in Häusern untergebracht, die Ihnen gehören?«

»Ja. Das weiß ich jetzt auch. Das ist wirklich traurig. Wenn ich doch nur eine Ahnung gehabt hätte. Ich glaube, Sie sollten mit meinem Hausverwalter sprechen. Mit dem von damals. Der war dafür zuständig. Jetzt bedauere ich, mich nicht selbst darum gekümmert zu haben.«

»Ihr Hausverwalter? Wissen Sie, wo er wohnt?«

»Ich glaube, er ist ins Ausland verzogen, als er in Rente gegangen ist. Mein Anwalt weiß da Genaueres.«

Das Büro interessierte ihn nicht. Warum hätte er danach fragen sollen. *Wegen Fahlén*, dachte Melander.

»Ich danke Ihnen. Ich danke Ihnen ganz herzlich.« Er stand auf und nickte S. zu. »Wenn noch etwas ist, melde ich mich.«

XXIII

Für Kommissar Melander wurde der Oktober 1978 ein hektischer Monat. Er war gewaltig damit beschäftigt, alle Fäden, die er in fast anderthalb Jahren losgezupft hatte, wieder zusammenzuführen.

Außerdem hatte er einen Verdächtigen, der in U-Haft saß und mit seinen Verbrechen in Verbindung gebracht werden musste. *Fast wie am Anfang*, dachte Melander, als der Polizeichef ihm Verstärkung für seine Ermittlungen versprach.

Für Lewin dagegen war es ganz anders. Am Montag, dem 2. Oktober, wurde er aller Personen beraubt, die Kataryna Rosenbaum ermordet haben könnten; aller, bis auf einer. Diese eine Person, die in Abwesenheit zur Festnahme ausgeschrieben worden war und nach der die Polizei im In- und Ausland fahndete, war allerdings verschwunden: Direktor Johny Dahl.

Der Oktober 1978 war keine angenehme Zeit für Jan Lewin. Vor allem musste er warten. Aber nur warten, das ging auch nicht. Das gab die Personallage in der Sektion nicht her – schon gar nicht in diesem Herbst –, die Ermittler konnten sich nicht einfach mit Warten beschäftigen. Deshalb musste er den anderen und sich selbst gegenüber das Warten begründen.

Er versuchte es, indem er ein weiteres Mal – zum wievielten Mal wusste er schon gar nicht mehr –, die tausende von

Seiten der Ermittlungsprotokolle durchging. Indem er weitere Vernehmungen vornahm und Tipps verfolgte, die anfangs beiseite geschoben worden waren, weil sie als mehr oder weniger unbrauchbar gegolten hatten. Wie richtig diese Einschätzung gewesen war, sollte er bald erkennen.

In der ersten Oktoberwoche wurde Krusberg von der Sache Kataryna Rosenbaum abgezogen, um nie wieder zurückzukehren. Es hatte einen größeren Postraub gegeben, für den Krusberg nun zuständig war. Das war nur natürlich, schließlich war er bei einer Raubkommission beschäftigt und nur umständehalber für die Jagd auf Katarynas Mörder ausgeliehen worden.

In der folgenden Woche – der zweiten Oktoberwoche – verschwanden auch Andersson und Jansson (mitsamt Übergewicht, grauem Anzug und müden grauen Augen) aus der Ermittlung. Das hatte Andersson so beschlossen. In seiner Kommission stapelten sich seit einem Monat die Fälle und warteten auf die Aufklärung des Falls Kataryna, aber jetzt ließ sich nichts mehr stapeln.

Vieles war auch um einiges vielversprechender als die stockenden Ermittlungen im Fall Kataryna.

Lewin aber konnte weitermachen. Ab Montag, dem 16. Oktober, saß Lewin allein an der Sache, und auch diese Entscheidung hatte Andersson getroffen.

Warum er das gemacht hatte, wusste er selbst nicht so genau – auch Lewin hätte sich anderswo nützlicher machen können –, aber er hatte begriffen, dass Lewin eine ganz besondere Beziehung zu dieser Geschichte hatte: »Kataryna fällt in Lewins Ressort.«

Warum er das dachte, wusste er auch nicht so genau. Und er wusste auch nicht, warum er seit einigen Tagen wachsenden Unmut verspürte, was Lewins Engagement betraf.

Zuerst war er nur froh und dankbar gewesen. Zu Anfang der Ermittlungen nämlich.

Als die Technik den rechten Daumen vorgelegt und auf diese Weise die Ermittlungen gewaltig erleichtert hatte – so sah Andersson das selbst –, hatte ihn Lewins sichtliche Enttäuschung erstaunt.

Als Lewin jetzt weitermachte, als sei nichts geschehen, stellte sich bei Andersson besagter Unmut ein: *Was ist in Lewin gefahren?*

Am Montagvormittag des 16. Oktobers fasste er seinen Entschluss. *Ich muss mit ihm reden.* Er bekommt noch eine Woche. Mehr nicht. Und dann machte Andersson sich daran, seinen jüngeren Kollegen zur Vernunft zu bringen.

Dass Lewin schon seit Stunden an der Arbeit saß, war ihm sofort klar, als er das Zimmer betrat. Lewin saß in Hemdsärmeln da. Obwohl er nicht rauchte, war die Luft stickig, und der Schreibtisch war übersät mit Papieren und Ordnern. Lewin las und schrieb. Er nickte Andersson, der in der Tür stehen blieb, zerstreut zu.

»Wie geht's?«

»Geht so. Ich wollte nur ein paar Dinge überprüfen.«

Lewin sah Andersson an, und etwas in seinem Blick konnte Andersson nicht richtig deuten. Für einen kurzen Moment hatte er das Gefühl, als liege eine Bitte in diesem Blick, aber die Vorstellung war ihm so unangenehm, dass er sie sofort verdrängte.

»Lass dir Zeit.« Er nickte freundlich. »Jansson und ich kümmern uns um die laufenden Geschäfte.« Er nickte zu den Papieren hinüber. »Das ist deine Ermittlung. Gut, dass du vorbereitet bist, wenn wir uns Dahl schnappen.«

Warum habe ich das gesagt, überlegte er, als er wieder vor der Tür stand. Ich wollte ihn doch zur Vernunft bringen!

Dass mit Kriminalinspektor Jan Lewin etwas Seltsames vor sich ging, war deutlich. Andersson war der Erste, der sich über Lewins Verhalten Gedanken machte, aber an den folgenden Tagen passierten Dinge, die auch den anderen Kollegen Kopfzerbrechen bereiteten.

Zuerst wandte Lewin sich an Kommissar Melander. Das begab sich am Mittwoch, dem 18. Oktober, in der Kantine des Polizeigebäudes auf Kungsholmen. Das gekochte Fischfilet mit Kartoffeln stand vor Melander bereit – aufgrund seiner Magenprobleme traute er sich nicht an die Kochwurst mit Senfsoße heran, das eigentliche Tagesgericht, in dem seine Kollegen schwelgten –, da ließ sich Lewin neben Melander nieder.

»Wie geht es?« Das hatte Lewin gefragt.

»Na ja«, antwortete Melander abwartend. »Wird sich schon finden.« Er wusste bereits, was Lewin wollte, und er spürte es im Magen.

»Du hast nicht zufällig etwas entdeckt, das mir weiterhelfen könnte?«, fragte Lewin und musterte ihn forschend.

Melander legte Gabel und Messer hin, wischte sich sorgfältig den Mund mit seiner Papierserviette ab und sah dem jüngeren Kollegen ins Gesicht. *Das fragt er jetzt schon zum dritten Mal.* Jetzt reicht es, dachte er.

»Du, Lewin«, sagte Melander langsam. »Wenn ich etwas wüsste, würde ich dich als Allerersten darüber informieren. Meinen Ermittlungen zufolge«, er starrte Lewin noch immer an, »weist nichts darauf hin, dass Dahl etwas damit zu tun haben könnte... oder dass Fahlén irgendetwas mit Rosenbaum zu schaffen hatte. Rein gar nichts.« *Und wenn er nicht bald aufhört, dann rede ich mit Dahlgren, verdammt noch mal,* dachte Melander, griff zu Messer und Gabel und aß weiter.

Was Lewin am Mittwoch, dem 18. Oktober, in der Kantine des Polizeigebäudes getan hat, mag unschuldig genug wirken: Er hat eine durchaus begründete Frage gestellt. Aber auch wenn man wenig über Arbeitsweise und Ethos der Polizei weiß, muss man erkennen, dass er zwei der wichtigsten Ehrenregeln gebrochen hat. Er hat sich in die Ermittlungen eines Kollegen eingemischt, und er hat sich auf eine Weise eingemischt, die den Arbeitseinsatz dieses Kollegen in Zweifel zog. Eines älteren und ranghöheren Kollegen mit erheblich mehr Ermittlungserfahrung.

Auch seltsam war, was sich am folgenden Tag zutrug. Lewin tauchte in der technischen Sektion auf, um mit Bergholm zu sprechen, dem Techniker, der mit der Kataryna-Ermittlung befasst war. Nach kurzem einleitenden Geplauder kam er zur Sache. »Könnte man nicht einen Abdruck von Dahl besorgen, ohne dass man den Kerl hat?« Einen Abdruck, den Bergholm für einen Abgleich benutzen könnte. »Wie denn«, fragte Bergholm.

Lewins Vorschlag war kurios. Für jeden Menschen mit grundlegenden Kenntnissen in kriminaltechnischen Fragen und juristischer Beweisführung in Strafprozessen war der Vorschlag einfach nur zum Staunen.

»Ich dachte an sein Auto. Den Cadillac. Den die Kollegen aus Malmö gefunden haben. Es muss doch auf dem Lenkrad zum Beispiel Abdrücke geben?«

»Aber woher sollen wir denn wissen, ob die von Dahl stammen?« *Willst du mich verscheißern*, dachte Bergholm.

»Du meinst nicht, dass es den Versuch lohnt?«

»Wenn du mir auch nur einen Grund nennst, warum es den Versuch lohnen könnte, dann fahr ich verdammt noch mal selber hin und hol mir den Abdruck.« Bergholm starrte Lewin vergrätzt an.

»Na gut.« Lewin erhob sich. »Dann werde ich wohl warten müssen.«

»Was zum Teufel ist denn in Lewin gefahren?«, fragte Bergholm am selben Nachmittag, als er nach Arbeitsschluss

Dahlgren in der Garage begegnete. Dann erzählte er Dahlgren von Lewins Besuch.

»Du, Andersson. Kannst du mal kurz bei mir vorbeischauen?«

Freitag, 19. Oktober, und die Besorgnis, die Andersson seit vier Tagen erfasst hatte, sollte sich nun aus anderer Richtung bestätigen.

»Was ist denn in Lewin gefahren?« Dahlgren schaute Andersson forschend an. »Bergholm und Melander haben sich schon bei mir beschwert.«

Ich muss mit dem Knaben reden, dachte Andersson besorgt, als er Dahlgrens Zimmer verließ. So kann er nicht weitermachen.

Aber Andersson bekam Lewin den ganzen Tag lang nicht zu fassen. Lewin war in der Stadt unterwegs und ermittelte im Mord an Kataryna.

Noch immer leer. Andersson schaute in Lewins Zimmer. Und jetzt war es Zeit, das Wochenende beginnen zu lassen. *Ich mach das am Montag*, dachte er dann. Am Montag werde ich mit ihm sprechen.

Aber Andersson fand nie die Gelegenheit, Lewin ins Gewissen zu reden. Vielmehr war es Melander, der am Montag im Pausenzimmer die Sache zur Sprache brachte, nachdem er sich neben seinen jüngeren Kollegen von der Gewalt gesetzt hatte.

»Du musst entschuldigen, wenn ich am Mittwoch ein wenig sauer war, aber ich hatte einfach nicht die leiseste Ahnung.« Melander sah Lewin entschuldigend an, und der nickte stumm.

Der Grund für den plötzlichen Stimmungsumschwung war einfach genug. In der Nacht auf Samstag, den 21. Oktober, hatte man Johny Dahl festgenommen, und schon um fünf Uhr morgens hatte es auf der Hand gelegen, dass zwischen ihm und Melanders Ermittlungen zu Johan Riisto Fahlén ein enger Zusammenhang bestand.

XXIV

»Für dich. Frag ihn, ob er weiß, wie spät es ist.«

Annika versetzte Jarnebring einen Stoß in die Rippen und reichte ihm den Telefonhörer. Dann drehte sie ihm demonstrativ den Rücken zu und zog die Decke zu sich herüber.

»Hallo«, sagte Jarnebring. »Hier Jarnebring.«

Er stieg aus dem Bett, den Hörer noch immer in der Hand. Das Gespräch dauerte nur eine Minute. Fünf Minuten später war er vollständig angezogen; Jacke, Jeans, Dienstpistole und Handschellen. Außerdem hatte er Molin angerufen. Einen Molin, der vor einer Viertelstunde eingeschlafen war.

»Anziehen, Alter. Bin in zwanzig Minuten bei dir.«

...

»Bis dann, Wuschel.« Jarnebring beugte sich über Annika. »Bin in zwei Stunden wieder da.« Sie gab keine Antwort. Zog nur die Decke fester um sich herum.

Eine halbe Stunde später las er Molin vor seiner Wohnung in Midsommarkransen auf. Molin hatte rote Augen. Das lag nicht am Schlafmangel, sondern am langen feuchten Abend.

Um Punkt vier Uhr morgens – laut Festnahmeverzeichnis, das auf der Wache geführt wird und unter anderem den Zeitpunkt festhält, zu dem der Festgenommene eintrifft – erschienen Jarnebring, Molin und eine dritte Person, Dahl nämlich, im vierten Stock von Haus A im Viertel Kronoberg auf Kungsholmen.

Der Festgenommene hatte die Hände in Handschellen auf dem Rücken. Trotzdem versuchte er, Widerstand zu leisten. Unter anderem trat er nach Jarnebring und Molin. Dem wurde Einhalt geboten, indem Jarnebring den rechten Arm um Dahls Hals presste, während Molin die Beine packte.

Dahl fing an zu schreien, aber der Druck auf seinen Hals wurde härter, und es war ein fast verstummter Dahl, der in eine der Zellen auf der Wache gestoßen wurde.

Während Jarnebring noch am Tresen stand und Dahl in das Verzeichnis eintrug, blieb Molin allein im Raum mit den Zellen. Dahl schrie jetzt ununterbrochen herum. Und er schrie laut. »Bullenschweine, Ärsche!« So machte er ungefähr eine Minute weiter, und Jarnebring machte seine Einträge ins Protokoll.

Danach ging Jarnebring zu Molin in den anderen Raum, und nach einigen weiteren Minuten war von Dahl nichts mehr zu hören. Was in der Zwischenzeit passiert war, ist nicht bekannt. Jedenfalls hatte niemand etwas Besonderes gehört.

Wie die eigentliche Festnahme vor sich gegangen war, wird leider niemals vollständig ans Licht kommen. Was man mit Sicherheit weiß, ist Folgendes:

Um halb vier am Morgen des 21. Oktober wurde Johny Dahl draußen in Bandhagen in einer Wohnung im Skebokvärnsväg aufgegriffen. Die Wohnung gehörte einer von Dahls vielen Freundinnen, aber er war bei seiner Festnahme allein dort.

Die Kriminalinspektoren Jarnebring und Molin von der zentralen Ermittlung – die Polizisten, die den polizeilich gesuchten Dahl festnehmen – hatten in der Nacht auf Samstag beide frei. Seit Freitagnachmittag war keiner von ihnen im Dienst gewesen.

Die Erklärung Jarnebrings gegenüber der Sektion für Disziplinarfragen – dort wurde die Anzeige bearbeitet, die Dahl am Tag seiner Verhaftung erstattet hatte –, lautete, dass er zu Hause gegen zwei Uhr morgens einen telefonischen Tipp erhalten habe. Da er den Eindruck gehabt habe, dass höchste Eile geboten sei, hatte er die Festnahme zusammen mit dem Kollegen Molin, den er auf dem Weg abgeholt hatte, selbst durchgeführt.

Danach weichen die Aussagen um einiges voneinander ab. Jarnebring und Molin wollen unmittelbar nach drei Uhr morgens an der angegebenen Adresse eingetroffen sein. Dann, so sagen sie, hätten sie an der Wohnungstür geklingelt und Dahl selbst habe ihnen geöffnet. Auf die Aufforderung, sie zur Wache zu begleiten, habe er heftige Gegenwehr geleistet, weshalb ihm Handschellen angelegt worden seien.

Dahl seinerseits behauptet, gegen halb vier Uhr morgens in der erwähnten Wohnung von zwei Männern geweckt worden zu sein, Männern »mit überaus unheimlichem Aussehen«, die vor seinem Bett standen. Er habe sie für Einbrecher gehalten, habe versucht, sie aus der Wohnung zu vertreiben, und um Hilfe gerufen.

Die Männer hätten ihn übel misshandelt. Unter anderem habe der eine – Molin seines Erachtens – ihm das Knie in den Schritt gerammt, während der andere ihm die Arme auf den Rücken gepresst habe. Danach seien ihm Handschellen angelegt worden, und erst auf die Frage »Wo habt ihr die denn her«, hätten sie sich als Polizisten zu erkennen gegeben. Den einen habe er nun erkannt; ein Polizist, der ihn vor einigen Jahren schon einmal misshandelt habe.

Auch was die Fahrt vom Skebokvärnsväg zum Polizeigebäude betrifft, gehen die Darstellungen auseinander.

Dahl sagt, er sei von besagtem Polizisten noch weiter misshandelt worden. Sie hätten während der Fahrt nebeneinander auf dem Rücksitz gesessen.

Jarnebring und Molin schildern das so: Jarnebring sei gefahren. Molin habe mit dem Festgenommenen hinten gesessen. Dieser habe sie übel beschimpft. Nach zwanzig Minuten – als sie sich der Wache näherten – habe er sich auf Jarnebring, den Fahrer, geworfen und versucht, diesen in den Hals zu beißen. Weshalb Molin gezwungen gewesen sei, ihn an den Schultern zu packen.

Bei Eintreffen im Polizeigebäude habe der Festgenommene weiterhin wütend Widerstand geleistet und versucht, Jarnebring und Molin zu treten. Diese Aussage wird von mehreren Wachhabenden bezeugt.

Dahl dagegen behauptet, er habe nur versucht, sich zu beschützen. Er sei im Fahrstuhl auf dem Weg nach oben, dann auf der Wache und schließlich auch noch in der Zelle »grober Misshandlung« ausgesetzt gewesen.

»Der Kleinere (Molin) hat mich an den Haaren gepackt, während der andere (Jarnebring) mir das Knie in den Schritt gestoßen hat.«

Sowohl Jarnebring als auch Molin versichern, dass nichts davon passiert sei. Sie behaupten, nur mit Dahl gesprochen und ihm geraten zu haben, »sich zu beruhigen und mit dem Geschrei aufzuhören«.

Keiner der übrigen Wachhabenden auf der Wache will irgendeine Misshandlung Dahls beobachtet haben. Sie haben auch aus dem Raum mit den Zellen nichts gehört, was auf Gewaltanwendung hingedeutet hätte. Dagegen habe Dahl mehrere Minuten lang »Unflätigkeiten gebrüllt«.

Sowohl Jarnebring und Molin als auch Dahl haben Anzeige erstattet.

Die Kriminalinspektoren Jarnebring und Molin haben Dahl wegen gewaltsamen Widerstands, sowie Misshandlung von Kriminalinspektor Jarnebring angezeigt. »Mehrere kräftige Fausthiebe wurden gegen seinen Kopf gerichtet … er wurde gegen Beine und Rumpf getreten.«

Dahl hat Jarnebring und Molin wegen Körperverletzung angezeigt. »Tritte, Schläge, Kniestöße in Unterleib und Rücken, Würgen usw.«

Jarnebring und Dahl lassen ihre Verletzungen ärztlich untersuchen. Jarnebring vom Polizeiarzt. Dahl vom diensthabenden Arzt im Arrest. Was Jarnebrings Verletzungen angeht – »Blutergüsse an Bein, Oberschenkel und auf der linken Seite, Bluterguss über der linken Augenbraue, Kratzwunde über der linken Augenbraue« –, befindet der Arzt, dass »die Beschaffenheit der Verletzungen nicht der Darstellung widerspricht, die Krinsp Jarnebring über ihre Entstehung abgegeben hat«. Was Dahl angeht, sagt der Arzt, »es kann nicht ausgeschlossen werden, dass die Verletzungen so entstanden sind, wie Dahl es behauptet«.

»Sollen wir diesen Scheißlewin anrufen?« Jarnebring sah seinen Kollegen an.

»Ja verdammt?« Molin schaute zweifelnd auf die Uhr. Es war halb fünf.

»Ja verdammt...« Jarnebring strich sich mit dem linken Handrücken über seine geschwollene Augenbraue. »Wir waren doch die ganze Nacht auf, um seinen Knaben einzusammeln.«

Molin nickte. *Ruf an.*

»Meinst du denn, er ist zu Hause?«

»Der?« Jarnebring schnaubte. »Seit dem Tod seiner Mutter war der immer zu Hause.«

Er brauchte es nur zweimal klingeln zu lassen.

»Hallo, Lewin, hab ich dich geweckt?« Jarnebring zwinkerte Molin glücklich zu. Dann summte er in den Hörer. »Du«, sagte er dann. »Steig jetzt in die Hose, lass das Mädel los und komm in den Arrest, dann kannst du Dahl guten Morgen sagen.«

Er schwieg und lauschte.

»Dahl, ja. Hörst du schlecht? Wir haben ihn vor einer Stunde festgenommen. Er sitzt im Arrest.«

...

»Hatte er ein Mädel bei sich?« Molin schaute Jarnebring neugierig an.

»Ach«, antwortete Jarnebring gereizt. Er fuhr sich mit der Hand über das Auge. *Das wurde ja wirklich scheißdick.* »Das hab ich nur aus Bock gesagt. Dieser Arsch weiß doch nicht mal, wie man wichst.«

Als Lewin im Arrest eintraf – um kurz nach fünf Uhr morgens – kehrte Jarnebring bereits zu Reihenhaus, Weib und Kind draußen in Jakobsberg zurück.

Er hatte ja gehofft, dass sie schlafen würde – wegen seines geschwollenen Auges –, tat sie aber nicht. Als er das Schlafzimmer betrat, saß sie im Bett und las. Das Auge bemerkte sie auch.

Sie sah ihn an. Legte das Buch auf den Nachttisch, stieg aus dem Bett, nahm Kissen und Decke unter den Arm und ging an ihm vorbei aus dem Zimmer.

Er brachte es nicht über sich, etwas zu sagen. Er war zu müde und fühlte sich nicht wohl. *Es musste bis morgen warten.*

Sie blieb einen Meter von der Schlafzimmertür entfernt stehen und sah ihn an.

»Ich will keine Rostflecken auf der Bettwäsche«, sagte sie. Und sah traurig aus.

Was soll das denn heißen, zum Teufel, dachte er.

»Wieso mietest du dich nicht in einer Telefonzelle ein?«

Er war zu müde zum Antworten und schaute ihr nur hinterher, als sie im Wohnzimmer verschwand und sich auf das Sofa legte.

Meine Güte, dachte Lewin, als er den blonden breitschultrigen Mann sah, der sich über den Schreibtisch beugte. Die waren also gemein zu dir.

»Ja, Dahl«, sagte er. »Ich heiße Lewin und arbeite bei der Gewaltsektion. Falls du es noch nicht wissen solltest, teile ich dir mit, dass in deiner Abwesenheit ein Haftbefehl wegen grober Kuppelei und einiger anderer Kleinigkeiten gegen dich erlassen wurde.«

Der Mann gab keine Antwort. Er saß vornübergebeugt im Sessel und stützte sich auf die Schreibtischkante. Nicht einmal sein hasserfüllter Blick wirkte sonderlich überzeugend.

»Scheißbullen«, flüsterte er. »Scheißbullen.«

»Bitte sprich lauter und in das Tonbandgerät hier.« Lewin zeigte auf das Gerät, das jetzt zwischen ihnen auf dem Tisch stand.

»Scheißbullen«, schrie er. »Scheißbullen ...«

Dann brach er in hysterisches Schluchzen aus.

»Du kennst also keine Kataryna Rosenbaum?« Lewin musterte Dahl forschend. *Der braucht einen Arzt*, dachte er. Ich muss mit den Leuten im Arrest reden.

Der andere schüttelte wortlos den Kopf.

»Du hast keine Ahnung, an wen du vermietest? In der Roslagsgata 40?«

Der Mann schaute ihn überrascht an und schien etwas sagen zu wollen, überlegte es sich dann aber in letzter Sekunde anders. Er schlug vor seinem Zwerchfell die Arme übereinander und drückte sie gegen seinen Bauch.

»Du hast ihr in der Roslagsgata 40 eine Wohnung vermietet. Oder was?« *Er muss es gewesen sein*, dachte Lewin.

Der Mann schnaubte, gab aber keine Antwort.

»Aber im Vertrag hast du natürlich einen anderen Namen benutzt.« Lewin lächelte ihn ironisch an.

Jetzt schüttelte er wieder den Kopf, sagte aber etwas.

»Verzeihung«, sagte Lewin. »Das habe ich nicht gehört.«

»Ich habe nicht vermietet«, schrie er.

»Wer war es denn dann?«, fragte Lewin ironisch. »Dein Freund, der Graf?«

»Hast du noch nie den Namen Fahlén gehört?«

Der Erzähler

2

Wenn wir die beiden Ermittlungen vergleichen, die unserem Bericht zugrunde liegen, die zum Fall Kataryna Rosenbaum und jene, bei der es um den »Bordellkönig« Johan Riisto Fahlén geht, dann fallen uns vor allem die Unterschiede auf. Ich selbst habe vor allem über den Unterschied in der Stimmung der Ermittler gestaunt, im Ton, von dem ihre Arbeit geprägt war.

Die Jagd auf Katarynas Mörder ging zwar in hohem Tempo und mit großem Personaleinsatz vonstatten – zumindest in der einleitenden Phase –, aber zugleich war die Stimmung, die sich über der Arbeit ausbreitete, doch fast reflektierend, bedächtig und oft ernst. Fast keiner riss Witze – mit Ausnahme der Leihkräfte von der Streife –, und von dem sonst polizeitypisch heftigen Jargon war nur wenig zu hören.

Das müssen wir uns wirklich klarmachen. Normalerweise herrscht in Kriminalabteilungen nämlich eine unerklärlich lockere Atmosphäre. Man erzählt Witze, frotzelt herum, neckt einander in typisch männlicher Manier und feiert ab und zu regelrechte Fußball- oder Hockeyorgien. Möglicherweise eine Art Selbstschutz, die sich aus der Arbeit ergibt.

Als ich die Polizeiakten über Kataryna durchging, war ich reichlich deprimiert. Das lag nicht nur am Inhalt, sondern auch am Stil der Berichte: Ermittlerprosa. »Objektivität«.

Eine Wirklichkeit, die man in Minuten und Zentimetern zu messen versuchte.

»Die Leiche liegt nackt auf dem Obduktionstisch. Der Körper misst hundertfünfundsechzig Zentimeter mit gut entwickelten Körperöffnungen und Muskeln«, so beginnt der Gerichtsmediziner seinen Obduktionsbericht.

»Auf dem Boden liegt der Leichnam einer toten Frau. Sie liegt auf der rechten Seite, die Füße weisen zur Wohnungstür, die Knie sind bis zur Taille hochgezogen, Oberkörper und Kopf sind auf die Knie gebeugt«, schreiben die Techniker in ihrem zwanzigseitigen Protokoll über die Untersuchung des Tatorts.

»Bei den zum Mordzeitpunkt obwaltenden Wetter- und Verkehrsbedingungen kann die Busfahrt von der Haltestelle Henriksdalsring zum Slussplan zwischen sechzehn und achtzehn Minuten gedauert haben«, lautet eine Passage aus der Rekonstruktion des Weges, den der zweiundsechzigjährige Oberkellner zwischen seiner Wohnung und seinem Arbeitsplatz zurücklegen muss.

Die Vernehmungen von Zeugen und Verdächtigen werden von demselben grauen Tonfall bestimmt. Selbst wer der Polizei nur hilft – und unter keinerlei Verdacht steht – wirkt ängstlich und nervös und ab und zu sogar hysterisch. Noch schlimmer steht es aus natürlichen Gründen mit denen, die über ihr Tun und Lassen Rechenschaft ablegen müssen.

»Hier legen wir in der Vernehmung eine Pause ein«, sagte Lewin plötzlich mitten im Satz, als er den zweiundsechzigjährigen Oberkellner vernimmt, der Katarynas Leichnam gefunden hat. Der Grund für die Unterbrechung ist in der Abschrift nicht zu finden, aber man kann sehr leicht begreifen, warum Lewin das Tonbandgerät ausschaltet. Der Oberkellner ist in Tränen ausgebrochen. Und bald schluchzt er hysterisch, hat die Hände vors Gesicht geschlagen und beugt den Oberkörper über den Schreibtisch.

»Die Leiche«, »der Leichnam«, »der Körper einer Unbekannten«, »das Opfer«, »diese Rosenbaum«, »diese Frau Rosenbaum«, »Ro, die sich durch Prostitution ernährte«. Die ganze Zeit ist von Kataryna die Rede, aber irgendwie wird sie nie genannt.

»Der Kunde«, »der ehemalige Verlobte«, »die Freundin P., ebenfalls Prostituierte«, »eine unbekannte Mannsperson«, »wegen Sexualvergehen bereits vorbestraft«, und so weiter und so weiter. Hier ist nun die Rede von Katarynas Umfeld, Freunden, Bekannten, Kolleginnen, Zeugen, Verdächtigen.

Wenn wir die Ermittlungsunterlagen zum »Bordellkönig« lesen, gewinnen wir einen anderen Eindruck. Auch diese Ermittlung ist überaus umfassend – insgesamt verschlingt sie sogar noch größere Mittel als die im Fall Kataryna – und kaum hat sie den Schuhkarton bei der Sitte verlassen, wird sie mit Genauigkeit, Fleiß und Effektivität durchgeführt. Aber hier herrscht ein ganz anderer Tonfall.

»Sollten wir nicht einen Kaffee trinken«, fragt der Ermittler mitten in einem Verhör mit Fahlén, während das Tonbandgerät noch immer läuft.

»Kannst du am Montag anrufen, Liebling? Kuss, Gunilla.« Eine handschriftliche Mitteilung an Melander auf der Rückseite einer feuerroten Visitenkarte. Von einer der vielen Prostituierten, die in den Ermittlungen gegen den »Bordellkönig« vernommen wurde.

»Dieser Fahlén ist, glaube ich, so ein Transpirant.« Ein Scherz in der Aktennotiz eines Streifenpolizisten, im Zusammenhang mit der Behauptung, dass Fahlén gern Damenunterhosen und BH trägt.

Nicht dass Melander und die anderen schlampig gearbeitet hätten, das habe ich schon früher erklärt und kann es hier nur noch einmal betonen, aber bei der Ermittlung gegen Fahlén »geht es ja im Grunde doch um schlechte Moral«, um Sachverhalte, die nicht oft strafrechtlich verfolgt werden. »Organisierte Kriminalität und Wirtschaftsverbrechen sind oft eine Frage der Moral.« Kann man da nicht mit den Schultern zucken oder die Sache durch einen Witz entschärfen: »Es ist ja wohl nicht strafbar, bei der Arbeit guter Laune zu sein?«

»Nutten? Soll das ein Job für einen Kerl sein«, sagt Jarnebring spontan zu seinem Chef bei der Streife, als er erfährt, dass er dem frisch eingerichteten Prostitutionskommando zugeteilt wird.

Nur bei einer Gelegenheit ist in der Ermittlung gegen Fahlén ein schärferer Ton zu hören, und typischerweise gerade dann, als diese Ermittlung sich mit der im Mordfall Kataryna kreuzt. Sowie man sich über Fahléns Beziehung zu dem anderen Mord im Klaren war, ist alles wieder beim Alten: »Reiß dich jetzt zusammen, Fahlén. Schmollen kannst du in der Zelle.«

Die Einstellung der Polizei zu unterschiedlichen Verbrechenstypen geht auch aus den Spitz- oder Beinamen hervor, mit denen die verschiedenen Sektionen belegt werden. Die Sitte heißt »Schweinkram«, der Betrug »Jux«. Die Gewaltsektion dagegen läuft unter den Namen »Gewalt«. »Lewin, Gewalt.«

Schweinkram und Jux sind das eine. Gewalt ist etwas ganz anderes. Dieser Unterschied wird nirgendwo so deutlich wie bei einer Mordermittlung. Und dann vor allem, wenn es sich bei dem Opfer um einen Kollegen – einen anderen Polizisten – oder ein kleines Kind handelt. Denn wie die meisten anderen Männer sind auch Polizisten Arbeitskollegen und Väter.

Im Winter 1976 hatte ich Gelegenheit, die Ermittlungen im Fall eines Polizistenmordes zu beobachten. Es kam zu einer regelrechten Hetzjagd, die nach drei Tagen damit endete, dass der Mörder sich in einem der südlichen Vororte im Hauseingang erschoss.

Ich kam am frühen Morgen zur zentralen Ermittlung – aus einem ganz anderen Grund –, und die Jagd hatte soeben begonnen.

Eins fiel mir sofort auf: der totale Eifer, der dort herrschte. Alte Scherzkekse und Schulterklopfer liefen mit zusammengebissenen Zähnen und Eis in den Augen durch die Gegend.

Es war kein Hass – außer bei einigen, die das Opfer persönlich gekannt hatten –, es war »einfach scheißernst«. Das konnte man an ihren Augen sehen. Und wenn jemand einen Witz über die aktuelle Arbeit gerissen hätte, dann hätte er garantiert noch sehr lange seinen Kaffee allein trinken dürfen.

Ebenso war es bei der Ermittlung im Mord an Kataryna Rosenbaum, und es gab mehrere Gründe, warum das so war. Sie war zwar »nur eine Nutte« – und viele Polizisten haben zu Prostituierten ungefähr dieselbe Einstellung wie zu jüngeren Wiederholungstätern –, aber sie war auch eine Frau.

Eins steht fest. Wenn man rasch eine große Anzahl erwachsener Männer mit einem altmodisch ritterlichen Frauenbild zusammenrufen will, dann empfiehlt es sich, auf der nächstgelegenen Wache anzufangen.

Und sie war schließlich grausam misshandelt worden. Es hatte nicht gereicht, sie zu ermorden. Es war noch schlimmer. »Sieh bloß, was er dem armen Mädchen angetan hat«, sagte Kriminalinspektor Jansson, als er mir die Bilder von Katarynas malträtiertem Körper zeigte. Seine grauen Augen waren trauriger denn je.

Nutte, aber auch Frau. Opfer eines entsetzlichen Verbrechens. Außerdem – und das ist wohl von allem am schwersten zu erklären – gab es persönliche Verbindungen und Loyalitäten zwischen Kataryna und der Polizei.

Kataryna Rosenbaum hatte mehrere Polizisten gekannt.

Unter anderem hatte sie Bo Jarnebring gekannt, der sich an den Ermittlungen gegen ihren Mörder beteiligte. An sich handelte es sich um eine Bekanntschaft, die, um Jarnebring zu zitieren, »auf dem Dienstweg« zustande gekommen war, aber zugleich wird deutlich, dass er sie sehr schätzte. Jarnebring ist ein Mann, der anderen Menschen heftige Gefühle entgegenbringt, positive oder negative. Oft übt er einen sehr starken Einfluss auf die Personen in seiner Umgebung aus. Nicht zuletzt gilt das für seine Kollegen von der Streife.

Jarnebring hat Kataryna niemals am Tatort oder im Leichenhaus gesehen – anders als mehrere der Ermittler –, aber als er die Bilder betrachtete, überzog sich sein Hals mit roten Flecken, und er hatte dazu nur einen einzigen Kommentar:

»Aus so einem Arsch müsste man Seife kochen.«

Jan Lewins Reaktionen dagegen sind um einiges schwerer zu verstehen. Wir wissen, dass er Kataryna einmal begegnet ist, als sie noch lebte, nämlich im Zusammenhang mit der Körperverletzung, die sich drei Tage vor ihrem Tod zugetragen hatte.

Nach einstimmiger Aussage der Kollegen ist Jan Lewin, der Polizist Jan Lewin, jemand, dessen Vorgehen von Kälte, Genauigkeit und Objektivität geprägt ist. Eigenschaften, für die er in der Sektion geschätzt wird und die auch mit meiner persönlichen Erfahrung übereinstimmen. Sowohl Lewin als auch Andersson – die Kerntruppe in der Ermittlung zum Mord an Kataryna – sind nachdenkliche und ruhige Personen, die in überaus hohem Maße von ihrer Polizistenrolle geprägt sind. Viel mehr als viele andere, denen ich bei der Truppe begegnet bin.

Unter anderem zeigt sich das an ihrer Art zu reden, oft sagen sie, »der oder die Betreffende«, statt er oder sie, dann »unser geschätzter Kollege von der Streife«, wenn von Jarnebring die Rede ist, von dem ich sicher weiß, dass keiner von beiden ihn sonderlich schätzt, schon gar nicht Lewin. Oder »Herr Kriminologe«, wenn sie mit mir zu tun haben. Ich spreche von dieser scheinbar objektiven, ein wenig umständlich höflichen und manchmal ironischen Art zu reden.

Aber der Lewin, der uns in der Kataryna-Ermittlung begegnet, ist ein ganz anderer. »Er hat es zu persönlich genommen«, »er war überanstrengt«, »Lewin ist immer noch nicht mehr als ein Knabe«, das sind die Erklärungen, mit denen ich von Dahlgren und anderen versorgt wurde, wenn ich mich über Lewins starkes persönliches Engagement in der Kataryna-Ermittlung gewundert habe.

Aber reicht das?

Um fünf Uhr früh am Samstag, dem 21. Oktober, wird Johny Dahl festgenommen. Der Mann, den zu diesem Zeitpunkt alle für Katarynas Mörder halten. Aber schon vor dem Mittagessen am selben Tag ist man sich darüber im Klaren, dass sich die Sache mit allergrößter Wahrscheinlichkeit eben doch nicht so verhält.

Der Daumenabdruck stammt nicht von ihm.

»Fehlschuss«, sagt Bergholm schon um acht Uhr morgens bedauernd zu Lewin.

Dahls Beziehungen zu Kataryna sind ebenfalls anders, als man annehmen sollte. Dahl hat Kataryna nicht näher gekannt. Er hat bei der Vermietung der Wohnung in der Roslagsgata als Fahléns Strohmann fungiert. Das sagt er selbst, und Fahlén bestätigt es. Fahlén hat die Wohnung vom Hausbesitzer übernommen – der sich plötzlich nicht mehr daran erinnern kann, an Dahl vermietet zu haben – und dann Dahl gebeten, den Strohmann zu machen.

Das Geld, das sie von Kataryna erhalten haben, sechzehntausend Kronen schwarz für einen Untermietvertrag über zwei Jahre, sowie die Miete für ein Jahr, haben sie untereinander und mit dem Hausbesitzer geteilt.

Dass Dahl im Vertrag den Namen des Grafen benutzt hat, erklärt er damit, dass er selbst nicht dort auftauchen wollte. Vollkommen verständlich, bedenkt man die Umstände und die Person Dahls.

»Dann war es dieser Scheißfahlén«, sagt Lewin am Samstagvormittag düster zu den anderen. Aber so ist es dann auch wieder nicht.

Denn der Daumenabdruck stammt auch nicht von Fahlén, und außerdem hat Fahlén ein Alibi für den Vormittag, an dem Kataryna ermordet wurde. Noch dazu ein Alibi von der Polizei selber, nämlich von den beiden Streifenpolizisten, die Fahlén damals beschattet haben und beide bezeugen können, dass er sich am fraglichen Tag in seinem zweihundert Kilometer von der Roslagsgata 40 entfernt gelegenen Sommerhaus aufgehalten hat. Ein Alibi, das ihm die laufende Voruntersuchung gegen ihn verschafft.

Und nun verhält sich Lewin ausgesprochen seltsam. Er zeigt den anderen deutlich seine Enttäuschung. Einer sagt sogar, dass er verzweifelt war. Genau dieses Wort benutzt er. »Der arme Lewin war total verzweifelt.« In der Sektion sagt er, dass er sich nicht wohlfühlt – »ich brüte offenbar eine Erkältung aus« –, und fährt nach Hause. Erst am Mittwoch, dem 25. Oktober, lässt er sich wieder sehen.

Als ich ihn danach frage, erinnert er sich an die Enttäuschung (»Ist doch klar, dass man da nicht gerade Hurra schreit«) und an die plötzliche Erkältung (»Hatte die schon lange in den Knochen«). Aber die Verzweiflung streitet er entschieden ab.

Aber das reicht nicht. Enttäuschung reicht nicht.

Als ich ihn frage, was er gedacht habe, als Dahl und Fahlén aus dem Kreis möglicher Täter ausschieden, sagt er spontan Folgendes (aus der Abschrift meines Tonbandinterviews):

»Ehrlich gesagt hatte ich nur einen Gedanken. Dass niemand einen ganzen Bus samt Fahrer und Fahrgästen massakrieren sollte und ich dann Kataryna ruhen lassen müsste. Das war wirklich mein einziger Gedanke.«

Enttäuschung?

Verbindungen zwischen den Voruntersuchungen zu Kataryna Rosenbaum und dem »Bordellkönig« Johan Riisto Fahlén, Samstag, 21. Oktober, bis Samstag, 28. Oktober

XXV

Die Verbindung zwischen dem »Bordellkönig« Johan Riisto Fahlén und Kataryna Rosenbaum finden wir in den Polizeiunterlagen in Form von drei Verhören mit Fahlén, die Lewin und Melander zwischen Samstag, dem 21. Oktober, und Montag, dem 23. Oktober, durchführen. Rein praktisch läuft das so ab, dass Lewin und Melander abwechselnd als Verhörleiter beziehungsweise Beisitzer fungieren.

Insgesamt zehn Seiten Verhörprotokolle finden sich im ergänzenden Material zur Voruntersuchung, die sich nach und nach in vierzig Punkte aufgliedert – jeder Punkt eine Wohnung, die Fahlén an Prostituierte vermietet hat –, für die Anklage, die Ende November vor dem Stockholmer Landgericht erhoben wird.

Drei Verhöre von über hundert, zehn Seiten von über tausend, das ist alles. Hier liegt vermutlich die Erklärung dafür, dass zum Beispiel die Presse Fahléns Verbindung zu Kataryna glatt übersehen hat.

Die Verhöre mit Fahlén, bei denen es um seine Bekanntschaft mit Kataryna geht, sind vor allem deshalb interessant, weil sie belegen, dass sein Kontakt zu ihr im Wesentlichen von derselben Art war wie der zu anderen Prostituierten.

Das erste Verhör findet am Samstag, dem 21. Oktober, statt. Verhörleiter ist Kriminalinspektor Jan Lewin, Beisitzer Kriminalkommissar Gösta Melander. Es gibt eine schriftliche Zusammenfassung des Verhörs, die Fahlén vorgelesen und von diesem akzeptiert wurde.

In Bezug auf die Vermietung der Wohnung Roslagsgata 40, EG, an Kataryna Rosenbaum und in Bezug auf seine Kontakte zu ihr usw., gibt Fahlén Folgendes zu Protokoll:

Frau Rosenbaum, die er bereits von früher her kannte, rief ihn Ende April 1978 an. Sie erzählte, ihr und ihrer Freundin sei die Wohnung in der Dalagata gekündigt worden, weshalb sie fragen wolle, ob Fahlén für sie neue Räumlichkeiten besorgen könne, zum selben Zweck, nämlich »Striptease- und Massagetätigkeit«.

Fahlén versprach, sich zu melden, was er dann einige Wochen später auch tat. Er bot Frau Rosenbaum eine Wohnung in der Roslagsgata 40, EG, an, ein Zimmer und Küche. Diese Wohnung sollte Frau Rosenbaum zur Untermiete für mindestens zwei Jahre übernehmen können. Die Miete betrug dreihundertelf Kronen pro Monat.

Fahlén und Frau Rosenbaum einigten sich dahingehend, dass sie einen Mietvertrag jeweils für ein Jahr für den Preis von zehntausend Kronen sowie einer Monatsmiete von fünfhundert Kronen erhalten sollte. Die Miete sollte immer für ein Jahr im Voraus bezahlt werden.

Danach rief Fahlén einen alten Bekannten an, Direktor Johny Dahl, den er seit mehreren Jahren kannte, und machte mit ihm ab, dass der Vertrag mit dem Hausbesitzer auf Dahl ausgestellt werden und Dahl den Untermietvertrag mit Frau Rosenbaum unterzeichnen sollte. Das passierte dann auch, als Dahl und Frau Rosenbaum sich einige Wochen später trafen.

Als Entschädigung überließ Fahlén Dahl dreitausend von den insgesamt sechzehntausend Kronen, die er von Frau Rosenbaum erhalten hatte. Weitere fünftausend Kronen gab Fahlén dem Hausbesitzer, um sich für die Überlassung des

Untervermietungsrechts erkenntlich zu zeigen. Das jedoch mit einem Abzug auf die Miete von dreihundertelf Kronen im Monat, die Fahlén jedes Quartal im Voraus auf das Postgirokonto des Hausbesitzers einzahlte. Auf der Überweisung war als Einzahler Johny Dahl angegeben.

Wie hatte Fahlén Kataryna Rosenbaum kennen gelernt? In dem Verhör, das einen Tag später durchgeführt wurde – die Fortsetzung des ersten –, können wir unter anderem Folgendes lesen (Verhörleiter ist diesmal Melander, während Lewin als Zeuge fungiert):

»Fahlén gibt an, dass er Frau Rosenbaum irgendwann im Sommer oder Herbst 1977 kennen gelernt hat, als er zu Besuch in das Atelier kam, das sie und ihre Freundin (Anita, auch Lilian genannt) in der Dalagata teilten.

Im Herbst 1977 besuchte Fahlén das Atelier in der Dalagata fünf- oder sechsmal als Kunde. Er wurde in drei Fällen von Frau Rosenbaum und in zwei oder drei weiteren Fällen von deren Freundin Lilian (Anita) bedient.

Bei den Besuchen bei Frau Rosenbaum erhielt er eine so genannte Topmassage, zum Geschlechtsverkehr soll es jedoch nicht gekommen sein. Bei ihrer Freundin war es genauso. Fahlén berichtet weiter, dass er bei diesen Besuchen immer weibliche Kleidung getragen habe, BH, Spitzenhöschen usw. Auf Nachfrage sagt er, dass er das eben ab und zu so macht. Er trägt diese Dinge nicht offen, sondern unter seiner Herrenkleidung. Was die Entschädigung für den Service betrifft, den Frau Rosenbaum und ihre Freundin geleistet haben, sagt Fahlén, er habe ganz normal bezahlt, jedesmal fünfhundert Kronen. Fahlén fügt außerdem hinzu, er habe sich mit Frau Rosenbaum und ihrer Freundin sehr gut verstanden und sie sympathisch und zuverlässig gefunden.«

Am Montag, dem 23., wird Lewins »Wirklichkeit« zu Scherben zerschlagen. Es gibt nun in der Kataryna-Ermittlung nicht mehr einen einzigen des Mordes Verdächtigen. Dass eine solche Person aber existiert – die ihm und den Kollegen ganz und gar unbekannt ist – bleibt ihm nur zu schmerzlich bewusst. Nach dem Mittagessen verlässt er die Sektion und fährt nach Hause. Zu Andersson sagt er, dass er eine Erkältung ausbrütet und sich nicht wohlfühlt. Die wahre Erklärung ist aber vermutlich eine andere und viel einfachere. Die Hoffnung, von der er nun fast einen Monat lang gezehrt hat, ist geplatzt.

Außerdem verhält es sich so bitter, dass er selbst und sein Kollege an den Fall angesetzt sind.

»Fehlschuss, Fehlschuss«, sagt Bergholm an diesem Samstag in regelmäßigen Abständen, nachdem er Dahls und Fahléns Daumenabdrücke mit dem vom Stuhlbein verglichen hat. Danach nutzen er und Melander das Wochenende, um sich davon zu überzeugen, dass Fahlén und Dahl die Wahrheit sagen. Zumindest dieses Mal.

Fehlschuss, Fehlschuss, und da liegt sie nun, zu Fetzen geschossen. Die »Wirklichkeit«, die Lewin mühsam mit Hilfe seiner Hoffnungen zusammengestückelt hat – *mit Hilfe meiner Fantasie,* denkt er bitter – und aus Scherben, die überhaupt nicht zueinander gehörten. Es ist aber auch typisch, dass er, als er an diesem Montag nach Hause fährt, sich und die Kollegen verflucht und nicht die Lüge, von der er gelebt hat.

Was er zwischen Montagnachmittag und Mittwoch macht, ist unklar. Fest steht, dass er am frühen Nachmittag des 25. Oktober wieder in die Sektion zurückkehrt. Und dass Andersson und die anderen erstaunt registrieren, dass Lewin jetzt ganz ausgeruht und »wieder total normal« wirkt.

Plötzlich fuhr er aus dem Schlaf hoch, obwohl es mitten in der Nacht war. Mitten in einem Traum, der sich schon aus seinem Bewusstsein zurückzog. Obwohl er hörte, wie der Regen gegen das Schlafzimmerfenster schlug. Obwohl er seit über einem Tag nur ein paar Stunden geschlafen hatte.

Sein Kopf kam ihm noch immer schwer vor, als wollte die Erkältung ihn nicht loslassen, zugleich aber war er durchaus guter Stimmung. Mitten in seinem schlaftrunkenen, erkälteten Zustand entdeckte er, dass er in guter Stimmung war. Er war nicht ruhig und nicht froh, aber auf eine unerklärliche Weise in guter Stimmung. *Was hat sie noch immer gesagt*, überlegte er.

»Scherben, Splitter und Sand, fein wie Schnupftabak in der Hand.«

Wann hatte sie das gesagt? Er war noch sehr klein gewesen, das wusste er noch. Es musste in dem Sommer gewesen sein, in dem sein Vater gestorben und seine Mutter krank geworden war. Deshalb hatte er mehrere Monate bei ihr verbracht. *Wann hatte sie es gesagt?* Sicher hatte er irgendetwas zerbrochen. Ein Glas? Einen Teller? Eine Schüssel? Jetzt fiel es ihm wieder ein. Er hatte sein Milchglas zerbrochen und Angst bekommen und geweint. Aber seine Oma hatte ihn auf den Schoß genommen, ihn an sich gedrückt und den Vers aufgesagt, und danach war er ruhig und froh gewesen. Als er fragte, ob Papa und Mama ihn bald abholen würden, war es nicht schlimm, dass sie nur den Zeigefinger an die Lippen legte.

Die Milch. Lewin lächelte in der Dunkelheit vor sich hin. Die war für die Großmutter wichtig gewesen. Nicht nur, weil sie in einem Milchladen arbeitete und sie gratis bekam. In diesem Sommer wurde Milch zum wichtigsten Element ihrer Erziehungsversuche. *Trink deine Milch*, sagte sie immer wieder. Sie stellte ihm ein riesiges Glas mit gelber Haut hin und nahm dann ihm gegenüber Platz.

»Denk an Einar«, sagte sie. »Der hat die englische Krankheit gekriegt. Weil er seine Milch nicht trinken wollte.«

Sie lächelte ihn an und ließ ihr Gewicht auf den Ellbogen ruhen.

Einar war Lewins dreißig Jahre älterer Vetter. Wie auch immer jemand einen so uralten Vetter haben konnte. Außerdem hatte er im Dorf als ein wenig »anders« gegolten. *Einar, der war ein wenig anders.* Und er hatte also die engelsche Krankheit gehabt. So drückte sie das aus, und seine Beine waren eingeknickt.

»Man sieht ja nie, wo er hingeht, der Einar.«

Die Großmutter lächelte ihn an, während er vor lauter Schreck trank. Um nicht ein wenig »anders« zu werden und eingeknickte Beine zu kriegen. Damit alle sehen konnten, wo er hinging.

»Milch ist gut für die Knochen.« Sie musterte ihn mit ernster Miene. »Du musst schlingen wie ein Kalb. Das ist gut für die Lunge.« Lewin schlang wie ein Kalb.

Am Morgen, als die Zeitung in den Briefschlitz geschoben wurde, lag er noch immer im Bett und dachte nach. Erst nach einer knappen Stunde stand er auf, ging ins Badezimmer und ließ Wasser in die Wanne laufen. Er fühlte sich jetzt ganz ruhig. Ruhig und entschlossen. Als er vor dem Badezimmerspiegel stand und überlegte, ob er sich rasieren müsse, schaute er sich in die Augen und sagte laut und deutlich zu seinem Spiegelbild:

»Ja verdammt, Lewin. Was bist du für ein Scheißpolizist? Zu Hause rumsitzen und heulen, weil du einem Unschuldigen keinen Mord anhängen kannst.«

Er beschloss deshalb, nach dem Mittagessen in die Sektion zu fahren. Und sei es auch nur, um den wirklichen Täter zu finden.

Aber zuerst wollte er seinen Artikel fertig schreiben, der schon seit einem Monat herumlag. Die würden ihn dann eben in der nächsten Nummer bringen müssen.

Es gibt immerhin Scherben, dachte er, als er auf dem Weg zum Polizeigebäude auf Kungsholmen in seinem Auto saß. So fein wie Sand. *Hier kommt ein Kalb,* dachte Lewin. Ein Kalb auf der Jagd nach Sand.

XXVI

»Du siehst gut aus, Lewin.« Andersson nickte ihm zufrieden zu. »Es bringt nie was, solche Erkältungen mit sich rumzuschleppen.« Er schüttelte besorgt den Kopf.

Und ich dachte, es sei was Ernstes, dachte Andersson. Mit Lewin. Die Hoffnung der Sektion, aus der vielleicht ein neuer Otto Wendel werden konnte.

»Ich schlage vor, dass du die Rosenbaumunterlagen aufräumst. Dann sehen wir am Montag, ob Jansson und ich bei der anderen Sache Hilfe brauchen.« Andersson blickte Lewin fragend an, aber der nickte nur zustimmend. *Ruhig und gelassen kam er mir vor.*

»Klar.« Lewin sah Andersson mit energischer Miene an. »Ich nehme eine Säuberung vor.«

»Es war sicher der letzte Kunde?« Andersson schaute Lewin besorgt an, als könnte der diese Frage beantworten.

»Vielleicht wird er demnächst gestehen?« Lewin lächelte tröstend zurück. »Ich werde die Papiere sortieren. Bis Montag also.«

Sortiert hatte er dann auch. Alles, was nicht unbedingt notwendig erschien, hatte er in Kartons gepackt und ins Sektionsarchiv geschafft. Die Ordner behielt er erst mal in seinem Zimmer. Vor Weihnachten würden sie wohl alles in den Keller bringen müssen, wenn bis dahin nichts passiert war.

Mit den Aufräumarbeiten war er den ganzen Nachmittag beschäftigt. Aber danach war er fertig, und das bedeutete, dass ihm Donnerstag, Freitag und das Wochenende blieben, um ein letztes Mal energisch über den Fall Kataryna nachzudenken. Nicht weniger als vier volle Tage bis Montag, den 30. Oktober.

Als er das Licht ausknipsen und sich auf den Heimweg machen wollte, warf er einen letzten aufmunternden Blick auf den leeren Besuchersessel. *Noch haben wir eine Chance.* Noch haben wir nicht aufgegeben. Du kannst dich auf mich verlassen.

Und das konnte sie. Denn etwas über zwei Tage später – in der Nacht zum Samstag, dem 28. Oktober – bekam Lewin die Person zu fassen, die er seit Donnerstagabend, dem 14. September, suchte. Dass gerade er es war, Lewin, der diese Person fand, zeigt wohl auch, dass es auf dieser Welt trotz allem noch eine höhere Gerechtigkeit gibt. Genau eine Woche, nachdem er geglaubt hatte, die ganze Welt sei zu Scherben zerschlagen.

Es gab noch andere, die so dachten. Das sollte sich schon am Freitag, dem 3. November, deutlich bestätigen. Denn da beantragte der Staatsanwalt vor dem Stockholmer Landgericht einen Haftbefehl für einen Mann, der des Mordes oder des Totschlags an Kataryna Rosenbaum am Donnerstag, dem 14. September 1978, verdächtigt wurde.

»Hast du etwas dagegen, wenn ich mir das beschlagnahmte Material zu Fahlén ansehe?« Lewin blickte Melander fragend an.

»Glaubst du, da lässt sich was finden?« Melander drehte seinen Schreibtischsessel in Lewins Richtung, lehnte sich zurück und verschränkte die Hände im Nacken. *Lewin gibt sich nicht geschlagen*, dachte er. Dieser Knabe wird es noch weit bringen.

Lewin zuckte mit den Schultern, als wüsste er das nicht.

»Er wird Bordellkönig genannt. Und hat an sie vermietet.«

»Ja«, sagte Melander nachdenklich. »Aber mehr scheint es da nicht zu geben.«

Lewin nickte zustimmend. *Vor ein paar Tagen hast du noch geglaubt, dass es gar nichts gibt*, dachte er. Aber das sagte er nicht.

»Ich packe gerade die Unterlagen zusammen«, sagte er. »Aber ich habe Zeit bis Montag.«

»Die wirst du auch brauchen.« Melander erhob sich. »Komm mit.«

Ja, das konnte er verstehen. Sicher würde es seine Zeit brauchen. Er sah sich die Regale im Raum an. Vom Boden bis zur Decke voll gestopft mit Ordnern und kartonweise Papieren, die bei der Durchsuchung von Fahléns Wohnung, seinem Sommerhaus und seinem Büro in der Kommendörsgata beschlagnahmt worden waren. Dutzende von Kartons und Ordnern waren aufeinander gestapelt.

»Einige sind das schon.« Melander sah aus, als könnte er Gedanken lesen.

Lewin nickte nachdenklich.

»Kannst du sagen, was drin ist? Ganz kurz?«

»Da hast du Buchführung, Verträge und Untermietverträge.« Melander zeigte auf die mittlere Ordnerreihe. »Da ...«

...

»Wann wolltest du anfangen?«

»Jetzt«, sagte Lewin entschieden.

Hier wimmelt es von Banditen, dachte Lewin. Er machte es sich auf dem Stuhl gemütlich, den er ins Archiv getragen hatte, und musterte irritiert die Neonröhre unter der Decke. *Ich werde mir eine andere Lampe besorgen*, dachte er. Einfach übel, bei solchem Licht lesen zu müssen. Tatsächlich strömte ein scharfes, grelles Licht aus der Neonröhre. Ein enger Raum ohne Fenster und eine Belüftungsanlage, die unermüdlich Stunde um Stunde vor sich hinsummte, ohne jemals zu verstummen.

Anfangs – das war jetzt zehn Minuten her, er hatte auf die Uhr gesehen – hatte er die Ordner in Melanders Zimmer getragen. Er durfte dort sitzen, und es war bequemer dort und leichter zu lesen, aber er hatte es aufgegeben. Aus dem einfachen Grund, dass es zu lange dauerte, zwischen dem Archiv und Melanders Zimmer hin und her zu laufen.

Er schaffte es auch nicht, alles zu lesen. Denn dazu hätte er bis zum nächsten Sommer gebraucht. Stattdessen blätterte er durch die Unterlagen, notierte Namen und Adressen, las hier und dort einige Zeilen und hoffte, einen Zusammenhang zu finden. Aber er fand keinen. Immerhin war er, als er gegen elf Uhr abends beschloss, nach Hause zu fahren, über den Wohnungsmarkt ins Staunen geraten. *Da wimmelt es ja offenbar von Schurken*, dachte er, als er in der Tiefgarage unter dem Polizeigebäude in sein Auto stieg.

Am nächsten Tag – inzwischen war es schon Freitag – fing er um zehn Uhr morgens an. Eigentlich hatte er sehr viel früher beginnen wollen, aber als er aufwachte, sah er zu seiner Überraschung, dass der Wecker schon halb neun zeigte und dass er volle acht Stunden geschlafen hatte. Sicher weil er mit dem Träumen aufgehört hatte. Dieser Traum, der ihn wochenlang verfolgt und dazu gebracht hatte, sich im Bett hin und her zu werfen. Aber jetzt war Schluss damit. *Das kommt von der Milch*, dachte er mit zufriedenem Lächeln, als er am Küchentisch saß und sich in die Zeitung vertiefte.

Am späten Freitagabend hatte er die Ordner durch und konnte sich an den Inhalt der Kartons machen. »Diverses«

hatte Melander gesagt. *Macht nichts*, dachte er. *Die Ordner haben ja nichts gebracht.* Und doch dienten sie Melander als Fundament für seine Klageschrift. Den Rest hatte er in die Kartons gelegt, zusammen mit Dingen, die man in Ordnern nun mal nicht aufbewahren kann.

Lewin öffnete einen neuen Karton. Der enthielt Briefe, ordentlich sortiert, mit einem Blatt Papier um jedes Bündel, auf dem notiert war, worum es in den Briefen ging. Die Beschriftung hatte offenbar Melander vorgenommen. Fotokopierte A-4-Bögen mit einer gepunkteten Linie oben, die nur noch ausgefüllt werden brauchte. Unten auf dem Blatt stand krkom. G Melander/R6. *Sechs, das war die Betrugssektion.* Typisch Melander. Lewin lächelte die Regale an. Wenn schon Jux, dann richtig. Egal wohin die Leitung einen auch versetzte. Und für wie viele Jahre.

Es wurde schon spät. Halb elf Uhr abends, und es war etliche Stunden her, dass Melander zu ihm hereingeschaut und sich verabschiedet hatte. *Um diese Zeit schaltete er sicher den Fernseher ab*, spülte sein Schnapsglas aus und ging zu Bett. Lewin stocherte ziellos zwischen den Briefbündeln herum. »Private Briefe an F./nicht relevant für die Ermittlung«, »Private Briefe an die Verlobte/nicht relevant für die Ermittlung«, »Briefe von Prostituierten an F./nicht relevant für die Ermittlung«. *Deshalb liegen sie ja auch im Karton*, dachte Lewin, wie alles Bedeutungslose. Und nicht in Melanders Ordnern.

Was war das hier? »Drohbriefe an F./nicht relevant für die Ermittlung«. *Drohbriefe*, dachte Lewin. Ob das den verpassten Fernsehkrimi wiedergutmachen könnte? Den sah er sich zwar nur selten an, aber trotzdem. Außerdem waren es nicht viele Briefe. Er prüfte das Gewicht des Bündels in seiner Hand. Drei, nein, vier Stück. Drei im Umschlag. Er zog das Gummiband ab.

Alle natürlich anonym. Das waren sie immer. Er legte sie

vor sich ins Regal. Normale schlichte Umschläge, einfaches Briefpapier, kein Absender. Typisch für das Genre.

Der erste Brief war handschriftlich, mit Poststempel Stockholm Bahn und adressiert an die Wohnung auf Värmdö. Außerdem war er kurz.

»Einige von uns haben vor, dir den Schwanz abzuschneiden Fahlén. Nur damit du's weißt.«

Lewin seufzte. Steckte den Brief zurück in den Umschlag und nahm den nächsten. Auch der trug den Stempel Stockholm Bahn, war aber mit Maschine geschrieben und an Fahléns Büro in der Kommendörsgata gerichtet. Außerdem war er ein wenig länger.

Lewin las.

»Es gibt einen Ort für Herren wie dich. Den Bunker in KUMLA. Ich werde dafür sorgen, dass du dort landest. Und zwar ganz schnell.«

Den Bunker in Kumla, dachte Lewin. Da könnte man ja zustimmen. Er nahm den dritten Brief.

Adresse mit Maschine geschrieben. Värmdö. Poststempel? Lewin drehte den Umschlag hin und her, als er versuchte, den verwischten Stempel zu lesen. Stempel … *Kumlabunker*, dachte er. Wo zum Teufel …

Plötzlich sprang er auf. Er spürte, wie sein Mund ganz trocken wurde, während sein Herz sich zu überschlagen drohte.

Herrgott, dachte er. So muss es sein.

Jetzt hämmerte sein Herz wie wild – als wollte es sich aus seinem Rippengewölbe losreißen –, und er musste sich setzen, um nachdenken zu können. *Das Einzige, woran er denkt, ist, was wissen wir.* Plötzlich befand sich Lewin wieder bei der Besprechung am Montag, dem 18. September. Wie sollte er das wissen können, ohne uns zu fragen? Er starrte den zweiten Brief an, den er eben ins Regal zurückgelegt hatte. *So muss es sein*, dachte er. Ein ganz normaler

Mensch. Hat er das nicht gesagt, der Arzt? Der mit der komischen Tasche. *Ich glaube, das ist ein ganz normaler Mann.*

Zehn Minuten drauf stürzte Lewin in sein Zimmer in der Gewaltsektion. Es war ein großes Glück, dass kein Mensch im Haus war. Denn Lewin rannte – er ging nicht, er rannte – durch die Gänge. In der linken Hand hielt er einen Brief. Ganz vorn, zwischen Daumen und Zeigefinger.

Wo zum Teufel kann es sein? Er starrte wütend die Ordner in seinem Regal an. *Da.* Er riss den ersten Ordner mit Verhörprotokollen heraus, setzte sich hinter den Schreibtisch und fing mit der rechten Hand an zu blättern. *Der falsche Ordner.* Er sprang auf. Riss den nächsten Ordner aus dem Regal und war schon auf dem Rückweg zum Schreibtisch, als er innehielt, kehrtmachte und noch vier Ordner mit Verhörprotokollen aus dem Regal zog.

Im dritten Ordner wurde er fündig. Als er die betreffenden Zeilen las, war er plötzlich überzeugt. Er legte den aufgeschlagenen Ordner auf den Schreibtisch, schnappte sich die Archivschlüssel, die in seiner Schreibtischschublade lagen, und verließ das Zimmer. Nach zehn Minuten – ihm kamen sie vor wie eine Ewigkeit, und beim ersten Mal übersah er es – hatte er es gefunden. Eine durchsichtige Plastikmappe, die ein einziges Papier enthielt. Noch dazu ein ziemlich kleines Papier, vier mal acht Zentimeter, eine Visitenkarte.

Als er auf sein Zimmer zurückkam, legte er die Plastikmappe mit der Visitenkarte neben den Umschlag mit dem Drohbrief, ganz rechts lag der aufgeschlagene Ordner. Dann saß er stumm da und schaute nur. Zuerst auf den Brief, dann auf die Karte, und dann las er im Ordner. *Natürlich hatte er die Karte angefasst.* Bestimmt war er Rechtshänder. Nervös war er gewesen, seine Hände schweißnass. Nervöse Menschen mit schweißnassen Händen sind streng genommen die einzigen, die ordentliche Fingerabdrücke hinterlassen, das wusste er. *Das hatten sie ihm verdammt noch mal schon auf der Polizeischule versprochen.*

Fünf Minuten waren vergangen, aber er hatte sich noch nicht entschieden. Er schaute auf die Uhr. *Soll dieser Scheißbergholm doch denken, was er will,* dachte Lewin. Griff zu der Dienstliste mit den Privatnummern, die auf dem Schreibtisch lag, und wählte die Nummer von Bergholm. Er war schließlich der Techniker, der von Anfang an mit dem Fall zu tun gehabt hatte.

»Du gibst dich wohl nie geschlagen, was, Lewin?«

Bergholm schien eher erfreut denn verärgert, als er ihn sah, obwohl es schon halb zwölf in der Nacht war.

»Wir hatten Besuch, meine Frau und ich. Meine Schwägerin und ihr Mann.«

Lewin nickte. Das hatte er schon aus Bergholms Atem erschlossen. Und dass es sich um Verwandtschaft der Gattin handelte, hatte er dem erfreuten Lächeln entnommen.

»Die gehen einfach nicht«, sagte Bergholm. »Da hab ich mich fast gefreut, als du angerufen hast, da hatte ich doch einen Grund, mich zu verdrücken.«

Lewin nickte wortlos.

»Jaa.« Bergholm sah ihn ungeduldig an. »Wo ist dein Fleck?«

»Hier«, sagte Lewin und hielt ihm die Plastikmappe mit der Visitenkarte hin. »Kannst du die Abdrücke auf der Karte überprüfen und mit dem Stuhlbein vergleichen?«

Bergholm schüttelte überrascht den Kopf.

»Ich glaube, in der einen Ecke sitzt ein ordentlicher Daumen«, sagte Lewin daraufhin.

»Ich bin ja ohnehin schon hier.« Bergholm hörte sich nicht mehr ganz so erfreut an. *Was zum Teufel ist denn in*

Lewin gefahren, dachte er. »Ich hol nur schnell was zum Vergleichen.« Er zog einen Schlüsselbund aus der Tasche und machte sich auf den Weg zu dem grünen Aktenschrank.

Muss das wirklich so verdammt lange dauern, dachte Lewin gereizt. Jetzt beugte sich Lewin schon seit fünf Minuten über seinen Arbeitstisch. Ununterbrochen starrte er die Visitenkarte an, die in dem kleinen Lichtkegel vom Mikroskop lag. Dass es mehrere Abdrücke gab, war in dem typischen Licht der Lampe deutlich zu sehen, nachdem Bergholm sich vorher eine Weile an der Karte zu schaffen gemacht hatte.

Wirst du irgendwann mal fertig? Lewin trat von einem Fuß auf den anderen und stützte sich auf den Tisch. Bergholm starrte ins Mikroskop, schob die Visitenkarte dichter an den Vergleichsabdruck heran und summte vor sich hin. Dann schaltete er das Mikroskop aus und drehte sich mit dem Sessel zu Lewin um.

»Ja, ja«, sagte er gähnend und rieb sich die Augen mit den Fingerknöcheln. Dann sah er Lewin an. Jetzt machte er wieder einen zufriedenen Eindruck.

»Jaa«, sagte Lewin. *War es so, wenn die Zeit stillstand?*

»Da muss ich wohl gratulieren.« Bergholm verbeugte sich im Sitzen. »Das bringt dir sicher die Beförderung zum Kommissar.«

Der Erzähler

3

In der Nacht zum Samstag, dem 28. Oktober 1978, tritt Jan Lewin in die Welt der Legenden ein. In seinem Gehirn vergleicht er zwei unterschiedliche Beobachtungen miteinander. Einerseits was jemand bei einer Vernehmung gesagt hat, andererseits den Wortlaut eines anonymen Briefs.

Seine Schlussfolgerung ist einfach. Die Identität der Wortwahl weist darauf hin, dass die vernommene Person den anonymen Brief geschrieben hat. Und wenn das so ist, dann muss diese Person bei der Vernehmung gelogen und eine ganz andere Beziehung zu Kataryna gehabt haben als behauptet.

Als Lewin des »Mannes mit dem Daumen« habhaft wird, kommt er in idealer Weise dem literarischen Genre nahe, das sich mit dem Verbrechen beschäftigt: dem Kriminalroman, oder genauer gesagt, dem Polizeiroman.

Aber in der Wirklichkeit läuft es nur selten so. Die Ausnahmen – zum Beispiel Lewins Einsatz im Fall Kataryna – sind überaus selten.

Auffällig ist etwas anderes. Die extrem fortgeschrittene Technologie. Die Teamarbeit. Nicht der einsame Meisterdetektiv mit der überlegenen Menschenkenntnis. Die Technologie. Die Objektivierung von Menschen und menschlichen Handlungen. Das fällt auf.

Wenn man die Polizeiunterlagen über den Fall Kataryna

Rosenbaum durchgeht, ist man beeindruckt von der gewaltigen technologischen Genauigkeit, die dort zum Ausdruck kommt. Tausende von Seiten mit Vernehmungen, Rekonstruktionen, Umfelderfassung, Proben und Analysen.

Menschenkenntnis?

Nachdem ich diese vielen Seiten gelesen hatte, war mir noch immer nicht klar, wer sie gewesen ist. Über Kataryna Rosenbaum existiert eine Seite mit einfachen biographischen Angaben. Das ist alles. Keiner von denen, die an der Ermittlung beteiligt waren, hat den Versuch unternommen, »die Person Kataryna Rosenbaum« zu rekonstruieren. Wer war sie?

Vermitteln die Unterlagen ein falsches Bild? Wurde viel über sie gesprochen? Wurde es nur nicht zu Papier gebracht?

Kriminalinspektor Bo Jarnebring von der zentralen Streife war der Einzige, der Kataryna gekannt hatte. Wenn wir von den Stunden absehen, in denen Jan Lewin nach der Misshandlung mit ihr gesprochen hatte. Jarnebring ist auch der, den ich von allen an der Ermittlung Beteiligten am besten kenne.

»Was war Kataryna für ein Mensch?«

»Eine Nutte, ziemlich fesch. Wenn man Bräute mit dicken Möpsen toll findet, war sie Klasse. Und die Freier stehen da doch drauf.« Er grinste und schaute aus dem Fenster in seinem Zimmer.

»Wie oft bist du ihr begegnet?«

»Zwanzigmal, vielleicht dreißig.« Er überlegte, »Eher zwanzig. Von 76 an und dann noch zwei Jahre.«

»Worüber habt ihr geredet?«

»Die Nuttenszene. Da kam sie gut zurecht. Sie war mit Marek zusammen gewesen. Sie kannte sich also aus mit den Polacken. Mit der polnischen Mafia.« Jarnebring grinste wieder und sah mich an.

»Wie war sie als Mensch?«

»Du!« Jarnebring setzte sich gerade hin und richtete seinen Polizistenfinger auf mich, den rechten Zeigefinger. »Ich bin Polizist, klar. Nicht Psychologe oder Kriminologe. Sie war ein nettes Mädchen, mit dem man gut reden konnte. Sah auch gut aus. Ich kann verstehen, dass es den Onkels im Schritt gebrannt hat.«

»Aber sie muss doch irgendwas gesagt haben, das dir zu Denken gegeben hat?«

»Sprich mit Nilsson vom Ministerium. Der hat sie während der Prostitutionsermittlungen interviewt. Ich habe übrigens den Kontakt hergestellt.«

Ich nickte. Das wusste ich schon. Im Frühjahr 1977 hatte mein Kollege und, um genauer zu sein, ehemaliger Lehrer, der Dozent Lars M. Nilsson, mit Kataryna und an die fünfzig weiteren Stockholmer Prostituierten Interviews geführt. Und zwar im Rahmen einer Untersuchung, die er für die Prostitutionsermittlung vorgenommen hatte.

»Wussten die anderen Ermittler von diesem Material? Von Nilssons Interviews?«

Jarnebring schaute mich überrascht an. Fast als hätte ich ihn eines Dienstvergehens bezichtigt.

»Aber sicher doch. Hab ich doch gleich das erste Mal erzählt. Sprich mit Lewin.«

»Habt ihr über Kataryna diskutiert?«

»Du.« Jarnebring sah mich gereizt an. »Ich war mit dem äußeren Umfeld beschäftigt. Ich finde, du solltest mit Lewin reden.«

Lewin.

»Ja. Ich habe mir dieses Material angesehen. Ich fand, dass es keine Bedeutung für die Ermittlungen hatte.«

»Warum nicht?«

Lewin musterte mich verständnislos.

»Es war zu alt. War nichts von Belang drin. Nichts über mögliche Täter oder Kontakte, die uns nicht schon bekannt gewesen wären. Es war einfach reines Forschungsinteresse, wie ich das sehe. Warum wird man Prostituierte und so. Jede Menge Sexkram natürlich.« Er lächelte müde, als er das sagte.

»Habt ihr über Kataryna diskutiert. Wer sie war?«

»Na ja. Es gab keine Besprechung dazu. Natürlich hat man sich so seine Gedanken gemacht. Sprich doch mal mit Andersson. Der hat die Ermittlungen geleitet.«

Andersson.

»Kataryna? Wer sie war?« Andersson sah mich mit seinen milden Augen an, stützte die Ellbogen auf die Sessellehnen, legte die Hände aneinander und formte mit den Fingerspitzen ein Gewölbe. »Du weißt, der Täter. Dem gilt unser Interesse. Nicht so sehr dem Opfer. Bei Prostituierten ist das schwer. Die scheinen oft keine richtigen Freunde zu haben, die was erzählen können. Oder vielleicht wollen die Betreffenden das auch nicht. Kataryna hab ich wohl nie richtig zu fassen gekriegt. Aber es hat ja geklappt.« Er nickte mir aufmunternd zu. »Dieser Nilsson hat irgendwann mal ein Interview mit ihr gemacht, fällt mir gerade ein.«

Was geben Nilssons Tonbandinterviews mit Kataryna her?

Fünf Interviews von insgesamt vier Stunden. Sie wurden im Frühjahr 1977 aufgenommen. Ungefähr anderthalb Jahre vor dem Mord.

»Soziologisch« gesprochen können wir sagen, dass es sich um locker strukturierte Gespräche handelte, die Katarynas Situation zum Ausgangspunkt nahmen. Ihre Erfahrungen als Frau, als Prostituierte, ihre Beziehungen zu Männern, Kunden, Bekannten, Freunden. Die Interviews sind nur teilweise abgeschrieben.

Nilsson erklärt das damit, dass er die Interviewserie nie abgeschlossen hat. Kataryna hat das Interesse verloren und wollte nicht mehr mitmachen.

»Das kommt manchmal vor.« Nilsson nickte nachdenklich. »Die Chemie zwischen Interviewer und Opfer stimmt plötzlich nicht mehr. Vor allem wenn sie merken, dass ihnen die Interviews nicht gerade nützen werden. Sie war keine Idiotin.« Nilsson lächelte müde. »Sie hat schon durchschaut, was meine Rolle bei den Ermittlungen war.«

»Wie würdest du sie als Person einschätzen?«

Nilsson zuckte mit den Schultern.

»Eine komplexe Persönlichkeit.« Er nickte vor sich hin. »Komplex.«

»Komplex?«

»Ja. Es gab viele Katarynas. Du kannst Bänder und Abschriften gern mitnehmen. Aber ich will sie zurück.«

Die Interviews mit Kataryna sind in wichtigen Hinsichten informativ, sogar aus rein polizeilicher Perspektive bin ich dieser Meinung. Und das aus drei Gründen. Es gibt keine besseren Dokumente über sie. Einfach weil man sie reden hört. Das ist natürlich besser als eine Abschrift, ganz zu schweigen von Urteilen Dritter.

Der zweite Grund ist vielleicht interessanter. Denn Kataryna selbst gibt die beste Erklärung dafür, warum sie ermordet wurde. Das ist meine feste Überzeugung. Sie macht das anderthalb Jahre vorher, natürlich ohne irgendeine Ahnung, dass ihr das passieren wird, und ohne ihren Mörder auch nur getroffen zu haben. Ihren *mutmaßlichen* Mörder.

Drittens. Kataryna scheint die Einzige gewesen zu sein, die eine solche Tat verstanden hätte und offenbar auch bereit gewesen wäre, sie zu vergeben. Wenn ich bedenke, was passiert ist, weiß ich nicht, was ich dazu sagen soll. Ist es grotesk? Wahnsinnig? Oder weise?

Der Grund, aus dem Lewin sich nicht für das Interviewmaterial interessiert hat, ist meiner Meinung nach bei ihm selbst zu suchen. Nicht im Material. Lewin hat sich persönlich in der Ermittlung engagiert. Das steht für mich fest, auch wenn unklar bleibt, warum er das getan hat. Er selbst muss an professionelle, pragmatische Motive glauben. Schließlich soll er sich nicht in erster Linie für Kataryna interessieren. Sondern für ihren Mörder.

Als ich ihn in dieser Hinsicht bedrängte, gab er denn auch die erwartete Antwort:

»Ich hatte doch schon einen Täter. Und der kam in den Interviews nicht vor. Die wurden gemacht, ehe sie sich begegnet waren.«

Das Ermittlungsmaterial über Kataryna sagt im Grunde mehr über sie aus als über Lewin. Mitten unter Protokollen und Analysen, mitten zwischen Polizeiprosa und Ermittlerschwedisch finden wir plötzlich zwei überaus persönliche Mitteilungen.

Beide während der Wochen geschrieben, in denen Lewin seinen mutmaßlichen Täter verhört hat. Beide an Sektionschef Dahlgren gerichtet. Und im Gegensatz zu allem anderen ist ihr Inhalt aufsehenerregend: »Ich weiß nicht mehr ein noch aus. Kannst du dir diese Abschrift ansehen und sagen, was du meinst?« Und Nummer zwei: »Jetzt habe ich mich entschieden. Ich werde diese Linie weiterverfolgen, bis wir wissen, dass er es war und dass er und ich das wissen. Er scheint vor einer Wand zu stehen, und vielleicht wird er ruhiger, wenn er begreift, dass wir es wissen.«

Die erste Mitteilung datiert vom Montag, dem 13. November. Die andere vom Tag danach, Dienstag, dem 14. November.

Lewin löst seine Probleme, indem er sich hinter Routine und Technologie verkriecht und auf die Psychologie pfeift. »Ich weiß es schon. Aber wie ist es passiert?« Man muss wohl fast zu dieser Deutung kommen, wenn man sich die zweite Mitteilung an Dahlgren ansieht und seinen offenbaren Widerwillen, Katarynas Ansichten, warum ein Mann eine Prostituierte umbringen kann, ernst zu nehmen.

Technologie. Wie weit ist sie gekommen? Wie viel Menschlichkeit und wie viel Psychologie stecken im Schweden der späten Siebzigerjahre noch in einer Mordermittlung?

Der weltberühmte englische Gerichtsmediziner Keith Simpson erteilt folgenden Rat, wie man sich beim Opfer eines Gewaltverbrechens das sichert, was unter den Nägeln sitzt. Bedenkt man die Umstände, ist das vor allem bei groben sexuellen Übergriffen oder Gewalt gegen Frauen von Bedeutung.

»Wichtig ist«, sagte Simpson, »die Hände des Opfers bereits am Tatort zu sichern. Sie in eine Plastiktüte zu stecken und diese mit Klebeband zu verschließen. Wenn das Opfer im Leichenhaus eintrifft, kann man mit den Händen warten und sich auf den Körper konzentrieren.« Damit die Hände bei der Obduktion nicht stören, macht Simpson folgenden Vorschlag (Simpson, Keith: Police. The Investigation oft Violence. London, 1978): »It is not a bad practice to cut off the hands at the wrists, still in their bags, for nail scrapings to be done on a clean laboratory bench.« Es hat sich als vorteilhaft erwiesen, die Hände mitsamt den Plastiktüten vom Körper abzutrennen und die Spuren unter den Nägeln auf einer sterilen Laboroberfläche zu untersuchen.

Der Mensch als Objekt. Beschrieben als Summe anderer Objekte.

Was geschah mit Kataryna?

»Was macht ihr mit dem, was unter den Nägeln sitzt?«, fragte ich Dahlgren am Telefon. »Ich denke an die Kataryna-Ermittlung.«

»Unter den Nägeln? Damit habe ich noch nie einen Mörder überführen können. Soll die Polizei den Leichen jetzt auch noch die Nägel sauber machen?«

»Ich dachte an den Gerichtsmediziner. Das fällt doch wohl eher in sein Ressort?«

»Eine Zeit lang war das populär, aber wir wussten nicht, was wir damit machen sollen. Oft kann man nicht einmal die Blutgruppe eindeutig bestimmen. Und was ist der Beweiswert, wenn man nicht weiß, wen sie gekratzt hat?«

»Ihr habt Katarynas Nägel untersucht. Aber das hat nichts gebracht.«

»Kann ich sehr gut verstehen.« Dahlgren lachte zufrieden.

Ich berichtete Dahlgren von Simpsons Rat. Kam so etwas in Schweden vor?

»Nix. Solche Dummheiten überlassen wir den Engländern. In der ersten Sektion haben wir noch Respekt vor den Toten.«

Respekt vor den Toten. Vielleicht hatte deshalb Kataryna ihre Hände noch, als sie vom Leichenhaus zum Friedhofskrematorium im Norden von Stockholm gebracht wurde.

Aber wen man dorthin fuhr, wusste man kaum. Ein Resultat derselben Technologie, weit fortgeschritten, aber nicht vollendet.

4

Informationen über Kataryna Rosenbaum lassen sich an unterschiedlichen Stellen finden. Eine Quelle sind die Registereintragungen bei Behörden und Institutionen: Einwohnermeldeämter, Finanzämter, Ausländerbehörden und – in Katarynas Fall – nicht zuletzt die Polizei.

Informationen, die gesammelt wurden, als sie nach Schweden kam und Asyl beantragte. Als die schwedische Gesellschaft versuchte, ihr beim Aufbau einer neuen Existenz zu helfen, ihr Sprachkenntnisse, Ausbildung, Wohnung und Ähnliches zu vermitteln. Und als sie dann schließlich die schwedische Staatsbürgerschaft beantragte.

Ihr neues Leben hinterlässt natürlich neue Spuren, zum Beispiel geben ihre jährlichen Steuererklärungen Auskunft über Arbeitssituation, Zivilstatus und Einkünfte. Und in Katarynas Fall finden sich eben auch bei der Polizei Spuren.

In der Ausländerabteilung der Polizei von Trelleborg wird bei ihrem Eintreffen in Schweden die übliche Routineuntersuchung vorgenommen. Darüber gibt es vielleicht nicht so viel zu sagen. Der werden alle unterzogen, die sich in Katarynas Situation befinden, und bei ihr ist nichts anders als bei anderen.

Das ändert sich bei den Informationen, die später von der Polizei zusammengestellt werden. Die ersten stammen aus dem Jahr 1975. Kataryna hat ihren Verlobten Marek Sienkowski wegen Körperverletzung angezeigt.

Die Ermittlungen werden von der Polizei in Solna übernommen – Kataryna und ihr Verlobter sind zu diesem Zeitpunkt in Solna gemeldet – und nach und nach entsteht dort auch der Verdacht auf Kuppelei.

Kataryna ist nun wirklich in einer ernsten Notlage. Die Anzeige wird im Krankenhaus aufgenommen, wo sie insgesamt eine Woche zubringen muss, bis sie einigermaßen wieder auf den Beinen ist. Während der Voruntersuchungen erzählt sie über sich und ihr Verhältnis zu ihrem Verlobten.

Aber nach einem Monat zieht sie die Anzeige zurück, worauf die Voruntersuchungen eingestellt werden.

Im September 1978 wird sie dann ermordet, und die Polizei muss sich abermals mit Kataryna Rosenbaum befassen: wie sie gelebt hat, wie ihre Umgebung und ihre früheren Beziehungen aussahen.

Eine weitere Wissensquelle sind die Interviews, die mein Kollege im Frühjahr 1977 mit ihr gemacht hat. Die waren zwar Teil einer größeren Arbeit in staatlicher Regie – der Prostitutionsermittlung –, aber ich halte es trotzdem für gerechtfertigt, die Interviews den übrigen offiziellen Auskünften zur Seite zu stellen.

Der Zufall – in diesem Fall die Prostitutionsdebatte, die Vorgeschichte der Ermittlungen, die vorgenommenen Untersuchungen und die Tatsache, dass Kataryna bei diesen Untersuchungen eine Rolle gespielt hat – war ausschlaggebend dafür, dass sie wesentliche Teile ihres Lebens auf ihre Weise vortragen konnte. War die Darstellung parteiisch? Eine Verteidigungsrede? Ein berechtigter Angriff auf eine ungerechte Gesellschaft? Ein offizielles Dokument? Nichts von alledem und dennoch von allem ein bisschen.

Wenn wir die Quellendaten nebeneinander stellen, dann

haben wir einerseits die Grundlage für eine Art »äußere Biographie« von Kataryna Leben (verschiedene Phasen, gesehen mit »Registeraugen«), andererseits wird dieses Äußere punktuell aufgeschrieben: ihre persönlichen Ansichten, ihre Überlegungen oder Analysen zu wichtigen Erfahrungen, die sie gemacht hat.

Das Bild ist alles andere als vollständig. Über weite Strecken hinweg ist es lückenhaft oder unbefriedigend. Außerdem sind die Auskünfte oft widersprüchlich und lassen sich bisweilen überhaupt nicht miteinander in Einklang bringen. Unter anderem gilt das für die Auskünfte, die sie zu unterschiedlichen Zeitpunkten über sich selbst erteilt hat.

Kataryna Rosenbaum wurde am 20. Juni 1948 in Lodz in Polen geboren. Ihre Eltern trennten sich einige Monate vor ihrer Geburt. Sie wuchs bei der Mutter auf. Ihren Vater hat sie nach eigener Aussage nie getroffen. Ebenso wenig wie den älteren Bruder, der nach der Trennung beim Vater blieb.

Kataryna lebt bis zu ihrem achtzehnten Lebensjahr bei ihrer Mutter. Danach zieht sie von Lodz nach Warschau und arbeitet dort in einem Warenhaus.

Die Mutter ist allein stehend, aber es bestehen Unklarheiten, was ihren Beruf und ihren Nachnamen angeht. Als Kataryna 1969 nach Schweden kommt, nennt sie der Polizei in Trelleborg als einzige Verwandte ihre Mutter: Teresa Zielinska, Maschinenarbeiterin, fünfundvierzig Jahre alt, wohnhaft in Lodz. Sie gibt weiterhin an, dass ihre Mutter seit der Scheidung wieder ihren Mädchennamen trägt. Kataryna selbst heißt zu diesem Zeitpunkt ebenfalls Zielinska, Kataryna Zielinska.

Den Namen Rosenbaum nimmt Kataryna 1976 an, als sie schwedische Staatsbürgerin wird. Sie nennt sich jedoch schon seit längerem so, unter anderem bei den Vernehmungen durch die Polizei von Solna 1967: Kataryna Rosenbaum-Zielinska. Die Namensänderung wird amtlich registriert. Als Grund gibt Kataryna an, dass es sich einerseits um ihren wirklichen Namen handelt (den Mädchennamen der Mutter, unter dem sie in Polen gelebt haben), und dass andererseits ein Name wie Zielinska »in einem Land wie Schweden unpraktisch ist«.

In den Interviews meines Kollegen erzählt sie folgende Geschichte: Der Mädchenname der Mutter sei Rosenbaum, Teresa Rosenbaum. Die Mutter arbeite als Schreibkraft bei einer staatlichen Firma in Lodz. Sowohl Kataryna als auch ihre Mutter hätten unter dem Namen Zielinska gelebt: »Polen ist kein Land, in dem man freiwillig einen jüdischen Namen trägt.«

Was stimmt? Vermutlich die erste Version.

Der Name Rosenbaum? Das war aller Wahrscheinlichkeit nach der Mädchenname der Großmutter. Aufgrund der Situation Polens in den Jahren 1939 bis 1945 – und übrigens auch später – ist es jedoch sehr schwer, sich in diesem Punkt vollständige Klarheit zu verschaffen. Es spricht vieles für die Annahme, dass Kataryna aus einer ganz normalen polnischen Familie stammt und dass es eine psychologische Erklärung für ihre wiederholten Anspielungen auf ihre »jüdische« Herkunft gibt.

Kataryna trifft im September 1969 in Schweden ein, als politischer Flüchtling. Die näheren Gründe für diesen Status sind mir unbekannt. Die Unterlagen der Polizei in Trelleborg und die Kopien, die bei der Ausländerbehörde liegen, sind nämlich nicht öffentlich zugänglich.

In den Interviews gibt sie selber die erwartete Erklärung. Und die stimmt wahrscheinlich nicht. »Warum ich hergekommen bin? Das fragen Sie eine, die Rosenbaum heißt?« Mehr sagt sie über diesen Sachverhalt nicht.

Im Herbst 1969 nimmt Kataryna an Sprachkursen und an einer Berufsausbildung unter Regie der Ausländerbehörden teil. Das geschieht in zwei verschiedenen Internaten in Mittelschweden. Ihre Zeugnisse, vor allem was ihre Fähigkeit und Bereitschaft, Schwedisch zu lernen, angeht, sind sehr gut. Im Februar 1970 siedelt sie nach Västerås über, wo sie ihre kaufmännische Ausbildung beendet. Kurz darauf wird sie in dieser Stadt in einem großen Lebensmittelladen eingestellt.

Was ihre Ausbildung in Polen angeht, existieren keine klaren Auskünfte. Eigenen Angaben zufolge entspricht sie ungefähr dem schwedischen Abschluss an einem Gymnasium mit humanistisch-gesellschaftswissenschaftlichem Zweig. Bei verschiedenen Tests zeigt es sich, dass sie nur über geringe Kenntnisse in Englisch und Mathematik verfügt. Deutsch oder Russisch spricht sie überhaupt nicht. Was sie in Polen gelernt hat, wird deshalb vom Niveau her der schwedischen Grundschule gleichgesetzt.

Sie bleibt bis 1972 in Västerås. Sie wohnt mit einer Freundin – ebenfalls einer Polin – in einer kleineren Wohnung, die ihnen vom städtischen Wohnungsamt zugewiesen worden ist. Im Herbst 1972 kündigt sie diese Wohnung und geht nach Stockholm.

Ihr Leben in Stockholm wirft jede Menge Fragen auf. Es gibt keinerlei Hinweise darauf, wo sie in der ersten Zeit gewohnt hat. Erst im Januar 1973 meldet sie eine Adressenänderung. Die neue Adresse ist eine Wohnung auf Söder, Skånegata, die sie zur Untermiete bewohnt. Auskünfte über ihr Einkommen erteilt sie erst für das Jahr 1972. Deshalb wird sie auf Basis der Auskünfte ihrer Arbeitgeber in Västerås steuerlich eingestuft.

In ihrer im Februar 1974 eingereichten Steuererklärung gibt sie an, als Kassiererin in einem Sexclub in der David Bagares gata in Stockholm zu arbeiten, monatliches Einkommen zweitausendfünfhundert Kronen. Sie wohnt noch immer an derselben Adresse, in der Skånegata.

Im Jahre 1974 meldet sie sich dann um. Die neue Adresse ist eine Mietwohnung in Solna. Ihr neuer Mitbewohner ist ein Landsmann, Marek Sienkowski. Ihr Arbeitgeber ist weiterhin der Sexclub in der David Bagares gata, als Jahreseinkommen gibt sie jetzt 36 000 Kronen vor Abzug der Steuern an.

Im Spätherbst 1975 zieht sie abermals um. Sie kündigt auch ihre Arbeitsstelle. Ihre neue Adresse ist Valhallaväg, ihr neuer Arbeitgeber ein »Gesundheitsinstitut« in Vasastaden. Ihre Einkünfte sind seit 1975 mehr oder weniger unverändert. Sie pendeln zwischen dreißig- und vierzigtausend Kronen.

Ihre letzte Adresse in der Bergsgata ist nicht gemeldet. Sie hat sich im Frühjahr 1978 in eine Wohnungsgenossenschaft eingekauft. Die Kaufsumme, die bei der Genossenschaft registriert ist, beläuft sich auf hundertdreißigtausend Kronen. Der Marktwert der Wohnung dürfte doppelt so hoch sein, und die Erklärung ist vermutlich einfach: Schwarzgeld neben der offiziellen Kaufsumme. Die Kaufsumme entspricht ziemlich genau der Summe, die der Verkäufer einnehmen darf, ohne sie versteuern zu müssen. Ihrer Freundin Anita erzählt Kataryna, sie habe zweihunderttausend Kronen bezahlt, »meine gesamten Ersparnisse«.

Die schwedische Staatsangehörigkeit erhält Kataryna unmittelbar vor Weihnachten 1976. Ihr schwedischer Pass wird im Frühjahr 1976 ausgestellt.

Den schwedischen Führerschein hat sie bereits einige Jahre früher gemacht. Als Fahrzeughalterin ist sie jedoch nicht gemeldet.

Ihr einziges bekanntes Kapital – abgesehen von der Wohnung und ihren dortigen Habseligkeiten – besteht aus sechstausend Kronen auf einem Konto der SE-Bank. Sie hat monatlich kleinere Beträge eingezahlt, die erste Einzahlung erfolgte im August 1976.

So viel zu Katarynas »äußerer« Biographie. Die hauptsächlich aus den Archiven der Behörden rekonstruiert wurde.

5

In den Interviews, die mein Kollege im Frühjahr 1977 mit ihr macht, ist vor allem von zwei miteinander zusammenhängenden Dingen die Rede. Zum einen von Katarynas »Karriere« als Prostituierte. Zum anderen von ihren Beziehungen zu Männern, zu Männern ganz allgemein, zu Männern als Kunden, zu Männern, mit denen sie ein privates Verhältnis hatte.

Wie wurde Kataryna zur Prostituierten?

Ihre eigene Darstellung lässt sich folgendermaßen zusammenfassen.

Im Sommer 1973 war sie in einem polnischen Club in Stockholm, den sie besuchte, um Landsleute zu treffen, Marek begegnet. Sie verliebten sich ineinander – »zumindest habe ich mich in ihn verliebt« –, und er ging mit ihr »auf die Piste«.

Nach ihrer eigenen Aussage durchschaute sie recht schnell, womit Marek sich beschäftigte; »miese Sachen, Geschäfte, Clubs und so.«

Marek besorgte ihr den Job im Sexclub in der David Bagares gata. Er arbeitete dort zusammen mit einem Kumpel, als Rausschmeißer, Filmvorführer und sozusagen »Knabe für alles«. Er selbst bezeichnete sich als »künstlerischen Leiter«.

Anfangs arbeitete Kataryna als Kassiererin, und ihre Beziehung zu Marek war zufriedenstellend. Nach einem halben

Jahr zogen sie zusammen in eine Mietwohnung in Solna. Aber nun verschlechterte sich ihr Verhältnis rapide.

»Er war nie zu Hause. Als wir noch nicht zusammenwohnten, habe ich nicht viel darüber nachgedacht. Dann aber war das anders. Er hatte seine Geschäfte und andere Frauen und überhaupt. Solche, die im Club gearbeitet haben, und das habe ich natürlich mitgekriegt.«

Kataryna geht es immer schlechter, physisch und psychisch.

»Meine Güte, damals hab ich vielleicht zugenommen. (Lacht). So viel habe ich sonst nie gewogen. Mindestens fünfundsiebzig. Wir haben aber auch ziemlich viel gefeiert, im Club und anderswo. Die, die dort gearbeitet haben.«

Marek setzt Kataryna zusehends stärker unter Druck.

»Eines Tages kommt er also. Er war seit Tagen nicht mehr zu Hause gewesen. Und dann kommt er in den Club und will mit mir reden, aber er schimpft mich nur aus und schüttelt mich und am Ende hat er mich sogar geschlagen. Dann sagt er, er habe mit Lasse gesprochen, dem Clubbesitzer, und ich solle lieber gleich in den Keller gehen und mich für die Kundschaft ausziehen. Lasse habe ihm gesagt, ich sehe aus wie eine Sau, und er könne mich nicht mehr an der Kasse sitzen lassen, weil ich die Kunden abschreckte. Und da könne ich auch gleich in den Keller gehen und den Kunden einen runterholen helfen, wo ich schon wie eine Sau aussähe. Wir hatten ja eine Treppe tiefer die Stripteaseräume. Mehr sollte da nicht passieren, aber natürlich passierte doch immer mehr als das.«

»Und was hast du gemacht?«

»Ich wollte das nicht, aber dann fingen alle an, mich anzupöbeln. Alle im Club. Auch die Frauen. Kaum tauchte ich irgendwo auf, musste ich mir das anhören. Kataryna soll in den Keller. Die muss sich ja wohl mal bewegen. Kataryna braucht Bewegung … so ging es die ganze Zeit.«

»Und hast du gehorcht?«

»Ja, nicht sofort, aber nach einer Weile dann doch. Vor allem damit ich meine Ruhe hatte und sie aufhörten, und ich brauchte ja auch das Geld. Marek hat mir nie Geld gegeben, und die Wohnung in Solna kostete fast tausend pro Monat. Ich konnte die Hälfte von dem behalten, was die Kunden mir gegeben haben.«

»Was war das für ein Gefühl?«

»Es war widerlich. Ich habe mich geekelt. Aber damals ging es mir so schlecht, dass ich nicht darüber nachgedacht habe. Es war mir egal. Irgendwie war das nicht ich selbst. Ich hatte das Gefühl, neben mir zu stehen, während eine andere das machte.«

Was die Zeitpunkte angeht, stimmt Katarynas Darstellung in den Interviews mit dem überein, was sie 1975, nachdem sie von Marek misshandelt worden war, der Polizei in Solna gesagt hatte. Aber diese Aussage hatte sie nach einiger Zeit zurückgezogen.

Was stimmt denn nun?

Dass Kataryna im Herbst 1973 im Sexclub angefangen hat, stimmt. Dass sie – zumindest zu Beginn – als Kassiererin gearbeitet hat, stimmt vermutlich ebenfalls. Wie sie dort gelandet ist und wie sie Marek kennen gelernt hat, kann jedoch nicht stimmen.

Im Jahr 1973 – seit Anfang April – sitzt Marek in Hall eine Gefängnisstrafe ab. Zu dem Zeitpunkt, zu dem Kataryna ihn kennen gelernt haben will, hat er keinen Hafturlaub und ist auch nicht ausgebrochen. Ungefähr ein Jahr, nachdem Kataryna im Club angefangen hat, nimmt auch Marek dort seine Arbeit als »Knabe für alles« auf. Vermutlich lernen sie sich bei dieser Gelegenheit kennen, auf jeden Fall passiert es um diese Zeit, im Frühling oder Frühsommer 1974.

Ihre Darstellung der Gründe, warum sie an der Kasse aufgehört und stattdessen mit dem Striptease begonnen hat, kann dagegen durchaus zutreffen. Dass damit ihr Einstieg in die Prostitution besiegelt war, ist jedoch zweifelhaft.

Es gibt allerlei Gründe zu der Annahme, dass sie bereits in Polen als Prostituierte gearbeitet hat.

Ich glaube das vor allem aus zwei Gründen. Einerseits gibt es in den Interviews Andeutungen in diese Richtung, andererseits hat sie ihrer Freundin Anita gewisse Dinge erzählt, und mit der Freundin habe ich selbst gesprochen.

In Polen floriert die Prostitution, weil Touristen und ausländische Geschäftsleute versorgt werden müssen, dann das hochbezahlte Proletariat der ausländischen Gastarbeiter, der Techniker und Bauarbeiter, die unter anderem aus Schweden stammen.

Bemerkbar macht sich das vor allem in den Touristenhotels der größeren Städte, besonders in Warschau. Dort wimmelt es von so genannten Barflöhen, zumeist jüngeren Frauen, die männliche Gäste aus dem Ausland unterhalten.

Diese Aktivitäten spielen sich ganz offen und vermutlich unter dem wohlwollenden Blick der Behörden ab, und das führt zu einem Boom der polnischen Hotel- und Restaurantprostitution, hinter der sich ihr schwedisches Pendant etwa verstecken kann. Es gibt natürlich auch die Professionellen – Geld in die Handtasche und ab aufs Zimmer –, aber die Mehrheit der Mädchen besteht aus Gelegenheitsprostituierten oder einfach solchen, die »etwas erleben wollen«.

Sie treffen die ausländischen Männer, werden zu Essen und Schnaps eingeladen, bekommen Geschenke und Taschengeld. Je nach Bedarf kommt es durchaus vor, dass man sich die ganze Zeit um denselben Mann kümmert, so lange er vor Ort ist, und sich nach seiner Abreise einem neuen widmet.

»Warst du schon mal in Polen?«

»Ja. Mehrmals.«

»Dann weißt du doch, was in den Hotels und Bars in Warschau abgeht? Jede Menge Mädels und Ausländer, denen die Kohle locker sitzt. Die an einem Abend so viele Zloty rausschmeißen, wie du in zwei Monaten verdienst. Im kommunistischen Polen. Ich war ja noch nie in China, aber die sind doch auch kommunistisch.«

Dieser Interviewauszug verlangt eine Erklärung. Kataryna diskutiert hier mit ihrem Gesprächspartner darüber, dass es Prostitution in allen Ländern gibt, unabhängig von Wirtschaftssystem und gesellschaftlichen Verhältnissen. Der Interviewer bringt China ins Spiel, von dem »ich nicht glaube, dass es dort Prostitution gibt«, und Kataryna führt »mein kommunistisches Heimatland Polen« dagegen an.

Ähnliche Andeutungen – über Prostitution in den großen Warschauer Hotels – macht sie in den Interviews an mehreren Stellen.

Ihrer Freundin Anita gegenüber hat sie sich klarer ausgedrückt. Ob es sich um berufsbedingte Prahlerei handelte, oder ob es der Wahrheit entsprach, ist leider nicht ganz so klar.

»Was Kataryna in Polen gemacht hat? Ja, gearbeitet natürlich … wo noch, in einem Warenhaus, und als sie dann nach Warschau kam, ist sie abends ausgegangen und hat nette Typen mit Geld an Land gezogen. Damals ist sie auf die Idee gekommen. Weil die ihr erzählt haben, wie es hier aussieht … und da hat sie beschlossen, dieses Scheißland zu verlassen.«

»Wann hat sie das erzählt?«

»Immer wieder. Wenn wir hier in der Stadt in der Kneipe waren … dann hat sie mir oft erzählt, wie es in Polen war …

in Warschau. Sie hat verglichen, klar. Wie die Typen drüben waren. Dieselben Typen, aber viel cooler. Weil sie eben im Ausland waren. Weg von der Familie.«

»Dieselben Typen, aber viel cooler?«

In den Interviews mit Kataryna geht es sehr oft um ihre Beziehung zu Männern.

»Einmal bist du von Marek übel misshandelt worden. Warum hat er dich geschlagen?«

»Ach, das war typisch. Marek wollte eben hart sein. Immer war er total cool und hat mich behandelt, als wäre ich nicht gut genug für ihn. In dieser Hinsicht war er wie alle anderen. Genauso verängstigt und genauso verletzlich. Weißt du, wie man einen Mann fertig machen kann?«

»Erzähl.«

»Werd ich. Es lief nicht gut mit uns, und mir ging es sehr schlecht. Ich war ihm scheißegal, und er nahm mir mein Geld weg und war mit anderen Frauen zusammen und kam erst Wochen später wieder nach Hause, und dann sollte ich ganz normal sein, obwohl er mich geschlagen und psychisch gequält hat. Aber ich habe ihn fertig gemacht. Ich habe mit einem von seinen Kumpels geschlafen, einem Polen, der auch im Club gearbeitet hat. Als ich mit dem im Bett war, habe ich ihm erzählt, dass er viel besser wäre als Marek und dass ich bei Marek nie einen Orgasmus hätte. Bei ihm dagegen … oooh (lacht).«

»Was ist dann passiert?«

»Ja, da hat er sich über Marek lustig gemacht und es den anderen erzählt, und die haben sich auch über Marek lustig gemacht, und auf die Weise hat Marek erfahren, was ich gesagt habe, und er ist durchgedreht und hat mich geschlagen. Er kam im Club nach unten und schlug auf mich ein, aber Lasse, der Besitzer, und die anderen haben ihn rausgeworfen und gesagt, sie wollten keinen Ärger, und es wäre ja wohl nicht meine Schuld, dass Marek impotent wäre. Sie haben zu mir gehalten. Das war das einzige Mal, dass sie auf meiner Seite waren.«

»Ich dachte, er hat dich zu Hause in eurer Wohnung misshandelt?«

»Ja. Nachts kam er dann nach Hause und war total außer sich, und er hatte die Schlüssel und hat dann auf mich eingeschlagen. Er war total außer sich …«

…

»Alle Männer sind gleich. Eifersüchtig. Wieso? Sie haben so viele Frauen, aber wenn ihre Frau mal einen anderen hat, dann stürzt für sie die Welt ein. Männer lieben nur sich selber. Oder vielleicht andere Männer.«

»Wie meinst du das?«

»Warum haben Männer Frauen? Um anderen Männern zu zeigen, wie toll sie sind. Nicht weil sie Frauen mögen. Die mögen nur sich selbst und vielleicht andere Männer. Eifersüchtig… einfach weil sie Angst vor anderen Männern haben. Davor, nicht der Beste zu sein. Wenn ein anderer besser ist, drehen sie durch. Eine Fotze, das sagt ihr doch. So nennt ihr einen Mann, der nicht gut genug ist. Ein Mann mit Eiern, das ist ein guter Mann. Ein großer Mann. Ein Mann mit großen Eiern.«

»Kannst du Männer nicht leiden?«

»Ach (lacht), ihr tut mir leid. Ihr seid so schwach. Keine Frau ist so schwach wie ein Mann. Warum seid ihr so schwach? Weil ihr nur euch selbst liebt und anderen Männern nur zeigen wollt, wie toll ihr seid, und das geht nur, wenn ihr viele Frauen habt. Und weil ihr alle gleich seid, nehmt ihr euch gegenseitig die Frauen weg, und dann werdet ihr so klein. So jämmerlich und verängstigt. Ihr tut mir Leid. So sehe ich das. Ihr armen Männer.«

»Glaubst du, dass alle Männer gleich sind?«

»Die schlimmste Sorte, das sind solche wie du. Solche, die

verstehen wollen. Die alles so gut verstehen. Die uns Frauen helfen wollen. Ich bin solchen Männern begegnet. Ich war mit so einem Mann zusammen. Der war der Schlimmste von allen. Er war schlimmer als Marek.«

»Kannst du von ihm erzählen?«

»Ja. Ich habe ihn kennen gelernt, als mit Marek Schluss war und es mir so dreckig ging. Er hat studiert und gearbeitet. Er wollte Sozialarbeiter werden. Ist doch klar ... Sozialarbeiter. Er war total radikal. Er wollte mir helfen. Ich sollte Vertrauen zu ihm haben und ihm alles erzählen. Wir dürften keine Geheimnisse voreinander haben. Ich erzählte und erzählte, und er verstand alles und verzieh alles. Was auch immer ich getan hatte. Es spielte keine Rolle. Alles würde gut werden. Wenn wir nur Vertrauen zueinander hätten. Weißt du, was er getan hat?«

»Nein.«

»Ich habe ihm alles erzählt. Ich hatte Vertrauen zu ihm. Er wollte mir helfen. Aber dann habe ich herausgefunden, dass er gleichzeitig mit anderen Frauen zusammen war. Mit solchen wie ihm. Die studierten und alles wussten und alles verstanden. Und mit denen schlief er und erzählte ihnen von mir. Als wäre ich ein Ding. Ein Ding, das existierte, damit er anderen zeigen konnte, wie toll und verständnisvoll er doch war ... meine Güte, was für eine Erniedrigung. Ich bin nie im Leben so erniedrigt worden. Nie ... nicht von Marek ... und auch von sonst keinem.«

»Jaa ...«

»Aber den habe ich auch fertig gemacht ... wie Marek. Ich habe gesagt, ich hätte ihn satt, weil er immer nur rede und mich sexuell nicht befriedigen könne. Dass ich nicht mehr mit ihm schlafen wollte, weil er im Bett nichts taugte ... Er rief noch Monate später an und wollte sich mit mir treffen ... genau wie die Freier ... die miesesten Kunden. Die zu einer Prostituierten gehen und glauben, sie könnten sie befriedigen.«

»Du hast nie irgendeinen sexuellen Genuss, wenn du mit einem Kunden schläfst?«

»Meine Güte, was für eine Frage … solche, die versuchen und machen und tun und alle Tricks probieren, von denen sie gelesen haben … das sind die Schlimmsten. Die Besten sind solche, die nur an sich denken und abspritzen … das geht schnell. Die großen Liebhaber … Gott weiß, was ich alles angestellt habe, damit es schnell geht, damit ich sie loswerde. Es braucht nur ganz wenig, und schon schaffen sie es nicht. Nur ein kleiner Zweifel. Sie müssen bloß denken, ich lache über sie, und schon geht nichts mehr. Da werden sie impotent. Da können sie nicht … und da machen sie Ärger.«

»Hast du niemals irgendeinen sexuellen Genuss mit einem Mann gehabt?«

»Einige Male. Mit Marek hatte ich ein paar Mal einen Orgasmus. Mit anderen auch. Aber nur, wenn ich selbst will. Das hat nichts damit zu tun, was der Mann macht. Oder wenn ich es mir selbst mache, dann habe ich immer einen Orgasmus. Ihr Männer braucht solche wie mich. Die ein Spiel für euch spielen, damit ihr euch für große Liebhaber halten könnt. Deshalb habt ihr solche wie mich.«

»Du befriedigst also ein Bedürfnis?«

»Ja. Damit ihr Männer überlebt. Solche wie mich wird es immer geben, solange es Männer gibt. Ihr kommt ohne uns nicht zurecht. Es hat immer Herren und Dienstboten gegeben. Ich bin viel freier als eine Hausfrau. Die ist Sklavin. Ich bestimme selber. Ich bin eher Herrin als Dienerin.«

»Du glaubst nicht, dass sich das jetzt ändert? Stichwort Emanzipation und Gleichberechtigung und so? Du glaubst nicht, dass sich da einiges ändern …«

»Himmel, wie sollten Männer es denn ertragen, wenn die Frauen freier werden? Dann brauchen sie uns … solche wie mich doch noch viel mehr.«

»Steter Tropfen höhlt den Stein?«

»Himmel... glaubst du an so etwas? Lange, ehe der Stein ausgehöhlt ist, hat der Tropfen schon aufgehört zu fallen (lacht).«

»Lange, ehe der Stein ausgehöhlt ist, hat der Tropfen schon aufgehört zu fallen.«

Vor mir liegen Katarynas Fotos. Die Porträtfotos, für die sie teures Geld bezahlt hat. Katarynas Masken. Die lächelnde Kataryna mit kurz geschnittenen, zerzausten Haaren. Die nachdenkliche Kataryna mit Pagenfrisur oder langen Haaren. Offen oder hochgesteckt. Ein regelmäßiges Gesicht. Mit weichem Mund, vollen Lippen, großen schönen Augen. Rabenschwarze Haare. Sehr helle Haut. Vielleicht ein wenig zu puppenhaft niedlich. Vielleicht ein wenig zu herzförmig, das Gesicht. Schön ist sie, aber ihr Äußeres stammt aus einer anderen Zeit. Vor allem auf den schwermütigen Fotos.

Die Fotos von der Gerichtsmedizin in Solna: Kataryna liegt ausgestreckt auf dem Obduktionstisch. Ihr Körper ist klein und wohl proportioniert. Weiß und mit Neigung zum Fettansatz. Aber im September 1978 war sie nicht fett. Wohl geformt, gut gebaut. Schlanke Taille, kräftige Hüften, üppige Brüste. Starke Beine und kleine starke Füße mit hohem Spann.

Ich höre mir die Bänder an. Sie spricht gut Schwedisch, hat einen leichten Akzent. Zu Beginn jedes Gesprächs lässt sie sich Zeit und wählt ihre Worte behutsam. Wenn sie dann von ihrem Thema gefangen ist, spricht sie schnell und energisch, lacht, stöhnt. Fällt dem Interviewer ins Wort. Ich sehe sie vor mir, wie sie mit Händen und Körper spricht. Wie sie aufspielt und austeilt. Wie sie die Tempusformen durcheinander bringt und die Kontrolle über die Aussprache verliert.

In Katarynas Wohnung gab es zwei Dinge, die meiner Ansicht nach besser als alles andere zeigten, wer sie war. Zwei Dinge, die man vielleicht in einem streng orthodoxen jüdischen Haushalt findet. Und vielleicht bei einem Menschen, der versucht, eine Identität anzudeuten. Das eine war ein siebenarmiger Silberleuchter. Aber es war kein echter Leuchter, sondern eine Miniatur, vielleicht fünfzehn Zentimeter hoch, mit dreißig Zentimeter Spannbreite zwischen den äußersten Armen. Die Kerzenhalter sind so klein, dass man vermutlich nicht mal Tortenkerzen hineinstecken kann.

Das andere ist eine silberbeschlagene Ebenholztafel. Auf der Tafel befindet sich eine Inschrift in hebräischen Buchstaben. Der Text wird eingerahmt von zwei Thorarollen, die ins Holz eingeschnitzt sind. Auch das typischer Zierrat, der nicht für die religiöse Praxis geschaffen ist.

Die Preisschilder auf der Rück- bzw. Unterseite sind sorgfältig abgekratzt worden, als sollten die Gegenstände wie Erbstücke aussehen. Die Quittungen fand die Technik bei der Hausdurchsuchung. Leuchter und Tafel wurden für einen ziemlich hohen Preis zusammen gekauft: im Antiquitätenladen Åmell in der Regeringsgata, im August 1977.

Die Suche nach Identität. Was wäre natürlicher für einen Menschen von Katarynas Herkunft und Hintergrund, als sich eine jüdische Identität zuzulegen? Und wie sich diese Identität manifestiert, ist meiner Ansicht nach ebenfalls typisch für Kataryna.

Der Materialismus, der sie hergetrieben hat. Ihr graues Vaterland. Der Kohlenqualm in Lodz, die anonymen endlosen Reihen von Mietskasernen, eine Straße wie die andere.

Dann die Ausländer in den Edelbars von Warschau. Eine andere Welt und unbegrenzte Mittel. Wie die Touristen ihr Heimatland beschreiben. Der Mann aus dem Ausland, der eine Frau beeindrucken will.

Alles leicht zu verstehen. Es sind dieselben Gründe, aus denen einem kleinen Kind ein Vergnügungspark wie das Paradies auf Erden erscheint.

Aber so war es natürlich nicht. Integrationskurse und Sprachunterricht, schlecht bezahlte Arbeit und kaum Hoffnung auf mehr.

Wie soll sie sich und ihre Träume verwirklichen? Durch Materielles. Wie soll sie das erreichen? So wie in ihrem Heimatland.

Ich glaube, dass Kataryna in Schweden schon ziemlich früh zur Prostituierten wurde. Ich glaube, dass sie es schon lange vor ihrer ersten Begegnung mit Marek war. Um das materielle Glück einzufangen, das ihr eine neue Identität geben sollte.

Und am Ende wird dieser Materialismus stärker als alles andere. Die sozialen und psychischen Mauern baut sie durch ihr Gewerbe selber auf. Denn das Leben als Prostituierte hat seinen Preis. Unter anderem lässt sie sich deshalb bezahlen. Ist eine Gefangene des Materialismus.

Ein siebenarmiger Silberleuchter.

Eine Genossenschaftswohnung mitten in der Stadt.

Eine Fuchsjacke.

Teure Fotografien von sich selbst.

Und das fragst du mich? Eine, die Rosenbaum heißt…

Masken.

Voruntersuchung über den Mord an Kataryna Rosenbaum, Samstag, 28. Oktober, bis Donnerstag, 23. November 1978

XXVII

Am Samstag, dem 28. Oktober, kam neues Tempo in die Kataryna-Ermittlung. Obwohl Wochenende war, versammelte man sich bei Dahlgren – Dahlgren, Andersson, Bergholm und Lewin –, und obwohl man eigentlich frei hatte, waren die Gesichter fröhlicher als seit langem.

»Du bist ganz sicher? Es ist derselbe Abdruck?« Dahlgren blickte Bergholm fragend an.

»Absolut. Oben in der rechten Ecke der Karte sitzt ein richtig ordentlicher Daumenabdruck. Der muss ja auch verdammt geschwitzt haben?« Bergholm lächelte Lewin zu.

»Ja.« Lewin nickte zustimmend. »Er war sehr nervös.«

»Hmmm.« Dahlgren kniff sich nachdenklich mit Daumen und Zeigefinger der linken Hand in den linken Nasenflügel. »Was machen wir jetzt?«

Andersson schaute Lewin fragend an. *Das war jetzt Lewins Bier.* Obwohl ja eigentlich er der Chef war. Noch immer.

»Was meinst du, Lewin? Müssen wir noch irgendwas machen, ehe wir uns den Jungen schnappen?«

»Darüber habe ich eben nachgedacht«, antwortete Lewin nachdenklich. »In der ersten Runde hatte er ja ein Alibi. Deshalb haben wir von ihm nie Vergleichsabdrücke gemacht. Seine Finger sind nirgendwo gespeichert. Das habe ich überprüft. Wir haben sie nur auf der Visitenkarte … und auf dem

Stuhlbein natürlich.« Lewin lächelte die anderen gelassen an.

»Ja.« Dahlgren setzte sich gerade. »Das sollte ich vielleicht sagen. Du hast da ungeheuer elegante Arbeit geleistet.«

»So war das nicht gemeint. Die einzige Chance besteht darin, ihn herzuholen. Ordentliche Vergleichsabdrücke zu machen und dann einen Blick auf sein Umfeld zu werfen. Auf sein Alibi zum Beispiel. Mit dem würde ich gern ein paar Worte wechseln. Und dann müssen wir bei ihm zu Hause eine Durchsuchung vornehmen.« Lewin sah Bergholm an.

»Das wird eine Scheißarbeit.« Bergholm schüttelte sich. »Hausdurchsuchung. Und wir müssen ja wohl das Auto miteinbeziehen. Vielleicht hat er noch ein Sommerhaus. Und all seine Klamotten müssen wir untersuchen lassen … und jetzt ist Wochenende. Es wäre das Beste, wenn wir bis Montag warten könnten.«

»Besteht denn das Risiko, dass er verschwindet?« Dahlgren sah Lewin an. »Oder dass er sich etwas antut?«

»Keine Ahnung«, sagte Lewin aufrichtig. »Ich weiß nicht mal, ob er noch im Land ist. Oder ob er noch lebt. Aber das wollen wir ja wohl hoffen.«

»Sagen wir also Montag?« Dahlgren blickte die anderen fragend an. »Bergholm, wenn du für Montagmorgen die Technik bestellst. Du, Andersson, musst derweil der Ermittlungstruppe neues Leben einhauchen.«

»Ich glaube, Jansson und ich sind genug. Um Lewin zu helfen.« Andersson schielte zu Lewin hinüber. »Wenn du den Täter verhörst, können Jansson und ich die Hausdurchsuchung übernehmen und eventuell noch die übrigen Vernehmungen erledigen?« Andersson fuhr sich über das Kinn.

Lewin nickte. Das klang gut. So ungefähr hatte er sich das vorgestellt. *Seine erste richtige Mordsache.* Seine Ermittlung.

»Den Täter, ja. Oder sollte ich vielleicht sagen, der, den

wir aus triftigen Gründen dafür halten.« Dahlgren zwinkerte Lewin zu. »Bis auf weiteres jedenfalls.« Er zwinkerte noch einmal. »Wir müssen ihn ja wohl auch überwachen. Wolltest du das übernehmen?«

»Den inneren Teil mach ich selbst. Aber den äußeren ...« Lewin sah skeptisch aus. »Er kennt mich doch schon. Wär besser, wir würden uns ein paar richtig feine Jungs von der Streife holen. Die ihn nicht verscheuchen, ihn aber trotzdem im Auge behalten.«

»Jarnebring und Molin?« Dahlgren trommelte mit den Fingern auf dem Telefon herum.

»Ich weiß nicht.« Lewins Stimme klang zweifelnd. »Ich möchte ihn Montag am Stück serviert bekommen.«

»Ja, die treiben es ein wenig wild, habe ich gehört.« Dahlgren lächelte ironisch. »Der gute Direktor Dahl scheint die so genannte Polizeigewalt ausgiebig genossen zu haben. Ja, ja. Ich werde mit dem Chef von der Streife reden«, entschied er. Er richtete sich auf und schaute die anderen an. »Wir schnappen ihn uns am Montagmorgen. Wenn bis dahin etwas passieren sollte, reden wir früher miteinander.«

Es wurden dann doch Jarnebring und Molin. Trotz Lewins Zweifel. Montagmorgen um halb sieben draußen in Hässelby. Nur eine halbe Stunde, nachdem sie die andere Streife vom VD 6 abgelöst hatten, die über Nacht auf ihn angesetzt war.

»Was für ein früher Arsch.« Molin nickte beifällig zu dem Mann hinüber, der gerade aus dem Haus kam. *Kräftig, über mittelgroß, kurzer brauner, sportlicher Mantel*, registrierte er. Jetzt können wir zusammen mit den anderen Kaffee trinken.

Der erste Morgenkaffee bei der Streife wurde schon um acht Uhr eingenommen, und vor allem der Montagmorgenkaffee war sehr beliebt. Das war nur natürlich, wo sich weder die Mädels noch die Kollegen in den letzten zwei

Tagen gesehen hatten. Und da gab es doch dies und jenes zu erzählen.

»Großartig«, sagte Jarnebring. *Wenn wir vorher nicht angeschossen werden, natürlich nur,* dachte er. Dann dreht Annika durch. Langsam näherte er sich dem blauen BMW, der vor dem Haus stand. Es war sein Auto, das wussten sie schon, jetzt stand er mit den Schlüsseln in der Hand daneben.

»Kaltes Blut, Molli«, Jarnebring sah seinen Kollegen an. »Dahlgren hatte schreckliche Angst, wir könnten ihn umbringen. Denk an den Meniskus.« Er grinste Molin an und riss zugleich das Lenkrad herum, sodass der Taunus mit dem rechten Kotflügel zum Bordstein zeigte. *Hier kommt er nicht mehr raus.* Klasse Karre übrigens, aber es würde wohl seine Zeit dauern, bis er wieder damit fahren könnte.

Molin war bereits aus dem Wagen gesprungen. Als Jarnebring ihn erreichte, hatte er die Hand auf der Autotür liegen und zeigte seinen Dienstausweis.

»Ich verstehe nicht, was Sie von mir wollen?« Der Mann war bleich. »Ich habe doch schon mit Ihnen geredet, damit es keine Missverständnisse gibt.«

»Das hat wohl nichts geholfen.« Jarnebring zuckte bedauernd seine breiten Schultern. »Sie müssen mit denen auf der Sektion sprechen«, unterbrach er den Mann, der gerade etwas sagen wollte. »Geben Sie mir bitte Ihre Autoschlüssel.«

Der Mann schwieg und reichte ihm die Schlüssel.

»Sie haben nichts Gefährliches bei sich?« Jarnebring hielt die Tür zum Rücksitz auf. »Wir müssen Sie leider durchsuchen. Das sind die Vorschriften. Nehmen Sie es nicht persönlich. Einfach nur Vorschriften. Und jetzt rein mit Ihnen.«

»Was erlauben Sie sich? Worum geht es denn eigentlich?« Der Mann schaute Jarnebring empört an, während Molin ihn abtastete. »Was soll das? Ich muss zur Arbeit ...«

»Sie müssen mit den Kollegen sprechen.« Jarnebring griff zum Mikrofon.

»Dann muss ich erst noch telefonieren …«

»Geht nicht«, sagte Jarnebring energisch. Er drückte auf den Sprechknopf vom Mikrofon. »Wir kommen jetzt. Alles klar.« Er befestigte das Mikrofon wieder zwischen den Vordersitzen.

»Worum geht es denn eigentlich?« Der Mann auf dem Rücksitz redete sich jetzt in Rage und versuchte, Molins Hände wegzuschieben. »Was erlauben …«

»Keine Dummheiten.« Jarnebring drehte sich um und hob warnend die rechte Hand. »Ganz ruhig, sage ich. Unsere Handschellen sitzen verdammt eng. Bleiben Sie einfach still sitzen, dann wird sich alles schnell klären.«

Endlich. Lewin griff zum Telefonhörer. Es war schon neun, und er saß seit sechs Uhr hier. »Lewin.«

»Bergholm hier.«

Lewin hielt den Atem an. *Jetzt sag schon was.* Damit ich loslegen kann.

»Es ist sein Daumen. Jetzt kannst du aufatmen und den Schlips lockern.« Bergholm lachte am anderen Ende der Leitung.

»Gut«, sagte Lewin. »Fahrt ihr zu seiner Wohnung?«

»Aber sicher doch.« Bergholm klang munter und seiner Sache sicher. »Andersson, Jansson und ich. Und die halbe Technik. Du kannst ganz ruhig sein.«

Das bin ich. Ganz ruhig. Lewin nickte seinem leeren Besuchersessel zu.

Einen Monat und achtzehn Tage hatte es gedauert, aber jetzt saß er da. Lewin sah ihn über den Schreibtisch hinweg an. Er wirkte fast gelassener als beim ersten Mal. *Wenn er nur nicht so weiß im Gesicht wäre.*

»Worum geht es denn eigentlich?« Die Stimme des Mannes versagte. »Haben Sie überhaupt ein Recht dazu?« Er schloss beide Hände um die Sessellehnen. »Können Sie so einfach Fingerabdrücke nehmen? Und was wollen Sie mit meinen Schlüsseln?«

Lewin sah ihn an und hob abwehrend beide Hände.

»Warten Sie ab, wir werden das alles klären. Es geht viel schneller, wenn wir ruhig bleiben. Und wir haben das Recht, Fingerabdrücke zu nehmen«, fügte er rasch hinzu, als er sah, dass der Mann den Mund öffnete. »Und zu allem anderen auch. Das hat der Staatsanwalt entschieden. Können wir anfangen?«

Der Mann nickte stumm.

»Stig Åke Kjellberg, geboren 1935.« Lewin schaute von seinen Papieren auf. »Sie sind Bauingenieur?« Wieder nickte der Mann. »Geschieden, ein Kind. Eine Tochter, zehn Jahre?« Der Mann nickte, sagte aber nichts. »Sie wohnen in Hässelby in der Fyrspanngata ...«

Lewin musterte den Mann, der im Besuchersessel auf der anderen Schreibtischseite in sich zusammengesunken war.

»Ja, Kjellberg. Ich muss Sie noch einmal nach Ihrer Beziehung zu Frau Kataryna Rosenbaum fragen. Wie Sie sicher verstehen ...« Lewin fixierte das grobe Gesicht mit seinen dunklen Augen, »... kann ich nicht auf die Gründe eingehen, aus denen wir noch einmal mit Ihnen sprechen wollen. Ich kann Ihnen aber immerhin sagen, dass Informationen aufgetaucht sind, die andeuten, dass Sie bei unserem ersten Gespräch nicht die Wahrheit gesagt haben.« Lewin hob das Vernehmungsprotokoll hoch. »Das war am Donnerstag, dem 21. September.« Er sah den Mann an.

»Ich habe doch das Recht auf einen Anwalt?« Jetzt umklammerte er wieder die Armlehnen. »Das hat man doch wohl in einer solchen Situation? Auch wenn man nichts verbrochen hat?«

Lewin sah ihn an und nickte.
»Wünschen Sie jemand Bestimmtes?«

Mein übliches Glück. Bergholm sah sich im Zimmer um. Ein allein stehender Kerl und bewohnt fünf Zimmer und Küche und hat so viele Möbel wie ein älteres Paar, ehe die Kinder ausziehen und sich die Esszimmerstühle erquengeln. Er seufzte tief.

Gemütlich. Andersson nickte beifällig und ließ seinen Blick über die Zimmerwände gleiten. Wirklich gemütlich. Guter Geschmack. Aber natürlich viel zu tun. Er fischte vorsichtig einen Papierstapel aus dem untersten Fach vom Bücherregal. *Und da hat sie gelegen.*

»Ihr Freund, der Anwalt, kann erst nach der Mittagspause kommen.« Lewin sah den Mann im Sessel an. Jetzt war er wieder in sich zusammengesunken. Er wirkte bleich und verkniffen. Sein breites, schweres Gesicht war so weiß wie die Papiere auf Lewins Schreibtisch. *Weißer noch.* Lewin schielte zu den grauen Fotokopien hinüber.

»Dann warte ich, dann kann er sich um die Sache kümmern.« Der Mann starrte Lewin hasserfüllt an. *Sein Hals war von roten Flecken überzogen.* Das konnte Lewin sehen. Sein Sporthemd war am Hals offen. *Sicher teuer,* dachte Lewin.

»Könnten wir vielleicht schon einmal Ihre Aussagen vom vorigen Mal durchgehen? Nur um Missverständnisse auszuschließen? Damit das geklärt ist, wenn der Anwalt kommt.« Er versuchte, überzeugend zu wirken. *Reine Formsache.*

Der Mann schüttelte den Kopf.

»Ich glaube Ihnen nicht. Ich glaube, Sie wollen mir eine Falle stellen.«

»Warum hat er es erst in Fetzen gerissen und dann wieder zusammengeklebt?« Bergholm drehte das große Foto mehrmals um. Es war in mindestens zwanzig Stücke gerissen – einige nur wenige Zentimeter groß – und danach auf der Rückseite mit Hilfe von Klebeband wieder zusammengeklebt. Bergholm schüttelte den Kopf. »Für ihn wäre es besser gewesen, er hätte es weggeworfen.«

Andersson nahm das Foto und betrachtete es. *Die lächelnde Kataryna.* Sah aus wie eines der Fotos, die er in seinem Schreibtisch liegen hatte. Eins von denen, die sie bei der Hausdurchsuchung in der Bergsgata mitgenommen hatten.

»Vielleicht hat er es bereut?« Andersson schüttelte nachdenklich den Kopf.

XXVIII

Nach dem Mittagessen ging es besser. Die Tatsache, dass der Anwalt – offenbar ein Bekannter – dabeisaß, schien ihn zu beruhigen.

»Wie haben Sie Kataryna Rosenbaum kennen gelernt?«

»Das habe ich Ihnen schon einmal erzählt.«

Er wirkte jetzt viel sicherer. Sein Gesicht hatte wieder Farbe. Seine Stimme klang aggressiv und wachsam zugleich.

»Dann erzählen Sie es bitte noch einmal.« *Verhörstimme*, dachte Lewin. Ruhig und förmlich, nur so kann es gehen. Keine Eile, kein Grund, böse zu werden.

»Wie läuft es?« Dahlgren sah Lewin neugierig an. »Können wir schon Kuchen kaufen?«

»Das dauert noch einen Moment.« Lewin lächelte und merkte, wie müde er war. »Jetzt behauptet er, dass sie nur einige Monate miteinander zu tun hatten. Und dass im Sommer Schluss war.«

»Hm.« Dahlgren kniff sich nachdenklich in den Nasenflügel. *Ich muss mir das abgewöhnen*, dachte er und sah besorgt auf Daumen und Zeigefinger seiner linken Hand. Ist krebserregend. »Um den Kuchen kommst du aber nicht herum.« Er zwinkerte Lewin freundlich zu.

Lewin nickte. Der Kuchen hatte Tradition, und er wollte

ihn gern spendieren, wenn alles so ging, wie er sich das vorstellte.

»Mach dich nicht kaputt. Wir haben Zeit genug.« Dahlgren schüttelte nachdenklich den Kopf. »Ich habe mit dem Staatsanwalt gesprochen. Schon seltsam, wie ein Daumen die Ansichten verändern kann.«

Zeit genug? Die werden wir auch brauchen, dachte Lewin. Vor allem wenn der Anwalt nicht dabei sein kann. An diesem Tag hatte er unter Spannung gestanden wie eine Stahlfeder.

»Dann kann ich vielleicht zusammenfassen.« Lewin betrachtete seine Aufzeichnungen.

Der Mann gab keine Antwort, und als Lewin aufblickte, sah er die dunklen Augen und das schwere Gesicht. Dunkel und verschlossen, die Oberkiefer hart und energisch. *Wenn er nur nicht so blass wäre.*

»... jaa.« Lewin sah ihn an. »Sie sind sich also Anfang April zum ersten Mal begegnet. Im Restaurant Maxim in der Regeringsgata. Es war Tanzabend, und Sie waren allein dort. Frau Rosenbaum war mit einer Freundin zusammen, aber an deren Namen können Sie sich nicht erinnern.« *Anita, ja.* Mit der würde er nach der Mittagspause sprechen. »Zwei Tage später haben Sie sich wiedergesehen. Sie haben Frau Rosenbaum angerufen.« Lewin sah ihn fragend an, aber der andere saß ganz still in seinem Sessel und verzog keine Miene.

...

»Ihre letzte Begegnung fand im August statt, Mitte August?« *Noch immer keine Miene,* dachte Lewin.

»Warum darf ich keine Zeitungen lesen?« Das kam so plötzlich, dass Lewin zusammenzuckte. Der Mann starrte ihn an. »Damit Sie in aller Ruhe Ihre Lügen verbreiten können?«

»Der Staatsanwalt.« Lewin zuckte mit den Schultern. »Der

hat das so angeordnet. Wir müssen jetzt aufhören.« Lewin schaute auf die Uhr. »Mit etwas Glück bekommen Sie oben auf der Abteilung noch etwas zu essen.«

»Essen.« Der Mann spuckte das Wort aus. »Glaubst du, dass ich jetzt ans Essen denke?«

»Den habe ich nie gesehen.« Anita flüsterte, obwohl er ihr gesagt hatte, dass die Wand mit dem Einwegfenster schallisoliert war, und obwohl Kjellberg mehrere Meter von ihnen entfernt auf der anderen Seite der Fensterscheibe stand. »Er sieht unheimlich aus.« Sie packte Lewin am Arm und versuchte, ihn von der Scheibe fortzuziehen, obwohl er gesagt hatte, dass der Mann auf der anderen Seite nicht sie, sondern nur sein eigenes Spiegelbild sah. »Und der hat den Drohbrief geschrieben?« Sie flüsterte noch immer.

»Weiß nicht«, antwortete Lewin wahrheitsgemäß. »Werden wir sehen.«

Es war vermutlich nicht Kjellberg, der Anita den Drohbrief geschrieben hatte. Denn am nächsten Tag erschien auf der Sektion eine weitere Prostituierte mit einem fast gleich lautenden Brief.

Höchst wahrscheinlich derselbe Absender, abgestempelt am Vortag, am Dienstag, dem 31. Oktober.

»Der hat wohl einen Schreibschub gekriegt, als er die Abendzeitungen gelesen hat«, vermutete Dahlgren und gab Lewin den Brief zurück.

Lewin nickte zustimmend. Das konnte sehr wohl sein. Die Abendzeitungen hatten am Vortag eine große Nummer aus der Sache gemacht. »Katarynas Mörder gefasst?« Das Fragezeichen war natürlich sehr klein gewesen.

Aber den anderen Brief, den Drohbrief an Fahlén – der Lewin zu einem großen Detektiv gemacht und ihn auf eine

Höhe mit Andersson und seinem poetischen Tagebuchmörder katapultiert hatte –, den hatte er geschrieben.

Und zwar, schön blöd, auf seiner eigenen Schreibmaschine. Einer älteren Facit mit charakteristisch abgenutzten Typen. Die Technik hatte sie bei der Durchsuchung seiner Wohnung gefunden und schon ein Gutachten verfasst. Kein Problem in dieser Hinsicht. Noch weniger, da er jetzt zugegeben hatte, dass er es gewesen war.

»Dann gibt es nur noch ein paar Dinge, die ich nicht verstehe.« Lewin musterte den Mann auf der anderen Schreibtischseite forschend. »Du sagst, dass du Mitte August mit Kataryna Schluss gemacht hast, weil du ihrer satt warst. Nicht weil sie eine Prostituierte war. Das war nur so ein Verdacht. Aber du behauptest, nie in ihrem Atelier in der Roslagsgata gewesen zu sein.« Lewin schaute ihm in die Augen und wurde schärfer.

»... aber trotzdem schreibst du einen Brief an Fahlén, der mit Kataryna nur insoweit zu tun hatte, als er der Vermieter der Wohnung in der Roslagsgata war. Das war alles. Außerdem ...« Lewin klang sarkastisch. »... schickst du diesen Brief vierzehn Tage ... mindestens vierzehn Tage, nachdem du mit ihr Schluss gemacht hast.«

Der Mann starrte ihn an. *Hass, vielleicht auch Angst?*

»Du kannst dich nicht erinnern, wann du den Brief geschickt hast?« Lewin griff zu der Plastikmappe mit dem Drohbrief und wog sie in der Hand. »Dem Poststempel nach war das am 2. September. Knapp vierzehn Tage vor dem Mord an Kataryna.« Lewin sah ihn an.

»Ein Zuhälter.« Er beugte sich im Sessel vor und starrte Lewin an. »Nutten und Zuhälter. Macht das vielleicht einen Unterschied«, fauchte er.

»Ich habe drei Fragen, über die du nachdenken solltest«, fiel Lewin ihm ins Wort. »Erstens. Woher hattest du Fahléns Adresse? Zweitens. Wann und wie oft warst du in der Roslagsgata?« Lewin sah ihn mit ernster Miene an. »Ich weiß nämlich, dass du dort warst. Die dritte Frage.« Lewin ließ sich im Sessel zurücksinken, ohne den anderen aus den Augen zu lassen. »Die dritte Frage«, wiederholte er. »Die weißt du schon. Und ich finde, du solltest sorgfältig darüber nachdenken.«

Der Mann sagte nichts. Er sah ihn nur an.

»Wie läuft es?« Dahlgren lächelte und nickte. »Wir wüssten ja gern, was aus dem Kuchen wird.«

»Zum Wochenende vielleicht.« Lewin lächelte auch, obwohl er seine Worte sofort bereute. »Wenn wir Glück haben, zum Wochenende.« Er war müde und angespannt. Das merkte er, als er mit der Hand durch seine schütteren Haare fuhr. »Aber wir sollten wohl doch von nächster Woche ausgehen«, fügte er hinzu.

Und damit sollte Lewin Recht behalten. Denn am Freitag gab es keinen Kuchen. Dafür wurde Untersuchungshaft verhängt. Am Freitag, dem 3. November, wurde Stig Åke Kjellberg morgens vom Stockholmer Landgericht wegen des Verdachts, am Donnerstagvormittag des 14. September Kataryna Rosenbaum umgebracht zu haben, in Untersuchungshaft gesteckt.

Und auch du kriegst heute keinen Kuchen, dachte Lewin düster und musterte Kjellberg, der sich von der harten Holzbank erhob. Außerdem sehe ich dir an, dass es dir nicht gut geht.

Kjellberg wandte sich ab, als er Lewins Blick bemerkte. Er beugte sich zu seinem Anwalt hinüber und flüsterte ihm etwas zu.

Schönes Wochenende. Lewin schaute ihm hinterher, als er im Gang verschwand. Mit gesenktem Kopf und den beiden Wärtern aus der Untersuchungshaft.

XXIX

Am Montag, dem 6. November, versammelte man sich bei Dahlgren, um die Lage zu diskutieren. Dahlgren, Andersson, Bergholm, Jansson und Lewin. Mit düsteren Mienen und gerunzelter Stirn. Das Wetter vor den Fenstern des Polizeigebäudes war ebenso elend wie auf den Tag genau vor dreihundertsechsundvierzig Jahren in Sachsen-Anhalt.

»Willst du anfangen, Lewin?« Dahlgren schaute zuerst Lewin und dann Andersson an. »Keine Einwände. Bitte sehr.«

»Es geht nicht weiter.« Lewin schüttelte den Kopf. »Hat im August mit ihr Schluss gemacht. Sie seither nicht mehr gesehen. Grund? Sie hat ihn belogen, sagt er. Dass sie Prostituierte war, hat er nur vermutet.«

»Und der Brief an Fahlén?« Dahlgren trommelte gereizt mit den Fingern auf dem Schreibtisch herum.

»Ja.« Lewin lächelte ein wenig. »Das haben wir am Wochenende geklärt, Kjellberg und ich. Er ist in der Baubranche … und hat gute Kontakte zu vielen Hausbesitzern. Unter anderem zu dem des Hauses in der Roslagsgata. Dass dort ihr Atelier war, hat er im August erfahren. Als er sie danach gefragt hat, hat sie es abgestritten. Danach hat er den Hausbesitzer gefragt … zwischen Tür und Angel auf irgendeinem Fest seiner Baufirma. Und da hat er erfahren, dass

Fahlén die Wohnung gemietet hat. Ich habe mit dem Hausbesitzer gesprochen. Es scheint zu stimmen.« Lewin schüttelte verwundert den Kopf.

»Er wollte nicht wissen, warum Kjellberg das interessiert?« Dahlgren unternahm keinerlei Versuch, die Ironie zu verbergen.

»Nein. Er hat die Frage überhaupt nicht mit Kataryna in Verbindung gebracht. Kjellberg wolle wohl etwas von Fahlén, dachte er. Fahlén scheint in der Branche ein ziemlicher Begriff zu sein … in gewissen Teilen der Branche jedenfalls.« Lewin schüttelte bedauernd den Kopf. »Der Hausbesitzer hatte noch immer keine Ahnung, was in seinem Haus so vor sich ging.«

»Ach. Im Nachhinein kann man das vielleicht verstehen.« Dahlgren grinste.

»Es läuft nicht gut.« Lewin schaute die anderen mit ernster Miene an. »Ich befürchte, dass er total zusammenbricht … er isst kaum etwas, sagen sie in der U-Haft … will sich nicht bewegen. Liegt nur da und schläft. Sein Anwalt hat das schon zweimal zur Sprache gebracht …«

»Hast du was, Bergholm?« Dahlgren sah den Techniker mit den grau melierten Haaren an.

»Nicht sehr viel, nein.« Bergholm schüttelte bedauernd den Kopf. »Seine Kleider sind wohl das Interessanteste … es scheint kein Stück zu fehlen. Allerdings … er hat ja ganz schön viele. Die Analysen der Sachen, von denen wir glauben, dass er sie am Donnerstag, dem 14., anhatte, sind jetzt fertig … wurden vorgezogen.« Bergholm hielt ein Bündel Analyseberichte aus dem staatlichen gerichtschemischen Labor hoch. »Negativ … kein Blut, nichts. Hose, Schuhe, Hemd, Jackett … sie sind die halbe Garderobe durchgegangen … kann natürlich Glück sein … er muss ja nicht unbedingt was angehabt haben.«

»Glaubst du wirklich?« Jansson bedachte ihn mit einem

traurigen und zugleich skeptischen Blick. »Das sah doch aus wie im Schlachthof ...«

»Wie läuft die Nachbarschaftsbefragung?«

»Schlecht, schlecht.« Andersson schaute seinen Chef bedauernd an. »Offenbar hat wirklich kein Mensch ihn gesehen. Weder in der Roslagsgata noch in der Fyrspannsgata oder bei ihr zu Hause ... schon gar nicht am vierzehnten ... an dem Donnerstag. Und am Montag auch nicht ... drei Tage zuvor also. Wir haben ein paar Tipps bekommen.« Andersson kratzte sich am Kopf. »Die üblichen.« Er seufzte.

»Ja, ja.« Dahlgren musterte die anderen mit ernster Miene. »Bald sitzen wir dann mit einem halben Daumen und unserer Überzeugung da, ja?«

Alles schwieg.

»... ja.« Dahlgren sah Andersson an. »Wir haben noch ein großes Problem.«

»Das Alibi.« Andersson sah unglücklich aus. »Das von seinem Werkmeister. Ich werde nicht schlau aus dem Kerl.«

Andersson hatte den Werkmeister vernommen, der seinem Chef Stig Åke Kjellberg gleich nach Lewins erstem Gespräch mit diesem ein Alibi verschafft hatte. Schon am Dienstag – dem Tag nach Kjellbergs Festnahme – hatte Andersson erstmals mit ihm gesprochen.

Es war eine »gute« Vernehmung gewesen. Andersson war zufrieden. Er hatte dem Werkmeister gesagt, dass sie einen Fingerabdruck hätten. Ob er begreife, was das bedeutet? Ja, tat er. Er war unsicher geworden. Konnte er sich vielleicht im Tag vertan haben? Er wollte nach Hause gehen, sich die Sache überlegen und dann am nächsten Tag zurückkommen. Sie hatten sich in bestem Einvernehmen getrennt. Andersson war das Verständnis selbst gewesen. »Nehmen Sie sich das nicht so zu Herzen. Wir sind daran gewöhnt, dass die Leute alles

Mögliche verwechseln. Es ist ja auch nicht leicht, die Tage auseinander zu halten. Man glaubt zu wissen …« Und so weiter und so fort. Der Werkmeister war dankbar und verwirrt gewesen: »Ja verdammt, ich kapier hier überhaupt nichts mehr.«

Aber am nächsten Tag war dann Schluss mit der Harmonie.

Der Werkmeister brachte sein Auftragsbuch, seinen privaten Terminkalender und eine Menge Erinnerungen mit, die sich seit dem Vortag bei ihm eingestellt hatten.

Vor allem von Bedeutung war das Auftragsbuch.

»Es kann überhaupt keinen Zweifel geben.« Er war rot im Gesicht und alles andere als unsicher. »Schauen Sie doch mal. Hier trage ich alle Arbeiten ein. Tag für Tag, Stunde für Stunde.« Er schlug mit der Faust auf das dicke blaue Buch.

Das Auftragsbuch war überzeugend. Und ihm zufolge war der Werkmeister den ganzen Morgen im Büro seines Chefs ein und aus gegangen. Sie hatten sich zwar nicht ununterbrochen gesehen, aber doch mehrmals an diesem Vormittag.

Außerdem hatte er selbst gerechnet.

»Wissen Sie, wie lange man braucht, um von Upplands-Väsby in die Stadt und zurückzufahren?«

»Woher wissen Sie, dass er von dort losgefahren ist?«

»Weil es hier steht. Um acht Uhr morgens haben wir uns länger unterhalten. Mindestens eine Stunde. Das habe ich aufgeschrieben.« Mit einem kräftigen Zeigefinger tippte er auf das Buch.

Andersson wusste, wie lange man brauchte, um zwischen Upplands-Väsby und der Roslagsgata 40 hin- und herzufahren. Er wusste auch sonst noch sehr viel: Fyrspannsgata – Roslagsgata – Upplands-Väsby. Wozu auch immer dieses Wissen nützen sollte. Wenn stimmte, was der Werkmeister sagte. Und wie auch immer: in beiden Fällen brauchte man mindestens eine Stunde. Und musste wirklich ein schneller Mörder sein.

Sie hatten zwei Tage für die Rekonstruktion gebraucht. In dieser Zeit sollte der Werkmeister sich seine Aussage noch einmal überlegen. Aber er war bereits am Donnerstag fertig.

»Ich scheiß auf euren verdammten Fingerabdruck. Ich kann für den ganzen Donnerstagvormittag garantieren. Und ihr könnt euch darauf verlassen, dass ich das tu.«

Was er offenbar in die Tat umsetzte. Am nächsten Tag meldete sich Kjellbergs Anwalt. Er wollte wissen, was hier eigentlich los sei.

Aber das erfuhr er nicht. Denn jetzt ging es um die Glaubwürdigkeit des Zeugen. Der widmeten Andersson und Jansson das gesamte Wochenende.

Am Sonntagabend waren sie fertig.

»Ich wusste gar nicht, dass ein Mensch so durch und durch redlich sein kann, Jansson«, sagte Andersson mit seinem traurigen Blick. »Der scheint ja der wahre Heilige zu sein.«

Keine Vorstrafen. Unter den Kollegen allgemein beliebt. Verheiratet, drei Kinder, die Gattin Hausfrau. Vorbildlicher Vater, Hobbytrainer einer Juniormannschaft im Eishockey. Er kannte Kjellberg außerdem nicht näher. Sondern nur aus der Firma, wo der Werkmeister seit einem Jahr angestellt war. Kjellberg war seit zehn Jahren für die Firma tätig.

»Und wie der aussieht«, stöhnte Andersson. »Die werden vor Gericht in Tränen ausbrechen. Falls wir überhaupt so weit kommen.«

Der Werkmeister – der Zeuge – war der typische Mann der Jury. Groß und kräftig, blonde Haare, blaue Augen, die ihr Gegenüber immer ansahen. Er sprach ruhig und bedächtig. Außer wenn er böse wurde. Dann war er »redlich und auf gut Schwedisch sauer.« Andersson hatte allen Grund zum Stöhnen.

»Entweder lügt er.« Andersson sah die anderen an. »Oder er glaubt es wirklich und hat sich im Tag vertan.« Andersson war außer sich. Das kam selten vor, aber dieser Zeuge machte ihn einfach fertig.

»Es gibt noch eine dritte Möglichkeit«, wandte Jansson mit trauriger Stimme ein.

Andersson schaute ihn überrascht an. Dahlgren nickte nachdenklich, aber weder Lewin noch Bergholm verzogen eine Miene.

»Dass er die Wahrheit sagt«, erklärte Jansson niedergeschlagen.

XXX

»Warum hast du das Foto zerrissen?« Lewin hielt das zerfetzte Bild von Kataryna hoch.

Kjellberg fuhr zusammen, als sei er geschlagen worden.

»Weil sie mich belogen hat. Sie hat gelogen«, fauchte er. Seine Augen waren tiefschwarz, sein grobes Gesicht war jetzt eingefallen und von Furchen durchzogen. Er rasierte sich offenbar nicht mehr.

»Warum hast du es dann wieder zusammengeklebt?«

»Sie hat gelogen.« Plötzlich sprang er auf und schrie. »Sie hat gelogen, die verdammte Nutte. Mann, wie die mich angelogen hat!« Er ließ sich wieder in den Sessel sinken. Schlug die Hände vors Gesicht. Dann schluchzte er los. Laut und deutlich, die Hände noch immer vor das Gesicht geschlagen.

Lewin schaute auf seine Armbanduhr, kritzelte die Zeit auf seinen Block, schaltete das Tonbandgerät aus und schob das Foto wieder in seine Schreibtischschublade.

»Beruhige dich erst mal.« Er gab sich alle Mühe, seine Stimme ruhig klingen zu lassen. »Möchtest du etwas trinken? Wir machen jetzt eine Pause. Du musst dich beruhigen.« Jetzt bettelte er. *Herrgott*, dachte er. Wird das denn nie ein Ende nehmen?

»Lewin.« Der Wärter drehte sich zu ihm um.

»Ja.«

»Ich fürchte, mit Kjellberg geht es den Bach runter. Kannst du nicht mit dem Arzt reden? Der Assistent ist doch krankgeschrieben, und auf uns scheißt er.«

Lewin nickte.

»Mach ich.«

»Ja. Damit er was zur Beruhigung kriegt, der Arme.« Der Wärter schüttelte besorgt den Kopf.

Was ihn zu beruhigen schien, war sein Anwalt. Nicht die Tabletten. Die er übrigens gar nicht wollte. Am Vorabend hatte er den Plastikbecher mit den Tabletten, den sie ihm gegeben hatten, einfach weggeworfen. Aber die Anwesenheit seines Anwalts sorgte dafür, dass man doch noch mit ihm reden konnte. So einigermaßen jedenfalls.

»Du hast Kataryna deiner Mutter und deiner Tochter vorgestellt.«

Kjellberg nickte, ohne zu antworten.

»Ich muss darum bitten, dass du laut antwortest, damit wir das auf Band aufnehmen können.« Lewin versuchte, sich ruhig und überzeugend anzuhören, und sah zugleich den Anwalt an.

»Ja«, sagte Kjellberg leise. »Wir haben zusammen gegessen. Bei meiner Mutter. Lina hatte Geburtstag. Das war im Mai. Da hat sie Geburtstag.« Er saß in sich zusammengesunken da und schien vor allem mit sich selbst zu reden.

»Hast du sie geliebt?«

»Wen?« Er schaute Lewin überrascht an. »Lina?«

»Nein.« Lewin lächelte kurz. »Kataryna. Du hast sie mit nach Hause genommen. Hast du sie geliebt?«

Kjellberg nickte kurz, ohne zu antworten. Lewin brachte es nicht über sich, ihn ein weiteres Mal zu mahnen.

»Wann ist dir aufgegangen, dass sie dich anlügt? Kataryna?«

»Wir wollten heiraten.« Er sah seine Hände an. »Sie

wollte im Herbst eine Ausbildung anfangen. Als Sekretärin. Sie hatte das Schreibbüro aufgegeben. Und wartete nun auf den Beginn des Kurses.« Er verstummte. »Ich sagte, wenn sie wolle, könne sie zu Hause bleiben.« Er sah Lewin an. »Wenn man Kinder haben will und so. Eine Mutter gehört zu ihren Kindern.«

Herrgott, dachte Lewin.

»Wann ist dir aufgegangen, dass sie dich anlügt?«

»Und dann war sie eine Nutte«, sagte Kjellberg. »Eine, die man für zwei Hunderter kaufen konnte … und die habe ich Lina vorgestellt.« Jetzt weinte er, auch wenn er Lewin aus irgendeinem Grund weiterhin ansah. Er saß ganz aufrecht da und sprach leise und nachdenklich, während ihm die Tränen über die Wangen liefen.

»Wir brechen ab«, sagte Lewin und sah den Anwalt an.

»Wie lange wollen Sie noch so weitermachen, Herr Kriminalinspektor?« Der Anwalt verstaute seine Unterlagen in seiner Aktentasche und sah Lewin an. Sein Gesicht war kalt und ungerührt.

»Ich mache meine Arbeit. Sie wissen, wie das ist.«

»Ja«, sagte der Anwalt. »Das weiß ich.« Jetzt klang seine Stimme bissig. »Unter anderem weiß ich, dass mein Mandant ein Alibi hat.«

»Und wir haben einen Daumenabdruck«, erwiderte Lewin kurz. »Für den wir gerne eine Erklärung hätten.«

»Wann ist dir aufgegangen, dass sie lügt?« Lewin versuchte sich freundlich und förmlich zugleich anzuhören. Sie waren allein im Raum, und er fühlte sich elender denn je.

»Sie hat es mir erzählt.«

»Was?«

»Sie hat mir erzählt, was sie macht.« Kjellberg sah ihn an. Seine Augen waren tiefschwarz.

»Wann denn?« *Jetzt muss ich mir alle Mühe geben.* Lewin ließ sich im Sessel zurücksinken.

»Ich weiß nicht mehr... irgendwann im Sommer. Wir waren bei mir zu Hause... wir hatten zusammen gegessen. Und wollten schlafen gehen. Sie war so seltsam.« Jetzt sprach er wieder zu sich selbst. »Ich weiß nicht mehr genau ...«

»Sie hat es erzählt, hast du gesagt?

»Ja. Dass sie in einer Art Institut arbeitet. Einem Massageinstitut. Sie konnte offenbar keine andere Arbeit finden...«

»Hat sie erzählt, was das bedeutet? Was sie dort macht?«

»Sie hat geweint.« Er sah Lewin an. Seine Augen waren schwarz, schwarze blanke Augen. »Sie... das mit uns könne nichts werden. Sie hat behauptet, sie liebe mich. Aber wir könnten uns nicht mehr treffen... weil sie mich liebt.«

»Und was hast du gesagt?«

»Dass ich sie auch liebe.« Er schaute Lewin verwirrt an. »Das war doch die Wahrheit. Deshalb habe ich mich doch mit ihr getroffen.«

»Wann warst du in der Roslagsgata?« *Jetzt kommt es.*

»Ich weiß nicht mehr. Sie hat gesagt, sie liebt mich, und deshalb... könne das nichts werden... wir würden uns nie wiedersehen.«

»Die Roslagsgata?« Lewins linke Hand umklammerte seine Armlehne.

»Wir könnten uns nicht wiedersehen, weil sie mich liebt.«

»Wie läuft es?« Dahlgren sah ihn an. Er wirkte nervös.

»Schon gut.« Lewin nickte. »Ich glaube, das schaffen wir. Jetzt redet er wieder.«

»Hm.« Dahlgren weigerte sich, ihn aus den Augen zu lassen. »Brauchst du Hilfe?«

»Hilfe?«

»Ja«, sagte Dahlgren mit deutlicher Stimme. »Hilfe. Du

siehst langsam aus, als ob du es wärst, der hier unter Mordverdacht steht. Nicht Kjellberg. Fahr nach Hause und schlaf dich aus.« Jetzt lächelte er ihn an. »Du willst doch wohl nicht, dass ich Ärger mit der Gewerkschaft kriege?«

Am nächsten Tag legten sie mit den Verhören eine Pause ein. Kjellberg brauchte Ruhe – soweit das in Untersuchungshaft möglich ist –, die Polizei musste die Lage besprechen. Darüber zum Beispiel, wer Kjellberg war, seine Personalien.

»Er scheint ein überaus ehrsamer Mitbürger zu sein.« Andersson sah reichlich überrascht aus, als er das sagte. »Dreiundvierzig Jahre alt, eine Tochter von zehn Jahren. Seit vier Jahren geschieden.« Andersson schaute in seine Unterlagen und rechnete nach. »Ja, etwas über drei Jahre, sehe ich hier ... gute Finanzlage. Sehr gute, sogar.« Andersson verstummte und sah die anderen an. »Hohes Gehalt und vom Vater ein kleines Vermögen geerbt ... die Mutter lebt noch. Einzige Verwandte, abgesehen von der Tochter ... einzige nahe Verwandte«, fügte er hinzu.

»Liegt irgendwas gegen ihn vor?«, fragte Dahlgren.

»Nichts. Absolut nicht vorbestraft. Nicht das kleinste Vergehen.« Andersson sah die anderen an. »Und offenbar auch keine Alkoholprobleme, wie es aussieht, fast schon Abstinenzler ... treibt ziemlich viel Sport. Ist von Beruf Bauingenieur ... wie ihr wisst. Arbeitet seit über zehn Jahren in derselben Firma. Vorher war er bei seinem Vater ... aber der Betrieb wurde nach dem Tod des Vaters aufgelöst. Der war übrigens auch Ingenieur.« Andersson blätterte in seinen Papieren. »Das ist wirklich alles sehr seltsam ... wenn wir an das Verbrechen denken, meine ich.«

»Ist es das wirklich?« Lewin sah Dahlgren hilfesuchend an. »Seine ganze Existenz muss doch in Stücke gegangen sein, als ihm aufging, mit wem er da zusammen war.«

Dahlgren nickte nachdenklich.

»Ja«, sagte er. »Wenn er ein normaler Gangster gewesen wäre, hätte er sie zuerst zusammengeschlagen und dann die Hälfte von ihrem Geld kassiert.« Er sah Andersson an. »Habt ihr mit seiner Exfrau gesprochen?«

»Nein. Hab ich noch nicht geschafft. Die war verreist. Lewin will das heute Nachmittag erledigen. Da sind wir bei ihr zu Hause verabredet.«

Dahlgren nickte.

»Bleibt einfach ganz ruhig.« Er sah noch immer Lewin an. »So was kann brisant sein. Unser Freund, der Staatsanwalt …«, er lächelte säuerlich, »… hat schon langsam Schaum vor dem Mund. Er hat natürlich den Anwalt am Hals … bald wird er den Daumen wohl abschreiben, weil das Alibi so schöne blaue Augen hat.«

»Ich brauche überhaupt nicht mit Ihnen zu reden … wenn ich das richtig verstanden habe.« Die Frau auf dem Sofa sah Lewin an.

Der Anwalt, dachte er.

»Nein.« Er schüttelte den Kopf. »Sie brauchen nicht mit mir zu reden. Niemand kann Sie dazu zwingen … ich will das nicht einmal versuchen … ich bin in der Hoffnung hergekommen, dass Sie uns helfen … Sie sind doch sicher diejenige, die ihn am besten kennt.«

»Stig?« Sie schüttelte überrascht den Kopf. »Wir sind seit mehreren Jahren geschieden.«

»Aber vorher waren Sie mehrere Jahre verheiratet.« Er sah sie an. *Kataryna*, dachte er. Die sehen sich ja vielleicht ähnlich!

»Verheiratet …« Sie machte eine resignierte Handbewegung. »Ich war sein Dienstmädchen, falls Sie das meinen.«

Lewin nickte abwartend.

»Nein«, sagte sie. Jetzt klang ihre Stimme energisch. »Ich will nicht über ihn sprechen. Außerdem habe ich diese Frau nie gesehen. Meine Tochter… Stig und meine Tochter haben sich einmal mit ihr getroffen… sie haben alle drei bei seiner Mutter gegessen.«

Lewin nickte schweigend.

»Und ich will absolut nicht, dass Sie mit ihr sprechen.« Jetzt starrte sie ihn wütend an. »Sie soll aus der Sache herausgehalten werden… sie weiß nichts. Sie ist zehn Jahre alt. Das dürfen Sie nicht… das verbiete ich.«

»Nein«, sagte Lewin. »So etwas würde ich niemals tun.« Er stand auf.

»Mama.«

Sie stand in der Tür. Ein kleines dunkles Mädchen. Und Ähnlichkeit mit ihrem Vater hatte sie auch. Dunkle Augen, lebhaft und neugierig. *Ob sie gehorcht hatte?*

»Lina.« Die Stimme der Mutter klang scharf. »Geh sofort auf dein Zimmer. Ich habe doch gesagt, dass Mama mit dem Onkel allein sein will.«

Sie ist so klein. Wie klein Zehnjährige doch sind, dachte er.

»Ooch, Mama.« Sie schaute ihre Mutter verärgert an. »Das macht doch…«

»Geh jetzt, hab ich gesagt. Geh auf dein Zimmer. Der Onkel geht jetzt auch.«

»Ich habe gehört, was du gesagt hast.« Jetzt sprach sie mit Lewin. Ihre Augen waren lebhaft und neugierig. *Und verständnisinnig.* »Ich habe Papas Freundin gesehen…«

Lewin nickte. Er sagte jedoch nichts.

»Das war doof. Die haben nur rumgeknutscht, dabei hatte ich doch Geburtstag.« Sie kicherte hingerissen.

»Raus, Lina!« Ihre Mutter war aufgesprungen und zeigte mit dem Finger auf sie. »Auf dein Zimmer. Mama kommt gleich.«

»Ja, ja. Nerv nicht rum.«

»Tut mir Leid. Aber ich kann Ihnen nicht helfen.« Sie reichte ihm die Hand. Eine schmale, kleine Hand. Ihr Händedruck war fest und entschieden.

»Ich verstehe«, sagte Lewin. »Das ist bestimmt nicht angenehm für Sie.« Jetzt sah er sie an. *Sie ist so klein.* »Und für mich auch nicht ... ich hoffe, Sie verstehen das.«

Sie nickte. Öffnete die Tür und hielt sie für ihn auf.

»Glauben Sie, er kann sie ermordet haben?« *Jetzt hatte er es gesagt.*

»Stig?« Sie musterte ihn überrascht. »Ob er dahintergekommen ist, dass sie noch andere hatte?« Sie starrte ihn an. »Machen Sie Witze?«

»Hat er Sie jemals geschlagen?«

»Dazu bestand kein Grund.« Sie hielt die Tür auf. »Na dann«, sagte sie und knallte sie hinter ihm zu.

Das hier muss einfach ein Ende nehmen. Verstellte er sich, oder konnte sich ein Zustand in nur zwei Wochen dermaßen verschlechtern? Er hing ja nur noch im Sessel.

»Kjellberg«, sagte Lewin. »Wir müssen versuchen, das jetzt zu klären. Ich weiß, dass du in der Roslagsgata warst, und zwar noch im September. Das weiß ich. Kannst du mir nicht davon erzählen?«

»Sie hat mich geschlagen.« Jetzt schaute er ihn wieder an. Er schaute Lewin an, sah ihn aber nicht.

»Sie hat dich geschlagen!«

Er nickte stumm und nachdenklich.

»Sie hat mich angeschrien ... und mit Gegenständen beworfen ... sie wollte mich mit einem Stuhl niederschlagen ...«

Jetzt kommt es. Endlich.

»Und da hast du sie erschlagen.«

»Nein.« Er schüttelte überrascht den Kopf. »Ich hab sie kaum angerührt ... ich bin gegangen ... sie hatte doch gelogen.«

Dahlgren las das Verhörprotokoll. Andersson schaute ihm über die Schulter und musste sich auf die Zehenspitzen stellen, um richtig sehen zu können.

»Wir können nur hoffen, dass es in die richtige Richtung geht«, sagte er und sah Lewin an. »Du kannst sie haben.« Er reichte Andersson die Abschrift. »Wenn ja, kommt es wirklich im richtigen Moment ... übermorgen ist der Haftprüfungstermin.«

»Kannst du dich daran erinnern, dass du in der Roslagsgata warst?«

Er schüttelte den Kopf.

»Einmal«, sagte er. »Ich war nur einmal da. Ich wollte sie zur Vernunft bringen ... sie sollte nicht mehr lügen ...«

Lewin nickte.

»Weißt du noch, wann das war?«

»Nach dem Wochenende.« Er sah Lewin an. Schien in Gedanken weit weg zu sein. »Ich hatte das ganze Wochenende daran gedacht ... ich habe sie angerufen, aber sie ist nicht ans Telefon gegangen ... und da bin ich morgens hingefahren.«

»Erzähl jetzt, so gut du dich erinnern kannst, was dann passiert ist.« Jetzt musste er sich alle Mühe geben, ruhig zu klingen, ruhig, förmlich, überzeugend. *Jetzt musste es klappen.*

»Das habe ich doch schon gesagt.« Er schaute Lewin überrascht an. »Ich habe ... das schon gesagt. Sie hat mich angeschrien ... und dann hat sie mich mit Gegenständen beworfen ... und dann hat sie einen Stuhl genommen und mich damit bedroht ... wie ein Tier ... ein Tier in einem Zirkus.«

»Und dann hast du ihr den Stuhl weggenommen?«

Er nickte.

»Und dann warst du wütend und hast zurückgeschlagen ... mit dem Stuhl ... auf sie eingeschlagen ...«

»Nein.« Er schüttelte überrascht den Kopf. »Ich habe ihn einfach hingestellt … dann bin ich gegangen … sie hatte doch gelogen.«

Dahlgren gab ihm die letzte Abschrift zurück.

»Wir müssen eine Rekonstruktion durchführen«, entschied er. »Und zwar nach dem Haftprüfungstermin. Wenn er dann noch da ist, heißt das.« Er schaute Lewin düster an.

Beim Haftprüfungstermin ging es hoch her. Beim Haftprüfungstermin für Stig Åke Kjellberg, am Freitag, dem 17. November. Am ruhigsten wirkte Kjellberg selbst. Er war weit weg mit seinen Gedanken. Er redete nicht einmal mehr mit seinem Anwalt. Er saß einfach auf der Bank und musterte seine gefalteten Hände, die auf seinen Knien lagen. Zweimal schien er fast eingeschlafen zu sein. Sein Kopf senkte sich auf seine Brust, der Anwalt versetzte ihm einen Stoß in die Rippen, und er hob mit einem überraschten Ruck den Kopf.

Die Verhandlung führte eine Richterin, eine dunkle, robuste Frau mittleren Alters. Ihre Augen sahen fast alles. Sie hatte Kjellberg die ganze Zeit im Blick. Das war Lewin klar. Sie hatte aber auch einen gewissen Ruf. Bei der Polizei galt sie als »der einzige Kerl im Landgericht Stockholm«.

Plötzlich hatte sie die Sache satt. Anwalt und Staatsanwalt waren in Streit geraten. Niemand hatte so recht begriffen, wie das passiert war. Zuerst fielen sie sich gegenseitig ins Wort, dann versuchten sie, einander zu überschreien, und am Ende brüllte der Staatsanwalt: »Jetzt rede ich!«.

Und dann kam es. Sie schnappte sich den Hammer. Schlug auf den Tisch – in dem dunklen Saal klang das wie ein Pistolenschuss – und starrte die Männer an.

»Hört mit diesen Dummheiten auf«, fauchte sie. »Benehmt euch wie erwachsene Menschen.« Sie sah Kjellberg an. »Kjellberg.« Jetzt klang ihre Stimme sanfter. »Wie geht es Ihnen?«

»Was?« Er starrte sie überrascht an.
»Wie geht es Ihnen, Herr Kjellberg?«
»Gut«, antwortete er verdutzt. »Mir geht es gut.«
Sie nickte, sagte aber nichts.

Und dann musste er in Untersuchungshaft bleiben. Der Preis, den der Staatsanwalt dafür zahlte, war jedoch hoch. Höher hätte er gar nicht sein können.

»Die Rekonstruktionen.« Er schaute die Richterin flehend an. »Wir wollen am Wochenende Rekonstruktionen durchführen. Die sind entscheidend ... möglicherweise gibt es eine Erklärung ... eine für Herrn Kjellberg positive Erklärung«, fügte er hinzu.

»Wie lange werden Sie brauchen?« Sie musterte den Staatsanwalt mit ihren dunklen Augen.

Der Staatsanwalt schaute sich hilfesuchend zu Andersson und Lewin um. »Mindestens eine Woche«, flüsterte Lewin. Der Staatsanwalt nickte.

»Höchstens ein paar Tage«, sagte er und versuchte, seine Stimme überzeugend klingen zu lassen. »Höchstens ein paar Tage.«

Und damit wurde die Untersuchungshaft verlängert. Bis zum kommenden Freitag.

Als die Richterin sich erhob, sah sie Kjellberg an und nickte ihm aufmunternd zu. Dann wandte sie sich an Staatsanwalt und Anwalt.

»Ich will mit Ihnen sprechen ... mit Ihnen beiden. Jetzt gleich ... Sie können sitzen bleiben.« *Sitzen bleiben,* sagte sie. Nichts von »würden Sie bitte«.

Der Anwalt verzog nicht eine Miene. Der Staatsanwalt nickte nur unterwürfig. *Ein kleiner Junge von über sechzig Jahren,* dachte Lewin.

XXXI

Jetzt war er wieder da. Derselbe Traum, der ihn zu Anfang so gequält hatte, als sie auf Katarynas Leiche gestoßen waren.

Aber einige Wochen war er davon befreit gewesen. Und hatte wieder ruhig schlafen können. Ungefähr eine Woche, bevor er Kjellberg gefunden hatte, bis jetzt. Er war von dem Traum befreit gewesen und hatte nachts ruhig geschlafen.

Jetzt war der Traum wieder da. Und er konnte sich auch denken, warum. *Die Tochter*, dachte er. Die ihrem Papa so ähnlich sah. Ehe der Niedergang eingesetzt hatte natürlich. Die Erinnerungen an die Tochter, der schrittweise, aber rasche Verfall des Vaters. *Deshalb war der Traum wieder da.*

Zwei Erinnerungsbilder im selben Traum. Das eine zeigte Kataryna: Kataryna, wie sie in seinem Zimmer saß, vor allem aber Kataryna aus der Roslagsgata, am Abend des 14. September.

Das zweite Bild stammte aus seiner Kindheit. Warum, begriff er wirklich nicht.

Zwei Erinnerungsbilder, die ihn quälten. Tagsüber ging es. Dann konnte er sie durch Arbeit verdrängen. Die Arbeit diente als Sperre, als Schutzschild.

Aber nachts gelang ihm das nicht. Kaum war er eingeschlafen, schon war er wehrlos. Gegen den Traum gab es keinen Schutz, keinen gegen die Erinnerungsbilder, die sich in den Traum mischten. In denselben Traum, der ihn Nacht für Nacht quälte. Jetzt war er wieder da.

Lewin war noch ein junger Mann. Er hatte das Alter noch nicht erreicht, in dem man sich plötzlich – mit sehr großer Schärfe und Genauigkeit – an Dinge aus der frühen Kindheit erinnert.

Warum dachte er an dieses Ereignis? Und warum gerade jetzt?

Er musste noch sehr klein gewesen sein. Höchstens fünf, sechs Jahre alt. Er trug eine Synthetikhose und eine Fellmütze mit Ohrenklappen. Es war also Herbst, vielleicht später Herbst.

Seine Freunde waren auch dabei. Im gleichen Alter wie er, gekleidet wie er.

Mit einer Ausnahme. Sune. Der musste einige Jahre älter gewesen sein. *Warum hatte er mit ihnen gespielt?*

Sune hatte Pornozeitschriften – mit Bildern von dicken weißen Tanten –, und die hatte er im Fahrradschuppen versteckt.

Sune hatte einmal heimlich geraucht, und dabei hatte seine Mutter ihn überrascht. Ganz plötzlich war sie in den Schuppen gekommen, wo die Jungen im Halbkreis auf dem Boden gesessen hatten, und danach hatte Sune Prügel bezogen.

Schweigend hatten sie sich an die Wände vom Fahrradschuppen gedrückt, während Sune vertrimmt wurde. Aber er hatte kaum geweint, und als seine Mutter gegangen war, hatte er sich Rotz und Tränen abgewischt und hinter ihr hergeschrien: »Miese Kuh!«

An Sune konnte er sich erinnern. Aber nicht daran, wie er ausgesehen hatte, und auch nicht daran, warum ein viel größerer und älterer Junge mit ihnen gespielt hatte.

»Her mit der Ratte.« Sune streckte ihm die Hand entgegen.
»Das ist eine Maus.«

Er hielt sie in der Mulde seiner Hände. Die Maus war sehr klein und sehr braun, sie hatte schwarze, blanke Äuglein. Wie winzige Knöpfe. Sie war ganz still, und er spürte, wie ihr Herz hämmerte, so schnell wie sein eigenes.

Er hatte sie zuerst gesehen. Er hatte sie aufgehoben. Sie war am Rand der Rasenfläche herumgelaufen.

Jetzt kam er näher.

»Her mit der Ratte… gib mir die Ratte.«

»Du darfst ihr nichts tun.« Er streckte ihm die Hände hin.

…

»Was für eine fiese Ratte.« Sune hielt sie mit ausgestrecktem Arm am Schwanz. Die Maus piepste. Dass etwas so Kleines so laut und schrill piepsen konnte!

Plötzlich ließ Sune sie los. Mitten in die Pfütze vor seinen Füßen ließ er sie fallen, und dann trat er mit dem Absatz darauf. Sune trug schwarze Gummistiefel mit roten Absätzen.

»Du hast doch versprochen…«, schrie er.

»Richtig fies… seht mal, Jungs.« Sune zeigte auf die kleine schwarzbraune Maus. »Jetzt ist sie geplatzt… die Scheißratte ist geplatzt.«

Daran konnte er sich am besten erinnern. An einen kleinen braunen Körper in lehmigem Wasser. An graurosa Gewirr unter dem Bauch der Maus. Das Gedärm. *Hatte er das schon damals begriffen?* Danach war er weggelaufen. Die anderen hatten hinter ihm hergeschrien. Am lautesten schrie Sune. »Janne ist 'ne Ratte… Janne ist 'ne Ratte.«

Aber im Traum vermischten sich die Bilder. Plötzlich war Kataryna da. Als er losrannte, versuchte er, sie mitzuziehen, aber sie blieb stehen und sah ihn an… *Komm doch*, dachte er. Komm doch irgendwann.

XXXII

»Kann es so gewesen sein?« Dahlgren ließ Bergholm nicht aus den Augen.

»Ja.« Bergholm zuckte gereizt mit den Schultern. Sichtlich gereizt, und er versuchte nicht, das zu verstecken. »Natürlich kann es so gewesen sein. Das sag ich doch schon die ganze Zeit. Wir haben einen Daumenabdruck… und keine Filmaufnahme davon, wie er sie umgebracht hat.«

»Der kann also auf die Weise dahin gekommen sein, wie er es sagt?« Dahlgren trommelte mit den Fingern auf dem Schreibtisch herum.

»Ja sicher.« Bergholm starrte Dahlgren wütend an. »Es kann schon so gewesen sein… aber du musst wirklich entschuldigen… verdammt noch mal, ich glaube nicht, dass er sich damit zufrieden gegeben hat… dass es damit vorbei war, wie er behauptet.«

»Können wir das beweisen?« Das war der Staatsanwalt.

»Nein«, sagte Bergholm voller Überzeugung. »Wie zum Teufel sollte man so was beweisen können? Kein Mensch kann das.«

Sie hatten die Rekonstruktion in der Roslagsgata durchgeführt. Sie waren so viele, dass in der kleinen Wohnung im Erdgeschoss kaum Platz für alle war: Dahlgren, Andersson, Bergholm, Lewin, der Anwalt. Und Kjellberg. Sicherheitshalber hatten sie auch noch eine Aspi mitgebracht, die Kataryna darstellen sollte.

Die Wohnung war leer gewesen, aber die Technik hatte sie wieder eingerichtet. Wie das zu geschehen hatte, konnten sie in ihrer eigenen Tatortbeschreibung nachlesen.

Kjellberg hatte sich wie ein Schlafwandler bewegt. Der Einzige, mit dem er direkt sprach, war sein Anwalt. Alle Fragen, alle Anweisungen liefen über ihn. Kjellberg antwortete dem Anwalt, sonst keinem.

»Warst du schon einmal hier?«, fragte Lewin, als sie in die Wohnung kamen.

Kjellberg sah seinen Anwalt an.

»Das habe ich ihm schon erzählt«, sagte er. »Ich war einmal hier, um mit ihr zu reden… weil sie gelogen hatte.«

Eine Szene war zentral, entscheidend.

Die Aspi nimmt einen Stuhl. Sie hält ihn an der Rückenlehne fest und geht auf Kjellberg zu. Die Hände um die Rückenlehne, die Arme ausgestreckt, den Stuhl in Brusthöhe. Kjellberg dreht ihr die Seite zu, hebt die Arme vors Gesicht, um sich zu beschützen, sich zu wehren. Danach streckt er den rechten Arm aus und packt ein Stuhlbein – packt es ganz unten wie ein Messer und reißt ihr den Stuhl aus der Hand.

»Bitten Sie ihn, das noch einmal zu machen.« Dahlgren sah den Anwalt an, dann Bergholm, der die Unterbrechung notierte.

Dreimal musste er die Szene wiederholen. Immer endete sie auf dieselbe Weise. Kjellberg stellte den Stuhl hin. Drehte sich von ihr fort und ging auf die Tür zu.

»Na.« Der nicht besonders groß gewachsene Anwalt starrte Lewin an. »Sind Sie jetzt zufrieden, Herr Kriminalinspektor?«

Lewin nickte.

»Sehr gut«, sagte er. *Jetzt kommt es.* »Eine Vorstellung mit so guter Regie habe ich nur selten gesehen in meinem Leben. Ich gratuliere.« Der Anwalt lief rot an.

»Ich glaube, es ist an der Zeit, dass irgendwer mal einen Blick auf ihre Ermittlungsmethoden wirft, Herr Kriminalinspektor. Der Justizombudsmann zum Beispiel.«

Lewin nickte stumm.

»Tun Sie das«, sagte er. »Ich finde, Sie sollten das wirklich in die Wege leiten.« Er wandte sich um und ging. *Du Arsch,* dachte er.

»Wenn du die Wahrheit sagst...« Lewin sah Kjellberg an. »Warum hast du uns dann die ganze Zeit angelogen? Hier steht doch kein einziges wahres Wort.« Er zeigte auf die Verhörprotokolle auf dem Schreibtisch.

»Sie war es doch, die gelogen hat«, fauchte Kjellberg. »Wenn sie nicht gelogen hätte, wäre ich niemals hier reingezogen worden... sie hat mich belogen. Erzähl du mir was von Lügen!« Plötzlich sprang er auf, schob die Hand unter sein Hemd und riss eine zusammengefaltete Abendzeitung hervor. »Oh Scheiße, ihr lügt ja vielleicht«, schrie er. »Wollt ihr mich umbringen... ihr lügt doch die ganze Zeit!«

»Woher hat er die Zeitung?« Der Staatsanwalt hörte sich nicht gerade fröhlich an. Er zeigte auf die Zeitung, die auf seinem Schreibtisch lag. Noch immer zusammengefaltet. Mit dem Artikel über Kjellberg ganz oben.

»Schlamperei in der U-Haft.« Lewin merkte, dass seine Brust sich ganz leer anfühlte. »Er muss sie gestern Abend eingesteckt haben. Die hatten vergessen, sie wegzuräumen.« Er schüttelte den Kopf.

»Ich kann verstehen, dass er außer sich ist.« Der Staatsanwalt faltete die Zeitung auseinander. »Hier steht alles außer sein Name.« Er starrte Lewin an. »Wie ist das nur möglich? Dass er es war … man braucht ja nicht mal zwischen den Zeilen zu lesen, um das zu kapieren.«

Lewin nickte.

»Von mir haben sie das nicht«, sagte er.

Der Staatsanwalt hob abwehrend die rechte Hand.

»Ich weiß«, fiel Lewin ihm rasch ins Wort. »Ich weiß, dass du diese Frage nicht stellen darfst, aber von mir haben sie das wirklich nicht. Wollte ich nur gesagt haben.« *Er war absolut aufrichtig und wusste, dass ihm das anzusehen war.*

»Das glaube ich auch gar nicht«, antwortete der Staatsanwalt mit versöhnlicher Stimme. »Aber gut ist es nicht … so etwas darf er nicht ausgesetzt werden.«

»Ja, ja, Lewin.« Dahlgren stand in der Tür und sah ihn an. »Den Kuchen müssen wir wohl auf ein andermal verschieben. Du hast doch gehört, was mit Kjellberg passiert ist?«

»Ja«, antwortete Lewin. »Die U-Haft hat vorhin angerufen. Er ist in die Psychiatrie gebracht worden.«

Am Nachmittag ging er zum Oberarzt der Station, auf die Kjellberg gebracht worden war. Dass der die Polizei nicht schätzte, begriff Lewin recht bald.

»Man kann sich ja wirklich fragen, was ihr da oben eigentlich treibt.« Er sah Lewin an und zog seinen weißen Kittel glatt.

»Wir haben den Arzt in der Untersuchungshaft befragt. Fast jeden Tag.«

»Dann muss ich mit dem sprechen«, entschied der Oberarzt. »Und nicht mit euch.«

»Kann man mit ihm reden? Mit Kjellberg?« Lewin sah den Arzt an.

»Mit Kjellberg? Sie wollen mit ihm sprechen?« Der Arzt schnaubte. »Er leidet unter einer akuten Psychose. Er hätte schon vor vierzehn Tagen hergebracht werden müssen… mindestens. Sie wollen mit ihm sprechen?« Er schüttelte mitleidig den Kopf. »Wollen Sie ihn eigentlich umbringen?«

Am Tag darauf war Schluss. Der Staatsanwalt zog den Schlussstrich.

Zuerst bestellte er sie auf sein Zimmer. Allesamt: Dahlgren, Andersson, Jansson und Lewin.

»Ich habe entschieden, dass Kjellberg auf freien Fuß gesetzt wird.« Er lächelte ironisch. »Da kann er im Krankenhaus wohl die Station wechseln.«

»Er war es aber.« Erst, als er das gesagt hatte, hörte Lewin, wie still es im Zimmer war.

»Kann schon sein.« Der Staatsanwalt sah Lewin an, und sein langer magerer Körper wirkte überhaupt nicht mehr gebeugt. »Aber ich habe nicht vor, eine dreißigjährige Karriere als Staatsanwalt damit zu beenden, dass ich mich am Landgericht Stockholm zum Gespött mache. Das können andere tun.« Er sah einen nach dem anderen an. »Einmal reicht… das war am Freitag. Wenn den Herren etwas Neues einfallen sollte…« Er stand auf und sah sie noch immer an, »…das für eine Anklage reicht… dann können Sie ja von sich hören lassen.«

Etwas Neues, dachte er, als er auf den Fahrstuhl wartete. Was sollte das schon sein?

Der Erzähler

6

»Wer Kataryna ermordet hat?« Andersson schaute mich überrascht an. »Hast du nicht gesagt, dass du die Ermittlungsunterlagen gelesen hast?«

»Der Fall gilt als nicht aufgeklärt.«

»Ja, ja, das schon.« Andersson schob seinen Sessel zurück und verschränkte die Hände im Nacken. »Aber ich glaube, das solltest du nicht so eng sehen.« Er lächelte mich freundlich an. »Nein, nein. Sicher war es der gute Kjellberg… der Kataryna umgebracht hat.«

»Warum glaubst du das?«

Jetzt war Andersson wieder überrascht.

»Es gibt jede Menge Hinweise darauf. Der Daumenabdruck ist ein überaus gravierendes Indiz. Dann sein Brief an Fahlén. Bei seiner ersten Vernehmung durch Lewin hat er sich mit identischen Worten ausgedrückt. Ich weiß nicht…« Andersson schaute mich neugierig an. »Ich weiß nicht, ob ich das erzählt habe… aber ich hatte einmal einen ähnlichen Fall.«

»Der poetische Tagebuchmörder.«

»Ach.« Andersson lachte zufrieden. »Du kennst die Geschichte.«

»Die Tatsache, dass Kjellberg den Brief an Fahlén geschrieben hat, muss doch nicht bedeuten, dass er sie ermordet hat.«

»Na ja.« Andersson setzt sich gerade. »An und für sich nicht. Aber du musst doch wohl zugeben, dass er in diese Richtung zeigt… der Brief, meine ich. Aber noch wichtiger ist natürlich der Daumen.« Andersson kniff die Augen zusammen. *Der Daumen.*

»Er kann aber Daumenabdruck und Brief erklären.«

»Das schon. Aber du musst doch wohl zugeben, dass seine Erklärung nicht gerade überzeugend klingt.«

»Sie hat dem Staatsanwalt ausgereicht, um keine Anklage zu erheben.«

Andersson seufzte.

»Ja. Das lag am Zeugen… am Alibi, das alles durcheinander gebracht hat.«

»Die Erklärungen, die er selber abgegeben hat, waren also nicht von Bedeutung?«

Zwischen Anderssons Augenbrauen tauchte eine gereizte Furche auf.

»Die Erklärungen waren fast zu gut. Ich glaube, er hatte Hilfe.«

»Von seinem Anwalt?«

»So etwas darf man als Polizist nicht sagen.« Jetzt lächelte Andersson wieder. »Was glaubst denn du selbst?«

»Kjellberg hat Kataryna umgebracht.« Lewin schaute mich voller Überzeugung an. »Und ich bilde mir ein, dir das schon einmal gesagt zu haben… oder sogar mehrmals.«

»Und sein Alibi? Der Zeuge? Und seine Darstellung, wie der Daumenabdruck auf das Stuhlbein geraten ist?«

»Ich glaube, der Zeuge hat gelogen.« Lewin sah noch immer überzeugt aus. »Warum, weiß ich nicht. Wenn ich es nur wüsste, dann…«

»Die Rekonstruktion?«

»Jaa.« Lewin schaute mir in die Augen. »Dabei hat sein Anwalt ihm geholfen.«

»Darf ich das schreiben?«

Lewin zuckte mit den Schultern.

»Woher sollte der Anwalt wissen, wie es passiert ist? Ihr hattet es ihm doch nicht gesagt.«

Lewin musterte mich aufmerksam.

»Das nicht. Aber aus irgendeinem Grund wussten sehr viele davon. Unter anderem die Presse.«

»Kjellberg ist dein Mann?«

»Unbedingt.«

»Darf ich dir eine persönliche Frage stellen?«

»Bitte sehr.« Lewin lächelte mich müde an. Ließ sich im Sessel zurücksinken. *Los geht's.*

»Warum hast du dich in der Kataryna-Ermittlung persönlich engagiert?«

»Weil es meine Ermittlung war… ich habe den Fall aufgeklärt.« Er schaute an die Wand, als er das sagte.

»Ich denke an dein Engagement zu Beginn.«

»Du…« Er sah mich an. Jetzt war er gereizt. Sichtlich gereizt. »Ich weiß nicht, was du glaubst… ich verstehe nicht, was du meinst. Ehrlich gesagt… ich finde, wir haben jetzt genug über diesen Fall geredet.« Er beugte sich vor und stützte sich mit dem Ellbogen auf den Schreibtisch. »Es war ein schweres Verbrechen… Mord. Du hast sie selbst gesehen. Natürlich habe ich getan, was ich konnte. Das machen wir bei der Polizei halt so… ich zumindest. Was glaubst denn du selbst?« Er war immer noch gereizt. Er setzte sich gerade hin und schaute mir in die Augen. »Du musst doch auch eine Meinung haben? Also sprich. Wer hat Kataryna Rosenbaum ermordet?«

»Wer hat Kataryna Rosenbaum ermordet?« Ich hatte den Block auf den Knien liegen, und Dahlgren saß zwei Meter von mir entfernt. Verschanzt hinter seinem breiten Schreibtisch mit Kaffeetasse und Zigarette.

»Du lässt nicht locker.« Dahlgren lächelte, rieb sich mit dem Zeigefinger über die Nasenwurzel und streifte die Asche von seiner Zigarette. »Jaa… wenn ich das wüsste.«

»Du hast keine Ahnung?«

»Na ja.« Dahlgren sah mich an. Er lächelte noch immer. »Ich würde schon auf Lewins Mann setzen.«

»Kjellberg?«

Dahlgren nickte.

»Aber natürlich nicht mein gesamtes Vermögen.« Er lachte leise.

»Und das Alibi? Und Kjellbergs Erklärung für den Daumenabdruck?«

»Ja. Das Alibi. Ja.« Dahlgren schob sich die Brille auf die Stirn. »Davon gibt es immer viele bei solchen Ermittlungen. Und die eigene Darstellung, ja… ja, ja.«

»Der Anwalt?«

»Das habe ich nicht gesagt. Hätte ich das sagen sollen?« Dahlgren machte ein unschuldiges Gesicht und schaute sich im Zimmer um. »Nicht doch.« Jetzt musterte er mich mit ernster Miene. »Ich glaube, es war so. Es *kann* so gewesen sein. Kjellberg hat viel in Kataryna investiert. Er war verliebt in sie. Hat sie seiner Mutter und seiner Tochter vorgestellt. Wollte sie heiraten, der gute Kjellberg. Und als ihm dann aufgeht, dass er sich mit einer Prostituierten verlobt hat… ja, da bricht für Herrn Kjellberg die ganze Welt zusammen.«

»Und da bringt er sie um?«

»Wahrscheinlich. Aber sicher bin ich nicht.« Dahlgren schüttelte den Kopf. »Es kann auch so sein, wie das Alibi und er selber behaupten. Bei der Kataryna-Ermittlung hat es doch von Widerlingen nur so gewimmelt.«

»An wen denkst du jetzt?«

»An Sienkowski… und an diesen Dahl. Der eine hat nichts darüber gesagt, was er so getrieben hat… und um das so genannte Alibi von Herrn Dahl würde ich nicht viel geben. Jaa…« Dahlgren dachte nach. Er ließ seine Blicke suchend über die Decke wandern. »Und es waren einfach so viele seltsame Gestalten im Spiel… erinnerst du dich an diesen Trottel mit den Schnittchen… und an den Frührentner. Und an unseren alten Bekannten… der nur zum Pipimachen in der Roslagsgata 40 war.« Dahlgren lachte.

»Aber trotzdem setzt du auf Kjellberg?«

»Ja. Obwohl…« Dahlgren drohte mir mit dem Finger. »Ich an deiner Stelle würde das nicht allzu ernst nehmen. Es sind schon seltsamere Dinge passiert. Vielleicht war es ja doch der letzte Kunde.« Er rieb sich das Kinn. »Und so einen haben wir ja nie erwischt… was glaubst denn du selbst?«

»Kataryna. Das war eine traurige Geschichte.« Jansson schüttelte traurig den Kopf. »Aber man kann ja eigentlich nur hoffen, dass er es war… sonst ist wohl auch hier in der Sektion ein Mord begangen worden.« Er schüttelte noch immer den Kopf.

»Du meinst Kjellberg.«

»Ja. Diesen Kjellberg. Ihren Verlobten… aber ich glaube, die waren gar nicht verlobt.«

»Du scheinst ja nicht zu glauben, dass er es war.«

Jansson blickte mich aus seinen traurigen grauen Augen an.

»Neihein… ehrlich gesagt, bin ich durchaus nicht sicher, dass er es war. Und ein Alibi hatte er doch auch.« Er schüttelte den Kopf.

»Der Daumenabdruck, der Brief. Dass er mehrmals gelogen hat?«

»Jaa. Dass sie alle lügen, wissen wir doch. Ganz unschuldige Menschen lügen uns was vor. Vielleicht hatte er Angst vor dem Skandal… hat so lange wie möglich versucht, nicht mit ihr in Verbindung gebracht zu werden. Für den Daumenabdruck hat er meiner Meinung nach eine brauchbare Erklärung... aber ich weiß nicht.«

»Aber wer war es dann, was glaubst du?«

»Ja.« Jansson musterte mich forschend. »In der Kataryna-Ermittlung hat es einfach nie eine richtige Ordnung gegeben, finde ich... die sind doch nur hin und her geeiert. Zuerst war da dieser Pole... und dann dieser Dahl. Und als sie dann diesen armen Kjellgren gefunden hatten...«

»Kjellberg.«

»Ja, Kjellberg. Da ist Lewin einfach durchgedreht.« Jansson schüttelte den Kopf. »Als er dann freigelassen wurde... vom Staatsanwalt... haben sie nichts mehr unternommen... aber sie sagen, der Fall... sei... ungelöst. Aber nicht...«

»Jaa...«

»...und einen letzten Kunden haben wir nie erwischt. Obwohl wir wissen, dass der es fast immer war... der letzte Kunde... wenn es um Prostituierte geht. Was glaubst denn du selbst... der letzte Kunde.«

»Kataryna.« Krusberg musterte mich ironisch. »Frau Kataryna Rosenbaum.«

»Ja.«

»Ja. Über Lewin kann man sagen, was man will... aber ein schlechter Polizist ist er nicht. Obwohl er aussieht wie Stan Laurel.«

»Wie meinst du das?«

»Jaa. Er hat die Todesstrafe wieder eingeführt. Wenn auch für Unschuldige...«

»...du meinst also, dass Kjellberg unschuldig war?«

»Korrekt. Das meine ich.« Krusberg schaute mich verschwörerisch an. »Aber ich muss ja zugeben, dass der Kerl ein verdammtes Pech hatte. Zuerst auf eine Nutte abfahren... und dann wird sie umgebracht.«

»Warum hältst du ihn für unschuldig?«

»Das Alibi. Ich habe es gelesen … aus purem Interesse … war ja von dem Fall abgezogen. Wegen eines Raubüberfalls …« Krusberg lächelte ironisch. »Auf jeden Fall habe ich die Vernehmungsprotokolle gelesen, in denen es um das Alibi ging. Und ich glaube einfach nicht, dass er gelogen hat.«

»Der Daumenabdruck?«

»Ich finde, dass Kjellberg den sehr überzeugend erklärt hat.« Krusberg nickte, um seinen Worten Nachdruck zu verleihen.

»Er hat die ganze Zeit gelogen.«

»Er hatte natürlich Angst vor einem Skandal. So sind sie eben. Sie bilden sich ein, verhindern zu können, dass sie in etwas hineingezogen werden … und deswegen lügen sie … und wenn wir dann fragen … lügen sie noch viel mehr. Weil sie von Anfang an gelogen haben, auch wenn das gar nicht nötig gewesen wäre. Lustig war das bestimmt nicht. Erst auf eine Nutte reinzufallen … in die er sich bis über beide Ohren verliebt … und ihr dann auf die Schliche zu kommen … und prompt lässt sie sich ermorden.«

»Hast du irgendeine Vorstellung, wer es gewesen sein könnte?«

»Nix. Aber natürlich … wenn ich die Wahl habe.« Abermals lächelte Krusberg. Das gleiche ironische Lächeln. »Dann nehme ich Sienkowski. Den würde ich gern für alle Ewigkeit in Kumla sehen. Was glaubst denn du selbst?«

Was ich selbst glaube?

Im Juli 1764 wurde eine anonyme Schrift veröffentlicht – die Originalversion umfasste knapp sechzig Seiten –, die den Titel trug: »Dei delitti e delle pene«. Über Verbrechen und Strafen.

Der Autor war ein sechsundzwanzigjähriger italienischer Adeliger, Cesare Beccaria Bonesana, geboren, aufgewachsen und wohnhaft in Mailand.

Beccarias Arbeit erweckt gewaltiges Aufsehen. Schon 1807 gibt es an die dreißig italienische und mindestens sieben ausländische Ausgaben. Beccaria gehört zu den bedeutendsten Kulturpersönlichkeiten des späten achtzehnten Jahrhunderts. Er wird bei Hofe empfangen. Die Aristokratie liegt ihm zu Füßen.

Und mit Fug und Recht, wenn wir den Historikern Glauben schenken dürfen. Ihnen zufolge hat Beccaria auf die Entwicklung der modernen europäischen Justiz einen größeren Einfluss ausgeübt als irgendjemand sonst.

Am größten war dieser Einfluss übrigens in Schweden – »Beccarias zweite Heimat«, wie die italienischen Juristen höflich behaupten.

Ich weiß nicht, ob das stimmt – ob Beccaria wirklich so großen Einfluss hatte –, aber manchmal halte ich es für möglich. Wenn ich den umstrittenen Vorschlag zu einem neuen schwedischen Strafsystem lese zum Beispiel, den der Rat für Verbrechensprävention 1977 vorgelegt hat. Dort spricht Beccaria direkt und zwischen allen Zeilen zu uns. Cesare Beccaria Bonesana.

Um die Radikalität seiner Aussagen zu verstehen, dürfen wir auf keinen Fall die Zeit und die gesellschaftlichen Umstände vergessen. 1764, das Italien des achtzehnten Jahrhunderts. Man kann das leicht übersehen. Unter anderem weil seine Sprache zeitlos ist, überaus frisch, knapp und doch klar. Zugleich bildhaft, mitreißend.

Und was sagt er also?

Fort mit Folter und allen Druckmitteln beim Verhör. Das ist pure Barbarei und bedroht jeglichen Rechtsstaat – »ist wider die göttliche Gerechtigkeit«.

Keine Strafe, die nicht im Gesetz vorgesehen ist. Macht

die Gesetze klar und übersichtlich. Verbrechen müssen verhindert werden. Darum geht es. Strafen sind nur als Methode zur Verbrechensprävention akzeptabel. Und wenn man die Gesetze schlicht und verständlich macht, wenn sie für alle Menschen gleichermaßen gelten, unabhängig von Geburt und Klasse, dann können wir Verbrechen am besten verhindern.

Die Strafe soll im Verhältnis zu dem Schaden stehen, der durch das Verbrechen verursacht wird. Je stärker das Verbrechen die Gesellschaft und die Existenz und Wohlfahrt der Individuen bedroht, umso schwerer wiegt es. Das einzig wahre Maß für ein Verbrechen ist, inwieweit es der Gesellschaft schadet – *»la vera misura dei delitti, cioè il danno della società«*.

Bei der Strafbemessung darf es niemals darum gehen, »ein fühlendes Wesen zu quälen oder zu betrüben, und die Strafe kann das bereits vergangene Verbrechen auch nicht rückgängig machen… Sie kann nur den Grund haben, den Verbrecher daran zu hindern, seinen Mitmenschen abermals Schaden zuzufügen. Deshalb muss die Strafe so gewählt werden, dass sie die dauerhafteste Wirkung auf die Gemüter der Menschen und die am wenigsten belastende für den Körper des Verbrechers ausübt.«

Vor mir liegt eine Zeichnung – ein Porträt von Beccaria im Alter von achtundzwanzig Jahren. Ich habe mir auch ein Bild von ihm als Person gemacht.

Die Zeichnung zeigt einen Mann mit fülligem Gesicht und sensiblen Zügen. Die Nase ist edel geschwungen, das Kinn klein, aber wohl geformt. Sein Blick weilt irgendwo in der Ferne. So stelle ich mir einen empfindsamen und gelehrten Aristokraten vor.

Seine Freunde beschreiben ihn als zurückhaltend und fast phlegmatisch. Immer musste er angetrieben, musste er von seinem Wert, seinen Fähigkeiten überzeugt werden.

Ohne ausschweifend zu sein, soll er die Güter des Lebens durchaus zu schätzen gewusst haben. Was durch sein Porträt nicht widerlegt wird.

Vor allem fällt mir seine Empfindsamkeit auf. In dem, was er schreibt, und in der Art, wie er argumentiert. Das zeigt sich vor allem zwischen den Zeilen.

»Weiche und empfindsame Menschen«, »Menschen, die verstehen«, »mit Achtung vor anderen«, »die dem Frieden huldigen«.

An einer Stelle ruft er aus: »Wenn die Tyrannen dem Lesen ebenso viel Zeit widmeten wie dem Quälen und Unterdrücken anderer, dann hätte ich wirklich allen Grund zur Furcht.« Ich glaube, man sollte auch seinen Mut nicht unterschätzen.

1766 weilt er in Paris. Die Kulturaristokratie huldigt ihm. Beccaria ist die zentrale Gestalt. Er selbst ist müde, traurig und fühlt sich einsam. Er schreibt an seine Gattin. »Kannst du nicht sagen, dass deine Gesundheit sehr zu wünschen übrig lässt, damit ich einen Grund habe, diese Stadt zu verlassen. Meine Geliebte ... Cara Mia ...«

Ein Mann, der dem Streit aus dem Weg geht. Dem Streit, der nicht den Prinzipien gilt und nicht mit der Feder geführt werden kann.

Ich sehe ihn im Winter 1763/64 vor mir – in seinem Schreibgemach im Palast seiner Familie an der Via Brera. Gänsekiel, Tintenfass, Sandstreuer, Stapel von Papier und Büchern. Vielleicht auch eine Karaffe Marsala in Reichweite. Ein kleiner untersetzter Mann, der für seine Prinzipien ins Feld zieht. Bewaffnet mit einer angenagten Gänsefeder. Aus irgendeinem Grund bilde ich mir ein, dass es in jenem Winter ebenso viel geregnet hat wie im Herbst 1978 in Stockholm.

Was hätte Beccaria gedacht, wenn er 1978 dort gewesen wäre? Wie hätte er sich verhalten – gegenüber dem Mord an Kataryna, dem »Bordellkönig« Fahlén, dem Wohnungssumpf, der Gesellschaft überhaupt.

Ich bin von zwei Dingen felsenfest überzeugt. Er hätte zur Feder gegriffen, aber nicht, um einen Roman zu schreiben – zu lang, viel zu umständlich –, und sich in die Diskussion gestürzt. Ich glaube, er hätte am allerwenigsten – wenn überhaupt – darüber geschrieben, inwieweit Stig Åke Kjellberg durch eigenes »Mitwirken« Kataryna Rosenbaum ums Leben gebracht hat.

Ein kleiner untersetzter Mann im Kampf für ein Prinzip – »La vera misura dei delitti, cioè il danno della società…«

Voruntersuchung im Mordfall
Kataryna Rosenbaum,
Samstag, 30. Dezember 1978

XXXIII

Doch, es war das Telefon. Zunächst hatte er es für einen neuen Traum gehalten – wie so oft war er erst gegen Morgen eingeschlafen –, aber jetzt drang die Wirklichkeit in sein Bewusstsein. *Bestimmt schon das fünfte Klingeln.*

»Lewin.« Er schaute auf den Wecker neben dem Bett. Halb sechs. Die Digitalziffern leuchteten ihm rot entgegen im dunklen Schlafzimmer.

Es war der Diensthabende von der Wache.

»Tut mir Leid, dass ich dich wecken muss. Aber ich habe mit Dahlgren gesprochen. Und der hat mich an dich verwiesen. Es geht um Kjellberg …«

Kjellberg. Er hatte es sofort im Magen gespürt, als er zum Hörer gegriffen hatte. Nicht dass er begriff, wie das möglich war, aber so war es gewesen.

»Ja. Jaa.«

Lewin hörte zu, der andere redete. Aber das half nichts. Jetzt spürte er es auch in der Brust. *Wie ein großes Loch.*

»Ich fahre hin.« Lewin unterbrach den anderen mitten im Satz.

»Wenn du kannst, ja. Hast du schon aus dem Fenster geschaut?«

Es hatte die ganze Nacht geschneit. Das wusste er. Den ganzen Abend hatte es heftig geschneit. Als er schlafen gegangen war, hatte es noch immer geschneit, und danach hatten sich alle halbe Stunde die Räumfahrzeuge durch seinen Halbschlaf geschrappt.

»Warte, ich seh mal nach.« Lewin legte den Hörer auf die Bettdecke. Stand auf und zog die Jalousie hoch. Obwohl die ganze Nacht geräumt worden war, hatte man doch nur eine schmale Rinne mitten auf der Straße freilegen können. Sein Auto war dicht zugeschneit. Er konnte nicht einmal sehen, welches überhaupt seins war. Drei weiche weiße Hügel dort, wo sich wohl der Bordstein befand. Einer davon war seiner. Er drehte sich um, streckte den Arm aus und griff zum Hörer.

»Kannst du jemanden schicken? Ich bin total eingeschneit. Das ist wirklich übel.« Mit dem letzten Satz war wohl nicht der Schnee gemeint. Sondern das Loch in seiner Brust.

»Er wird in einer Viertelstunde bei dir sein. Du musst nach ihm Ausschau halten.«

In einer Viertelstunde. Er hatte sich gerade erst angezogen und sich aus dem Kühlschrank ein Glas Apfelsinensaft geholt. *Den Mantel anziehen?* Er ging zum Fenster und schaute hinunter auf die Straße. Ja. Er war schon da. Mitten in der Rinne, die noch immer schwarze Ränder hatte, von dem Bus, den er vor zwei Minuten unten gehört hatte. Jetzt schalteten sie das Blaulicht ein, um die Autos zu warnen, die sich in der Gegenrichtung den Hang hochkämpften.

Lewin ging hinaus in die Diele. Zog seinen Wintermantel an und setzte die Mütze mit den Ohrenklappen auf, die er zweieinhalb Jahre zuvor gekauft hatte. Er hatte damals beim Landeskriminalamt gearbeitet und war zu seiner ersten Mordermittlung nach Moskosel geschickt worden. *Im September.* Aber als sie damals von Stockholm losgefahren waren, hatte es fünfzehn Grad gehabt.

»Heute Nacht bedeutet es kein gnädiges Schicksal, ein Mensch zu sein.« Der Kollege, der neben dem Fahrer saß, streckte den Arm nach hinten und hielt die Tür auf, damit Lewin einsteigen konnte. »Wie sieht es aus?«

»Ja danke.« Lewin nickte und zog die Mütze ab. *Warum hatte er die Ohrenklappen runtergeklappt?* Es waren doch nur fünfzehn Meter zum Auto gewesen. Die mussten ihn für verrückt halten. Gleichzeitig lugte er verstohlen zu dem Schäferhund hinüber, der sich in seinem Rücken auf die Beine erhoben hatte. Der Hund stand in seinem engen Käfig ganz hinten im Kombi und fixierte Lewin mit seinen gelben Augen. *Gelbe Augen mit schwarzen Punkten.*

»Keine Sorge.« Der Kollege auf dem Vordersitz nickte Lewin zu. »Jumbo riecht einen Kollegen auf zweihundert Meter Entfernung. Aber, aber, alter Jumbokumpel.« Er nickte dem Hund zu.

Es stimmte offenbar. Denn der Hund gähnte, legte sich auf den Boden und rollte sich zu einem gelbschwarzen Haufen zusammen.

»Wir waren die Einzigen, die sie schicken konnten«, erklärte der Fahrer, während er sich den Vartaväg hinabarbeitete. »Wir mussten losfahren, weil sie Hilfe brauchten, um für die Räumfahrzeuge Platz zu schaffen. Vor einer Stunde haben sie Klarabergsleden gesperrt.«

»Ach.« *Was hätte er auch sonst sagen sollen?* Über das Loch in seiner Brust konnte er schließlich nicht reden.

Die Fyrspannsgata draußen in Vällingby. Sie brauchten fast eine Dreiviertelstunde für den Weg.

»Heute Nacht ist es wirklich nicht leicht.« Der Kollege vor der Wohnungstür hob zwei Finger an seine Schiffermütze. »Hallo, Lewin.« Er schien sich über Lewins Anblick zu freuen. »Wie läuft es denn so?«

Sie waren zusammen zur Schule gegangen. Lewin hatte den anderen nie leiden können, und obwohl sie im selben Polizeidistrikt Dienst taten, mochte er sich nicht daran erinnern, dass sie einander von früher kannten. *Aber jetzt natürlich.* Jetzt war es ja ganz logisch, so wie er sich fühlte.

»Ach, es geht.« Lewin nickte. Die Mütze hatte er in der Hand behalten, seit er vor einer Viertelstunde ins Auto gestiegen war. Sie war zu groß, um sie in die Manteltasche zu stecken. Und den Geruch hatte er schon im Treppenhaus wahrgenommen.

»Kopf hoch und Füße unten, was?« Der Kollege in der Tür grinste. »Oh Scheiße. Den da drinnen solltest du mal sehen. Huh.« Er zuckte mit den Schultern.

Was haben die nur für eine Fantasie. Lewin sah Kjellberg an. Der hatte sich im Kleiderschrank aufgehängt. Um die richtige Höhe zu erreichen, hatte er zunächst unten das Schuhfach herausgebrochen. Das Brecheisen lag noch immer auf dem Boden. Danach hatte er drei dicke Bretter – wo immer er die herhaben mochte – auf die Metallstange gelegt, an der die Kleiderbügel hingen.

Die Plastikwäscheleine hatte er fünfmal um die Stange und die Bretter gewickelt, damit die sich nicht bewegten; der Knoten saß ganz oben. Danach hatte er sich an kurzer Schnur erhängt.

Den Stuhl hatte er weggetreten. Vermutlich hatte er seine Entscheidung noch bereut. Aber da war es zu spät gewesen. Seine linke Hand hatte er an den Hals gehoben, zwei Finger klemmten zwischen Schlinge und Haut. Seine Zehenspitzen waren nur wenige Zentimeter vom rettenden Boden entfernt. Aber diesmal waren die wenigen Zentimeter genug, und offenbar hing er schon ziemlich lange da.

Der Hals. Giraffenhals. Hieß das nicht so? Sein Gesicht war schwarz und fast auf doppelte Größe angeschwollen. Seine Zunge hing zwischen den dicken schwarzen Lippen und lief ebenfalls schwarz an. Die dichten schwarzen Haare sträubten sich. Aber es war Kjellberg. Das konnte er sehen.

»Ja. Verdammt.« Der Kollege von der Wache nahm Lewin am Arm, zog ihn aus dem Schlafzimmer und schloss die Tür, ließ Kjellberg dahinter zurück. »Wir setzen uns dahin.« Er zeigte auf das Wohnzimmer. »Ich atme hier schon seit zwei Stunden durch den Mund.« Sein müdes Gesicht verzog sich zu einer Grimasse, und er fuhr sich mit der Hand durch die Haare.

Im Wohnzimmer war es etwas besser. Ungefähr wie in der Diele.

»Eine schreckliche Geschichte.« Der Kollege sah ihn aus rot unterlaufenen Augen an. »Willst du hören?«

Lewin nickte, sah ihn aber nicht an. Er fingerte an der Mütze auf seinen Knien herum.

»Ich habe vorhin mit seiner Exfrau gesprochen. Und mit der Klinik. Die haben ihn wohl zwei Tage vor Heiligabend entlassen.« Der Kollege seufzte tief. »In der Klinik hat er einen guten Eindruck gemacht.«

»Ja«, sagte Lewin. *Weiter.*

»Zuerst hat er offenbar seine alte Mutter besucht. Ihr hat er gesagt, er wolle über Weihnachten verreisen. Schon am 23. Um etwas anderes zu sehen und sich auszuruhen.«

Lewin nickte. *Loch in der Brust.*

»...aber dann ist er wohl doch nicht gefahren. Am Vormittag des Heiligen Abends ist er bei seiner Exfrau aufgekreuzt. Wollte die Weihnachtsgeschenke für seine Tochter abgeben. Die Frau hatte den Eindruck, dass er angetrunken war. Und die Tochter wollte nicht mit ihm sprechen... das ist einfach übel.« Der Kollege sah Lewin an. »Jaa. Sie wollte einfach nicht mit ihm reden. Sie ist zehn, die Tochter.«

Lewin nickte. Das wusste er. Ein kleines, dunkles Mädchen mit munteren Augen. Und großer Ähnlichkeit mit dem Papa. Mit dem Papa, mit dem sie sich nicht mehr zu treffen wagte. *Weil in der Schule über ihn geredet wurde?*

»Jaa. Dann ist er losgefahren. Nach ungefähr einer Stunde… als sie und die Tochter und der neue Mann essen wollen, hören sie die Klappe am Briefschlitz. Die Frau sieht nach. Kjellberg… er hat ein Päckchen durch den Briefschlitz gestopft. Es war offenbar total zerknickt… enthielt ein Puzzlespiel. Als sie aufmachte, war er bereits verschwunden.«

Weiter. Lewin sah ihn an und nickte. Er musste versuchen, sich zu sammeln. Das hier geht nicht.

»Ja… vermutlich ist er dann geradewegs nach Hause gefahren und hat sich erhängt. Die Nachbarn haben heute Nacht angerufen. Sie sind spät nach Hause gekommen. Und sie sagen, dass sie diesen Geruch schon vorgestern bemerkt haben.«

»War die Technik schon da?« Lewin drehte die Mütze zwischen seinen Händen.

»Ja. Die sind vor einer Stunde wieder weg. Deshalb haben wir dich angerufen. Einer von denen war während der Katarynageschichte hier und hat ihn erkannt.«

Lewin nickte.

»Ja, es ist bestimmt Selbstmord.« Der Kollege schüttelte nachdenklich den Kopf. »Er hat einen Brief hinterlassen… für seine Tochter. Adressatin ist seine Tochter.«

Er öffnete einen Umschlag, der auf dem Couchtisch lag, und zog eine durchsichtige Plastikmappe heraus. Darin befanden sich ein schlichter weißer Briefumschlag mit dem Namen der Tochter und eine weiße Briefkarte von der Größe des Umschlags.

Lewin nahm die Mappe in die Hand und hielt sie hoch.

»Ich weiß nicht…« Der Kollege blickte ihn fragend an. »Das muss man doch als eine Art Geständnis werten?«

Ein einziges Wort. Mitten auf der Karte, geschrieben in großen deutlichen Blockbuchstaben.

»Verzeih.«

Lewin legte die Mappe auf den Tisch. *Geständnis?*

Oder einfach nur Verzeih? Weil in der Schule geredet wurde?

Das Loch in der Brust. Er stand vom Sofa auf und drehte sich zu seinem Kollegen um.

»Oh verdammt, was hat man doch für einen Scheißjob.« Auch der Kollege war aufgestanden und klang plötzlich wütend. »Was für ein Scheißjob«, sagte er noch einmal mit Nachdruck.

»Bis demnächst.« Lewin nickte. »Du schickst die Papiere rüber?« Er nickte erneut.

Der uniformierte Kollege stand noch immer in der Haustür. Vermutlich wegen des Geruchs. *Einen anderen Grund gab es bestimmt nicht, um ihn aus der Wohnung fernzuhalten.*

Lewin nickte kurz und verließ das Haus.

»Gutes Neues, Lewin.« Der andere hob die Hand zum Gruß.

»Was?« Lewin fuhr herum und starrte ihn an.

»Jaa.« Der Kollege lächelte unsicher. Er begriff nicht. »Jaa… morgen sehen wir uns doch wahrscheinlich nicht.« Er tippte sich mit zwei Fingern an die Mütze. »Gutes neues Jahr.«

ZUSAMMENFASSUNG

Im Laufe des Winters 1978/79 kommen die juristischen Untersuchungen der Ereignisse, die diesem Bericht zugrunde liegen, an ein Ende.

Am Freitag, dem 19. Januar, beschließt Kommissar Dahlgren, die Kataryna-Ermittlung zu den Akten zu legen. In seinem Bericht steht als Grund: »Keine Ermittlungsresultate.«

Der Mord an Kataryna Rosenbaum gilt also weiterhin als nicht aufgeklärt. Alle Unterlagen werden bis auf weiteres im Archiv der Kriminalabteilung in der Kungsholmsgata gelagert.

Im Rahmen dieser Ermittlungen laufen beim Justizombudsmann drei Anzeigen ein. Von Stig Åke Kjellbergs Anwalt gegen Kriminalinspektor Jan Lewin wegen angeblicher Übergriffe während der Verhöre mit seinem Mandanten.

Gegen den Sektionschef, Kriminalkommissar Gustav Dahlgren, von zwei Privatpersonen. Beide Anzeigen beruhen auf Informationen, die Ende Januar in einer Zeitung veröffentlicht werden und sich auf angebliche Missstände während der Kataryna-Ermittlung beziehen.

Der Justizombudsmann weist diese Anzeigen samt und sonders zurück: »Obgleich es zwischen dem Leiter der Voruntersuchung und den ermittelnden Polizeibeamten offenbar gewisse Kontaktschwierigkeiten gegeben hat, halte ich diese nicht für so schwerwiegend, dass sie über jene Maßnahmen hinaus, die bereits im Zusammenhang mit dieser Untersuchung durchgeführt worden sind, weitere Maßnahmen erfordern.« Dieser Beschluss wird am Mittwoch, dem 24. Mai 1979, zu den Akten gelegt.

Am Samstag, dem 21. Oktober 1978, werden zwei verschiedene Voruntersuchungen gegen Direktor Johny Rickard Dahl eingeleitet. Und zwar wegen einer Anzeige der Kriminalinspektoren Jarnebring und Molin wegen »Körperverletzung u. ä.«. Und wegen des Verdachts auf schwere Kuppelei: die Vermietung einer Wohnung an Kataryna Rosenbaum sowie eine neunzehnjährige finnische Staatsbürgerin, die in Stockholm als Prostituierte lebt.

Die erste Anzeige weist der Staatsanwalt am Montag, dem 20. November 1978, zurück: »Vergehen nicht nachgewiesen.«

Der anderen ergeht es zwei Tage später ebenso: »Vergehen nicht nachgewiesen.«

Die Vermietung an Kataryna Rosenbaum wird als einer von vierzig Punkten in die Anklage gegen Johan Riisto Fahlén einfließen.

Was Dahls Beziehungen zu der jungen Finnin angeht, hat sich »keine überzeugende Klarheit gewinnen lassen, da sie sich trotz wiederholter Vorladungen nicht zur Vernehmung eingefunden hat. Die Voruntersuchung wird deshalb eingestellt«.

Die Anzeige, die Dahl gegen die Kriminalinspektoren Jarnebring und Molin einreicht – »Körperverletzung« – wird am Mittwoch, dem 8. November 1978, abgeschrieben. Der Staatsanwalt »betrachtet das Geschehene nicht als Vergehen«.

Die Voruntersuchung in der Sache Johan Riisto Fahlén führt zu Anzeigen gegen zwei Personen: Fahlén selbst und einen seiner Helfer.

Im Dezember 1978 wird Letzterer vom Landgericht Stockholm wegen Beihilfe zu schwerer Kuppelei zu acht Monaten Gefängnis verurteilt.

Seine Beihilfe besteht »unter anderem darin, dass er Fahlén bei der Bereitstellung von zur Prostitution genutzten Wohnungen geholfen hat. Des Weiteren hat er in Fahléns Auftrag bei etlichen Prostituierten Gelder für die Benutzung dieser Lokalitäten einkassiert. Endlich hat er Fahlén bei der Vermittlung solcher Lokalitäten geholfen«. Gegen dieses Urteil wird keine Berufung eingelegt, weshalb es am Donnerstag, dem 28. Dezember 1978, in Kraft tritt.

Am Donnerstag, dem 15. März 1979, weist das Höchste Gericht Johan Riisto Fahléns Revisionsantrag zurück. Damit tritt das vom Hauptgericht Svea im Februar desselben Jahres gegen Fahlén verhängte Urteil in Kraft. Fünf Jahre Gefängnis wegen schwerer Kuppelei sowie eine Geldstrafe von fünfhunderttausend Kronen, »die Ausbeute von Fahléns verbrecherischer Tätigkeit«.

Darüber hinaus kommt es zu keiner Anklage. Die Voruntersuchung ist abgeschlossen. Der Fall ist geklärt.

Natürlich gibt es Stimmen.

... aber Sie glauben doch nicht, dass man einer Frau, die man umbringen will, Schnittchen mitbringt? Eine ganz normale Nutte. Die haben nur rumgeknutscht, dabei hatte ich doch Geburtstag. Man muss doch ein Kerl sein und überhaupt, und das schafft man eben nicht immer. Ich glaube, Sie sollten mit meinem Hausverwalter sprechen ... der war dafür zuständig. Und da hab ich ihr den Kram in die Fotze gestopft. Deshalb hat er dafür gesorgt, dass Drogensüchtige und Mädels eingezogen sind ... um das Haus verkommen zu lassen, wenn du verstehst. Mir war das doch egal. Irgendwie war das nicht ich selbst. Damals ist sie auf die Idee gekommen. Und da hat sie beschlossen, dieses Scheißland zu verlassen. Verzeih ...

Lange, ehe der Stein ausgehöhlt ist, hat der Tropfen schon aufgehört zu fallen.